D1032006

Rue de la Soie

RÉGINE DEFORGES

Rue de la Soie

1947-1949

roman

FRANCE LOISIRS
123, boulevard de Grenelle, Paris

Une édition du Club France Loisirs, Paris,
réalisée avec l'autorisation de la Librairie Arthème Fayard

La plupart des propos tenus dans le cadre du roman par le général Leclerc,
Jean Sainteny, Louis Caput, Pham Van Dông et Hô Chi Minh proviennent
d'ouvrages, de correspondances ou d'entretiens consacrés par eux à l'Indochine.

© Librairie Arthème Fayard, 1994

ISBN : 2-7242-8217-5

À Pham Van Dông,
à François Missoffe.

1

— Léa Delmas, acceptez-vous de prendre pour époux François Tavernier, ici présent?

— Oui.

Au lieu de la joie escomptée, l'angoisse envahit la jeune femme et tout se brouilla dans son esprit.

... elle entendait les vociférations des soldats allemands... le rire fou de Sarah... la musique de leur dernier tango *Adios muchachos, compañeros de mi vida*... la voix d'Ernesto : *Che*, Léa...

Pourtant, cet homme-là, auprès d'elle, c'était peu dire qu'elle l'aimait! Sans lui, la vie ne lui paraissait tout simplement pas possible. Elle avait pris conscience de la vigueur de son amour là-bas, en Argentine, quand, marié à Sarah pour l'aider dans sa traque des criminels nazis, il avait eu envers cette femme un geste de tendresse. Devant la souffrance éprouvée, elle avait compris que c'était avec lui, et avec nul autre, qu'elle avait envie de vivre, de tout partager. Près de lui, la jolie fille fantasque et coquette était devenue une amante attentive. Non seulement c'était un amant merveilleux, mais il était le seul à apaiser ses peurs, à lui faire entrevoir un avenir heureux. Alors, pourquoi ces images de sang et de haine?... Pourquoi cette épouvante qui la faisait trembler?... Et cet air lancinant qu'elle ne parvenait pas à chasser : *Adios muchachos...*?

Le père Henri la regardait d'un air surpris; c'était inha-

9

bituel qu'une jeune épousée fredonnât pendant la cérémonie de mariage. Plus inhabituel encore, cet air absent,
indifférent même, dont elle n'était sortie qu'un bref instant, quand l'alliance avait glissé le long de son doigt,
poussée brutalement par François comme pour dire : « Tu
es à moi. » Celle du marié avait eu du mal à passer.

Avant de quitter la basilique de Verdelais, Léa s'était
recueillie un court instant devant la petite sainte qu'elle
aimait tant : Exupérance. La jolie poupée de cire aux yeux
clos était toujours là, immuable.

— Merci, murmura-t-elle en touchant le verre de la
châsse.

Ses yeux avaient alors rencontré ceux de son mari et ce
qu'elle y avait lu lui avait redonné sa force un instant perdue.

Blottie contre François, Léa avait cligné des yeux sur le
parvis. Après la pénombre du sanctuaire, la lumière
blanche de l'été blessait. Malgré la chaleur et les applaudissements d'une petite foule venue voir la mariée, elle
avait frissonné. François, le visage durci, avait resserré
son étreinte. Ensemble, ils revoyaient cette poursuite sous
les arbres de la place, les tractions noires emportant les
otages... leurs amis emprisonnés, torturés, morts...

— C'est fini maintenant, je te promets que c'est fini, lui
dit-il avec tendresse.

On était à la fin d'août 1947, il faisait beau, les vendanges, si le ciel continuait à se montrer clément, s'annonçaient exceptionnelles. Malgré les difficultés matérielles,
les restrictions toujours en vigueur, Montillac, grâce à
Alain Lebrun, redevenait peu à peu une exploitation prospère. Françoise était rayonnante avec son bébé dans les
bras ; Pierre avait bien accueilli sa petite sœur, tout en
regrettant que ce ne fût pas un garçon. Charles, le fils de
Camille et de Laurent d'Argilat, avait beaucoup grandi.
C'était un enfant calme et réfléchi qui prenait très au
sérieux son rôle de parrain d'Isabelle. Il avait pleuré de
joie en se jetant dans les bras de Léa : « Tu ne t'en iras

plus, tu vas rester avec nous, maintenant ? » Lisa de Mont-pleynet se remettait de la mort de sa sœur Estelle ; presque chaque jour, à petits pas de plus en plus lents, elle allait lui rendre visite au cimetière de Verdelais. Ruth était redevenue telle qu'elle était avant-guerre, la présence des trois enfants lui avait redonné le goût de vivre. Mme Lefèvre était morte peu après le départ de Léa pour l'Argentine. À l'annonce par Françoise du mariage de celle qu'il aimait toujours, Jean Lefèvre avait quitté le pays ; il avait confié son domaine à un métayer.

À bord du *Kerguelen*, Léa avait appris qu'elle était enceinte. Elle s'était reproché sa désinvolture face aux pré-cautions que voulait lui imposer François. C'était bien tard pour se lamenter ! Bah, elle se marierait plus tôt que prévu. N'était-ce pas là le souhait de son amant ? Il serait sûrement ravi à la nouvelle de sa future paternité... Mais il lui avait semblé que son cœur s'arrêtait et qu'un froid immense la pénétrait. Était-il bien le père de son enfant ?... Après la mort de Sarah, Léa avait été prise d'une frénésie sexuelle qui comblait François... et surpre-nait Ernesto. Tavernier avait parfois croisé le jeune étu-diant dans les couloirs de l'hôtel *Plaza* et avait cru au début qu'il s'agissait d'un simple flirt, jusqu'au jour où il les avait surpris dans une tenue sans équivoque. « La garce ! » avait-il pensé, presque amusé, tout en refermant la porte. Ce n'est qu'au bout de quelques instants que François avait été saisi d'une grande colère. Revenant dans la chambre, il avait trouvé Léa seule et lui avait administré une paire de gifles dont la violence l'avait jetée à terre. Elle s'était traînée derrière le lit en reniflant, les bras repliés devant son visage, comme une petite fille. Ce geste enfantin l'avait calmé. Il s'était laissé tomber sur le lit, envahi par une souffrance qu'il ne connaissait pas. Il savait qu'elle lui avait été infidèle ; mais ils ne s'étaient rien promis ; lui-même était le dernier à pouvoir lui adres-ser des reproches. Pourtant, allongé là, sur ce lit où tout à l'heure... Jamais il n'aurait imaginé connaître pareille douleur à cause d'une femme!... Léa ne pouvait s'intéresser à ce gamin, elle n'avait fait l'amour avec lui que par caprice, par désœuvrement, cela n'avait aucune importance. Aucune! Alors, pourquoi souffrait-il tant en la revoyant enlacée dans les bras de l'autre?... « Elle est à moi, pensait-il. Je ne veux pas que d'autres hommes la touchent... Je la connais dans l'amour, je sais comme elle se donne... Je ne peux supporter l'idée qu'elle... »

Bouleversée, Léa avait regardé, incrédule, les larmes couler des yeux de l'homme qu'elle aimait. Elle s'était étendue près de lui, le cœur empli d'émotion; elle était restée un long moment immobile et silencieuse, l'âme tremblante. Puis sa main avait cherché la sienne, ses lèvres avaient bu ses larmes, de sa bouche étaient sorties des paroles apaisantes, de celles que les amants meurtris se disent depuis qu'ils connaissent la souffrance d'aimer. À son tour, il lui avait rendu ses baisers dans un emportement haineux. Il avait plongé en elle avec le désir de lui faire mal, de l'humilier. Ses gémissements stimulaient son ardeur, augmentaient son animosité. Dans leurs bouches se mêlait le goût du sel et du sang.

Plus tard, Léa avait su trouver les mots pour se faire pardonner. Ils s'étaient endormis, enlacés. Apaisés?...

Elle n'avait revu son ami argentin que le jour du départ.

Le premier mouvement de François Tavernier, en apprenant la grossesse de Léa, avait été de la prendre dans ses bras et de laisser éclater sa joie, mais la raideur du corps de son amie lui avait fait relâcher son étreinte. Il s'était senti blêmir devant le visage penaud.

— Ce n'est pas mon enfant? avait-il demandé d'un ton mauvais.

Ils se tenaient à l'arrière du paquebot, le vent faisait flotter les cheveux de Léa. Vêtue d'une simple robe de toile blanche et de sandales, le visage dépourvu de tout maquillage, légèrement hâlé, elle avait l'air d'une adolescente égarée. Une nouvelle fois, il avait été ému par cette fragilité qu'elle ne parvenait pas à dissimuler. Il avait répété sa question.

— Je ne sais pas, avait-elle répondu.

Elle ne sait pas!... Elle ne sait pas!... Elle baise à droite et à gauche, elle se fait engrosser et elle ne sait pas par qui!...

Contre toute attente, il avait éclaté de rire.

— Tu plaisantes! Les femmes savent toujours ces choses-là.

Disant cela, il s'était senti ridicule d'exprimer une idée toute faite. Cependant, il y avait en lui la certitude que cet enfant était bien le sien. Cette pensée lui avait arraché un sourire.

Pourquoi le regardait-elle avec cet air soumis? Cela ne lui allait pas du tout : il la voulait combative, aventureuse, emportée, insouciante, pleine de mauvaise foi, tour à tour gaie et mélancolique, sensuelle et joueuse. Il aurait préféré des larmes plutôt que cette soumission.

— L'important, c'est que tu en sois la mère. Un enfant de toi, c'est un cadeau. Qu'importe le père! Là... là... calme-toi!... Ne pleure pas comme ça, tu vas te rendre malade!

Les sanglots qui secouaient Léa étaient tels que François avait eu du mal à l'allonger sur un transat.

La traversée s'était poursuivie dans le calme et le bonheur, mais une nouvelle leur avait cependant rappelé que, pour certains, la tragédie continuait : le *Président Warfield*, rebaptisé *Exodus* par ses quatre mille cinq cent trente passagers juifs réfugiés d'Allemagne, émigrants clandestins, avait été arraisonné par les autorités britanniques devant le port de Haïfa. Le navire, parti de Sète, avait été reconduit sous escorte à Marseille où les passagers avaient refusé de débarquer. Le message radio affiché signalait que le bâtiment faisait route vers l'Allemagne.

Cette information avait attristé la fin du voyage. Ils avaient évoqué Uri ben Zohar et Amos Dayan qui rêvaient d'une terre où tous les Juifs du monde pourraient enfin vivre en paix. La réalité effaçait le rêve.

À Bordeaux, personne ne les attendait; Léa, voulant faire la surprise de son retour, ne l'avait pas annoncé.

13

Dans le taxi qui les conduisait à Montillac, ils avaient contemplé en silence, mains enlacées, la campagne girondine écrasée de soleil. Ils étaient arrivés à l'heure douce de la fin de journée. On entendait des cris d'enfants, la voix enjouée d'une femme, le rire d'un homme, le chant d'un coq, l'aboiement d'un chien. Tout était à sa place, harmonieux. Rien ne subsistait des désordres de la guerre. La maison était là, telle que Léa l'avait toujours connue, apaisante à ceux qui en franchissaient le seuil. Comme à chacun de ses retours, elle s'attendait à voir surgir sa mère, mais ce fut Françoise qui apparut. Elle resta un instant immobile, bouche ouverte, avant de s'élancer :

— Léa !...

Le surlendemain de leur retour, François Tavernier avait dû repartir pour Paris ; il était convoqué au Quai d'Orsay. Il s'en était remis à Françoise et Alain des préparatifs du mariage.

Les premiers jours de Léa à Montillac s'étaient passés dans l'enchantement de revoir la maison, aussi bien ordonnée que du temps où sa mère en était le génie tutélaire. Les vignes, les champs et les bois étaient remarquablement entretenus grâce à la vigilance et à l'acharnement d'Alain. Il n'avait guère le choix : les résultats d'exploitation de la propriété ne lui permettaient pas d'embaucher selon ses besoins. Les prisonniers allemands étaient rentrés chez eux et la main-d'œuvre qualifiée se faisait rare. Heureusement, les vendanges promettaient d'être remarquables.

— Il faut bien qu'il y ait des choses positives dans ce pays ! s'exclamait-il, assis sur le muret de la terrasse en contemplant les vignes.

Ramadier, le chef du gouvernement, avait lancé à la radio un appel pressant aux agriculteurs, les adjurant de livrer sans délai leur blé afin d'assurer le ravitaillement en pain des Français. La ration journalière était tombée à deux cents grammes ; jamais, même pendant la guerre, elle n'avait été aussi basse. Des rumeurs circulaient selon lesquelles des enfants et des vieillards seraient morts de faim. La plupart des denrées alimentaires étaient encore rationnées, les grèves se multipliaient, il n'y avait plus de ministres communistes au gouvernement, de Gaulle avait créé le Rassemblement du peuple français, Vincent Auriol avait été élu à la présidence de la République, Massuy, l'un des tortionnaires de Sarah, venait d'être condamné à mort pour avoir bien servi la Gestapo, au 101 de l'avenue Henri-Martin... Chez certains, la présence des soldats américains sur le sol français n'était pas mieux ressentie que celle des Allemands, l'unité de la Résistance avait volé en éclats, à Madagascar et en Indochine les attaques armées et les massacres de populations alternaient, les rapports entre l'Union soviétique et les États-Unis étaient au bord de la rupture, on accusait le gouvernement de s'être vendu à Washington, on parlait de rideau de fer, de guerre froide. Le temps lui-même avait perdu la tête après un hiver d'une rigueur extrême : moins trente degrés dans le Val-d'Isère, moins onze à Paris ; le 2 juin, il avait fait trente-trois degrés à l'ombre dans la capitale, et quarante le 28 juillet.

2

François Tavernier traversa la place du Palais-Bourbon à grandes enjambées nerveuses. Il bouillonnait de colère. Son entrevue avec Georges Bidault avait été des plus orageuses. Le ministre des Affaires étrangères l'avait durement sermonné sur ses prises de position et son attitude en Argentine. De quoi se mêlait-il? Ne pouvait-il laisser les terroristes juifs régler leurs problèmes avec les nazis réfugiés là-bas?

— Pendant la guerre, n'appelait-on pas les résistants français des « terroristes »? avait-il doucement répondu.

— Ne mélangez pas tout! avait répliqué sèchement le ministre. La guerre avec l'Allemagne est terminée, nous devons penser à la reconstruction, et l'union entre nos deux pays ne doit pas être compromise par des trublions de votre espèce.

Tavernier s'était levé, tout pâle.

— Monsieur le ministre, c'est sur ordre du général de Gaulle que je m'étais rendu en Argentine...

— Le général de Gaulle n'est plus aux affaires. On peut le regretter, mais c'est ainsi. Vous n'étiez pas dans la Carrière, je crois?

— En effet, monsieur le ministre, et je ne souhaite pas y demeurer.

— Voilà qui est parfait. Monsieur Tavernier, je vous rends votre liberté.

16

« Quel sinistre petit con ! » avait-il pensé en claquant la porte.

Après la pénombre du bureau ministériel, la touffeur de la rue lui avait sauté au visage. Pas un café en vue dans ce quartier ! Peut-être celui de la place du Palais-Bourbon serait-il ouvert ?

— Vous ne pouvez pas faire attention ?... Tavernier !... Je vous croyais en Amérique du Sud... Ça me fait grand plaisir de vous revoir.

Tout à ses pensées maussades, il avait heurté deux individus en conversation animée.

— Lemberg !... Pardon... monsieur le ministre !

— Pas de ça entre nous ! Cela fait combien de temps ?

— Depuis 42, à Lisbonne.

— Oui, je m'en souviens, là où cette jolie blonde qui se faisait passer pour une journaliste anglaise ne cessait de me dire : « Je sais bien que vous êtes Pierre Mendès France... »

— Vous l'avez échappé belle ! Plusieurs des nôtres n'ont pas eu cette chance...

— Hélas !... Où fonciez-vous, avec cet air sombre ?

— Je sors du Quai.

— Ah, je vois ! Bidault n'a pas dû apprécier votre comportement en Argentine... J'ai appris, pour votre femme... Croyez à toute ma sympathie... Oh, pardonnez-moi, vous ne vous connaissez pas, je crois. Sainteny, laissez-moi vous présenter François Tavernier, un grand résistant et un homme de courage, qui a rempli pour le gouvernement français des fonctions délicates. Tavernier, je vous présente Jean Sainteny, grand résistant lui aussi, commissaire de la République pour le Tonkin et le Nord-Annam.

— L'homme des accords du 6 mars avec Hô Chi Minh ? s'enquit François en lui tendant la main.

Le frémissement de la main de Sainteny, son regard semblaient dire : Y trouvez-vous à redire ? Tavernier enchaîna :

— Pour ce que je connais de la situation en Indochine, c'était la seule chose à faire à ce moment-là...

17

— Messieurs, excusez-moi, j'oubliais un rendez-vous important. Je vous laisse. Liez connaissance, vous êtes faits pour vous entendre. Tavernier, ne manquez pas de m'appeler un jour prochain.

Après une poignée de main, Mendès France s'éloigna rapidement sous le soleil écrasant.

— Si nous allions boire un verre ? suggéra François en désignant la terrasse vide du café de la place.

— Pourquoi pas ?

Dans l'espoir de trouver un peu de fraîcheur, les deux hommes pénétrèrent à l'intérieur de l'établissement où somnolaient la caissière et deux garçons de café. L'un d'eux s'approcha en traînant les pieds :

— Ces messieurs désirent ?

— Un demi bien frais, commandèrent-ils en chœur.

Cette connivence les fit sourire. Ils vidèrent leur verre d'un trait. Tavernier fit signe au garçon de remettre la même chose.

Silencieux, ils regardaient la légère coulée de mousse glisser le long des parois embuées. À tour de rôle, chacun but une gorgée. On aurait dit deux vieux amis qui se rencontrent à heures régulières, n'ont plus grand-chose à se dire, mais aiment à se retrouver pour siroter calmement leur boisson favorite.

— Vous portiez un autre nom quand je vous ai aperçu en Normandie, lors d'une réunion avec ceux du réseau « Alliance ». Vous étiez alors l'époux d'une fort jolie femme.

— J'ai changé de nom et ma femme m'a quitté.

Le ton avec lequel cela fut dit interdisait tout commentaire.

— Quand êtes-vous allé pour la dernière fois en Indochine ? demanda Jean Sainteny.

— Peu avant la guerre, en janvier ou février 39. Une de nos usines avait été attaquée par une bande de voleurs, il y avait eu des morts. J'y suis resté deux mois, le temps de tout remettre en ordre.

— Fréquentiez-vous les milieux annamites ?

— Oui, notre directeur avait épousé une Annamite d'ancienne et noble famille. Leurs fils et moi, nous passions notre temps avec les pêcheurs de la baie de Ha Long pendant les vacances. L'aîné a mon âge, c'est mon meilleur ami; il a fait ses études à Lyon dans le même lycée que moi.

— Il ne souffrait pas trop de sa situation de métis?

— Là-bas? Malheur à celui qui y aurait fait allusion! Il avait parfaitement assimilé les deux cultures : il était le petit-fils de mandarin à Hanoï et celui d'un homme d'affaires français à Lyon. C'est par lui que je suis au courant de l'évolution de la situation. Laquelle n'est pas brillante...

— Quelles sont ses positions politiques?

— Il est évidemment pour l'indépendance de son pays.

— Communiste?

— Non... pas encore.

— Que voulez-vous dire par là?

— Ne faites pas attention. Ce n'est qu'une impression personnelle. Sept ans ont passé!... L'attitude de la France au moment de la conférence de Fontainebleau, l'échec des pourparlers engagés par Ramadier par l'intermédiaire du général Leclerc et de Marius Moutet vont peser très lourd sur l'avenir. L'heure est à l'indépendance des anciennes colonies. Regardez l'Inde, le Pakistan... Et puis, il ne faut pas oublier qu'en Indochine, nous avons perdu la face, non seulement à cause de la défaite de 40, de l'occupation de la péninsule par les Japonais, mais aussi par suite du limogeage sans ménagements de l'amiral Decoux.

— Vous semblez assez au courant de ce qui se passe en Indochine et porter une appréciation bien différente de celle de la majorité des Français qui ont des intérêts là-bas, observa Jean Sainteny qui n'avait cessé de dévisager Tavernier depuis que celui-ci parlait.

— J'ai toujours eu beaucoup de mal à être de l'avis de la majorité, fit celui-ci en éclatant de rire. Mais il est vrai que je suis assez bien informé de ce qui se passe, aussi bien à Saigon qu'à Hanoï. Je suis d'une famille de soyeux lyonnais. Avant la guerre, nous avions de nombreux élevages de vers à soie et trois usines au Tonkin. Malgré les difficultés, la présence japonaise, le personnel en place n'a pas cessé de travailler.

— Quel est le nom de votre directeur à Hanoi ? Je le connais peut-être.

— Martial Rivière.

— Je le connais, en effet : un homme sympathique, respecté des Vietnamiens. Je l'ai rencontré à deux reprises en compagnie d'un vieux lettré parlant parfaitement le français, le professeur Lê Dang Doanh...

— Son beau-père.

François Tavernier remarqua que l'énoncé du nom de Martial Rivière avait détendu Jean Sainteny : il situait mieux son interlocuteur.

— Pardonnez-moi de vous poser des questions, je suis préoccupé par ce qui se passe là-bas. En dépit des événements sanglants de ces derniers temps, je reste convaincu qu'il y a encore des possibilités de paix pour ce pays.

— N'empêche que la mission de Leclerc, comme celle de Moutet en janvier dernier, a échoué.

— Il y a eu malentendu au plus haut niveau et si je ne craignais pas d'aller trop loin, je dirais même qu'il y a eu trahison. À Paris comme à Hanoi ou à Saigon règne la pagaille la plus noire. Si elle souhaite conserver son empire, la France doit savoir comment elle entend s'y prendre pour y parvenir.

— Conserver l'empire... quelle illusion ! L'empire est virtuellement perdu et les erreurs commises par les dirigeants français, tant en Indochine qu'à Madagascar ou au Maghreb, ne servent qu'à accélérer le cours des choses. Que peut-on faire contre des peuples qui réclament leur indépendance ?

— Si l'on avait respecté les accords passés avec Hô Chi Minh, on aurait pu attendre le moment venu pour accorder son indépendance au peuple vietnamien...

— Le moment venu ? ironisa Tavernier. Le moment venu arrive toujours trop tard quand un peuple a soif de liberté.

— L'ensemble du peuple vietnamien ne réclame pas cette indépendance, une partie souhaite encore la présence de la France...

— Quel âge ont-ils, ceux qui souhaitent encore la présence française ? La jeunesse ? Cela m'étonnerait. Les ouvriers, les paysans ? Ils feront ce que le parti le plus fort leur dira de faire. Ce sont les petits propriétaires, les notables blanchis sous la colonisation et qui en tiraient des avantages, les fonctionnaires, les trafiquants de piastres ou d'opium qui souhaitent le maintien de la France en Indochine, car un changement leur ferait perdre leurs acquis.

— Vous me tenez là un discours communiste !

— Non, le simple bon sens. Avez-vous lu l'article de Claude Bourdet dans *Combat* et celui de Léon Blum dans *Le Populaire* d'hier ?

— Non.

— J'ai conservé celui de Blum.

Tavernier sortit de la poche de sa veste un journal froissé qu'il tendit à Sainteny.

— Lisez !

Oui, il faut en finir. Oui, l'on peut en finir, maintenant que l'« ordre pacifique » est suffisamment rétabli en Indochine, ce qui était l'unique condition préalable. Oui, l'on doit traiter de peuple à peuple, et non de vainqueur à vaincu. Oui, l'on doit traiter en tenant les yeux fixés non sur le passé, mais sur l'avenir qui doit comprendre les deux peuples dans la même Union française. Oui, l'on doit traiter avec les représentants authentiques et qualifiés du peuple vietnamien, quels qu'ils soient, sans aucune exclusive politique ou personnelle. Oui, Hô Chi Minh, qui n'est pas mort, quoi qu'on en ait dit, qui est bien vivant, avec qui M. Paul Mus s'est entretenu, de qui j'ai reçu un message personnel il y a quelques jours par des voies parfaitement officielles, demeure le représentant authentique et qualifié du peuple vietnamien et... il fournit en ce moment la preuve évidente, palpable, de sa sagesse, de son patriotisme, de son abnéga-

tion. Il y a une lueur sur l'Indochine. Il faut que cette lueur devienne l'aube, puis le jour.

— Je partage le point de vue de Blum, mais je me demande s'il n'est pas déjà trop tard. Chaque jour qui passe affermit les Vietnamiens dans ce qu'ils considèrent comme un juste combat pour leur indépendance, et je crains que l'attitude du gouvernement français, favorisant d'une part la venue au pouvoir de Bao Daï et se déclarant d'autre part dans l'impossibilité de négocier avec le Viêt-minh[1], n'ait fort compromis les chances d'un traité.

— Cela vaudrait peut-être la peine d'être tenté une nouvelle fois.

Sainteny considéra son interlocuteur d'un air songeur.

— Beaucoup de démarches ont été entreprises, lâcha-t-il d'une voix sourde, comme se parlant à lui-même.

Les deux hommes restèrent un moment silencieux.

François Tavernier finit sa bière en regardant son compagnon dessiner des ronds humides sur le marbre du guéridon avec son verre. Chez cet homme beau et élégant, que les femmes devaient aimer, il y avait quelque chose de brisé, comme un rêve déçu. Le refrain d'une chanson traversa son esprit et le fit sourire.

— Pourquoi souriez-vous? demanda Jean Sainteny avec une pointe d'agressivité dans la voix.

— *Il ne faut pas briser un rêve...*, fredonna Tavernier en guise de réponse.

Sainteny eut un imperceptible froncement de sourcils.

— Vous avez une belle voix, fit-il après un silence. Vous vous intéressez à la musique?

— Je pianote et suis allé quelquefois au concert. J'ai un faible pour la chanson dite populaire... j'aime beaucoup Charles Trenet et Édith Piaf. Et vous?

Sainteny répondit en sifflant l'air d'une chanson de Maurice Chevalier : *À Ménilmontant.*

— Vous sifflez remarquablement bien.

1. Contraction de *Vietnam doc lap dong minh hoi,* Ligue pour l'indépendance du Viêt-nam.

— C'est ce qu'on me dit. Bien avant la guerre, je jouais du trombone, j'ai fait partie de l'orchestre de Ray Ventura. On répétait chez mes parents. Nous étions jeunes !

— Vous ne trouvez pas cocasse que deux hommes dans notre situation, vous traité de munichois, moi viré par Bidault, en viennent à parler de chansonnettes ?... Mais cela me plaît bien. Je vais retourner à mes affaires, me ranger, oublier les nazis et les chasseurs de nazis, et me consacrer à la femme que j'aime. Garçon, s'il vous plaît, remettez-nous la même chose !

— Je vous vois mal rentrer dans le rang. De Gaulle et la Résistance nous ont profondément marqués l'un et l'autre. À ce que je crois deviner, votre séjour en Argentine n'a pas été de tout repos. Mes séjours en Indochine depuis 1945 m'ont ouvert les yeux sur bien des problèmes, en particulier sur la question coloniale. Je pense que des hommes comme vous et moi pouvons encore être utiles à ce pays...

— Sans doute, mais on nous met au rancart !

— Peut-être ne tient-il qu'à nous de ne plus y être ?

— Que voulez-vous dire ?

Sainteny resta un long moment silencieux en faisant tourner son verre entre ses paumes.

— Pouvons-nous dîner ensemble ce soir ? demanda-t-il.

— Bien volontiers. Où voulez-vous ?

— Chez L'Ami Louis, vous connaissez ?

— Il existe toujours ? Pendant la guerre, c'était un des bistrots préférés des officiers boches. Pour eux, c'était... typisch französisch !

— Le patron a eu quelques ennuis à la Libération, mais on dit que des clients haut placés et friands de sa cuisine sont intervenus. L'endroit vous convient-il ?

— Tout à fait. À quelle heure voulez-vous ?

— Vingt heures trente ?

— Parfait. Vingt heures trente là-bas.

3

Rien n'avait changé depuis la guerre dans le fameux bistrot : l'éclairage sinistre, le poêle de fonte, la sciure sur le carrelage, les chaises de bois blanc noircies par les ans, le linge impeccable, les serveurs d'un autre âge. L'un d'eux, proche de la retraite, s'avança avec empressement vers François.

— Monsieur Tavernier ! Quel plaisir de vous revoir !... Je parlais de vous, pas plus tard qu'hier, avec un collègue : « Encore un qui ne reviendra pas. » Je suis bien heureux de m'être trompé !

— Eh oui, Maurice, la mort n'a pas voulu de moi, elle attendra encore un peu.

— Le plus longtemps possible, monsieur Tavernier. C'est le patron qui va être content de vous voir. Il n'a pas changé, vous savez : grande gueule, mais bon cœur... Je me trompe ? Il ne me semble pas avoir vu de table à votre nom.

— Vous ne vous trompez pas. Je suis avec M. Sainteny.

— Ah, très bien. Sa table est par ici. Je m'en vais prévenir le patron.

Peu après, un homme au ventre rebondi ceint d'un large tablier blanc, le visage rougi par la chaleur des fourneaux, vint vers lui, une bouteille de champagne dans une main, deux verres dans l'autre.

— Pour une surprise, c'en est une, et une bonne surprise de vous revoir, monsieur Tavernier! Il me reste quel-ques bouteilles du champagne que vous aimez. On va boire à votre retour parmi nous.

— Bien volontiers, dit Tavernier en serrant la main tendue. Buvons à votre prospérité!

L'ironie du ton n'échappa pas au patron qui, après avoir ouvert la bouteille, empli les verres et vidé le sien d'un trait, s'en retourna dans sa cuisine.

François regarda autour de lui : c'étaient les mêmes. La guerre, les restrictions, le marché noir, la Libération, l'épuration ne semblaient avoir modifié en rien la clientèle. Seul changement : il n'y avait plus d'uniformes vert-de-gris, ils avaient été remplacés par le beige des Américains.

Tout à ses réflexions, il n'avait pas vu s'approcher Jean Sainteny.

— Je suis navré pour ces quelques minutes de retard.

— Je vous en prie, c'est moi qui étais en avance. Garçon, un autre verre!

Ils burent tout en consultant la carte. Quand ils eurent passé leur commande, ils s'observèrent en silence sans essayer de dissimuler leur curiosité. Le premier, François Tavernier sortit de son mutisme :

— Je ne pense pas que votre aimable invitation soit due à la seule sympathie que vous éprouvez à mon égard. Qu'avez-vous à me dire?

Jean Sainteny se taisait toujours; il semblait en proie à un profond dilemme.

— Ce n'est pas facile... Je me suis peut-être un peu trop avancé, dit-il, hésitant.

— Expliquez-vous.

— J'ai parlé de notre rencontre au général Leclerc.

— Je le croyais au Maroc, lâcha François, sans paraître le moins du monde surpris.

— Non, c'est bientôt la saison de la chasse, il ira passer quelques jours chez lui, à Tailly, mais il est actuellement à Paris pour l'anniversaire de la Libération. Je lui ai parlé de notre conversation sur l'Indochine et de vos relations là-bas. Il aimerait s'en entretenir avec vous.

— J'imaginais que, pour lui, la page indochinoise était tournée... comme pour vous, d'ailleurs.

Sainteny ne répondit pas. Il mangeait posément. Avec une mine de connaisseur, il vida son verre de vin.

— Excellent, ce château-lafite.

— Oui, la maison a une très bonne cave, quoique plus riche en grands bourgognes qu'en bordeaux. Quand dois-je rencontrer Leclerc ?

— Tout à l'heure. Il nous attend à son hôtel.

— Savez-vous ce que pense le général de Gaulle de la situation en Indochine ?

— Non, je ne l'ai pas revu depuis mon retour en France. Son départ du gouvernement lui impose l'obligation de réserve, mais je sais qu'il reste attentif à ce qui se passe là-bas.

— C'est bien lui qui vous avait envoyé en mission ?

— Oui. Après le coup de force japonais du 9 mars, je devais être parachuté en Indochine pour rejoindre ce qu'il pouvait rester de la Résistance après la répression nippone. J'avais séjourné plusieurs années en Indochine où j'avais conservé de nombreuses relations. C'est la raison pour laquelle je quittai Paris, nanti d'un nouvel état civil : j'adoptai officiellement le nom de Sainteny que les événements devaient, deux ans plus tard, m'obliger à conserver définitivement. J'ai rencontré le colonel Passy lors de l'escale du Caire. C'est là que le chef de la DGER[1] m'a annoncé mon changement de destination et sa décision de me confier le commandement de la base de Kunming, en Chine, c'est-à-dire de « Mission 5 », dépendant du port de Calcutta.

— En quoi consistait cette mission ?

— Multiplier nos antennes et nos moyens d'investigation en territoire ennemi, principalement dans l'Indochine toujours occupée par les Japonais ; reprendre et développer les contacts avec la population française du Tonkin ; aider nos compatriotes ou nos alliés à gagner la Chine

1. Direction générale des études et renseignements; c'est l'ex-DGSS : Direction générale des services spéciaux d'Alger.

lorsqu'ils se trouveraient en danger sur le territoire indochinois; apporter notre concours aux Alliés en les renseignant et en constituant des commandos pour effectuer des raids dans les zones occupées par l'ennemi; suivre l'évolution des mouvements nationalistes indochinois, préparer le retour de la France en Indochine, le moment venu, et tenter, dans ce but, de percer à jour les intentions alliées et chinoises.

— Ça n'a pas dû être simple!

— Non, mais c'était passionnant. Un travail de fourmi et d'araignée tout à la fois, avec une équipe formidable. En juillet 1945, pour des raisons de service, et surtout par suite du développement de « Mission 5 », il me sembla nécessaire de faire un rapide voyage à Paris. J'y arrivai le 13 juillet. L'atmosphère était à l'euphorie, on m'écouta d'une oreille distraite quand je dis que les événements allaient se précipiter en Extrême-Orient, que le Japon restait seul en face des Alliés. Je demandai si la France était prête, dès la chute du Japon, à reprendre sa place en Indochine. Je signalai l'opposition à laquelle nous devions nous attendre de la part du nationalisme annamite. Mes avertissements à ce sujet ne rencontrèrent que scepticisme. Dans l'esprit de trop de Français, les Indochinois attendaient notre retour avec impatience et s'apprêtaient à nous recevoir à bras ouverts. Je dis qu'en l'absence d'un corps expéditionnaire puissant, prêt à intervenir immédiatement et à réoccuper les positions essentielles, il me semblait nécessaire de nous assurer l'appui, ou tout au moins la neutralité bienveillante de l'un de nos alliés. Pour de nombreuses raisons, surtout économiques, les Américains me paraissaient les plus aptes à nous prêter une oreille attentive. J'exposai de mon mieux ce raisonnement aux personnalités que je rencontrai; il fut accueilli avec beaucoup de réserve, ce qui me confirma que, d'une façon générale, le problème indochinois était placé assez loin dans l'ordre des soucis de la métropole. Seul le colonel Passy comprit immédiatement toute l'importance de la question et me demanda d'attendre à Paris le retour du

général de Gaulle. Mais les jours passaient, et Passy
m'ordonna de rejoindre mon poste sans plus tarder. Quelques heures seulement avant mon départ, je fus informé
qu'à la conférence de Postdam, en l'absence de la France,
et sans qu'elle fût consultée, les Alliés avaient décidé de
diviser l'Indochine à la hauteur du 16e parallèle. La zone
nord étant occupée par les troupes chinoises, celle du sud
par les Anglais. Je repartis pour Kunming dans un état
que vous pouvez imaginer. Là, peu après mon retour,
j'appris le lancement des bombes atomiques sur Hiroshima et Nagasaki. Près de deux cent mille morts en quelques secondes. À « Mission 5 », nous travaillions jour et
nuit. Le 15 août, à l'annonce de la capitulation nippone,
tous les Français de Kunming envahirent le siège de
« Mission 5 » pour fêter cette nouvelle si impatiemment
attendue. Cependant, pour nous, le plus dur restait à faire.
   Pendant un moment, les deux hommes mangèrent en
silence.
   — À quel moment êtes-vous entré en Indochine ?
   — Dès le début d'août, j'en ai étudié la possibilité. Après
l'euphorie suivant l'annonce de la capitulation, la réalité
s'imposa à mes camarades et à moi : le Japon était à bout
de souffle, mais ses armées n'avaient jamais été défaites ;
auprès des peuples asiatiques, son prestige était intact et
ses agitateurs avaient semé la haine du Blanc. Il fallait au
plus vite ramener la France en Indochine en profitant du
choc provoqué par la destruction de Hiroshima et Nagasaki. Ma décision était prise : les Français reviendraient
les premiers à Hanoi. Nos compatriotes isolés depuis de
nombreux mois devaient sans retard avoir la preuve que la
France songeait à eux et n'avait rien abdiqué de ses droits.
Toutes les liaisons officielles et clandestines étaient cou-
pées. J'envisageai alors de parachuter un premier groupe
d'officiers, tous volontaires, choisis parmi ceux qui, venant
d'Indochine, étaient réputés pour leur parfaite connaissance du Tonkin. Mais j'ai dû renoncer à cette idée ; les
Japonais, refusant de déposer les armes, reconnaîtraient
et arrêteraient d'anciens officiers d'Indochine ayant

combattu contre eux. Ces gens-là avaient trop souffert ; je ne pouvais prendre ce risque. J'ai donc décidé alors d'y aller moi-même avec de jeunes collaborateurs inconnus au Tonkin, les lieutenants Louis Fauchier-Magnan, François Missoffe, le sous-lieutenant Casnat, chargé spécialement d'établir les liaisons-radio avec nos bases de Chine et des Indes et avec la métropole, et un civil, Roland Pétric, qui connaissait admirablement le Tonkin mais n'avait jamais combattu les Japonais ; son rôle était de prendre des contacts et de procéder aux réquisitions nécessaires à l'installation éventuelle du futur délégué du gouvernement français à Hanoi. Quelle candeur de ma part ! Nous ne possédions ni avions ni parachutes ; seuls les services secrets américains en avaient et ils étaient bien décidés à tout faire pour empêcher le retour de la France en Indochine. Je les ai mis au courant. Ils ont accepté, après bien des réticences, de mettre un avion à ma disposition ; en contrepartie, il fut convenu que quelques officiers américains nous accompagneraient. Le major Patti, chargé à l'OSS[1] de la section nord de l'Indochine, serait le responsable de la mission américaine. Le départ, prévu le 16 août, fut retardé autant que le pouvaient les Américains, avec la plus totale mauvaise foi. Il était évident que les Français ne devaient pas arriver seuls ni trop vite à Hanoi... Je vous passe les discussions orageuses entre les Américains et nous. Enfin, le 22 août, sous une pluie diluvienne, nous décollâmes. La pluie avait cessé quand nous survolâmes Hanoi. À notre passage, comme pour nous fêter, d'étranges fleurs rouges s'épanouissaient sur la ville avec une surprenante rapidité. Quand l'avion descendit plus bas, nous distinguâmes des drapeaux rouges à étoile d'or. Nous comprîmes alors que l'accueil ne serait pas celui que nous espérions...

Sainteny regardait droit devant lui, ne voyant plus son compagnon, il volait au-dessus de Hanoi pavoisée aux couleurs de la Révolution.

— Comment avez-vous été accueillis ?

1. Organisation Special Service.

29

— Par les Japonais et des prisonniers indiens. Sous bonne escorte, nous fûmes conduits à l'hôtel *Métropole* où étaient réunis la plupart des Français encore en liberté. Juste en face était installé le siège du gouvernement viêt-minh. Ce premier contact avec l'Indochine, après des années d'absence, ne fit que confirmer mes plus funestes présages. Dans les rues noires de monde, pavoisées de drapeaux viêt-minh, la foule contenue par des Nippons me semblait plus curieuse qu'hostile. Il y avait exactement quatorze ans que je n'étais plus revenu dans ce pays, mais tous ces paysages m'étaient aussi familiers que si je les avais quittés la veille. Les eaux, très hautes, avaient rompu les digues; le delta tonkinois ressemblait à une gigantesque lagune. D'immenses calicots tendus d'arbre en arbre barraient les avenues et les rues; ils répétaient ce que j'avais déjà lu sur les murs, peint en gros caractères en français et en vietnamien, mais aussi en anglais et en chinois : « l'Indépendance ou la mort! », « le Viêt-nam aux Vietnamiens! », « Mort à l'impérialisme français », « À bas le colonialisme français! ». J'exigeai que l'on me conduisît au palais du Gouvernement général dont je pris possession au nom de la France. Les lieutenants Missoffe et Fauchier-Magnan et le sous-lieutenant Casnat, parachutés dans la matinée, me rejoignirent. Nous fîmes le point au cours du dîner servi par la domesticité du palais au grand complet. Casnat appela par radio nos correspondants de Kunming et de Calcutta. Mais je vous ennuie avec mes souvenirs de vieux combattant...

— Pas du tout. Vous avez vécu une expérience passionnante, beaucoup plus excitante que la mienne en Argentine. Quand a eu lieu votre première rencontre avec Hô Chi Minh?

— J'ai d'abord rencontré Vo Nguyên Giap, alors ministre de l'Intérieur, et Duong Duc Hien, ministre de l'Éducation nationale. Giap se déclara désigné par le nouveau gouvernement pour rencontrer le premier envoyé du gouvernement provisoire de la République française. Il souhaitait un contact étroit entre nous et déclara que lui-

30

même serait heureux de recevoir conseils et directives. Tout cela sur le ton le plus cordial, comme il se doit lors d'une première rencontre en Asie. Nous convînmes que l'ordre devait être rapidement rétabli. Nos conversations se renouvelleraient le plus fréquemment possible. L'entretien se termina aussi courtoisement qu'il avait commencé. J'étais loin de me douter que ce Giap, que je voyais pour la première fois, deviendrait, quelques mois plus tard, l'un de nos plus farouches ennemis.

— Quel genre d'homme est-ce?

— Remarquablement intelligent, d'une force de caractère peu commune, dur, rusé, de petite taille mais très robuste, cet ancien docteur en droit, professeur d'histoire et de géographie, est notre plus redoutable adversaire. Par la suite, je devais le rencontrer un grand nombre de fois.

— Vous étiez à Hanoi lors de la proclamation de l'indépendance par Hô Chi Minh?

— Oui. J'ai chiffré à plusieurs centaines de milliers le nombre de manifestants qui participèrent à cette fête du 2 septembre. L'ordre dans lequel se déroulèrent les différentes manifestations était très impressionnant. Pas un cri hostile envers la France. Par contre, avec nos amis américains, les relations devenaient de plus en plus tendues. Par anticolonialisme, les représentants des États-Unis à Hanoi faisaient le jeu des nationalistes annamites, sans se rendre compte qu'ils cautionnaient la politique anti-Blancs des Japonais et préparaient le terrain à un danger bien plus grave encore : le communisme asiatique. Notre situation était devenue intenable, les domestiques avaient disparu, nous n'avions plus de vivres. Japonais, Annamites et Américains cherchaient à nous chasser du palais du Gouvernement général. J'adressai télégramme sur télégramme à Calcutta, demandant qu'on m'envoie l'ordre de me maintenir au Gouvernement général en attendant l'arrivée des représentants officiels de la France. Ce message n'arriva jamais. Le 10 septembre, je fus obligé d'abandonner le Gouvernement général aux mains des Chinois. Je m'installai alors dans une petite villa, au bout

31

de la rue Bélier. Le 8 septembre, nous apprîmes la nomination par le général de Gaulle de l'amiral d'Argenlieu au Haut-Commissariat de France en Indochine. La situation devenant de jour en jour plus dramatique, je me rendis à Chandernagor où se trouvait l'amiral pour le mettre au courant des faits. Je lui fis part de mon désir d'être remplacé à Hanoi par un représentant de la France dûment mandaté. Mais l'amiral ne l'entendait pas ainsi, il me demanda de poursuivre à titre officiel la tâche commencée et de regagner Hanoi. C'est en sortant de son bureau que je rencontrai un officier qui se planta devant moi en me disant : « Alors, le voilà, ce Sainteny! Je suis bien content de vous connaître. Mais il paraît que vous avez l'intention de décrocher et de nous abandonner en plein baroud? Cela ressemble bien peu à ce qu'on m'a dit de vous! » C'était Leclerc. Je suis donc reparti pour Hanoi avec le titre de Commissaire de la République pour le Tonkin et le Nord-Annam.

— Le 15 octobre 1945 a eu lieu ma première rencontre avec Hô Chi Minh. À première vue, son aspect n'offrait rien d'exceptionnel; de taille moyenne, plutôt fluet, sa barbiche, son haut front bombé lui donnaient l'air d'un intellectuel plus que d'un chef de guerre. Mais ce qui frappait le plus, c'étaient ses yeux vifs, brûlant d'un feu extraordinaire; toute son énergie était concentrée dans son regard. Pendant six mois, nous nous rencontrâmes à maintes reprises, accompagnés le plus souvent, lui par Giap, moi par Léon Pignon. Nos discussions étaient délicates : il s'agissait de lui faire accepter le retour au Tonkin des troupes françaises qui viendraient relever les troupes chinoises. Comme vous le voyez, la situation n'était pas des plus simples. Pour tout arranger, une famine épouvantable s'était abattue sur le pays. La première récolte de riz avait été mauvaise; la seconde fut détruite par les inondations. Chaque jour, on ramassait des morts dans les rues. Nous n'étions pas épargnés et devions nous résigner à accepter les rations militaires des Américains. Mais ma grande préoccupation était le rapatriement des femmes et des enfants français dont le sort devenait de plus en plus précaire. Pour vous donner une idée, il y eut, du 1er au 31 janvier 1946, cent quarante-cinq crimes, délits ou voies de fait, soit : six assassinats, douze tentatives d'empoisonnement, quatorze vols à main armée, des enlèvements, des agressions, tant de la part des Annamites que des Chinois. Bref, la sécurité de la population française n'était plus assurée.

Enfin, le 6 mars, en présence du général Salan, de Louis Caput, de mes proches collaborateurs, Roland Sadoun et Léon Pignon, je signai avec Hô Chi Minh ce fameux accord que l'on nous a par la suite reproché, à l'un comme à l'autre. Le 18 mars, les ressortissants français d'Hanoi firent un accueil triomphal au général Leclerc. Le soir même, je le conduisis chez Hô Chi Minh. Manifestement, les deux hommes se plurent et nous bûmes à l'amitié franco-vietnamienne sous les flashes des photographes. Vous connaissez la suite...

— Un dessert, messieurs ?

Tous deux levèrent la tête vers le garçon dont l'irruption les avait brutalement ramenés en plein Paris.

— Non, merci. Je prendrai un café et un cigare. Et vous ? s'enquit Tavernier.

— La même chose.

— Tiens, voici Arletty et toute une fine équipe.

La salle s'était emplie d'un joyeux brouhaha. Deux ou trois clientes se soulevèrent de leur chaise pour mieux apercevoir qui accompagnait la comédienne. Le nain Piéral était encadré par deux ravissantes jeunes femmes, cependant que Marcel Carné et Jacques Prévert serraient la main du patron.

— Jean !

Une des deux femmes se dirigea vers eux et se précipita sur Sainteny. L'un et l'autre se levèrent.

— Il y a longtemps que vous êtes rentré ? Pourquoi ne m'avez-vous pas appelée ?

— Cela ne m'a pas été possible.

— Menteur ! s'exclama-t-elle, rieuse. Présentez-moi votre ami.

— Monsieur François Tavernier, mademoiselle Martine Carol.

Tavernier serra la main tendue et lâcha avec une conviction un brin ironique :

— Vous êtes ravissante, mademoiselle.

Elle le remercia d'un sourire éclatant, démenti cependant par la tristesse de son regard.

— Excusez-moi, messieurs, mes camarades réclament leur belle amie, lança Piéral en prenant Martine Carol par le bras.

— J'arrive ! Au revoir, monsieur Tavernier. Appelez-moi, dit-elle à Sainteny en lui envoyant un baiser du bout de ses doigts gantés.

— Charmante personne, mais pourquoi son regard est-il si triste ?

— Je n'ai pas remarqué.

— Elle semble pourtant bien vous connaître.

— Pas vraiment. Je l'ai rencontrée il y a quelques jours, dans le Midi, chez un ami.

— N'a-t-elle pas tenté de se suicider ?

— Personne n'y a cru. Se jette-t-on dans la Seine quand on a vingt-deux ans et qu'une belle carrière cinématographique s'offre à vous ?

— Cela ne lui suffit peut-être pas. Il n'y a pas si longtemps, j'aurais tenté ma chance... Mais je dois épouser dans les prochains jours la femme que j'aime.

— J'ai du mal à vous imaginer dans le rôle de mari !

— Moi aussi, à vrai dire ! Mais, si je ne l'épouse pas, j'ai peur qu'un autre le fasse à ma place. La connaissant, je me méfie !... Nous partons quand vous voulez...

Un taxi les déposa devant l'hôtel *Continental*. Sainteny demanda au concierge de les annoncer au général Leclerc.

— Le général vous attend au bar.

Plusieurs hommes en uniforme ou en civil entouraient Philippe de Hauteclocque, simplement vêtu d'un costume de toile beige. La conversation était gaie et animée.

François contempla avec émotion le libérateur de Paris.

D'une taille moyenne, mince, se tenant très droit, avec une certaine raideur, le front haut et dégarni, des moustaches soulignant une belle bouche, des plis malicieux aux coins des yeux d'un bleu intense qui brillaient d'intelligence, il émanait de lui une énergie presque palpable et un charme indéniable. Un bel homme, pensa François.

— Messieurs, veuillez m'excuser, j'ai rendez-vous avec monsieur Sainteny, dit Leclerc en prenant congé de ses compagnons. Monsieur Tavernier, je suppose?

— Oui, mon général.

— Je vous remercie d'avoir accepté mon invitation. Allons faire quelques pas dehors, nous serons à l'abri des oreilles indiscrètes, reprit-il en serrant fermement la main de François.

Les trois hommes sortirent et se dirigèrent vers la rue de Rivoli, mal éclairée. Leclerc et Tavernier allumèrent une cigarette. Sainteny sortit une pipe de sa poche. En fumant, ils marchèrent quelques instants en silence.

— Mon ami Sainteny juge que vous pouvez être utile à la France en Indochine. Je pense que nous n'avons pas épuisé toutes les tentatives de paix et qu'il faut traiter à tout prix, vous entendez, à tout prix! Comme vous le savez, je n'ai pas répondu favorablement à la demande du gouvernement français de me nommer aux fonctions de haut-commissaire de France en Indochine, pour des raisons à la fois d'ordre militaire, politique et personnel sur lesquelles je ne tiens pas à m'étendre. Sur le plan militaire, nous avons la situation bien en main, du moins pour le moment. Le Viêt-minh est en position de faiblesse, il doit faire face à des difficultés matérielles grandissantes, à l'hostilité des populations affamées et aux mouvements nationalistes non communistes qu'il ne contrôle pas encore. Malgré cet affaiblissement, je reste malheureusement persuadé que le seul rassembleur du peuple vietnamien est le président Hô Chi Minh et qu'à défaut d'un autre interlocuteur valable, c'est avec lui que la France doit reprendre les négociations. Cependant, il importe avant tout de ne pas oublier que c'est un grand ennemi de la France et que le but poursuivi par lui-même et son parti est notre mise à la porte pure et simple. Je ne crois pas à la solution Bao Daï, elle est artificielle et ne rencontre de soutien réel que dans les milieux affairistes indochinois et français...

— Mais cette solution semble avoir la faveur du gouvernement, objecta Tavernier, interrompant le général.

— Elle semble, comme vous dites... On se croirait revenu au temps de l'amiral d'Argenlieu! Je ne pense pas que le nouveau haut-commissaire, monsieur Bollaert, malgré d'éminentes qualités, soit vraiment tenu informé des réalités de la situation, bien qu'il ait auprès de lui un de mes anciens conseillers, le professeur Paul Mus, grand spécialiste de l'Asie. L'échec de la rencontre entre ce dernier et le président Hô Chi Minh en est une preuve parmi d'autres. Vous qui connaissez ce pays, qu'en pensez-vous?

— Mon général, bien des années ont passé, mais je crois qu'il faut toujours garder à l'esprit que le peuple vietnamien, malgré mille ans de domination chinoise, ne s'est jamais soumis, et que ce que disait un roi d'Annam au quinzième siècle est plus que jamais d'actualité: « Qui veut vivre, prend le maquis. Qui veut mourir, accepte de servir les Ming... »

— Je connais ce proverbe, dit Sainteny. Giap le cite souvent quand il rencontre des Français.

— Qu'attendez-vous de moi, mon général?

— Que vous retourniez là-bas.

— À quel titre?

— À titre personnel, évidemment, répondit-il d'un air étonné. Cela va de soi!

Tavernier se figea, l'air tout aussi surpris.

— Cela va de soi... Comme vous y allez, mon général! Il est vrai que la Résistance ne m'a pas habitué à recevoir d'ordres écrits de mes chefs. Au moins avais-je leur approbation!

— Vous avez la mienne.

— Mon général, en toute autre circonstance, cela me suffirait. Aujourd'hui, il en va différemment. Aujourd'hui, il me faut l'approbation, même officieuse, du chef du gouvernement.

Les trois promeneurs traversèrent la rue de Rivoli et longèrent la grille des Tuileries. La place de la Concorde était sombre et déserte. Ils marchèrent sans mot dire jusqu'à la Seine.

— J'aime beaucoup arpenter les rues de Paris, lâcha le général. Et vous, monsieur Tavernier?

— Il y a bien longtemps que cela ne m'est arrivé. Je suppose que j'aimais bien...

— Vous supposez?

— Oui, j'ai quelque peu oublié les temps heureux de la flânerie. Le meilleur souvenir que j'aie des rues de Paris est celui d'une jeune fille amoureuse qui se blottissait contre moi sous une porte cochère, tandis que passait une patrouille allemande...

— Qu'est devenue la jeune fille? interrogea Jean Sainteny.

— Je vais l'épouser.

— Félicitations!

— Merci, mon général.

— Si je vous obtiens l'approbation, même officieuse, du gouvernement, vous partirez?

— Si vous pensez que cela puisse servir à quelque chose, oui.

— Je n'en sais rien, riposta Leclerc avec un certain agacement. Ce que je sais, c'est qu'il faut tenter l'impossible, éviter la mort de nos soldats, de nos compatriotes... Car ils mourront par dizaines de milliers... On ne gagne pas contre un peuple qui lutte pour son indépendance.

— Même si cela revient à mettre en place un pouvoir communiste?

— Vous raisonnez comme l'amiral d'Argenlieu! Ce n'est pas contre le Parti communiste que nous nous battons là-bas, mais contre des gens décidés à tout pour conquérir leur liberté. L'anticommunisme restera un levier sans appui aussi longtemps que le problème national n'aura pas été résolu.

Jusqu'à l'hôtel *Continental*, ils n'échangèrent plus que quelques propos anodins.

— Monsieur Tavernier, vous aurez de mes nouvelles demain. Bonne nuit. Sainteny, j'ai encore à vous parler.

— Bonne nuit, mon général.

Songeur, François Tavernier rentra à pied rue de l'Université.

Le lendemain, il était convoqué à l'Élysée où il fut reçu par le président de la République. Vincent Auriol lui demanda de bien vouloir être son observateur personnel en Indochine, de prendre contact avec Hô Chi Minh et de lui faire part en détail de ses observations, rencontres et conversations :

— Vous ne rendrez compte qu'à moi. Vous trouverez dans cette enveloppe un numéro de téléphone et un nom de code que vous détruirez après les avoir appris, ainsi qu'une lettre à un camarade socialiste, Louis Caput, que vous devez rencontrer dès votre arrivée. Hô Chi Minh le tient en grande estime ; c'est lui qui a souhaité qu'il soit présent lors de la signature des accords du 6 mars. Vous lui remettrez ma lettre. Entourez cependant votre rencontre de la plus grande discrétion, car tout le monde là-bas connaît ses opinions et ses sympathies. Il est instituteur à Dalat et enseigne depuis près de vingt ans en Indochine. Il vous sera de la plus grande utilité. Un compte sera ouvert à votre nom à la Banque d'Indochine. Son directeur général, Jean Laurent, un ancien résistant, membre du réseau « Alliance » et chef de secteur du groupe « Jade-Amicol », procédera lui-même à l'ouverture de votre compte.

— Je le connais, je l'ai rencontré à Hanoi avant la guerre. Il était alors l'adjoint de Paul Baudoin à la direction générale.

— Baudoin a été condamné pour collaboration, le 3 mars dernier, à cinq ans de travaux forcés.

— N'avait-il pas abandonné la politique après avoir été nommé président de la banque ?

— Il paraît. N'oubliez pas qu'il fut ministre des Affaires étrangères de Pétain jusqu'en octobre 40, et qu'il fit demander à l'Allemagne ses conditions de paix dès le 17 juin. Grand admirateur de Mussolini, apôtre de la Révolution nationale, c'est lui qui a déclaré que « la guerre a fait éclater l'abcès... que la révolution totale que la France commence à cette heure solennelle a été préparée par vingt années d'incertitude, de mécontentement, de dégoût et d'insurrection larvée... » Voilà Paul Baudoin ! Avez-vous d'autres questions ?

— Non, monsieur le Président, simplement une confirmation de votre part : j'ai bien sûr carte blanche ?

— Oui, à la condition de n'engager jamais directement le pays et d'éviter de vous trouver mêlé à des fusillades, comme en Argentine.

— Évidemment. Soyez assuré, monsieur le président, que je ferai tout pour l'éviter. Le président du Conseil est-il au courant de ma mission ?

Tavernier avait esquissé un sourire moqueur que le Président ne remarqua même pas.

— Non, les gouvernements de la République ont trop souvent tendance à changer. Moi, je suis ici pour sept ans. En sept ans, il se passe bien des choses...

L'accent toulousain de Vincent Auriol avait encore marqué davantage le dernier mot. De ce Gascon trapu au front dégarni, dont l'œil unique brillait de malice tandis que celui de verre semblait fixer froidement l'interlocuteur derrière les lunettes rondes, émanait une grande fierté. Était-ce en souvenir de son passé « révolutionnaire » qu'il arborait une cravate rouge, celui qui disait naguère : « Les banques, on les ferme ; les banquiers, on les enfermera » ?

— En dehors du général Leclerc et de monsieur Sainteny, une autre personne est au courant de votre mission : c'est mon vieil ami Léon Blum. Je lui ai demandé conseil avant de me décider à vous recevoir. Il approuve sans réserve. Comme il le dit : « Hô Chi Minh reste la seule lueur d'espoir qui puisse disperser les ténèbres du Viêt-nam. »

— Nanti de telles bénédictions, sans omettre la vôtre, monsieur le président, je me dois de faire honneur à votre confiance.

L'ironie que, presque malgré lui, François avait mise dans ses propos n'échappa pas, cette fois, à Vincent Auriol.

— À ce qu'il me semble, monsieur, vous avez de l'humour et un heureux caractère. C'est de bon augure. Je ne déteste rien tant que les tristes figures et les cuistres en tout genre. Quand pensez-vous partir?

— Après mon mariage.

— Quand vous mariez-vous?

— Dans une semaine.

— Ne pouvez-vous remettre?

— Non, impossible. Mais, dès le lendemain, je partirai.

— Ne tardez pas. M. Bollaert, le nouveau haut-commissaire, doit prononcer un important discours qui engagera la politique française en Indochine pour des mois, voire des années. Il doit arriver incessamment à Paris. Cette venue agite fort les journalistes et les ministres dont les avis, comme vous savez, divergent beaucoup sur les solutions à apporter au problème. Prévenez-moi de la date de votre départ. Au revoir, monsieur Tavernier, et bonne chance.

— Au revoir, monsieur le Président.

Les deux jours qui suivirent, François Tavernier les occupa en fastidieuses démarches administratives et médicales. Il télégraphia également à son associé à Hanoi pour l'aviser de son arrivée imminente.

4

Contre l'avis de sa famille, Léa avait voulu regagner Montillac à pied en passant par le calvaire de Verdelais, seule avec son mari.

— Cette petite ne peut rien faire comme tout le monde, avait grommelé Ruth en ouvrant, pour se protéger du soleil, un vaste parapluie de berger d'un bleu éteint par les intempéries.

— On se retrouve à la maison, avait crié Léa en prenant la main de François.

Elle l'entraîna sur le chemin malaisé qui longeait le cimetière; les cailloux roulaient sous ses pieds chaussés d'escarpins à hauts talons qui soulevaient une fine poussière blanche. La grille rouillée était ouverte.

— Attends-moi, dit-elle.

François la regarda s'éloigner entre les tombes, silhouette élégante et gracile moulée dans un tailleur de soie grège. Il alluma une cigarette et s'assit sur l'une des marches du seuil. Marié! Il était marié... Le mot, tournant dans sa tête, lui faisait une drôle d'impression. Avant de connaître Léa, c'était une condition qui lui paraissait inconcevable. Il n'avait accepté jadis cette folle union avec Sarah que pour lui servir de couverture; à aucun moment il ne s'était senti lié à elle autrement que par une profonde amitié. Bah, il fallait bien en passer par là, c'était dans

41

l'ordre des choses. Mais... comment allait-il annoncer à Léa qu'il partait dans deux jours pour l'Indochine?

— Serre-moi fort... serre-moi fort!

Elle était debout contre lui; elle ne portait plus le joli bouquet orné de rubans dans lequel elle avait souvent enfoui son visage pendant la cérémonie; ses yeux étaient rouges et ses lèvres tremblaient.

François se leva, la prit dans ses bras; elle frémissait comme un animal apeuré.

— Tu ne feras pas comme eux, dis? Tu ne me laisseras pas... C'est si dur de me dire que je ne les reverrai jamais plus... Ni Papa, ni Maman, ni Laure, ni tante...

— Arrête! Tu te fais du mal, et tu en fais au bébé.

— Oh, ce bébé! fit-elle avec agacement.

Il desserra lentement son étreinte.

— Tu n'es pas heureuse d'attendre un enfant?

Heureuse? Non, elle ne l'était pas vraiment. Mais à quel moment aurait-elle pu le lui dire? Depuis leur retour, il n'avait jamais été là! Après les semaines éprouvantes passées en Argentine, Léa n'avait plus qu'une envie: OUBLIER!... Oublier et s'amuser. Faire des choses dénuées d'importance, sans conséquences. Ne plus avoir peur en entendant des pas se rapprocher, ne plus sursauter au bruit d'une porte qui claque, ne plus se réveiller en pleine nuit, couverte de sueur, hurlant en revoyant les souffrances, la mort des êtres aimés. N'être qu'une femme amoureuse dans les bras de son amant, retrouver l'insouciance d'une jeunesse trop vite enfuie... Alors, un enfant! C'était devenir raisonnable, responsable d'une nouvelle vie. C'était trop tôt, elle ne s'en sentait pas la force.

— Je ne saurai pas m'en occuper.

— Tu as bien su t'occuper de Charles, dans des circonstances autrement plus difficiles.

— Je n'avais pas le choix, il y avait urgence, je ne pouvais pas l'abandonner. Tandis que là...

François lui saisit le poignet, l'interrompit brutalement.

— Que veux-tu dire?

— Tu comprends fort bien. Rien ne m'obligeait à le garder... Mais tu es fou!

42

Il venait de la gifler à la volée.

— Ne dis plus jamais ça! C'est avant que tu devais y songer.

— Nous étions deux, renifla-t-elle.

— Tu as raison. Pardonne-moi, je suis un idiot rétrograde... Mais, l'espace d'un instant, j'ai pensé : on veut faire du mal à mon enfant...

François l'attira à lui, couvrit de baisers son visage, ses cheveux.

— Ne crains rien, tu verras, tout ira bien. Tu vas faire le plus beau bébé du monde. Tu n'es plus seule maintenant, je suis là...

En prononçant ces mots, il eut honte. Il était fou d'avoir accepté la mission confiée par Vincent Auriol. Qu'y avait-il de plus important que cette femme qu'il aimait et qu'il allait abandonner pour d'hypothétiques négociations de paix, alors que cette paix, elle-même ne l'avait jamais connue?

L'ombre des arbres, au bord des allées montant du calvaire, était fraîche, apaisante, mais l'on sentait un soleil implacable écraser la campagne tout autour de la colline, et cette relative fraîcheur était comme un baume sur leurs inquiétudes.

— Tu te souviens?

Ils venaient de s'arrêter devant une des chapelles jalonnant le chemin de croix.

— C'est ici que vous cachiez les munitions, et là...

La voix, devenue rauque, fit affluer dans la mémoire de Léa le souvenir de leurs étreintes en ce lieu. Elle se laissa pousser dans la pénombre.

Ils se jetèrent l'un sur l'autre, affamés. Il la prit debout contre le mur, sans ménagement. Le plaisir les saisit brusquement et dura longtemps.

C'est allongé sous un chêne que, quelques instants plus tard, il lui annonça son départ. Elle ne répondit pas. Il crut qu'elle s'était assoupie, comme souvent après l'amour, et se souleva pour la regarder. Qu'elle était jolie! Comme

43

il avait bien fait de l'épouser! Malgré le temps, il ne se lassait pas de l'observer, de la caresser... Mais, de chaque côté de ses paupières fermées, glissaient des larmes qui se perdaient dans la mousse; elle ne dormait pas. Il aurait préféré des cris, des reproches à ce chagrin silencieux. Alors, il lui parla de l'Indochine, du Tonkin qu'il avait connu enfant, de la baie de Ha Long, l'un des plus beaux paysages du monde, de la gentillesse des habitants, de l'intelligence et du courage de tout ce peuple qui luttait pour sa liberté, de Sainteny et de Leclerc qui avaient compris, des tentatives d'Auriol; il lui exposa comment il pensait être le mieux à même de renouer des contacts en vue de la paix, aussi bien auprès des nationalistes, des communistes que des Français de là-bas...

Les yeux clos, elle l'écoutait, étonnée. Elle découvrait un nouvel aspect de lui qu'elle ne connaissait pas; jamais il ne lui avait parlé de cette enfance indochinoise, de cet ami qui lui était si cher, de la sœur de ce dernier dont il avait été si follement épris, adolescent.

— ... Quand la guerre sera finie, je t'emmènerai là-bas. Nous arriverons par mer. Je choisirai un paquebot qui passera par la passe Profonde, plus pittoresque que la passe Henriette. Nous longerons l'île de Cat Ba aux fjords étroits, l'île de la Paix, celle de l'Étoile, les îlots du Crapaud. Nous naviguerons entre des murailles à pic, tantôt lisses comme du marbre, tantôt comme sculptées par des artistes déments. C'est un univers oppressant, vertigineux, irréel. Plus on avance, plus la passe se rétrécit et enfin, merveille des merveilles, tu entres dans la mer Bleue, là où, dit la légende, descendit le dragon pour ordonner les courants. Tu auras le sentiment de naître, de sortir du Chaos initial. Si nous arrivons au couchant, tu auras l'impression d'un gigantesque incendie annonçant la fin du monde, mais s'il y a de la brume, si le ciel est gris, tu t'attendras à voir surgir les génies de l'eau. Jamais je n'ai pu oublier ces beautés; leur souvenir m'a souvent aidé dans les moments difficiles. Quand, comme moi, on a vogué, adolescent, le long des milliers d'îles de l'archipel, attendu la fin des tempêtes à l'abri des grottes, on reste à jamais conquis.

— Je ne te savais pas poète... Quand partons-nous ?

— Mais c'est la guerre ! s'exclama-t-il d'un ton accablé.

— La guerre ! La guerre ! Je commence à croire que, pour nous, elle ne finira jamais !

— Ne dis pas cela...

— Et pourquoi ne le dirais-je pas ? La guerre, c'est si amusant ! Ça permet aux hommes d'échapper au quotidien, d'en fuir les responsabilités, de mettre un peu de piment dans leur petite existence... Remarque, je te comprends : si on laisse de côté la peur, le sang, la souffrance, la mort, c'est amusant, la guerre !... Malheureusement, à la guerre, on meurt et moi, j'en ai assez de voir mourir ceux que j'aime à cause de cette saloperie de guerre ! Assez !...

Léa martelait de ses poings la poitrine de François, défigurée par la colère et le chagrin... Il la revit quelques années plus tôt, presque au même endroit, le frappant pareillement, et lui, tentant de la maîtriser en riant. Mais, aujourd'hui, il ne riait pas. Ce n'était plus une toute jeune fille qui pleurait, mais une femme qui avait souffert et méritait bien de connaître un peu de paix et de repos. Et que lui proposait-il, quelques instants seulement après l'avoir épousée ?... De la quitter pour se replonger dans la bagarre ! L'Argentine, Berlin, la Résistance, la guerre d'Espagne, cela ne lui suffisait pas ? Elle avait raison : il aimait la guerre !

Il eut l'impression que sa bouche s'emplissait de fiel et un sentiment de profond dégoût l'envahit.

— Pardon, murmura-t-il.

Ils restèrent longtemps silencieux, sans plus se toucher, écrasés par le poids de leur passé, effrayés par ce qu'ils entrevoyaient de leur avenir. Léa, ne supportant pas le spectacle de l'accablement de son mari, se reprit la première.

— Tu es obligé d'accepter cette mission ?

— Je ne peux pas revenir sur ma décision.

— Et tu ne peux pas m'emmener avec toi?

— Impossible. La plupart des Français de là-bas quittent le pays. Chaque jour il y a des attentats, des morts, des prises d'otages.

— Que vas-tu faire exactement?

— Je ne peux te le dire. Tu en sais déjà beaucoup trop.

— Nous ne sommes plus au temps de la Gestapo!

— Non, mais il est des choses qu'il vaut mieux ignorer si l'on veut être assuré de rester en vie.

— Est-ce que tu seras revenu pour la naissance du bébé?

— Naturellement! Dans le pire des cas, je resterai là-bas deux ou trois mois...

— Deux ou trois mois? Mais que vais-je faire pendant tout ce temps-là?

— Va à Paris, aménage la rue de l'Université... Mais je partirai plus tranquille si je te sais ici, dorlotée par Ruth et Françoise. Et puis, Charles est si heureux de te voir à Montillac.

— Je pars avec toi pour Paris. Après, je verrai.

Il acquiesça, résigné:

— Comme tu voudras, mon amour.

5

L'avion amorçait sa descente. Transi, François Tavernier replia *Le Figaro* ; il finirait ce soir l'éditorial de François Mauriac. Comme chaque fois, il admira la justesse de l'analyse politique de l'écrivain catholique. Lui qui, dans sa jeunesse, avait eu plutôt tendance à bouffer du curé !... « Je vieillis », se dit-il. Au-dehors, la tempête se déchaînait et secouait l'appareil dont toute la ferraille frémissait. Par l'étroit hublot, on voyait les éclairs se succéder sans relâche. D'abord bienvenue, puis agréable, la chaleur devint vite insupportable. Après avoir failli mourir de froid, les passagers, s'ils réchappaient à l'orage, risquaient de périr étouffés. Les bourrasques de vent soulevant la poussière empêchaient de voir l'arrivée sur Hanoi. Le Dakota se posa sans douceur.

Rendu sourd, les tympans douloureux, il se jura de ne jamais faire connaître l'Indochine à Léa par la voie des airs.

Quand l'avion s'immobilisa, le typhon s'était éloigné. Avec un grognement de satisfaction et de douleur mêlées, François déplia son grand corps, pestant contre l'étroitesse de la cabine. L'espace d'un instant, l'inquiétude l'envahit : qu'allait-il retrouver ? Il avait télégraphié de Saigon l'heure de son arrivée à Martial Rivière dont il avait été sans nouvelles pendant les quatre années d'occupation. François savait qu'il avait été prisonnier des Japonais et que sa

47

femme était morte de chagrin. En dépit de cela, il n'avait pas souhaité revenir en France. Hai, son fils aîné, après de brillantes études de médecine en métropole, avait ouvert un cabinet à Huê quelques mois avant l'arrivée des Japonais. Son deuxième fils, Bernard, travaillait à la Banque d'Indochine. Son cadet, Kien, lui donnait bien des soucis : il avait fallu verser beaucoup de piastres pour lui éviter la prison à laquelle le destinaient ses trafics d'opium et de devises. C'était sa fille Lien, la perle de son cœur, qui s'occupait de la maison.

L'air extérieur semblait presque frais par rapport à la chaleur qui régnait dans l'avion. Debout sur la passerelle, il fut saisi d'une émotion qu'il tenta de juguler. Il était revenu dans le pays des rêves fous de son adolescence. Jamais comme à ce moment il ne lui avait été donné de sentir les liens qui s'étaient tissés entre cette terre et lui. C'était quelque chose d'animal, d'irrationnel. Il songea à Léa, à son amour pour Montillac : il savait qu'elle comprendrait.

Les nombreux soldats et les véhicules militaires circulant sur les pistes défoncées lui rappelèrent que cette terre d'enfance était en guerre. Ajustant sur son épaule un lourd sac de toile, il descendit les marches métalliques, en quête d'un visage ami.

Une jeune fille vêtue du traditionnel costume vietnamien et coiffée d'un *non lá*[1] qu'elle retenait d'une main courait dans sa direction. Elle s'arrêta devant lui, tout essoufflée. Les yeux levés, elle le dévisagea. Elle était d'une beauté rare.

— Vous êtes monsieur Tavernier ? demanda-t-elle d'un ton hésitant.

— Oui.

— Vous ne vous souvenez pas de moi ?

À son tour, il la dévisagea.

— Non. Vous êtes... vous ressemblez à Lien.

— Je suis sa cousine, je m'appelle Kim.

Il la souleva de terre comme une enfant.

1. Chapeau conique en feuilles de latanier.

48

— Laissez-moi... On nous regarde !

Amusé, il la reposa à terre.

— Tu es aussi belle que ta cousine. Pourquoi n'est-elle pas venue elle-même ?

— Elle n'a pas pu. Elle vous attend avec Hai. Vous avez d'autres bagages ?

— Non. Allons-y.

Ils se dirigèrent vers le bâtiment des douanes.

— Votre passeport, demanda le préposé. Quel est le but de votre voyage, monsieur Tavernier ?

— Pour affaires.

— Combien de temps pensez-vous rester ?

— Le temps qu'il faudra. Un mois ou deux.

Cette réponse évasive parut satisfaire le fonctionnaire qui restitua le passeport en s'inclinant.

— Je vous souhaite un bon séjour, monsieur.

Il faisait nuit quand Kim et François arrivèrent boulevard Henri-Rivière où se dressait la belle demeure de Martial Rivière. Aucun lien entre le riche commerçant et le capitaine de vaisseau tué près de Hanoi par les Pavillons noirs en 1883 ; mais cette simple coïncidence, les Tonkinois n'y avaient jamais vraiment cru. Tout était sombre, les volets clos ne laissaient passer aucun rai de lumière. La porte d'entrée était renforcée de barres de bois. Elle s'ouvrit avant même qu'ils eussent atteint le seuil.

— Entrez vite !

Des bras parfumés se refermèrent autour du cou de François.

— Il y a si longtemps que j'attendais ce moment-là...

— Lien !

Elle était plus belle encore que dans son souvenir. Il caressa la soie de ses longs cheveux noirs.

— Petite sœur, laisse-m'en un peu ! Tu ne vois pas que tu l'étouffes !

— Hai !... Viens dans mes bras, mon frère.

Les deux hommes s'embrassèrent, se palpèrent en riant comme pour vérifier qu'ils n'étaient pas les jouets d'une hallucination.

— Où est votre père?

Les rires cessèrent.

— Viens, il t'attend.

Devant un grand bouddha de bois doré au sourire énigmatique brûlait de l'encens. La pièce faiblement éclairée où entra François Tavernier avait l'air d'un lieu de méditation. Sur un haut lit chinois était allongé Martial Rivière. Auprès de lui se tenait un vieillard à la longue barbiche blanche, vêtu de la robe des mandarins, son beau-père, Lê Dang Doanh, descendant de la vieille dynastie des Lê.

Au fur et à mesure qu'il s'avançait vers le lit, François Tavernier se laissait gagner par la certitude que son ami, l'ami de son père, était mourant. Il s'arrêta et ferma un instant les yeux. Quand il les rouvrit, il vit ceux de Martial Rivière posés sur lui. Dans ce regard profondément enfoncé, marqué de cernes bruns, il y avait comme un éclair de bonheur. Il s'approcha, essayant de contenir son émotion, et prit dans sa main celle, légère, diaphane et brûlante de son ami. Comme elle était lourde, cette main sans poids!

— Tu es là! Je remercie Dieu de ta venue. Je me sens moins angoissé à l'idée de les laisser... Je peux mourir, maintenant.

— Ne dis pas de bêtises.

— Il ne dit pas de bêtises, murmura Lê Dang Doanh. Quand il a su que vous alliez venir, il m'a soufflé: «Je tiendrai jusque-là.» Et il a tenu, malgré ses souffrances. Mais je ne pense pas qu'il aurait survécu plus longtemps. Je vous laisse; il a des choses à vous dire.

— Non, reste... Tu as été ici mon seul ami. Tu m'as donné ta fille unique, à moi, un étranger, et tu m'as aimé comme un fils. C'est grâce à toi et à elle que ce pays est devenu le mien, que j'ai pu le comprendre et l'aimer...

— Je sais tout cela. Mais ménage tes forces... C'est à lui que tu dois parler.

Lien, qui s'était approchée, essuya le front en sueur de son père.

— Merci, ma chérie, cela ira... Rejoins ton frère.

À regret, la jeune femme recula.

— François, approche-toi. Doanh a raison, je n'ai plus beaucoup de temps... Le pays sombre dans une situation inextricable... Le Viêt-minh est impuissant face à la montée des sectes... Les caodaïstes s'infiltrent partout... La mort du bonze fou, Huynh Phu So... les petits seigneurs de la guerre... le retour de Bao Daï... tout cela se mélange... dans la confusion la plus totale... La France a abandonné l'Indochine... c'est une faute... elle laisse la place aux communistes... ce n'est pas ce qu'il faut à ce pays... je le connais bien... Mais, maintenant, je crois qu'il est trop tard... J'ai peur pour mes enfants métis... François, promets-moi de prendre soin de Lien... Emmène-la en France...

— Martial, ce n'est pas ce que tu voulais lui dire!

— Doanh... Oui, bien sûr... François, il faut rencontrer Hô Chi Minh... Il est maintenant coupé des Français...

Les doigts de Tavernier serrèrent involontairement ceux du mourant. Quoi! Il était au courant?

— Cela te surprend? Tu devrais savoir qu'en Asie, il est bien difficile de garder un secret... Bernard a surpris à la Banque d'Indochine une conversation téléphonique de Jean Laurent... Il y était question de toi et de Sainteny... Nous en avons conclu que tu ne venais pas en Indochine uniquement pour affaires. Est-ce que je me trompe?

— Non, fit Tavernier de la tête.

— Tu dois voir l'oncle Hô — c'est ainsi qu'ils l'appellent... Je le connais. Je crois qu'il était sincère, au moment des accords du 6 mars... Oh!...

Le corps de Martial Rivière se cabra sous l'effet de la souffrance. Lê Dang Doanh se pencha au-dessus de lui, desserra les dents du moribond et fit couler entre ses lèvres quelques gouttes d'une liqueur contenue dans un flacon de jade. Presque aussitôt, les traits de Martial Rivière se détendirent.

— Merci..., souffla-t-il.

— Repose-toi maintenant, murmura François.

— Je vais avoir tout le temps!... Rencontre Hô Chi

Minh, dis-lui que mes dernières paroles... ont été des paroles d'amour pour le peuple vietnamien... et de désir de paix... À présent, je veux voir mes enfants...

Il se souleva. Tous les habitants de la grande maison étaient là, serrés les uns contre les autres. Enfants et domestiques, tous pleuraient. Il les regarda, esquissa un sourire, puis retomba les yeux grands ouverts. Lien poussa un cri et se jeta sur son corps tandis que Lê Dang Doanh lui fermait doucement les yeux.

6

Rien ni personne ne retenait Léa à Paris.

Dans les jours qui suivirent le départ de François, elle avait couru boutiques, grands magasins, antiquaires, galeries, expositions, cinémas. Le soir, elle rentrait épuisée, les bras chargés de paquets, elle prenait un bain et ressortait boire un verre dans les caves à la mode de Saint-Germain-des-Prés, dans l'espoir de rencontrer d'anciennes connaissances de Laure. Nulle trace de Franck, l'ami de sa sœur : on ne l'avait pas revu au *Tabou* depuis des mois.

— J'ai entendu dire qu'il s'est engagé pour l'Indochine, dit une jeune fille accoudée au bar.

« Décidément, l'Indochine est à la mode! » songea Léa.

En quittant le *Tabou*, elle s'était dirigée machinalement vers la rue Grégoire-de-Tours. Prise d'un étourdissement, elle avait dû s'appuyer contre le mur de l'immeuble que Laure et elle avaient habité.

... Elle entendit les coups de feu... le crissement des pneus de la voiture des tueurs... les cris de Franck... elle sentait le corps de sa sœur glisser contre le sien... elle se souvint du poids de ce corps...

Prise de nausées, elle vomit dans le caniveau. Quand elle se redressa, un homme la regardait. Le rouge lui monta aux joues. L'individu s'approcha.

— Ça ne va pas, mademoiselle Delmas?

Léa sursauta.

— Comment connaissez-vous mon nom ? Il me semble vous avoir déjà rencontré...

— Je suis le policier chargé de l'enquête sur la mort de votre sœur.

— Ah oui, je m'en souviens.

— Nous n'avons toujours pas arrêté les assassins. Il est vrai que vous ne nous avez guère aidés, dans cette affaire.

— Que voulez-vous dire ?

— Que vous ne nous avez pas dit toute la vérité, à ce moment-là.

— Parce que vous pensez que je connais la vérité ?

— Une partie, tout au moins.

— Je ne sais qu'une chose : c'est que ma sœur est morte et que ses assassins sont des nazis.

— Comment en êtes-vous si sûre ?

— Je le sais, c'est tout.

— Ce n'est pas une preuve suffisante. Vous faites partie de ces gens qui voient des nazis partout.

Léa sentit monter en elle la colère contre ce flic borné et sûr de lui.

— En effet, ils sont partout. Mais on refuse de les voir.

— Mademoiselle ! La guerre est finie depuis deux ans...

— Pour vous, peut-être. Pas pour eux. Ils se cachent. Ils attendent leur heure. Quand ils seront prêts, ils ressortiront de leur trou avec des idées de vengeance et de meurtre. À ce moment-là, il sera trop tard, et leur doctrine se répandra de nouveau comme la peste.

— Vous délirez, mademoiselle. Vous nagez en plein romantisme !

— En plein romantisme !...

Romantiques, les nazis argentins qui avaient traqué, puis tué ses amis palestiniens ?... Ces jeunes gens de la bonne société argentine qui se réunissaient devant le portrait de Hitler ?... Romantique, ce chef de la police qui relâchait les assassins, qui emprisonnait les militants communistes, qui les faisait torturer dans des haciendas toutes semblables aux centres d'interrogatoires de la Gestapo ?...

— Vous avez de ces mots..., lâcha-t-elle avec mépris. Au revoir, monsieur.

— Au revoir, mademoiselle. Il se peut que j'aie besoin de vous entendre à nouveau. Le dossier n'est pas clos.

— Le dossier n'est pas clos?...

Il faisait une chaleur accablante. Léa éprouva le besoin d'une boisson fraîche et forte. Boulevard Saint-Germain, elle entra à la *Rhumerie martiniquaise* et commanda un punch bien glacé. À la deuxième gorgée, elle se sentit beaucoup mieux et regarda autour d'elle les consommateurs attablés à la terrasse. Quelques soldats américains en uniforme, des jeunes filles très maquillées, des couples d'amoureux. À une table, non loin de la sienne, quatre hommes discutaient avec animation: Samuel Zederman se trouvait parmi eux.

Il avait vieilli depuis son départ de Buenos Aires; ses traits s'étaient creusés, ses cheveux grisonnaient, ses mains tremblaient. Fut-ce l'insistance de son regard? Il se tourna dans sa direction. Il stoppa d'un signe discret l'élan de Léa. Habituée à la clandestinité, elle détourna la tête. Troublée, elle régla sa consommation et partit. Si Samuel souhaitait la voir, il savait où la trouver.

Elle venait à peine d'arriver rue de l'Université que le téléphone sonna.

— Allô, Léa?... C'est Samuel. Excuse-moi, pour tout à l'heure, mais il valait mieux que mes compagnons ne te remarquent pas.

— J'avais compris. Cela me ferait plaisir de te revoir.

— Moi aussi... Excuse-moi, je dois partir. Je te rappellerai.

Léa raccrocha, soucieuse. Elle n'avait aucune peine à deviner que Samuel poursuivait son combat. Quand donc tout cela serait-il terminé?

Lasse et déprimée, elle se coucha. Mais ses cauchemars, qui ne la reprenaient plus que rarement depuis son retour en France, la tinrent éveillée une partie de la nuit. Ce n'est qu'au matin qu'elle parvint à s'endormir.

La sonnerie de la porte d'entrée la tira de son sommeil; c'était la concierge qui montait le courrier. Il y avait une lettre de François:

Hanoi, le 5 septembre

Ma belle chérie,
Après un voyage éprouvant, l'avion a atterri sur l'aéro-
drome de Gia Lam. Beaucoup de destructions, des routes
défoncées. Le fameux pont Paul-Doumer, dont les Français
de Hanoi sont si fiers, enjambe toujours de ses deux kilo-
mètres d'acier le fleuve Rouge. Les eaux grossies par les
pluies de la mousson charrient des charognes, des troncs
d'arbres, des planches. La voiture dans laquelle j'avais pris
place roulait lentement à travers une foule de Vietnamiens
tirant des charrettes à bras surchargées, de cyclo-pousse, de
véhicules militaires de toutes sortes. On se serait cru sur les
routes de l'exode. Le visage de la guerre est partout le même.
Quand je suis entré dans Hanoi, la nuit était tombée. Dans
les rues presque désertes, les gens se pressaient pour rega-
gner leur domicile avant le couvre-feu.
Mon amour, rien de tout cela ne t'intéresse vraiment, tu
voudrais sans doute que je te parle de toi, du bébé, de moi,
de mes amis... Mon amour... Je suis dans cette ville depuis
quelques heures seulement et il me semble qu'il s'est passé
une éternité depuis mon arrivée. J'aurais tant voulu que
cette première lettre ne soit faite que de mots tendres, de ces
« caresses de l'âme » dont les femmes, d'après Balzac, ont
tant besoin, mais, mon chéri, c'est la mort que j'ai trouvée
ici. Oui, la mort, celle de l'ami de mon père, Martial Rivière,
qui prit soin de moi quand je me suis retrouvé orphelin, qui
était l'homme que j'aimais et respectais le plus, qui avait
fait de sa vie un chef-d'œuvre d'équilibre et de bonté, qui se
faisait de l'honneur une idée si belle et si simple... Il était
aimé de ceux qui, comme lui, avaient le respect de la parole
donnée, et redouté des tricheurs et des menteurs. Si je n'ai
pas succombé, durant ces années sombres, à certaines tenta-
tions, à certaines facilités, c'est en pensant à lui, en me
disant que je ne pourrais plus me présenter devant lui après
certains actes...
Il m'a attendu pour mourir, il est mort en me tenant la
main, en me recommandant ses enfants et son pays, le Viêt-

nam. *J'ai laissé la maisonnée en larmes pour venir répandre les miennes dans cette chambre pleine de mes souvenirs d'adolescent. J'ai pensé à toi, à nous, à cet enfant qui va naître, à qui il faut que je conserve un père. Je ne me rends compte que maintenant combien c'est important, un père, ou ce qui en tient lieu quand le père naturel est absent.*

Prends bien soin de toi. Depuis que je te connais, j'ai toujours peur pour toi, et aujourd'hui plus que jamais. Par orgueil imbécile, en vrai macho, *diraient nos amis argentins, par crainte aussi de te voir abuser de la situation, jamais je ne t'ai avoué tout ce que tu représentais pour moi. Mais ici, loin de toi, je peux te dire combien je t'aime, combien, sans toi, la vie ne vaudrait pas la peine d'être vécue. La vie... C'est si important, la vie!*

Ma petite fille, on frappe à la porte, on me demande de venir. Pense à moi, pense très fort à ton mari qui t'aime.

François.

« Moi aussi, je l'aime », songea Léa en serrant la lettre contre sa poitrine. Des bribes de prières montaient à ses lèvres, comme à chaque moment de vive émotion, accompagnées de l'image de sa mère lui apprenant le *Notre Père* et le *Je Vous salue Marie*. Cette douceur, cette paix perdues lui arrachèrent un soupir.

Un coup de pied du bébé la tira de sa mélancolie.

Dans une glace, elle contempla sa silhouette qui commençait à s'alourdir. Elle ouvrit le peignoir de soie et examina sans complaisance son ventre et ses seins. Encore cinq mois à attendre! Comment Françoise pouvait-elle dire qu'elle ne se sentait bien qu'enceinte et souhaitait avoir plusieurs enfants?

Il y avait chez Léa comme une impossibilité à s'imaginer mère. Cela lui paraissait inconcevable. Sa métamorphose physique lui inspirait crainte et dégoût, elle redoutait d'être moins désirable; en même temps, elle revoyait le visage heureux et apaisé de Camille quand elle tenait contre elle son petit Charles, ou celui de Françoise lui tendant avec fierté sa dernière-née.

Reins cambrés, elle pivota sur elle-même, trouvant beaux ses seins lourds, ses fesses fermes, ses cuisses longues. Cette image de plénitude renvoyée par le miroir la troublait, faisait monter en elle un désir qu'elle connaissait bien. Un frisson parcourut son corps, ses doigts descendirent au creux de son ventre. Les yeux rivés sur son reflet, elle sentit sa respiration s'accélérer et un plaisir bref et violent la fit gémir. Elle tomba à genoux et, assise sur ses talons, se mit à pleurer.

« François, pourquoi m'as-tu laissée ? »

C'est dans cette posture que Mme Dumas, qui passait chaque jour s'occuper de l'appartement, la trouva.

— Eh bien, petite madame, qu'avez-vous ? Vous n'avez pas mal, au moins ?... Pourquoi pleurez-vous ? Vous avez reçu une mauvaise nouvelle ?... Allons, allons, ce n'est pas raisonnable, vous allez faire mal au p'tit gars...

— Comment savez-vous que ce sera un garçon ? hoqueta-t-elle.

Mme Dumas l'allongea sur le lit et la recouvrit du drap.

— Y a pas à dire, vous êtes drôlement bien faite.

— Pourquoi dites-vous que j'attends un garçon ?

— Je l'ai vu dans les cartes.

— Dans les cartes ? Vous y croyez, à ces trucs-là ?

— Ne vous moquez pas, fit Mme Dumas d'un ton blessé. Ce ne sont pas des trucs, c'est tout ce qu'il y a de plus scientifique.

Léa éclata de rire. Son hilarité redoubla devant l'air offusqué de la brave femme.

— Pardonnez-moi, je ne voulais pas vous froisser... Scientifique ! Vous avez bien dit : scientifique ?

— Parfaitement, madame : scientifique ! Pendant la guerre, elles m'en ont appris des choses, les cartes. Sans elles, je ne serais sans doute pas là à vous parler.

— Comment ça ? s'enquit Léa sans cesser de rire.

— Vous vous moquez ! Je ne vous dirai rien.

— Mais non, madame Dumas, je vous assure que je ne me moque pas !

— Alors, pourquoi riez-vous comme une perdue ?

— C'est nerveux. Tout à l'heure je pleurais, maintenant je ris. Vous préférez que je pleure?

— Dieu du ciel, non! Dans votre état, ce n'est pas bon.

— Alors, soyez gentille, racontez-moi comment les cartes vous ont sauvée.

— Vous promettez de ne plus rire?

— Je vous le jure.

— Eh bien voilà...

La sonnerie de la porte d'entrée les fit sursauter toutes deux.

— Vous attendez quelqu'un?

— Non. Allez ouvrir.

— Qui cela peut-il bien être?

Léa se leva, enfila son peignoir et passa ses doigts dans sa chevelure emmêlée.

— Madame, c'est un monsieur qui demande à vous voir. Il a l'air bizarre, il n'a pas voulu me donner son nom... Mais enfin, monsieur...

— Pardon, madame. Excuse-moi. Léa, il fallait que je te voie.

— Laissez-nous, madame Dumas, je connais monsieur.

— Mais...

— Je vous dis que tout va bien. Préparez du café.

Léa repoussa doucement la femme de ménage et referma la porte.

— Samuel, que se passe-t-il? Tu as l'air bouleversé...

— Il y a de quoi! Sais-tu sur qui je suis tombé, boulevard Saint-Germain?

— Non, comment veux-tu que je le sache?

— Raimondo Navarro, le propriétaire de la voiture à bord de laquelle Rik Vanderveen t'a enlevée[1]...

— Oh mon Dieu!...

— Ce n'est pas tout. Il était en compagnie d'un homme que j'ai rencontré à Buenos Aires, un Allemand qui était lui aussi client de l'*ABC*. À la manière dont les autres buveurs de bière se comportaient avec lui, ce devait être quelqu'un d'important en Allemagne.

1. Voir *Noir Tango*, chapitre 29.

— Te souviens-tu de son nom?

— J'ai entendu l'un des serveurs le désigner sous celui de Wilhelm Dietrich, mais ce n'est certainement pas le vrai. Ce qui m'inquiète, c'est que je crois qu'ils m'ont également reconnu.

— Qu'est-ce qui te fait dire cela?

— Quelque chose dans leur attitude...

— Tu te trompes sûrement.

— Possible. Mais je préfère être prudent. Je suis loin d'avoir terminé mon travail.

— Quel travail?

— Venger mon peuple et mon frère.

— Comme tu as changé, mon pauvre Samuel, toi qui essayais toujours de calmer Sarah!...

— Sarah et Daniel ne sont plus. Laisserai-je leur mort impunie?

— Tu ne leur rendras pas la vie.

Samuel Zederman haussa les épaules.

— Je le sais bien. Mais, depuis mon retour d'Argentine, je ne dors plus, ou quand, par miracle, je trouve le sommeil, j'entends une voix qui me dit : « Samuel, qu'as-tu fait de ton frère? » Alors je me réveille en sursaut, hurlant comme un fou. Je n'en peux plus.

Léa regardait Samuel qui, le visage entre les mains, tremblait de tout son corps. Ils n'entendirent pas le coup frappé à la porte de communication. Mme Dumas entra, portant un plateau sur lequel étaient posés deux tasses de porcelaine fleurie, une cafetière, un sucrier en argent et une assiette de gâteaux secs.

— J'ai pensé que vous n'aviez pas déjeuné.

— C'est très bien.

Mme Dumas sortit à regret.

— Combien de sucres?

— Un seul, merci.

— Où habites-tu?

— À l'hôtel *La Louisiane*. Il faut que je prévienne les amis avec lesquels tu m'as vu hier soir.

— Tu peux leur téléphoner d'ici, si tu le souhaites.

— Tu veux bien ? Merci.

— Va au salon, c'est la porte à côté. Pendant ce temps, je m'habille.

Léa finit sa tasse de café, attrapa un biscuit et s'enferma dans la salle de bains. Quand elle sortit, Mme Dumas était en train de faire le lit.

— Mon ami a fini de téléphoner ?

— Il est vraiment bizarre, ce monsieur. Il a raccroché brutalement et s'est enfui comme s'il avait le diable à ses trousses !

— Il n'a rien dit ?

— Non, il était tout pâle.

— Il y a longtemps qu'il est parti ?

— Un bon quart d'heure.

— Vite, madame Dumas, apportez-moi mes chaussures bleu marine.

— Où allez-vous ?

— Dépêchez-vous, j'ai une course à faire... Où ai-je mis mon sac ? Merci... Au revoir, madame Dumas, à demain.

Négligeant l'ascenseur, Léa dévala l'escalier quatre à quatre en se retenant à la rampe.

— Faites attention, vous allez tomber ! glapissait Mme Dumas, agrippée à la main courante.

Le soleil était chaud. Une lumière dorée baignait la rue de l'Université. Cela sent l'automne, songea Léa. Au carrefour Buci, une petite foule s'ébrouait autour d'une voiture de police, repoussée par des gardiens de la paix.

— Circulez, messieurs dames, y a rien à voir.

Une irrépressible angoisse envahit Léa qui se retint à la vitrine du cordonnier. Mégot aux lèvres, le corps ceint d'un tablier de cuir, l'artisan hochait la tête.

— Si c'est pas malheureux, en plein midi ! Y a plus de sécurité, d'nos jours... On s'demande c'que fait le gouvernement ! Tous des pourris, des feignants ! C'est pire que du temps des boches !

Au prix d'un monstrueux effort, Léa s'arracha à la vitrine et s'avança avec des mouvements d'automate en bousculant les badauds. Une main l'arrêta. C'était l'inspecteur rencontré la veille.

— Ne regardez pas, ce n'est pas beau à voir.

Mais Léa avait vu. Bien qu'une partie du visage eût été arrachée, elle avait reconnu Samuel. Elle ne put retenir un gémissement. Le policier la força à reculer.

— Je vous avais prévenue, ce n'est pas un spectacle...

— Je voudrais m'asseoir...

Il la porta presque jusqu'à la terrasse du café, à l'angle de la rue de Seine.

— Garçon, un cognac. Vous n'avez pas de chance, dans ce quartier. Vous le connaissiez, celui qui s'est fait descendre?

— Non, mentit Léa.

— Ah bon! Tenez, voici votre cognac, buvez... Mieux que ça!

Elle avait l'impression que l'alcool se répandait dans ses veines et la brûlait, tandis que le rouge lui montait aux joues.

— Ça va mieux? Vous avez meilleure mine. Restez tranquille, il faut que j'y aille. Je reviens, attendez-moi ici.

Il disparut dans la foule. Léa régla sa consommation. Au moment où elle se levait pour partir, son regard croisa celui d'un homme jeune et séduisant. Je l'ai déjà vu quelque part, pensa-t-elle en traversant. Rue Jacob, elle se rendit compte qu'il la suivait, et accéléra le pas. Il fit de même.

Surtout, ne pas céder à la panique, marcher normalement. Pourquoi n'avait-elle pas attendu le policier, comme celui-ci le lui avait demandé? Lui qui ne croyait pas aux réseaux nazis!... Ils avaient donc eu Samuel... Il ne s'était pas trompé, ils l'avaient bel et bien reconnu... L'avaient-ils suivi jusque chez elle?

— Mademoiselle! Mademoiselle!... Attendez-moi! Ne courez pas...

De nouveau la peur d'être prise... Courant droit devant elle, se tordant les pieds sur ses talons trop hauts, Léa traverse la rue Bonaparte sans regarder. Tout près d'elle, une masse sombre, immense... un hurlement métallique... un bruit fracassant... La bête est là, hurlante... un choc... Je

62

ne veux pas qu'ils m'attrapent!... Elle se relève, se lance en avant... Non, il ne faut pas... Tout tourne... une grande fatigue... Le bébé! Non!

Léa glisse sur les pavés poussiéreux... Sa robe claire est salie... Ses genoux, ses bras, ses mains saignent... Son visage est caché par ses longs cheveux... Tout s'arrête pendant quelques secondes... Puis des cris...

— Ce n'est pas ma faute... Elle s'est jetée sous les roues... J'ai freiné, freiné... Je ne pouvais pas l'éviter! hurle le conducteur de l'autobus, le visage décomposé.

Un jeune homme essoufflé se penche sur Léa, la retourne doucement. Son visage est intact... Elle gémit doucement, ouvre les yeux... le reconnaît... Elle tente de se redresser et retombe en geignant.

— Pardonnez-moi, je ne voulais pas vous faire peur... Je suis un ami de Samuel... Pardonnez-moi... Je m'appelle Jonathan Cohen...

— Poussez-vous! Laissez-moi passer, police!

Le jeune homme se relève et part à reculons. L'inspecteur le bouscule. Il se penche sur Léa.

— Mon Dieu!

7

Tout Hanoi avait assisté aux obsèques de Martial Rivière en la cathédrale Saint-Joseph. Les Vietnamiens étaient venus nombreux rendre un dernier hommage à cet homme qu'ils estimaient et respectaient. Hô Chi Minh, qui l'avait bien connu, avait fait parvenir à sa famille un message de condoléances : il y regrettait que la France n'eût pas envoyé au Viêt-nam davantage de Français de cette trempe qui, eux, n'auraient pas entraîné les deux pays dans une guerre impitoyable. Le haut-commissaire, Émile Bollaert, s'était fait représenter par son chef de cabinet. Paul Mus, qui avait été son ami, avait télégraphié longuement pour dire sa sympathie à ses enfants. Albert Sarraut, qui, en tant que gouverneur, avait accueilli Martial Rivière à son arrivée en Indochine en 1916, avait fait déposer une gerbe d'orchidées.

L'inhumation eut lieu dans la plus stricte intimité. Les branches d'un flamboyant majestueux s'inclinaient sur la tombe surmontée d'une stèle gravée d'idéogrammes. Une paix profonde régnait sur l'endroit.

Malgré sa peine, François Tavernier se sentait rasséréné. Son ami avait cessé de souffrir et retrouvé la femme qu'il aimait. La main de Lien s'agrippait à la sienne, froide et moite. Qu'allait-elle devenir ? Pourquoi ne s'était-elle pas mariée ? Les prétendants avaient-ils eu peur de sa trop grande beauté ? Adolescent, il l'avait follement aimée, intimidé lui aussi par cette beauté qui lui semblait inaccessible. Était-ce pour cela qu'il se lançait alors à corps perdu, en compagnie de Hai, dans l'escalade des trois sommets du massif du Tam Dao, dans la chasse au cochon sauvage ou au cerf près de la cascade d'Argent, dans des courses à cheval le long des plages de Van Ly ? Son grand sérieux aussi l'effarouchait. Elle était la meilleure élève du collège et fréquentait assidûment la bibliothèque de l'École d'Extrême-Orient. Entre son grand-père et elle, c'étaient de longues discussions au sujet de livres rédigés en *chu nôm*[1] ou d'éditions annamites composées par des Chinois. Ces conversations « savantes », comme disait Hai, les faisaient fuir.

Petite, Lien avait eu à souffrir les vexations de certaines de ses camarades françaises de l'école des sœurs. Quand elle avait pris conscience du caractère raciste de leurs propos, elle avait, honteuse et mortifiée, refusé de retourner en classe. Il avait fallu toute la tendre persuasion de son grand-père, Lê Dang Doanh, qu'elle aimait et vénérait, pour qu'elle acceptât d'y revenir. Un matin, tenant la main de son père et de son grand-père, elle s'était présentée devant la directrice qui l'avait accueillie avec affection. Celle-ci l'avait elle-même conduite dans la salle de classe et, devant toutes les élèves réunies, lui avait dit :

— Je vous demande, Lien, de pardonner à vos compagnes leur attitude et de me pardonner aussi de n'avoir pas su leur faire comprendre que nous étions tous frères et égaux en Jésus-Christ. Voulez-vous me pardonner, mon enfant ?

Bouleversée, traversée de sentiments contradictoires, mais trop bien élevée pour se révolter, Lien, en pleurs, s'était jetée dans les bras de la religieuse. Après avoir déposé un baiser sur son front et caressé ses longs cheveux noirs, la directrice l'avait poussée vers ses camarades qui s'étaient précipitées vers elle avec de grandes démonstrations d'amitié. De ce jour, Lien avait renié la religion

---

1. Transcription phonétique en caractères latins de la langue annamite, laquelle peut être également écrite en caractères chinois (*chu nho*).

catholique et avait adopté l'attitude, à ses yeux hypocrite, des religieuses chargées de son éducation et de celle des autres élèves. Peu à peu, l'adolescente s'était refermée sur elle-même, ne retrouvant son rire et ne renouant avec les jeux de son âge qu'en compagnie des enfants de la boyerie[1]. Plus tard, François avait eu du mal à l'apprivoiser et à lui faire regarder les « Blancs » avec moins de dureté. Même son père, que pourtant elle aimait, avait eu à souffrir de sa prévention. Le temps n'avait que superficiellement guéri cette blessure.

Devenue grande, sa beauté avait fait oublier aux frères de ses condisciples le sang annamite qui coulait dans ses veines. Quelques-uns, sincèrement épris, avaient tenté leur chance. Sans succès. Elle les avait éconduits avec un sourire si merveilleux qu'aucun n'avait voulu croire qu'il n'était pas aimé. Son grand-père, qui lui tenait lieu de confident, se réjouissait de cette attitude. Bien qu'il eût affection et estime pour son gendre, Lê Dang Doanh n'avait pas vu avec plaisir l'union de sa fille unique avec un homme d'une autre race et d'une autre culture. Ce qu'il n'avait pas dit, mais qu'avait deviné Martial Rivière, c'est que ce mariage constituait pour lui comme une trahison envers la terre de ses ancêtres. Les Français n'étaient-ils pas, après les Chinois, les occupants de ce pays dont ils avaient fait une de leurs colonies ? Que d'humiliations sous ce mot !

Sans les liens familiaux qui l'unissaient à l'un des hommes les plus en vue de l'Indochine, Lê Dang Doanh aurait fait à plusieurs reprises de la prison pour l'aide qu'il avait apportée aux différents courants nationalistes. Maintes fois, il avait offert l'asile de sa maison à des compatriotes recherchés par la police. Malgré cela, l'amiral Decoux, alors gouverneur général, n'avait pas hésité à avoir recours à lui dans ses difficiles rapports avec le gouvernement chinois. En revanche, jamais l'amiral n'avait pu le convaincre d'accepter de rencontrer le général Tyo ou tout autre membre de l'état-major japonais. Il considérait

---

1. L'ensemble des domestiques, appelés boys ou boyesses.

les Japonais dans leur ensemble comme des brutes dont la présence déshonorait à la fois la France et l'Indochine. Le coup de force nippon du 9 mars 1945 ne l'avait pas surpris. Avec l'aide d'un de ses amis nationalistes, il parvint à s'enfuir de Hanoi en compagnie de Lien et de Kien, et à gagner la frontière chinoise, puis Nan-ning. Là, il apprit que son gendre et sa fille avaient été arrêtés. Seule la présence de ses petits-enfants l'empêcha de repasser la frontière pour tenter de les faire libérer. Quand il put enfin regagner Hanoi, sa fille tendrement aimée venait de mourir des suites de mauvais traitements infligés par les Japonais. Leur douleur commune rapprocha Lê Dang Doanh et Martial Rivière.

Aussi fut-ce comme un fils que le vieil homme pleura son gendre. Il avait senti sa fin prochaine, s'y était préparé, mais avait surtout tenu à y préparer ses petits-enfants. Il redoutait l'avenir et prévoyait que la guerre contre les Français serait longue, très longue.

La présence de François au moment de la mort de Martial avait quelque peu apaisé ses inquiétudes. Il avait toujours éprouvé de la sympathie pour ce jeune Français qui venait, à l'époque des vacances, retrouver celui qu'il appelait son « père adoptif ». Très vite, le vieillard avait deviné que Lien était éprise de lui et que cet amour était de ceux qui ne meurent qu'avec celle ou celui qui l'éprouve. Durant les longues années de séparation, ce sentiment n'avait cessé de grandir. En apprenant le mariage de François, le professeur Doanh avait redouté un geste de désespoir de la part de Lien. Toute à la douleur d'avoir perdu son père, la jeune fille, sur l'instant, n'avait pas paru comprendre. Mais l'aïeul ne se fiait guère à cette apparente indifférence, il connaissait la violence de sa petite-fille et craignait le moment où elle prendrait conscience que l'homme qu'elle aimait en avait épousé une autre.

Peu après la mort de leur père, il avait convoqué ses trois petits-fils pour leur faire part de ses dernières volontés et de ses craintes au sujet de leur sœur.

Hai, en tant qu'aîné, avait pris le premier la parole :

— Grand-père, n'ayez aucune inquiétude pour Lien, ma maison est la sienne. Ma femme Phuong et moi-même serons très heureux de l'accueillir.

— Merci, mon fils, je n'ai jamais nourri de doutes à ce sujet. Mais la guerre se développe dans notre pays. Que comptes-tu faire ?

Hai avait redressé fièrement la tête, et dit d'une voix ferme :

— Combattre !

— Tu es fou ! s'était exclamé Bernard. Oublies-tu que tu es à moitié français ?

Hai avait souri et répliqué suavement :

— Je suis aussi à moitié vietnamien.

— Tu fais ce que tu veux, mais Geneviève et moi nous allons rentrer en France. Nous emmènerons Lien, si elle veut.

— Voilà qui est bien, avait ricané Kien, le plus jeune des trois frères. Les rats quittent le navire...

— Je t'interdis de me parler ainsi !

— Oh, pardon, j'oubliais : Monsieur se prend pour un vrai Français, surtout depuis qu'il a épousé cette pimbêche...

— Ma femme n'est pas une pimbêche, c'est la fille d'une excellente famille de Strasbourg...

— ... dont elle a bien du mal à perdre l'accent germanique !

— Si tu continues, je te casse la gueule ! Tu es jaloux, car en dehors des prostituées chinoises, tu ne connais pas grand-chose aux femmes.

— Là, tu as raison. Je préfère cent fois les putains aux honnêtes femmes ! Avec elles, au moins, pas de surprise !

— Kien, Bernard, vous n'avez pas honte, devant Grand-père ?

Lê Dang Doanh avait regardé avec chagrin ses petits-fils s'affronter. Ce n'était pas la première fois. Depuis l'enfance, souvent leurs discussions dégénéraient en bagarres ; la guerre aidant, leurs querelles se faisaient de plus en plus haineuses. Ils étaient si différents les uns des autres...

68

Chez Hai, on ne remarquait pas qu'il eût du sang français dans les veines, sauf peut-être à sa taille, plus élevée que celle de la moyenne des Tonkinois. Il s'était toujours senti annamite, malgré son père, son amitié pour François et ses séjours en France. Son pays était le Viêt-nam. C'est pour lui qu'il avait entrepris des études de médecine, et s'était spécialisé dans les maladies tropicales, sans négliger pour autant de développer ses connaissances en médecine chinoise. Il avait épousé une femme qui avait les mêmes aspirations que lui et dont le père, Nguyên Van Dong, était membre du parti communiste indochinois et avait rejoint Hô Chi Minh dans le maquis. Ensemble, ils s'étaient juré de combattre pour l'indépendance de leur pays. Ils avaient deux fillettes à qui ils avaient donné les prénoms des sœurs Trung, qui combattirent en l'an 40 les envahisseurs Han : Trac et Nhi.

Chez Bernard, en revanche, presque aucune trace de son ascendance annamite : il ressemblait énormément à son père et se sentait blanc, se voulait blanc, pensait blanc, ce qui indignait Hai et faisait tristement sourire son grand-père. Son mariage avec une Française n'avait surpris personne. Il avait une petite fille, Mathilde, blonde comme sa mère.

Quant à Kien, après avoir fait le désespoir de son père et de sa mère par ses incartades, son insolence, ses fugues, son penchant pour la fréquentation des voyous avec lesquels il se livrait à toutes sortes de trafics, il faisait celui de son grand-père. Celui-ci n'avait aucune autorité sur lui. Le cynisme du jeune homme l'atterrait et il se reprochait sa faiblesse. Enfant, Kien faisait déjà ce qu'il voulait de son aïeul, de ses parents et de ses frères et sœur. Séduisant, d'une beauté équivoque, il troublait les hommes aussi bien que les femmes. Kien n'avait rien retenu du modèle familial et de ses valeurs. Il avait grandi exempt de tout complexe et de toute contrainte. Courageux, violent, bagarreur, fou de voltige aérienne, cavalier accompli, marin intrépide, champion de boxe thaïe, la guerre n'était pour lui qu'une façon de s'enrichir, de donner libre cours à son goût de l'aventure et d'échapper à cette famille vis-à-vis de laquelle il n'éprouvait qu'agacement.

Seule Lien trouvait grâce à ses yeux; elle lui rappelait sa mère, le seul être qu'il eût aimé et dont la mort l'avait laissé désemparé. Tant qu'elle avait vécu, il avait modéré ses instincts mais, depuis cette disparition, plus rien ne le retenait, pas même son affection pour Lien. Kien avait toujours éprouvé envers François Tavernier un mélange d'admiration, d'envie et de haine. Il lui en voulait de l'avoir toujours considéré comme un gamin. Encore maintenant, il l'avait bien remarqué, surtout quand François lui avait lancé avec le même air moqueur qu'autrefois : « Alors, petit, ça va ?... » Pour qui se prenait-il, ce Français pur-sang ? Ce n'est pas parce qu'il avait fait la guerre en France, en Espagne, en Allemagne, qu'il devait lui parler comme ça ! La guerre, Kien la faisait aussi, à sa manière : il leur montrerait à tous ce qu'il valait ! Patience, il avait le temps. Après tout, il n'avait que vingt-trois ans !

— Grand-père, ne vous inquiétez pas pour moi, avait dit Kien, je reste ici et veillerai sur Lien et sur vous.

Lê Dang Doanh avait baissé les yeux pour dissimuler son émotion. Qui sait ? Kien n'était peut-être pas aussi mauvais... Le vieil homme s'était repris à espérer en son petit-fils préféré.

— Je te remercie, mon cher enfant, je pense cependant qu'il serait plus sage que Lien regagne la France avec Bernard...

— Il n'en est pas question, Grand-père. Je veux rester auprès de vous. Ma place est ici, dans cette maison, dans ce pays où reposent mes parents.

Lien, entrée dans la pièce depuis quelques minutes, avait entendu les propos de ses frères.

— Ce n'est pas très gentil, Grand-père, de me tenir à l'écart de vos décisions. Je ne suis plus une enfant et, malgré tout le respect que je vous dois, je vous rappelle que je suis majeure.

L'aïeul l'avait regardée avec tendresse et fierté. La jeune

70

femme était le joyau de sa maison; la beauté de son visage reflétait celle de son âme. Il pressentait que cette beauté, par les temps qui couraient, aurait tôt fait de constituer un handicap. Pour la préserver, il était prêt à se séparer d'elle.

— Tu feras ce que j'ordonnerai! s'était-il exclamé, sévère.

La dureté du ton avait été telle que les yeux de Lien s'étaient emplis de larmes.

— Oh, Grand-père, avait-elle soupiré en baissant la tête.

Le vieux lettré aurait donné n'importe quoi pour sécher les pleurs de cette enfant chérie, mais, devant ses descendants, il ne pouvait perdre la face. Hai était venu à son secours :

— Grand-père, le souci que vous avez de nous nous touche beaucoup, mais notre patrie a besoin de tous et il ne serait pas juste que notre sœur ne participe pas à sa libération.

— Je partage l'avis de Grand-père : Lien sera beaucoup mieux en France avec nous; la place d'une femme n'est pas à la guerre.

— Tu dis des bêtises, mon pauvre Bernard! Le président Hô ne considère-t-il pas les combattantes à l'égal des combattants?

— Ton président Hô mène le pays à la ruine. L'Indochine doit rester le joyau de l'empire. Grâce à la France, nous connaissons les bienfaits de la culture occidentale, nous participons au progrès, alors que le communisme va le conduire droit à l'anarchie ou à la bureaucratie...

— Tais-toi, tu ne sais pas de quoi tu parles! Ce sont les meilleurs qui ont rejoint le Parti!

— Tu t'es laissé monter la tête par ton beau-père et ta femme. Tu es métis, ne l'oublie pas. Il m'étonnerait bien qu'ils t'accueillent de bonne grâce dans leurs rangs...

— Mes enfants, arrêtez de vous déchirer! avait ordonné Lê Dang Doanh, la main appuyée sur sa poitrine.

— Grand-père, êtes-vous souffrant? s'était écriée Lien en se jetant aux genoux du vieillard.

— Je vais vous examiner, avait dit Hai en se précipitant à son tour.

— Laissez-moi, j'ai besoin d'être seul pour réfléchir.

— Mais...

D'un geste, il avait arrêté les paroles sur les lèvres de Lien et, d'un signe, les avait congédiés.

8

Assis sur une chaise de rotin aux pieds rafistolés, un bras en écharpe, l'autre accoudé à une table crasseuse sur le bois de laquelle alternaient brûlures de cigarettes, traces de verres, initiales gravées au couteau, Jean Lefèvre, en uniforme de la Légion, l'œil terne, regardait droit devant lui, sans voir les taxi-girls du *Paramount* passer et repasser deux par deux en se tenant par la taille, avec des clins d'œil aguicheurs. Des hommes, attablés ou appuyés au comptoir, se soûlaient avec application à la bière ou au cognac-soda. Les ventilateurs étaient impuissants à donner un peu d'air à la longue et étroite salle aux murs noirs et rouges dont le sol de mosaïque jaune disparaissait sous la sciure, les mégots, la poussière, les résidus des tronçons de canne à sucre mastiqués par les filles. Au fond, sur une estrade, un orchestre « argentin » aux yeux bridés jouait avec d'innombrables fausses notes un paso doble que deux légionnaires dansaient avec le plus grand sérieux sous les rires et les huées de leurs camarades. Une minuscule Tonkinoise disparaissait entre les genoux d'un énorme para. Vraisemblablement toute jeune dans le métier, la petite s'arc-boutait, bras tendus, mains appuyées sur les cuisses monstrueuses qui enserraient sa taille, le regard rempli d'effroi. La fumée était si dense qu'elle en venait presque à masquer l'éclat des lampes à abat-jour pourpre; c'est à peine si l'on discernait la forme des banquettes de moles-

kine disposées tout autour de la salle, où les filles se vautraient dans des poses qu'elles s'évertuaient à rendre pro-
vocantes.

Son verre à la main, Jean se leva et tituba en direction
du bar.

— La même chose, lança-t-il à la Chinoise qui officiait
derrière le comptoir.

La trouvant trop lente à obtempérer, il lui arracha la
bouteille de cognac et se resservit largement.

— Faites attention !

Le verre, heurté par la bouteille, venait de se renverser
sur un consommateur.

— Lefèvre !

— Tavernier !

Entre les deux hommes qui se dévisageaient se dressa
aussitôt le souvenir de la femme qu'ils aimaient : Léa.
François réagit le premier :

— Venez, nous avons à parler, dit-il, entraînant l'autre
vers une table libre. Garçon, deux doubles-cognacs.

— Que faites-vous ici ? interrogea Jean Lefèvre d'une
voix tendue. Ne deviez-vous pas, Léa et vous...

— Nous marier ? enchaîna François Tavernier. C'est fait.
Léa est restée en France, je suis ici pour affaires.

— Pour affaires !... Vous faites donc partie de ceux qui
spéculent sur la piastre, qui viennent ici faire du fric alors
que de pauvres bougres se font tuer ! Vous êtes un beau
salaud !

Les poings de François se serrèrent ; il préféra ignorer
l'insolence du soupirant de Léa.

— C'est grave, votre blessure ?

— Pas trop, l'épaule... Mais qu'est-ce que ça peut vous
foutre ?

— Rien, je voulais juste me montrer aimable avec un
compatriote. Mais si je vous ennuie...

— Non, restez. Parlez-moi de la France...

Il voulait dire : parlez-moi de Léa. C'est ce que fit Tavernier. Au fil de son évocation, sa voix devint plus douce,
son débit plus lent, entrecoupé de silences de plus en plus
fréquents.

Il l'aime aussi, songea Lefèvre ; que fait-il ici ?

Sans même s'en rendre compte, il avait formulé sa pensée à voix haute.

— Comme je vous l'ai dit, répondit François, je suis ici pour affaires. L'ami de mon père qui dirigeait l'entreprise familiale est mort. Lui et ses enfants m'avaient tenu lieu de famille après le décès de mon père. J'ai l'intention de repartir dans un mois ou deux.

— Que pense-t-on en France de ce qui se passe ici ?

— Pas grand-chose. Les Français ont d'autres préoccupations, plus immédiates : le rationnement, les grèves, la reconstruction du pays, l'isolement du parti communiste, la guerre froide, les propositions du général Marshall, les dissensions politiques, la création du Rassemblement du peuple français...

— Vous ne semblez pas très favorable au parti du général de Gaulle ?

— Je m'interroge. Je ne suis pas sûr qu'il ait choisi le meilleur moment : il met en péril les institutions de la République, accentue les divisions de la France, la fragilité de sa position dans le monde...

— Je vous croyais gaulliste ?

— Je le suis. Pas au point, toutefois, de ne pas m'interroger ni de tout prendre pour argent comptant. Mais certaines choses ont pu m'échapper durant mon séjour en Argentine... Vous-même, vous ne vous posez pas de questions ?

— Garçon, remettez-nous ça !... Sur la politique ? Vaut mieux pas. Mon frère et moi nous nous sentions plutôt anarchistes, quand nous étions gamins. S'il avait vécu, il serait sans doute devenu communiste, en souvenir de certains de nos camarades FTP fusillés, torturés ou déportés...

— Ils ne furent pas les seuls.

— Je le sais bien. L'oncle de Léa, le père Adrien, et ceux de son groupe n'étaient pas communistes, mais nous, nos copains de maquis étaient plutôt de ce bord-là. J'ai retrouvé ici, à la Légion et ailleurs, d'anciens résistants ;

75

beaucoup se sentent mal à l'aise dans cette guerre, et pas seulement à cause de la propagande viêt-minh, mais parce qu'ils ne sont pas à leur place : cette guerre n'est pas la leur, c'est une guerre sale, ils ont honte de la faire...

D'un trait, il vida son verre.

— Un autre... Et quand ils ont trop honte, ils se soûlent la gueule dans le meilleur des cas. Ou bien ils tirent dans le tas pour ne plus voir ces combattants qui ont tous l'air de mômes et qui combattent pieds nus, avec pour seules armes de méchantes pétoires.

— Mon adjudant-chef, il faut rentrer...

— Fous-moi la paix, Pujol, tu n'vois pas que j'suis avec un ami ?

— Je le vois bien, mon adjudant-chef, mais vous connaissez le capitaine...

— Le capitaine, je l'emmerde, tu m'entends ? Je l'emmerde !

— Lefèvre, il a raison...

— Foutez-moi la paix ! Je vous emmerde aussi ! éructa-t-il en balayant la table d'un grand geste.

Titubant, il entreprit de boxer de son bras valide ceux qui passaient à sa portée. Son ivresse était telle qu'il tournoyait sur lui-même au milieu des rires et des vociférations de l'assistance. Le tenancier chinois courait de l'un à l'autre :

— Allons, messieurs, emmenez votre ami, je ne veux pas de bagarre... J'appelle la police militaire... Messieurs !...

Une chaise reçue en pleine poitrine lui coupa net la parole.

Aidé de Pujol, Tavernier parvint à faire sortir Lefèvre du *Paramount* et à l'installer dans une boîte d'allumettes[1]. Pujol monta à ses côtés. Le conducteur fit claquer son fouet et le petit cheval s'en fut au trot.

— Merci, monsieur ! cria le soldat en se retournant.

— Eh bien, elle est jolie, l'armée française ! Ce n'est pas

---

1. Petite charrette couverte traînée par un cheval à la dimension du véhicule et pouvant transporter trois ou quatre personnes.

avec ça que nous serons débarrassés de la racaille viêt-
minh!

Un homme d'une forte corpulence, vêtu d'un impeccable
costume blanc, tirant sur un cigarillo puant, se tenait près
de François Tavernier.

— Vous dites, monsieur?

— Je dis qu'elle est jolie, l'armée fran...

Le poing de François écrasa le cigarillo.

— Qu'est-ce qui vous prend?... Vous êtes fou! bre-
douilla le gros homme.

— Je n'aime pas qu'on dise du mal de mes amis.

— Mais...

— Monsieur, vous feriez mieux de déguerpir. Je suis de
très mauvaise humeur, ce soir.

Un mouchoir contre sa bouche ensanglantée, l'homme
s'éloigna en proférant des menaces. Dans l'ombre d'une
porte, quelqu'un applaudit.

— Bravo! Tu viens de te faire un ennemi d'un des
hommes les plus puissants de Hanoi.

— Ah, c'est toi!... Je t'offre un verre?

— Oui, pourquoi pas?

— Tu connais un autre endroit?

— Non, celui-ci est très bien. Sauf si cela te dérange
d'être vu avec un *nhà quê*[1]...

Tavernier haussa les épaules et rentra au *Paramount*,
suivi de Kien.

— Que veux-tu boire?

— Une bière.

Le tenancier chinois parut rasséréné:

— Ah, c'est vous, monsieur! Vous me devez les consom-
mations prises avec votre ami.

— D'accord, servez-nous deux bières.

L'orchestre « argentin » jouait un tango. Une impeccable
raie partageant par le milieu ses cheveux noirs gominés, le
chanteur, grotesque dans son costume de scène — chemise de satin bleu à larges manches bouffantes, haute

---

1. Paysan. Terme utilisé de façon péjorative par les coloniaux français
pour désigner les Vietnamiens.

ceinture jaune enserrant la taille, pantalon noir glissé dans des bottes de gaucho — , interprétait *Adios muchachos, compañeros de mi vida.*

... tout s'estompe, les murs reculent, les militaires et les taxi-girls s'évanouissent... deux jeunes femmes dansent... très belles, étranges... la large jupe de la robe de taffetas bleu s'enroule autour du fourreau rouge... les larmes coulent sur le visage de la femme en bleu... sur le crâne rasé de celle en rouge brille, sinistre, la croix gammée qu'elle y a tracée avec son rouge à lèvres... *Dos lagrimas sinceras derrama a mi partida...*

— Tu ne te sens pas bien? Tu es tout pâle... Ah!...

Le verre que François serrait dans sa paume venait de se briser. Le sang apparut aussitôt.

Autour d'eux, les conversations s'interrompirent, puis reprirent après quelques haussements d'épaules. Kien regardait son compagnon avec une curiosité amusée.

— Paddy, donne-moi une serviette propre et une bouteille de cognac, demanda-t-il. J'espère que tu n'avais pas prévu d'effectuer des travaux délicats! Écarte les doigts...

— Merde!

— Oui, je sais, ça fait mal, mais rien de tel qu'un bon cognac pour désinfecter. Tiens, bois un coup. N'oublie pas de montrer les dégâts à Hai, tu t'es bien arrangé...

Tout en parlant, Kien enveloppait la main blessée dans la serviette. L'orchestre avait cessé de jouer, c'était la pause.

— Tu n'aimes pas la musique?

Tavernier éclata d'un rire sans joie.

— Tu es perspicace!

— Ce tango te rappelle une femme?

Le même rire, plus amer encore.

— Sais-tu, petit, que tu as un don de voyance?

— Cesse de m'appeler *petit*. Tu n'as pas remarqué que j'avais grandi, depuis la baie de Ha Long?

— Alors, ne me questionne plus... Ne m'en veux pas, je ne cherche pas à te blesser, mais quand on s'est quittés, tu avais onze ou douze ans. Dans mon esprit, tu as gardé cet âge-là. Donne-moi le temps de m'habituer.

— D'accord, je ne t'en veux pas. Mais attention, ne me fais pas perdre la face. Qu'est-ce qu'il tenait, ton copain! Tu le connaissais, avant ce soir?

— Voilà que tu reposes des questions. C'est une manie, chez toi! Oui, je le connaissais, c'est un ami d'enfance de Léa.

— Léa?

— Ma femme.

— Ah oui! J'avais oublié que tu étais marié. Elle est jolie?

— Très.

— Aussi jolie que Lien?

— Ce n'est pas le même genre, mais c'est, avec Lien, la plus belle femme que j'aie connue.

— Tu l'aimes?

— Oui.

— J'ai du mal à t'imaginer marié.

— On me l'a déjà dit. Mais, avec elle, c'est différent... Assez parlé de moi! Je ne sais pour ainsi dire rien de toi, sauf que tu es plutôt un mauvais garçon et que toutes les filles sont folles de toi.

— Qui te l'a raconté? fit Kien avec un sourire satisfait qui n'échappa pas à François.

— Disons que c'est la rumeur publique.

— Une rumeur publique qui s'appelle Hai ou Bernard?

— Laisse tes frères tranquilles, je n'ai pas eu besoin d'eux pour en apprendre beaucoup sur toi et tes activités.

— Rien de bien méchant.

— Je te conseille pourtant de te tenir tranquille. Le haut-commissaire a donné des ordres et ton père n'est plus là pour te protéger.

— Je n'ai besoin de personne, je suis assez grand pour me protéger moi-même.

— Comme tu voudras. Ce que je t'en disais, c'était surtout pour Lien et ton grand-père.

— Tu ne vas pas m'apprendre ce qui se passe à Hanoi. La ville a changé, depuis le temps où tu y venais. Elle a connu l'occupation japonaise, l'arrivée des Chinois, l'ins-

79

tallation du Viêt-minh, les combats de rue, l'entrée des troupes de Leclerc, la famine, les assassinats, les tortures, les enlèvements. Il ne reste rien de la douceur coloniale. Je suis mieux à même de protéger Lien et mon grand-père que Hai et ses camarades viêt-minh, ou que Bernard et sa Banque d'Indochine !

— C'est vrai que tout a changé. Penses-tu que les Français ont la moindre chance de se réimplanter ici ?

— Et toi, tu le crois ?... Les Français ont perdu la face ; en Asie, tu le sais, cela ne pardonne pas. Nous autres Orientaux ne respectons que la force, et cette force, vous n'avez pas les moyens de la déployer. Ici, vous êtes finis.

— Tu es dur, tu parles comme si tu n'étais pas à moitié français.

— À moitié seulement, et je préfère ma moitié annamite. C'est ce que nous avons en commun, Hai et moi. Lui a encore un vague vernis occidental, moi pas. Je me sens de ce pays, même si je me moque qu'il soit ou non indépendant. J'aime y vivre, parce qu'un homme peut y être plus libre que n'importe où ailleurs... à condition d'imposer sa loi, d'être le maître !

— C'est là ton ambition ?

Kien se contenta de sourire.

— Je vais faire un tour dans une fumerie. Tu viens avec moi ?

— Non, une autre fois, je préfère rentrer.

— Comme tu voudras... J'ai été heureux de te parler, dit-il après un temps d'hésitation.

Ils se séparèrent sur le trottoir. Songeur, François Tavernier remonta la rue Paul-Bert.

— Je dois absolument lui parler.

— Pas plus de dix minutes, monsieur l'inspecteur. Elle a absolument besoin de repos.

— Quelqu'un est-il venu prendre de ses nouvelles?

— Sa femme de ménage, je crois.

— La chambre de madame Tavernier, c'est ici? interrogea un jeune garçon, les bras encombrés d'un gros bouquet.

— Oui, donne, on va le lui remettre.

Le policier prit l'enveloppe épinglée au bouquet, en tira une carte et lut :

J'apprends le terrible accident dont vous avez été victime. Dès que les médecins le permettront, je viendrai vous rendre visite. Croyez, madame, à mes respectueux hommages.

Jean Sainteny.

— Si cette personne vient, faites-le-moi savoir, dit l'inspecteur en poussant la porte de la chambre.

Léa reposait sur le haut lit d'hôpital, les yeux clos, les cheveux épars sur l'oreiller, quelques mèches collées à son front, le souffle régulier, les mains agrippées au drap, sa jambe plâtrée soutenue par un coussin. Pour atténuer la lumière du jour, on avait tiré les rideaux de coton blanc.

Elle est ravissante, songea le policier en s'avançant à l'intérieur de la pièce. Léa ouvrit les yeux.

— Ah, c'est vous, inspecteur...?

— Inspecteur Berthineau. Bonjour, madame, ça me fait grand plaisir de voir que vous avez repris connaissance. Les médecins m'ont dit que vous aviez eu beaucoup de chance et que vous vous en tiriez bien.

— On voit que ce n'est pas eux qui ont la jambe cassée! s'exclama Léa d'un ton boudeur.

— Mais vous auriez pu être tuée sur le coup, ou bien encore perdre le bébé que vous attendez!

La porte de la chambre s'ouvrit, laissant passer le médecin, suivi de deux infirmières.

— Alors, petite madame, je vois qu'on a repris des couleurs. Vous et l'enfant, vous êtes de sacrés veinards! C'est bon signe : vous allez nous faire un petit costaud.

— Vous êtes sûr, docteur, que tout va bien pour le bébé?

— Sûr. Vous avez seulement besoin de repos. Ça tombe très bien, cette jambe cassée : je préfère que vous restiez allongée encore quelque temps. Allez, soyez sage.

Le médecin sortit tandis qu'une des infirmières disposait les fleurs dans un vase.

— Moi aussi, je suis heureux que vous restiez allongée. Ici, au moins, on peut vous surveiller.

— Me surveiller? Pourquoi donc?

— Parce que vous avez peur de quelqu'un et que j'aimerais bien savoir de qui!

— Je n'ai peur de personne.

Sa voix aiguë fit tressaillir l'infirmière qui s'en alla en lui jetant un regard intrigué.

— Alors, pourquoi vous êtes-vous enfuie, l'autre jour? Et qui était ce jeune homme qui vous a parlé au moment où vous êtes tombée?

— Je ne me souviens pas d'un quelconque jeune homme.

— Qu'avez-vous vu ou entendu qui vous ait poussée à prendre la fuite?

— Je ne comprends rien à ce que vous me dites!

— Avez-vous de nouveau rencontré des nazis?

Les mains de Léa se crispèrent, son visage s'altéra.

— Laissez-moi, je suis fatiguée.

— Moi aussi, fit-il avec accablement en se laissant tomber sur une chaise de tôle peinte.

Devant sa mine piteuse, Léa pouffa de rire.

— Et, en plus, ça vous fait rire!

— Excusez-moi, c'est nerveux. Je voudrais bien vous aider, mais je ne vois pas en quoi.

— Ce n'est pas moi, c'est vous, l'autre jour, qui avez parlé de nazis. Quelque chose me dit que vous connaissiez l'homme qui a été tué rue de Buci.

— Vous vous trompez, fit-elle d'une voix lasse.

L'inspecteur Berthineau n'était pas bien vieux dans le métier, mais il était convaincu que la jolie blessée lui mentait. Il allait demander au commissaire de la placer sous surveillance. Il y avait peut-être une piste à suivre du côté des anciens collabos, des nostalgiques de l'Occupation. Sa peur des nazis n'était pas feinte, mais de là à les imaginer se baguenaudant tranquillement dans les rues de Paris... Il est vrai que, comme disait sa propre mère, on vivait « une drôle d'époque »!

— Vous connaissez un certain Jean Sainteny?

— Pourquoi? demanda Léa en se redressant.

Berthineau désigna le bouquet, prit la carte et la lui tendit.

— Il vous a fait porter ces fleurs.

— Elles sont très belles. Jean Sainteny?... Ça me dit quelque chose. Ah oui, mon mari le connaît, il m'a parlé de lui, mais je ne l'ai jamais rencontré.

— Que fait-il dans la vie?

— Je ne sais pas très bien... Il est gouverneur en Indochine, ou quelque chose d'approchant. Comment a-t-il appris ce qui m'était arrivé?

L'infirmière entra.

— Monsieur l'inspecteur, la visite est terminée. Madame Tavernier doit se reposer.

— Très bien, je repasserai demain. Si quelque chose vous revient à l'esprit, appelez-moi, au commissariat ou chez moi, ma mère me transmettra le message.

Léa prit la carte qu'il lui tendait et la posa sur la table de chevet.

— Tu rentres avec moi à Montillac. Il n'est pas question que je te laisse seule à Paris, décréta Françoise, venue chercher sa sœur. Depuis ta lettre, je ne vis plus! Quand je pense que tu aurais pu perdre le bébé... François ne s'en serait pas remis... Puisqu'il n'est pas là, c'est à nous de nous occuper de toi. Alain et Ruth voulaient absolument venir, ils ont fini par admettre qu'on ne pouvait pas tous partir...

— Alors tu t'es sacrifiée! lança Léa en riant. Je suis si heureuse de te voir... Comment vont tes enfants, et mon petit Charles?

— Ils vont tous très bien, mais Charles s'ennuie de toi. C'est un drôle de garçon, silencieux, toujours plongé dans les livres ou à essayer de reconnaître les oiseaux à leur cri. C'est un enfant attachant et secret; il ressemble beaucoup à sa mère.

— J'ai hâte de le retrouver, il me manque aussi.

— Quand penses-tu pouvoir sortir?

— Je l'ignore, ils disent vouloir me garder en observation.

— Je parlerai au médecin.

Celui-ci venait juste de pousser la porte.

— Que lui veut-on, au médecin?

— Bonjour, docteur. Je vous présente ma sœur, madame Lebrun, qui voudrait m'emmener.

— C'est un peu prématuré, chère madame. Notre patiente a subi un choc, elle est enceinte, je ne veux lui faire courir aucun risque. Je pense que, d'ici quinze jours, elle pourra partir.

— Quinze jours!

— Madame Tavernier! Je vous rappelle que vous attendez un enfant et que, tout en étant d'une excellente constitution, cet accident vous a fragilisée. Patientez: quinze jours, c'est vite passé. Madame, si vous avez quelque influence sur elle, faites-le-lui comprendre.

— Le docteur a raison, ma chérie... Je ne peux pas passer tout ce temps-là près de toi, mais je vais rester quelques jours et je reviendrai te chercher.

Léa acquiesça, tout en ayant bien du mal à contenir ses larmes. Le médecin les salua et sortit.

Durant les cinq jours qu'elle passa à Paris, Françoise s'efforça de distraire sa sœur, ce qui lui fut moins difficile qu'elle ne l'avait redouté. C'est le lendemain de son départ que Léa reçut la visite de Jean Sainteny. D'emblée, elle fut séduite par son air de franchise, l'impression de sécurité qui émanait de toute sa personne. Il lui baisa la main, ému lui aussi par sa beauté. Ils se regardèrent sans un mot, intimidés. La première, Léa rompit le silence :

— Je vous remercie pour vos fleurs, elles étaient très belles. C'est aimable à vous de vous être inquiété pour moi.

— Le médecin m'a dit que votre guérison était en bonne voie. Je m'en réjouis. Votre mari a-t-il été prévenu ?

— Je lui ai écrit, mais le courrier met si longtemps...

— Voulez-vous que je lui fasse télégraphier ?

— Non, je vous remercie, il est inutile de l'alarmer. Je crois qu'il a beaucoup de problèmes à régler, là-bas. Son associé est mort, sans doute le savez-vous ?

— Je suis au courant. C'était un homme remarquable.

— Vous le connaissiez ?

— Nous nous étions rencontrés à deux reprises en 1946, et j'avais entendu parler de lui par mon beau-père, Albert Sarraut. Il le tenait en grande estime.

— Et ses enfants ? François m'a dit que sa fille était très belle.

Sainteny ne put retenir un sourire amusé.

— Seriez-vous jalouse ?

Furieuse, Léa se sentit rougir.

— Pas du tout ! Je disais cela comme ça.

— Je crois qu'elle est très belle, en effet.

« Dans quoi me suis-je encore embarquée ! » se reprocha-t-elle. Elle changea ostensiblement de conversation :

— François m'a raconté que vous étiez dans la Résistance et que la Gestapo vous avait arrêté.

— Oui, mais j'ai eu beaucoup de chance. J'ai pu m'évader.

— Plusieurs de mes amis n'ont pas eu cette chance, soupira Léa.

Ils se turent quelques instants, envahis par leurs souvenirs respectifs.

— Que puis-je faire pour vous? Avez-vous besoin de quelque chose?

— Non, je vous remercie. La seule chose dont j'aie envie en ce moment, c'est de sortir d'ici au plus vite.

— Que disent les médecins?

— Que je dois me reposer.

— Ils ont sans doute raison. Pensez à votre état...

— Je ne vois pas comment je pourrais faire autrement, lâcha-t-elle en montrant son ventre d'un air excédé qui le fit à nouveau sourire.

— À la suite de mon envoi de fleurs, j'ai eu la visite d'un inspecteur de police...

— Berthineau?

— Oui, c'est ce nom-là. Il m'a posé sur vous des tas de questions auxquelles, bien évidemment, je n'ai pu répondre. Il m'a appris les circonstances de la mort de votre sœur; c'est affreux! Il m'a également dit que vous étiez convaincue que c'étaient des nazis qui l'avaient assassinée...

— Je ne veux plus parler de cela...

Sainteny ne tint pas compte de l'interruption.

— Je sais, mais lui ignore ce qui s'est passé en Argentine : votre participation et celle de Tavernier à la poursuite des criminels de guerre, la mort de vos amis, de la première Mme Tavernier... L'homme qui a été tué au carrefour Buci était un juif appartenant à un réseau de chasseurs de nazis. Il se trouvait en Argentine en même temps que vous. L'inspecteur pense que vous le connaissiez.

— Pourquoi me dites-vous tout cela? De quoi parlez-vous?

— Je comprends que vous vous méfiiez, mais vous savez qui je suis : vous pouvez vous confier à moi. Le policier m'a déclaré : « Elle voit des nazis partout ! » Il semblait incrédule. Moi pas. Alors, si vous savez quelque chose, je vous en conjure, dites-le-moi !

Son action dans la Résistance avait enseigné à Léa à se défier de tout le monde. François ne lui avait parlé de Sainteny qu'à propos de sa rencontre avec le général Leclerc. Quelqu'un qui était en relation avec Leclerc ne pouvait être un salaud. Mais elle répugnait à lui faire part de ses craintes, à admettre qu'elle connaissait Samuel Zederman et qu'elle l'avait vu quelques instants avant sa mort. Elle redoutait d'être à nouveau entraînée dans l'univers délirant et glacé des services secrets. Elle n'aspirait qu'à une chose : ne plus entendre parler de ces histoires. Pourquoi François n'était-il pas là, alors qu'elle avait tellement besoin de lui ? À lui, Léa pouvait tout dire, il comprenait ses angoisses, les partageait. Comment confier à un inconnu, si sympathique fût-il, ce que Samuel lui avait révélé : la présence à Paris d'Argentins notoirement connus pour leurs relations pro-nazies ? Quelque chose lui disait que Jonathan Cohen allait bientôt se manifester. En attendant, elle devait garder le silence.

— Je ne sais rien.

— Comme vous voulez, fit-il, déçu. Si vous avez besoin de moi, n'hésitez pas à m'appeler. D'accord ?

— D'accord. Pardonnez-moi : je ne vous connais pas...

— Ne pensez plus à tout cela. Guérissez vite !

— Au revoir, murmura-t-elle en se tassant dans son lit.

10

Au carrefour du boulevard Henri-Rivière et du boulevard Rolande, le conducteur du cyclo-pousse où François Tavernier avait pris place fit une telle embardée, pour éviter le camion militaire qui fonçait sur eux, que le passager faillit être éjecté du frêle véhicule.

— Les brutes! grommela-t-il en reprenant son équilibre.

— Ça va, monsieur? s'enquit le conducteur avec un sourire placide.

Parvenu devant l'hôtel *Métropole*, il régla sa course et s'engouffra dans l'établissement. Le hall était encombré de reporters étrangers et d'officiers de divers corps d'armée. Malgré les grands ventilateurs, il y régnait une chaleur étouffante. Pas une place au bar. La terrasse aussi était comble.

— François!... Par ici.

En compagnie de trois de ses collègues de la Banque d'Indochine, Bernard Rivière lui faisait signe de les rejoindre. Tavernier se fraya un chemin à travers la cohue bruyante et transpirante.

— Assieds-toi. Je te présente des camarades de travail : Raymond Georges, Raoul Dupuis et Jacques Vauzelle, qui vont bientôt rentrer en métropole. Comme je les envie, les veinards! Que veux-tu boire?

— Une bière.

Bernard se leva pour aller chercher la consommation au bar.

— J'appartiens au secrétariat général de la banque, mes amis travaillent au service du personnel colonial, dit Jacques Vauzelle. Je me suis occupé de l'ouverture de votre compte. Vous êtes un ami de monsieur le directeur général?

— Non, je suis seulement en relation d'affaires avec M. Laurent.

— C'est un homme remarquable, un grand banquier, observa Raoul Dupuis.

— Remarquable, confirma Raymond Georges en levant son verre.

— Vous êtes ici pour longtemps? questionna Vauzelle.

— Juste le temps de régler la succession de mon ami Rivière.

— Un conseil: ne vous éternisez pas dans ce pays, recommanda Vauzelle.

— Pourquoi dis-tu cela? L'armée contrôle la situation, s'insurgea Dupuis.

— Que veux-tu, mon vieux, depuis l'attaque du 19 décembre, je n'ai plus confiance. Et puis, vois-tu, les Viêts sont partout: tu en tues dix, et il en surgit cent, il en surgit mille d'on ne sait où. On est assis sur un nid de fourmis rouges. Non, on ne s'en sortira pas. Ils vont nous bouffer jusqu'au dernier. Je préfère me tirer avant... Je n'ai pas raison, monsieur Tavernier?

— C'est un point de vue. Cela a été très dur, en 46?

— Affreux: vols, agressions, arrestations, disparitions, enlèvements, viols, meurtres ont jalonné toute l'année. Dans la rue, ce n'étaient que vexations et insultes, quand ce n'étaient pas des coups. Il devenait de plus en plus difficile de se rendre dans le quartier chinois pour voir des clients. À la tombée de la nuit, les rues de la Soie, de la Laque, des Changeurs, des Briques, celles menant à la porte Jean-Dupuis étaient devenues de vrais coupe-gorge. Nous nous engagions sur le pont Paul-Doumer à nos risques et périls quand nous avions à faire à Lang Son ou à Haiphong. Plus question de profiter de la douceur du soir sur les bords du Petit Lac. Finies les jolies filles : elles étaient remplacées par des policiers ! Plus de promenades le long des rues : partout, ce n'étaient que barricades, tranchées, barrages antichars ! Il ne faisait pas bon être métis : ils furent les premiers enlevés, les premiers assassinés. Dès la fin de novembre, on savait que le Viêt-minh allait donner l'assaut, il n'y avait que les responsables militaires pour l'ignorer.

— Ça n'avait rien de nouveau ! s'exclama Dupuis.

— Il faut dire que nos dirigeants n'étaient pas des plus stables, continua Vauzelle. En l'espace de quelques mois, nous avons eu le général Valluy, le général Crépin, puis le général Morlière, et cela, en l'absence de Sainteny, retenu en France par la visite de son ami Hô Chi Minh et la conférence de Fontainebleau. Il était clair que le *modus vivendi* signé entre l'Oncle Hô et Marius Moutet ne pouvait rencontrer l'approbation des dirigeants communistes, notamment de Pham Van Dong et de Vô Nguyên Giap, mais cela permettrait aux deux parties de gagner du temps. L'espace de quelques jours, nous, les anciens de la colonie, nous avons cru nous être trompés, tant les indigènes respectaient l'article 9 du *modus vivendi* : « Les actes d'hostilité et de violence devront cesser de part et d'autre, de même que les propagandes inamicales... » Les rues étaient à nouveau animées, les commerçants sur le seuil de leur boutique, la queue s'allongeait devant l'*Olympia* pour voir Jean Gabin et Michèle Morgan, la pâtisserie Michaud ne désemplissait pas, les tramways circulaient presque normalement, un concert de musique de chambre fut donné au Grand Théâtre, les bars des hôtels étaient pris d'assaut, les cyclo-pousse, les mendiants, les jolies filles, tout était en place comme avant...

— Ça n'a pas duré longtemps ! Il fallait des « Français nouveaux », ignorant les mentalités indochinoises, pour croire que les anciens bagnards viêt-minh ne chercheraient pas à se venger de leurs geôliers ! dit Raymond Georges en interrompant son ami.

— En effet, tout est allé très vite : les relations entre le gouvernement vietnamien et le haut-commissaire se sont de plus en plus tendues, des échauffourées ont éclaté quotidiennement entre soldats français et vietnamiens, malgré ou à cause des appels au calme de Hô Chi Minh. « Le peuple vietnamien ne veut pas la guerre, mais si on la lui impose, il la fera. Elle sera atroce... », déclarait-il de cette voix mielleuse à laquelle se sont laissés prendre les intellectuels de métropole...

— Souviens-toi : dès le 17 décembre, à la différence des militaires, nous avons compris que tout était foutu. Les rues de Hanoi se sont transformées en champs de bataille : partout des barricades, des bombes planquées dans les arbres, des mines. D'abord les *tu ve*[1] ouvrent le feu sur une automitrailleuse française, tuant deux de nos compatriotes. En représailles, les soldats français incendient un poste vietnamien et les maisons voisines. D'après le maire de Hanoi, le Dr Hung, il y aurait eu une cinquantaine de morts. Au moment même où l'ordre est donné aux familles françaises isolées de se regrouper dans les hôtels, les cliniques, les lycées réquisitionnés à cet effet, le Tong Bô[2] envoie aux comités administratifs de la ville l'ordre de faire évacuer les femmes, les enfants et les vieillards vietnamiens. Il ne reste dans le quartier indigène que les jeunes gens chargés de garder les maisons et de donner l'alerte si les soldats français viennent à y pénétrer...

— Sans Fernand Petit, un Eurasien qui a prévenu en fin d'après-midi l'état-major de l'attaque des Viêts, nous étions tous massacrés. Vous avez l'air sceptique, monsieur Tavernier..., observa Raoul Dupuis.

— Pas du tout. Au contraire, je vous écoute avec le plus grand intérêt. Nous n'avons eu en France qu'un pâle aperçu de ce qui s'est passé ici.

— Excuse-moi, François. Au bar, ils sont débordés, dit Bernard en lui tendant un verre de bière. Mes copains ne t'ont pas ennuyé.

1. Miliciens viêt-minh.
2. Comité central.

— Non seulement ils ne m'ont pas ennuyé, mais ils m'ont fait un récit passionnant des événements du 19 décembre. Où étais-tu, ce jour-là?

— Barricadé dans la maison avec les domestiques, armé jusqu'aux dents.

— Ta femme et ton enfant?

— Elles étaient à Saigon, chez les parents de Geneviève.

— Il s'est battu comme un lion, commenta Dupuis. À lui seul, il a bien dû abattre une dizaine de ces salauds.

— Joli tableau de chasse! s'exclama Tavernier.

L'ironie qui perçait dans la voix de son ami d'enfance n'échappa pas à Bernard qui rougit et tenta de masquer son trouble en vidant son verre.

— N'est-ce pas? insista Dupuis. Son sang français a parlé plus fort...

— Arrête, ne revenons plus là-dessus.

— Pourquoi? Il n'y a pas de honte! Est-ce que nous ne t'avons pas toujours considéré comme un des nôtres?

« L'autre retourne le couteau dans la plaie... », pensa François. Pris de pitié, il fit dériver la conversation :

— C'est bien le jour où Jean Sainteny a été blessé?

— Oui, en voulant rejoindre le général Morlière à la Citadelle. Ah, le beau Sainteny qui croyait si fort en son ami Hô Chi Minh, il a dû tomber de son haut! ironisa Jacques Vauzelle d'un ton aigre.

— Mon père a toujours pensé que Hô Chi Minh était sincère.

— Mon pauvre Bernard, lâcha Dupuis, ton père, malgré tout le respect que je lui portais, était un naïf. Comment pouvait-il se fier à la bonne foi d'un communiste, d'un membre éminent de ce parti qui prend ses ordres à Moscou!

— Il était avant tout nationaliste.

— Foutaises! C'était pour mieux attirer les catholiques, les caodaïstes, les *Binh Xuyên* [1] et autres petits seigneurs de la guerre...

1. Du nom d'un petit village situé au milieu des marais du Rung Sat, au sud de Saigon, refuge de hors-la-loi élisant leurs chefs qui rejoignirent le Viêt-minh dès 1945.

— Mon pauvre Dupuis, tu vois des seigneurs de la guerre partout, tu te crois encore au Moyen Âge dans ce pays! Leur prétendue civilisation millénaire n'est qu'une façon d'affubler leur bestialité, leur barbarie...

— Ne croyez-vous pas qu'en ce domaine, nous autres Européens n'avons guère de leçons à leur donner? l'interrompit Tavernier.

— Nous ne coupons pas la tête de nos ennemis...

— Nous avons fait beaucoup mieux: nous les avons réduits en esclavage en utilisant femmes et enfants aux plus durs travaux, en leur vendant l'opium à bas prix, en prostituant leurs filles, en les traitant comme des chiens...

— Que faites-vous des écoles, des ponts, des hôpitaux, des routes, des voies ferrées que nous leur avons construits?

— C'est d'abord pour nous que nous avons bâti tout cela, vous le savez fort bien! Les routes, les ponts, les voies ferrées nous ont servi à acheminer le caoutchouc, le bois, le riz pour nos propres besoins, sans nous soucier des leurs...

— Mais les écoles, que faites-vous des écoles et des hôpitaux?

— Et que leur apprenait-on dans nos écoles? Que les Gaulois étaient leurs ancêtres?

— Vous êtes de mauvaise foi. N'est-ce pas là qu'un Nguyên Ai Quôc [1], un Giap, un Pham Van Dông ont appris à lire et à écrire?

— On leur a surtout appris qu'un Blanc valait toujours plus qu'un Jaune. Heureusement ou malheureusement — tout dépend de quel côté on se place —, ils y ont aussi appris les trois mots qui fondent la République: Liberté, Égalité, Fraternité. Et ils n'ont pas compris pourquoi les héritiers de la Révolution bafouaient chaque jour cet héritage.

Il se fit un lourd silence pendant lequel François se plut

1. Hô Chi Minh.

à voir les fantômes des révolutionnaires de l'An II évoluer dans le ciel de Hanoi.

— Que dites-vous de cette république[1] où il ne reste plus que deux députés de l'opposition sur soixante-dix ? Que sont devenus les autres ? Tous ont été arrêtés, la plupart assassinés. Que dites-vous d'une république qui, par simple décret, autorise l'arrestation et l'envoi dans des camps « spéciaux » de tout individu qui, par ses paroles ou ses actes, est susceptible de nuire à la lutte pour l'indépendance, ou au régime, à la sécurité publique ou à l'« union nationale » ? À ma connaissance, les journaux français n'ont pas parlé de la rafle du 29 octobre 1946 au cours de laquelle trois cents personnes ont été déportées dans des camps de concentration. Que dites-vous de cela ? Ce sont des faits, assena Raymond Georges.

— On peut le déplorer, mais il est rare qu'un processus d'émancipation ne commence pas par faire couler le sang, lâcha laconiquement François en se levant pour prendre congé.

Tavernier fit à pied les quelques pas qui séparaient le *Métropole* de la villa de Martial Rivière. Les enfants de son ami avaient insisté pour qu'il demeurât chez eux. Chaque jour, il retrouvait Lien et son grand-père. Ensemble, ils évoquaient les moments heureux passés en compagnie du défunt. Malgré la guerre et les restrictions, Lien accomplissait des miracles pour varier les menus. Hai et sa femme étaient venus rendre visite à leur aïeul dont l'état de faiblesse inquiétait le jeune médecin.

— Tu devrais lui interdire de fumer l'opium, c'est cela qui le tue.

— Non, ça l'aide à supporter la vie. L'avenir lui fait horreur. Sans nous, je suis sûr qu'il mettrait fin à ses jours. Ah, François, te voilà... Une mauvaise nouvelle...

— Léa ?

1. Sa proclamation date du 25 août 1945. Suivie, le 2 septembre à Hanoi, de la Déclaration d'indépendance de la République démocratique du Viêt-nam par Hô Chi Minh devant une marée humaine.

— Non. Le général Leclerc s'est tué en Algérie dans un accident d'avion.

— Ce n'est pas vrai!

— Hélas, l'information a été confirmée par le Haut-Commissariat.

— Quand est-ce arrivé?

— Le 28 novembre.

François se laissa tomber sur un tabouret de porcelaine, submergé par une vague de chagrin dont il s'étonna car, après tout, il n'avait rencontré le général qu'une fois, mais il sentait qu'avec Philippe de Hauteclocque une part de l'honneur de son pays venait de disparaître. Avec lui s'en allait aussi un homme qui avait compris la situation indochinoise et qui aurait pu, revenant sur ce sol, trouver une issue honorable pour la France.

Tavernier avait le sentiment d'un irrémédiable gâchis. Devait-il continuer sa mission? Leclerc en avait été l'instigateur; dès lors qu'il avait péri, qu'en restait-il? Sans nouveaux ordres de Paris, c'est par fidélité au général qu'il poursuivrait ses contacts en vue de rencontrer Hô Chi Minh. Mais, avec cette mort, quelque chose de sa jeunesse et de son idéal avait cessé d'exister. On avait envie de se montrer à la hauteur face à un Leclerc, à un de Gaulle, mais, devant les hommes politiques de cette Quatrième République déjà essoufflée, impotente, on était enclin à laisser tomber, à abandonner à d'autres ces tentatives de paix auxquelles les protagonistes eux-mêmes ne croyaient plus.

— Hai, je fumerais bien quelques pipes, ce soir.

— Lien va te les préparer.

François alla dans sa chambre, se déshabilla et revêtit une longue robe de soie.

Sur une étroite estrade couverte d'un mince matelas, dans la petite pièce aux tentures rouge sombre brodées de caractères chinois, le vieux Lê Dang Doanh reposait, un mince sourire figé sur son visage amaigri. François s'allongea sur l'autre estrade et cala sa nuque sur l'oreiller de porcelaine. La lumière était douce. Dans la pénombre,

Lien prépara la première pipe. À la troisième, il sentit l'étau qui l'enserrait lâcher prise; à la cinquième, le bien-être l'envahit; à la septième, il vit Léa penchée au-dessus de lui; à la dixième, il s'assoupit.

Avant de rouvrir les yeux, il sentit le regard de Lien posé sur lui. Il tendit la main. La paume fraîche de la jeune fille glissa dans la sienne.

— Merci, petite sœur, murmura-t-il.

Il devina sa pensée en sentant sa main se rétracter. Depuis l'enfance, elle l'aimait. Nul besoin de mots pour savoir qu'elle s'était préservée pure pour lui et qu'il lui eût suffi d'un geste pour en faire sa maîtresse. En d'autres circonstances, il aurait sûrement cédé à cette demande muette, mais il savait qu'ici son geste n'aurait apporté que chagrins et désolations. Nulle provocation de la part de Lien : elle était simplement là, d'avance soumise à cet homme auquel elle se savait destinée au point d'en oublier qu'il était marié et amoureux de sa femme.

Tout à l'heure encore, dans la fumée de l'opium, n'avait-il pas murmuré son nom?

11

Le fils de Léa naquit le 30 janvier 1948 à trois heures du matin avec deux semaines d'avance. Léa le prénomma Adrien.

Les jours précédant l'accouchement, la jeune femme n'avait cessé de pleurer, ce qui faisait dire à Ruth : « Elle va tuer son petit. »

Mais le petit semblait ne pas avoir pâti du chagrin de sa mère. C'était un beau bébé très vorace dont les cris puissants attestaient l'appétit de vivre. D'après Françoise et Ruth, il était tout le portrait de son père. Léa l'avait trouvé bien laid, avec sa tignasse noire et son visage chiffonné. Elle lui en voulait : sans lui, elle se serait trouvée auprès de François. François dont la dernière lettre remontait déjà à un mois! Assise dans son lit, enveloppée de châles, elle la relisait pour la énième fois :

Décembre 1947

Ma chérie,

Tu me manques, cette absence est trop longue. Chaque matin, je me dis : demain tu pars — et, le lendemain, je suis toujours là. Je n'ai pas encore réglé ce pour quoi je suis revenu en Indochine. Rien ici ne se déroule normalement, le moindre déplacement pose problème et on ne peut se fier à personne. Tout le monde se méfie de tout le monde : les Vietnamiens des Français, ce qui peut se comprendre, mais aussi les Vietnamiens de leurs congénères, et nos compatriotes des leurs. Chacun voit chez son voisin un espion, alors même qu'ils étaient auparavant amis. Cela te donne une idée du climat de suspicion qui règne dans ce pays!

Mes amis Rivière souffrent plus que les autres à cause de leur condition de métis, ils n'appartiennent à aucune des deux communautés. Bernard, le plus « blanc » des quatre enfants de Martial, a choisi son camp : il est pro-français, tandis que son frère Hai est pro-viêt-minh, tout comme Lien, leur sœur; quant à leur jeune frère Kien, c'est un voyou qui trafique l'opium et la piastre. Ils ne se rendent pas compte que leurs dissensions hâtent la mort de leur grand-père. Je suis très inquiet pour leur avenir.

Sais-tu que même ici, il n'est question que de toi? Ah, je te sens intéressée, et je ne vais pas te faire languir plus longtemps! Sous les ordres du général Salan, vingt bataillons français sont partis à l'assaut du bastion viêt-minh de Bac Kan, dans le nord du Tonkin. Tu ne devineras jamais comment on a baptisé cette opération! Tu donnes ta langue au chat?... Tiens-toi bien, elle s'est appelée : OPÉRATION LÉA!... Je t'assure que ce n'est pas une plaisanterie. OPÉRATION LÉA! Quand j'ai entendu ton nom, j'ai failli me mettre à pleurer... Ne ris pas, je t'assure que c'est vrai. Ils ont osé donner ton nom à une opération militaire! Renseignements pris, c'est aussi celui d'un col dans la magnifique région montagneuse de Cao Bang. Il s'en est fallu de peu que le général Beaufre et ses hommes ne capturent Hô Chi Minh et Giap. Dans l'ensemble, l'opération a été pour nos troupes un semi-succès. Voilà, belle Léa, ton nom est entré dans l'Histoire!

Quand cette guerre sera finie, car elle finira bien un jour d'une manière ou d'une autre, je t'emmènerai sur le mont Léa, dans cette contrée belle et sauvage où se mêlent la jungle et la rocaille, les pins et les flamboyants. Tu verras le soleil se lever sur les rizières en étages, les fumées des villages monter dans la brume, les enfants nus chevaucher les buffles, les femmes gracieuses et fragiles porter leurs lourds fardeaux, les vieillards à longues barbiches blanches appuyés

sur leur bâton chauffer leurs vieux os devant leur paillote,
les bonzes au crâne rasé dans leur longue robe safran
demander l'aumône, les vieilles aux dents laquées fumer la
pipe en berçant le dernier-né de la famille, les jeunes garçons
faire les mariolles pour attirer l'attention des filles, et ces
dernières se détourner en riant. Nous boirons le thé dans la
cahute appelée « Café », peinte en bleu ou en vert, simple-
ment heureux d'être là.

Combien faudra-t-il d'années pour que ce rêve devienne
réalité ? J'espère que nous ne serons pas trop vieux.

Comme tu me manques !... Laisse-moi caresser ton
ventre... Il doit être tout rond, à présent. Que tu es belle !...
Et tes seins !... Je ferme les yeux et leur douceur emplit ma
paume... À ce simple souvenir, mon sexe se dresse... J'ai
envie de toi... d'oublier en toi tout ce qui n'est pas toi... Je
t'aime, petit, je t'aime...

Léa ferma les yeux, sa main blottie au creux de ses
cuisses, ses seins douloureux, durcis.

— Comme tu me manques aussi, murmura-t-elle.

Je suis heureux de te savoir à Montillac. Françoise m'a
écrit que tu étais souvent triste ? Je t'en prie, fais un effort,
bientôt je serai près de toi. Je ne veux pas manquer la nais-
sance de notre enfant. Te rends-tu compte : un enfant, nous
allons avoir un enfant !...

« Il est né sans toi », cet enfant, songea Léa avec ran-
cune.

J'aimerais tant que ce soit une fille, qu'elle te ressemble !
Comme je la dorloterai, la protégerai ! Tenir dans mes bras
une petite Léa... J'ai hâte de vous serrer toutes les deux
contre moi !... Mais si c'est un garçon, je serai aussi fou de
joie, je lui apprendrai à nager, à monter à cheval, à navi-
guer, à aimer et à respecter les femmes. Avec nous deux, tu
n'auras plus jamais peur.

Je pars demain pour Dalat où je dois rencontrer un insti-

tuteur membre de la SFIO, Louis Caput. C'est, paraît-il, un honnête homme qui connaît parfaitement l'Indochine où il enseigne depuis plus de vingt ans. Ensuite, je me rendrai à Saigon pour avoir une entrevue avec le haut-commissaire, Émile Bollaert. Et après... retour en France!

Dis à Françoise et à Alain combien je leur suis reconnaissant du soin qu'ils ont de toi, présente mes hommages à ta tante, donne mon meilleur souvenir à Ruth, et salue Charles que j'emmènerai à la pêche dès le lendemain de mon arrivée. À toi, mon bel amour, mon désir, ma tendresse. Garde-toi bien. Je t'aime,

François.

Dans la pièce voisine, le bébé pleurait. Quelqu'un dut le prendre dans son berceau, car les cris cessèrent aussitôt. Peu après, Françoise entra, le portant dans ses bras.

Comme elle avait changé! Il ne restait plus rien de la jeune femme meurtrie, insultée et tondue sous les ricanements de la populace parisienne, en ce sinistre jour d'août 44 où s'étaient conjugués tant d'héroïsme et de bassesse. Ses cheveux étaient longs maintenant, elle les portait relevés, bouclés sur le dessus de la tête, ce qui dégageait son cou et son profil qu'elle avait fort jolis. L'amour de son mari et sa nouvelle maternité lui avaient rendu une dignité qu'elle avait cru à jamais perdue. Ce n'est pas à la femme nouvelle qu'elle était devenue qu'on aurait osé opposer le passé. Ses souffrances lui avaient appris l'indulgence. Elle savait compatir à celles d'autrui et regrettait de ne pouvoir reprendre son métier d'infirmière. Françoise était la bonne dame de Montillac à qui on venait volontiers confier ses malheurs, ses soucis. Léa se défendait de succomber à cette bonté trop rayonnante.

— Ah, il est là, le mignon! s'exclama Ruth en entrant en coup de vent dans la chambre. J'ai cru qu'on nous l'avait enlevé!

— Qui voudrait s'encombrer d'un nourrisson? fit Léa d'une voix agacée.

— Moi, tout de suite! répliquèrent avec un bel ensemble Ruth et Françoise.

— Elles sont folles!

— C'est l'heure de la tétée! fit Françoise en lui tendant son fils.

— Encore? Mais il mange tout le temps!... Laissez-moi, je n'aime pas qu'on me regarde, je me fais l'effet d'une vache allaitant son veau!

— Tu as tort, c'est une ravissante image... Tiens, à propos, tu te souviens que le photographe de Langon vient vous portraiturer tous les deux?...

— Non, j'avais oublié. Elles vont être belles, les photos, avec la tête que j'ai et ce petit monstre...

— Ne parle pas comme cela d'Adrien, c'est un enfant magnifique, et toi, tu es jolie comme un cœur.

— Ça va, ça va...

Léa attendit que la porte soit refermée pour dégager son sein et glisser le mamelon entre les petites lèvres qui le happèrent goulûment.

— Aïe! Quelle brute... Tout son père!

C'était à la fois douloureux et voluptueux.

Quelques jours après la séance de photos, une nouvelle lettre de François arriva.

Décembre 1947

Mon amour,

Que se passe-t-il? Je suis sans nouvelles de toi. Je sais que le courrier marche mal, mais quand même!... Je suis inquiet. Pourquoi ne m'as-tu pas dit que Samuel était mort sous tes yeux? C'est Jean Sainteny qui me l'a appris. Étais-tu au courant de sa présence à Paris? L'as-tu rencontré? En as-tu parlé à la police? C'est le mieux que tu pouvais faire. Cela me rend fou de te savoir seule avec ces salauds qui rôdent... J'ai télégraphié à Sainteny pour qu'il prenne soin de toi. Il me doit bien ça!

Je touche enfin au but. Mon voyage à Dalat s'est révélé très positif. Louis Caput m'a été d'un grand secours, c'est un homme qui connaît l'Indochine et son histoire comme

101

personne, mais il est assez pessimiste sur l'issue des combats. Il connaît personnellement le président Hô Chi Minh, qui le tient, paraît-il, en haute estime. Grâce à lui, je commence à y voir plus clair. D'ici quelques jours, je serai près de toi.

Sais-tu qui j'ai rencontré à Hanoi à deux reprises? Ton ami Jean Lefèvre! Il s'est engagé dans la Légion par amour pour toi. Ne te récrie pas, c'est si évident, et comme je le comprends! La première fois que je l'ai vu, il était blessé et fin saoul. Je l'ai revu hier. Il a participé à l'Opération Léa et m'a dit que c'était miracle qu'ils n'aient pas été tous massacrés, tant le terrain est favorable au Viêt-minh. « Nos chefs devraient comprendre que nous n'avons ici aucune chance; ces gens sont chez eux, nous n'avons rien à foutre ici! » Sa blessure ne le fait presque plus souffrir et il aime l'ambiance de la Légion. Les hommes placés sous ses ordres sont en majorité allemands. Aucun d'eux ne sait qu'il a été en camp de concentration. Il met un point d'honneur à ne pas le leur faire savoir et à les considérer comme n'importe quels soldats. Nous avons parlé de toi, de la jeune et belle Léa qui faisait tourner la tête à tous les hommes de la région. Il me considère avec un peu de mépris, car il me confond avec les affairistes de métropole; je n'ai pas essayé de le détromper. Il m'a chargé de te transmettre son bon souvenir. Voilà qui est fait.

Je pars demain pour le nord du Tonkin où j'espère mettre un terme à mon voyage.

Comment se porte notre bébé? Demande-lui de m'attendre pour venir au monde, je ne veux pas louper cet événement!

Te dire et te redire que tu me manques, tu ne le sais que trop. Prends bien soin de toi. Je t'aime.

François.

Cette lettre avait mis presque deux mois pour parvenir à Montillac. Combien de temps allait-il s'écouler encore avant le retour de François?

Léa avait l'impression qu'il ne lui avait pas dit la vérité sur son voyage. Elle devinait que la presse ne donnait pas une relation exacte des événements indochinois. Quelque chose lui donnait à penser que Sainteny pourrait répondre aux questions qu'elle se posait.

Une enveloppe affranchie d'un timbre d'un pays étranger figurait parmi le courrier remis par Ruth. Elle la décacheta.

Jérusalem, 30 décembre 1947

Chère Madame,
Enfin, j'ai pu me procurer votre adresse! Je suis le jeune homme qui vous suivait le jour de votre accident. Encore une fois, je vous demande de me pardonner, je ne voulais que vous mettre en garde. Samuel et son frère étaient des amis. Je ne puis vous en dire davantage. Je suis en Palestine depuis deux mois chez un oncle et une tante. Ils sont ma seule famille, mes parents sont morts à Buchenwald. Comme beaucoup de jeunes Juifs, je ne pense qu'à les venger. Je reviens en France, à Bordeaux, pour reprendre mes études. Me permettrez-vous de venir vous rendre visite? Montillac n'est qu'à quelques kilomètres de Bordeaux, si j'ai bien lu la carte.
J'ai eu votre adresse par Uri Ben Zohar. Vous vous souvenez de lui, je pense?
Dans l'attente du plaisir de vous revoir, acceptez, chère madame, mes respectueux hommages.

Jonathan Cohen.

Léa revit le visage expressif du jeune homme penché au-dessus d'elle. Elle n'en aurait donc jamais fini avec les fantômes de la guerre?

« Je ne veux pas qu'il vienne ici, je ne veux plus entendre parler de tout cela. C'est fini, maintenant! » se dit-elle.

Machinalement, elle ouvrit la dernière enveloppe.

Paris, 2 février 1948

Chère Madame,
Merci de m'avoir annoncé la naissance de votre fils. Ce

103

doit être un grand bonheur pour vous. Cependant, j'imagine votre chagrin du fait de l'absence de son père. Mais quelle joie quand vous vous retrouverez tous trois!

Avez-vous des nouvelles de votre mari? Je l'avais muni de certaines recommandations et il devait me tenir au courant, ce qu'il a fait au début de son séjour. Mais, depuis, plus rien. Voulez-vous avoir l'obligeance de m'appeler ou de m'écrire à ce sujet?

En vous renouvelant toutes mes félicitations et mes vœux, je vous prie de croire, chère madame, à mes hommages dévoués.

Jean Sainteny.

Pas un mot de ce que la presse appelait l'« affaire Sainteny ».

Une semaine ou deux auparavant, Alain Lebrun était entré dans sa chambre en brandissant *Le Figaro* :

— Tiens, lis! Il s'agit de Jean Sainteny.

Léa s'était précipitée et avait lu :

UNE INSTRUCTION EST OUVERTE CONTRE M. JEAN SAINTENY
POUR ATTEINTE À LA SÛRETÉ EXTÉRIEURE DE L'ÉTAT.

L'ancien commissaire de la République à Hanoi a été entendu par le juge d'instruction du tribunal militaire de Paris. Accusé d'avoir dénoncé un compagnon de la Résistance, il a été arrêté une première fois après la Libération et relâché, l'enquête ayant conclu à son innocence. Il est inculpé aujourd'hui d'atteinte à la sûreté extérieure de l'État. L'accusation lui reproche d'avoir reçu d'Indochine, qu'il avait quittée en décembre dernier, 94 documents secrets transportés par un capitaine et de nature à compromettre notre action en Indochine. Longuement entendu par le juge militaire, Sainteny a été laissé en liberté provisoire. L'instruction suit son cours.

Quelques jours plus tard, le 17 janvier, *Le Figaro* rectifiait :

Sur la foi d'un communiqué de presse, nous avions imprimé avant-hier que Sainteny avait été arrêté à la Libération par les autorités françaises. Il n'en est rien : Sainteny, résistant du réseau « Alliance », n'a été arrêté que par la Gestapo et a réussi à s'évader de la rue des Saussaies après avoir été torturé, sans avoir livré de renseignements à l'ennemi.

La *Nouvelle République de Bordeaux* titrait : « M. Sainteny se déclare victime de machinations politiques. » L'article reproduisait certaines déclarations de l'ex-commissaire de la République, d'où il ressortait que son ancien aide de camp au Tonkin, le capitaine de cavalerie Roger Larroque, en poste à Saigon, lui rapportait à chacun de ses voyages des documents ayant trait à la situation en Indochine.

Le 7 décembre, le capitaine m'apporta donc 94 documents dont je ne pris même pas connaissance. Ils n'avaient pour moi aucun caractère confidentiel. Le capitaine Larroque aurait cette fois quitté l'Indochine avec un ordre de mission irrégulier. C'est ce fait, paraît-il, qui aurait éveillé les soupçons. De là à penser — au moment de la conférence Bollaert-Bao Daï à Genève — que je collectais des renseignements et que je travaillais pour une puissance étrangère, que j'étais en somme un agent double, il n'y avait qu'un pas...
Plainte avait été déposée par le ministre de la France d'Outre-mer, M. Coste-Floret, puis par le général Valluy, haut-commissaire en Indochine par intérim en l'absence d'Émile Bollaert.

La plainte avait été retirée.
Au fil de dizaines d'articles, les journaux réglaient alternativement leurs comptes avec le gouvernement, la Résistance, de Gaulle ou encore le « bradeur d'Empire », le

« munichois Sainteny ». Le capitaine Larroque, lui, était au secret à la prison du Cherche-Midi.

François avait-il quelque chose à voir avec tout cela? La lettre de Sainteny pouvait le laisser supposer.

Sur l'heure, Léa prit la décision de se rendre à Paris afin de rencontrer ce dernier. Elle se faisait fort de lui arracher la vérité sur le voyage de François. Elle se refusait désormais à croire que ses « affaires » avaient pu seules le retenir loin d'elle au moment de la naissance de leur enfant.

12

François Tavernier avait profité d'un convoi militaire pour se rendre à Dalat où Louis Caput avait accepté de le rencontrer. Par chance, aucune attaque viêt-minh ne vint troubler le voyage. Tavernier profita d'une halte de quarante-huit heures à Huê pour visiter l'ancienne ville impériale, située à douze kilomètres de la mer, sur la rivière des Parfums. Formée de trois quartiers ceints de murs à la façon des capitales chinoises, la cité fortifiée portait les marques de la guerre. En amont, les sépultures royales disparaissaient sous une verdure foisonnante. Les énormes banians bordant la rivière semblaient vouloir protéger le Tombeau de la Piété filiale de Minh Mang, de la dynastie des Nguyên. Derrière eux commençait la sombre et vaste forêt de pins. Dans la cour d'honneur, deux lions en bronze doré, deux chevaux et deux éléphants de pierre formaient la garde rituelle de la nécropole. Les escaliers de granit aux rampes en forme de dragons étaient défoncés par endroits. À l'intérieur, les bâtiments autrefois réservés aux femmes du roi et à leurs servantes étaient noircis de fumée, les colonnes de bois de fer endommagées. Malgré le temps d'une grande douceur et la lumière chatoyante, il régnait, sur ce site jadis sacré, un climat de tristesse et d'abandon. « Un lieu de prédilection pour les fantômes », songea François.

Le soir, au *Grand Hôtel* privé d'électricité, il se soûla en compagnie des militaires de l'escorte.

Il arriva à Dalat sans encombres, harassé par la route, n'aspirant qu'à une chose : un bon bain et un lit. Louis Caput ne lui en laissa pas le loisir.

Le vieux militant socialiste reçut l'envoyé officieux de Vincent Auriol dans le bureau de sa villa de la rue des Roses, encombré de livres, de sculptures et d'objets indochinois. Âgé d'une cinquantaine d'années, dont vingt consacrées à l'enseignement à Dalat, l'air perpétuellement soucieux, le front haut et dégarni sillonné de rides, il accueillit son visiteur de façon abrupte :

— Beaucoup de choses ont changé depuis le départ de Sainteny. Les positions de l'état-major viêt-minh se sont considérablement durcies. Ses dirigeants ne font plus confiance aux Français. Et on les comprend ! Pourtant, au lendemain de la Libération, tous les espoirs de redressement étaient permis, tous les Français semblaient avoir le même et sincère désir de redonner à la France puissance et prestige. Les partis marxistes reconnaissaient eux-mêmes la nécessité d'une pause dans l'action internationaliste, pour se consacrer uniquement à la renaissance française. Comment une telle unité dans le sentiment patriotique a-t-elle pu aboutir à la situation mortelle dans laquelle nous nous débattons aujourd'hui, en pleine confusion et en pleine mésentente ? Certes, la situation internationale pèse lourdement dans les comportements nationaux et individuels, elle oppose de plus en plus deux idéologies, davantage encore : deux systèmes politiques et économiques, mais cela ne justifie pas tout ! Après l'humiliation de la défaite et celle, plus douloureuse encore, de l'Occupation, la France, dans le conflit qui l'oppose au Viêt-nam, n'a pas compris que ce pays avait été, lui aussi, bouleversé par la Deuxième Guerre mondiale. Elle n'a pas compris qu'il était insensé d'espérer redevenir elle-même une grande puissance économique. On a cru alors possible de lui redonner sa puissance militaire et coloniale, de garder à tout prix « son Empire » et d'imposer aux peuples d'outre-mer une politique hautaine de « prestige » par le maintien inconditionnel de sa souveraineté. La grande faute, la faute monstrueuse fut de méconnaître la véritable destinée de la France et de lui en proposer une autre qui n'était ni dans ses moyens, ni dans ses traditions...

— Et maintenant, qu'en est-il?

— Mes tentatives pour rencontrer Hô Chi Minh ont été vaines. Je n'ai reçu aucune réponse. Par contre, en ce qui vous concerne, il semblerait que votre demande soit à l'étude.

— Quand connaîtrons-nous le résultat?

— Très vite. C'est pourquoi je vous ai demandé de venir.

— Vous savez où se trouve Hô Chi Minh?

— Certains disent l'avoir vu à Hoang Tru, son village natal, près de Vinh. Cela me paraît improbable : là-bas, tout le monde le reconnaîtrait. D'autres, à Hong Kong, en compagnie de Pham Van Dong : je n'y crois pas trop. Je pense qu'il est au Tonkin, non loin de la frontière chinoise. C'est une région difficile d'accès, où de nombreuses grottes peuvent abriter des maquisards, et la proximité de la Chine est bien pratique en cas de repli. Mais, si ce n'est pas confidentiel, avez-vous des propositions concrètes à faire au président Hô Chi Minh?

— Non. Mon rôle est mal défini. Il consiste, dans un premier temps, à renouer le contact, mais il me semble que cette perspective est bien dépassée.

— Je le crains. Je vois mal Hô Chi Minh accepter de rouvrir les négociations.

— Pensez-vous qu'il prenne ses ordres à Moscou?

— Non. Cette guerre est avant tout une guerre d'indépendance nationale. Certes, ce sont surtout les communistes qui la mènent, mais l'Oncle Hô a trop d'habileté pour faire du communisme son cheval de bataille. En revanche, s'il gagne cette guerre...

Pendant quelques instants, les deux hommes n'ajoutèrent plus un mot.

— Venez dîner, vous devez être affamé...

Dans la petite salle à manger, un vieux boy faisait le service. Après la soupe traditionnelle, Tavernier demanda :

— Tout à l'heure, quand je vous ai interrompu, vous me disiez que la France avait commis une lourde faute en tournant le dos à sa vraie vocation. Laquelle ?

— Nous avons négligé notre atout majeur : notre influence culturelle, le seul qui nous eût permis de maintenir et d'affirmer la « présence française » autrement que par des phrases creuses, autrement que sous la forme de menaces ou de fanfaronnades, le seul qui n'inspirât pas la méfiance, mais au contraire nous ralliait l'unanimité d'un peuple avide d'apprendre, respectueux des valeurs intellectuelles. Nous avons dédaigné cet atout pour jouer la plus mauvaise carte, celle du faux prestige basé sur la force militaire et la pression administrative. Le premier problème qui se pose est celui de la langue. Dans les régions qui échappent à notre contrôle, et où s'est repliée la majorité de la jeunesse et des intellectuels, la désaffection du français est totale. C'est la conséquence inévitable d'un état de guerre, un réflexe de défense provoqué autant par la xénophobie réveillée que par une réaction sentimentale, le résultat d'une propagande qui s'exerce par les moyens les plus divers et vise au cœur même de l'ennemi : son influence spirituelle.

— Je puis comprendre cette réaction dans le peuple, mais ce ne peut être celle des lettrés. Le Viêt-nam a besoin du français comme vecteur scientifique, technologique et diplomatique...

— Le Viêt-minh y a pensé, il travaille passionnément la question et commence à être convaincu de l'aptitude de la langue vietnamienne à rendre toutes les formes de pensée, non seulement scientifique, mais encore politique et philosophique. Des travaux de lexicographie et de traduction ont déjà été entrepris pour enrichir cette langue, appelée à remplacer le français comme véhicule du savoir universel. Dans l'hypothèse la plus favorable, le français ne sera plus qu'une langue auxiliaire qui ne sera plus guère enseignée aux jeunes générations, d'autant qu'elle est menacée de l'extérieur par des tentatives étrangères qui cherchent à l'éliminer, telles celles de la Chine et surtout des États-Unis, qui sont les maîtres du Pacifique. Dans ces conditions, est-on sûr de pouvoir conserver à notre langue sa place privilégiée? La propagande adverse ne manquera pas d'évoquer l'époque où elle a servi d'instrument d'assimilation et de conversion politiques au service d'un colonialisme révolu.

— N'êtes-vous pas trop pessimiste?

— Non, hélas! S'il se poursuit, ce recul sera catastrophique pour la France, tout comme il le sera pour le Viêtnam dont il gênera sensiblement l'évolution, l'adaptation à la vie moderne et la reconstruction. Si je devais rencontrer les dirigeants du Viêt-minh, c'est surtout en ce domaine que je m'efforcerais de défendre l'intérêt commun de nos deux pays.

— Ces dirigeants ne sont-ils pas tous francophones?

— Pratiquement, et certains, alors même qu'ils n'ont jamais mis les pieds en France, tel le général Giap, parlent admirablement notre langue. Hô Chi Minh a toujours sur lui une petite anthologie de la poésie française qu'il a lue et relue. Mais tous ont conscience qu'ils ne peuvent mener à bien leur révolution en se servant de la langue de l'oppresseur. Reprendrez-vous du café?

— Non, merci. Il y a bien longtemps que je n'en avais bu d'aussi bon.

— N'est-ce pas? Le café vietnamien est pour moi le meilleur au monde. Mais vous avez besoin de vous reposer, venez, je vais vous montrer votre chambre.

Le lendemain, le temps était couvert et frais; il avait plu durant la nuit. On ne distinguait pas le sommet des montagnes. Levé de bonne heure, François Tavernier fit le tour du lac. Devant les hôtels, les conducteurs de cyclo-pousse dormaient dans leur véhicule; des groupes d'écoliers se pressaient, cartable sur l'épaule; des camions militaires troublaient de leurs grondements la matinée provinciale. On se serait cru dans une petite ville des Vosges ou des Pyrénées.

Quand il rentra chez son hôte, celui-ci, levé, l'attendait.

— J'ai une bonne nouvelle pour vous : un envoyé du président Hô Chi Minh vous attend à Saigon.

— À Saigon !

— Oui, vous partez dans une heure avec un convoi de ravitaillement. Savez-vous conduire un camion ?

— Cela m'est arrivé, dit François avec humeur.

— On dirait que vous êtes déçu.

— Ce n'est pas ça... J'avais pensé pouvoir rentrer bientôt en France, et j'ai l'impression que la date de mon retour s'éloigne.

— Ce n'est pas si sûr... Vous avez rendez-vous avec l'envoyé de l'Oncle Hô au *Grand Monde*, à Cholon. Vous lui remettrez ceci.

Louis Caput tendit un exemplaire défraîchi des *Pensées* de Pascal dans la collection des « Petits Classiques » de chez Larousse.

— Il vous les échangera contre les *Fables* de La Fontaine, dans la même édition. Ce seront vos mots de passe.

— À quoi l'identifierai-je ?

— C'est lui qui vous reconnaîtra. Vous avez rendez-vous dans deux jours, à vingt et une heures trente. Allez préparer vos affaires ; dans dix minutes, on vient vous chercher.

Quelques instants plus tard, François faisait ses adieux à Louis Caput, l'ardent champion de la culture française qu'il avait défendue vingt ans durant sur cette terre d'Indochine. À présent, celle-ci la rejetait. Mais l'avait-elle jamais vraiment acceptée ?

Les moteurs d'une trentaine de camions tournaient devant le *Palace Hôtel*. Le vieil établissement n'avait point trop souffert de la guerre. Adolescent, François y était venu avec les petits Rivière qui y passaient les mois chauds avec leur mère et les bonnes. Il se souvenait de leurs poursuites à travers les vastes salons et des repas joyeux dans l'immense salle à manger, d'où l'on avait une vue superbe sur le lac et les jardins.

Par petits groupes, à côté des camions, leurs chauffeurs

et les soldats français chargés de les escorter bavardaient en fumant, harcelés par les petites marchandes de boissons. Trois véhicules de l'armée remontèrent la colonne et se placèrent en tête du convoi.

— C'est vous, l'ami de M. Caput ? demanda un grand type aux cheveux roux.

— Oui, vous êtes Michel Poitevin ?

— C'est ça. Vous n'avez que cette valoche ? dit-il en s'emparant de la valise, sans même attendre la réponse.

Il ouvrit la portière d'un Ford flambant neuf.

— Il vaut mieux la mettre dans la cabine ; ils sont tous voleurs, par ici. Montez, on va bientôt partir.

Sur un mystérieux signal, les chauffeurs et leurs aides grimpèrent dans les camions. Le train de vivres s'ébranla lentement dans un concert de grondements de moteurs, d'avertisseurs et de cris. Jusqu'à la sortie de la ville, ils furent accompagnés de gamins qui s'accrochaient aux marchepieds, de fillettes qui proposaient bière, orangeade ou cigarettes, et de mendiants en guenilles.

L'allure s'accéléra. Les camions roulaient à une quinzaine de mètres les uns des autres, soulevant d'épais nuages de poussière.

— Nous sommes en milieu de convoi. En principe, on est plus en sécurité qu'à l'arrière ou à l'avant, quoiqu'on risque aussi, en cas d'embuscade, de se retrouver coincés comme des cons, fit Poitevin, agrippé à son volant. Putain de route !... Putain de Viêts !... À l'aller, on a passé trois heures à reboucher les tranchées qu'ils avaient creusées dans la nuit.

Le chauffeur ne devait pas avoir beaucoup plus de vingt ans et parlait avec l'accent de Belleville.

Pour dire quelque chose, François demanda :

— Qu'est-ce que vous transportez ?

— Des fruits, des légumes, la spécialité du coin. À l'aller, j'transporte de l'outillage, des meubles, du tissu, c'qu'on m'donne, quoi ! J'aime mieux le retour, ça descend presque tout l'temps, ça fatigue pas l'camion. On passe en douceur des mille deux cents mètres de Dalat aux rizières de Saigon. Trois cents kilomètres de balade, s'il n'y avait pas les Viêts. J'suis pas mécontent de rentrer... ça devient de plus en plus difficile. À l'aller, on a été salement attaqués, mon mécanicien a été tué et cinq ou six camions ont brûlé. C'est ma quatrième embuscade depuis que j'fais la route. Avant, je faisais la frontière du Laos, mais j'ai vu trop de copains se faire descendre, ou ce qu'il en restait après qu'ils avaient été pris par les Viêts... Les salauds, c'est comme leur cuisine : ils coupent tout en petits morceaux !

— Les affaires ne doivent pas être si mauvaises, vous avez là un beau camion.

— Ça dépend des fois. Le Ford, je l'ai acheté à crédit à la veuve d'un pote. Le con, ce n'est pas les Viêts qui l'ont descendu, mais un mari jaloux qui l'a surpris au lit avec sa femme.

— Alors vous avez repris le camion et... la veuve !

— Comment avez-vous deviné ? fit-il, stupéfait.

— L'expérience de la vie, répondit François avec le plus grand sérieux.

— Ça doit être ça, dit l'autre d'un ton respectueux.

Ils roulèrent quelques instants en silence, rudement secoués par les cahots.

— Il y a longtemps que vous êtes en Indochine ?

— Depuis la fin de la guerre. En France, j'étais dans le maquis. Après, avec les copains, on était complètement paumés. Un de nos lieutenants nous a dit : « Les gars, on enrôle pour l'Indochine, on va voir ? » C'est comme ça qu'on a débarqué en mai 45. On s'est pas ennuyés. Avec les « Leclerc », on en a bouffé, du Viêt, même que certains potes ont eu des ennuis. Moi, au bout d'un an, j'en ai eu marre et je suis parti. Déserteur, qu'y disent. Moi, c'est ma peau qu'j'ai voulu sauver. J'sentais qu'la baraka s'éloignait. Faut pas jouer avec la chance. Au début, j'ai travaillé pour le compte d'un gros commerçant chinois, mais j'me suis fait pincer à la frontière laotienne avec cent kilos d'opium.

— Vous avez été arrêté ?

— Non, mon patron a graissé la patte au chef de la

police. Il a d'importantes relations dans le gouvernement. J'ai bientôt fini de l'rembourser; après, j'suis mon patron. Et vous, vous êtes dans le commerce?

— J'ai une affaire de soie à Hanoi.

— Ça marche bien?

— Pas vraiment, mais je me débrouille.

Ils s'arrêtèrent à Bao Lôc. Telle une nuée de sauterelles, les enfants et les marchandes s'abattirent sur le convoi en piaillant. François acheta des rondelles d'ananas piquées sur de petites tiges de bambou. Poitevin préféra de la bière.

— Si vous voulez aller manger quelque chose, je reste là. Moi, j'en ai marre de leur cuisine. Je rêve d'un steak-frites saignant et d'un verre de beaujolais bien frais. Pas vous?

De vieilles femmes avaient établi leur cuisine près d'une grande mare recouverte de lentilles d'eau; de petits tabourets attendaient les clients. François s'assit devant l'une d'elles. La vieille lui sourit:

— *Ông toi nha tôi an là dung lam. Tôi lam bep ngon hon tat ca moi nguoi. Ông muon an gi?*

— *Mot tô my.*

— *Ông co biêt noi tieng Viêt không*[1]?

« Non », fit-il de la tête en lui rendant son sourire.

Elle souleva le couvercle de sa marmite et lui servit un bol de soupe fumante qu'elle posa à même le sol. Dans une petite écuelle, elle disposa des piments, un demi-citron, des rondelles d'oignon et une cuillère de porcelaine. Il prit les douteuses baguettes qu'elle lui tendait et les essuya à sa chemise. Approuvant de la tête la disposition des ingrédients, elle le regardait manger, tel un grand chef satisfait de voir sa table appréciée.

Une nouvelle fois, il s'étonna de la saveur des soupes vietnamiennes, comme de celle-ci, faite sur le bord de la

---

1. — Tu as bien fait de t'installer chez moi, je suis meilleure cuisinière que toutes ces femmes. Que veux-tu?
— Un bol de soupe.
— Tu parles vietnamien?

route avec l'eau verte de la mare. Avec le thé, il avala un comprimé de quinine.

Les soldats, pour la plupart des Marocains, avaient sauté à bas de leurs GMC. Dans leur langue, ils interpellaient les filles avec des rires de prédateurs. À leur attitude, on devinait que les Annamites les craignaient. Ils étaient plus détendus et amicaux avec les sous-officiers français qui les commandaient.

François paya et s'en alla en allumant une cigarette.

— En voiture! aboya un sergent en remontant la colonne.

Et de nouveau la route, son nuage de poussière, ses cahots, avec, au ventre, la peur d'une éventuelle attaque viêt-minh.

Poitevin glissa sa main sous le siège et ramena une mitraillette.

— Vous savez vous servir de cet engin?

— Oui. Vous pensez que nous allons en avoir besoin?

— J'en sais rien, mais vaut mieux être prudent.

Du revers de sa main, il essuya son front couvert de sueur.

— La dernière fois, c'est au kilomètre 70 qu'ils ont attaqué. Il y en avait partout, je ne sais comment je m'en suis sorti.

— Ça m'étonnerait qu'ils nous assaillent au même endroit.

— Avec eux, on sait jamais.

Le convoi roulait à une certaine allure, entre soixante-dix et quatre-vingts kilomètres à l'heure. Les paysans, vêtus de noir, s'écartaient précipitamment sur son passage. Après la forêt, les vergers, on traversait des rizières où des femmes penchées, abritées sous leur grand chapeau conique, le pantalon retroussé, repiquaient le riz tandis que des enfants nus, à califourchon sur des buffles couleur de boue, leur faisaient des signes.

— On approche, vous pouvez ranger la mitraillette.

La nuit était tombée quand ils pénétrèrent dans Saigon. Poitevin arrêta son camion boulevard Charner.

116

— Je vous offre un verre ? demanda François.

— Ce ne serait pas de refus, mais ma bonne amie m'attend. Au revoir, monsieur Tavernier.

— Au revoir.

Il prit sa valise et se dirigea vers son hôtel, le *Continental Palace*. Un télégramme l'attendait à la réception :

Reçu ordre de Paris, mission annulée. Devez rentrer immédiatement en France. Louis Caput.

« Qu'est-ce que cela veut dire ? » se demanda-t-il en fourrant la dépêche dans sa poche.

Après s'être douché et changé, il décida de se rendre malgré tout au *Grand Monde*. Il verrait bien. Dans sa poche, les *Pensées* de Pascal.

13

Le cyclo-pousse déposa François à Cholon, à l'entrée de la rue des Marins. Une foule pouilleuse se pressait le long des hauts murs jaunes abritant *Le Grand Monde* et se bousculait pour passer entre les chaînes encadrant les deux étroites entrées. Tous se laissaient fouiller sans rechigner, les femmes par des vieilles édentées, vêtues d'un semblant d'uniforme chiffonné, les hommes par de jeunes garçons en short et maillot de corps à la mine patibulaire. Le garde ne décela pas le petit pistolet qu'il avait fixé à sa cheville.

François s'avança dans l'immense cour de terre battue, éclairée par des milliers d'ampoules, coupée d'allées bordées de petites constructions de tôle abritant cinq ou six tables de jeu peintes en vert — il devait y en avoir au moins deux cents — autour desquelles une foule de coolies, de vieilles aux cheveux taillés en brosse, de paysannes, de petits commerçants, de putains, de femmes portant leur bébé dans le dos, de petits voyous, de vieux appuyés sur une canne, se poussaient pour jouer leurs piastres péniblement gagnées.

Aux tables de *tai xiêu*, de jeunes croupières, moulées dans leurs robes chinoises aux couleurs vives, outrageusement maquillées, secouaient leurs trois dés dans la cloche de verre et annonçaient les résultats par un chant aux inflexions rauques et grinçantes. Les croupiers, en maillot de corps, ramassaient les billets crasseux pliés en quatre puis les dépliaient, tandis que la croupière relançait le jeu d'une courte mélopée. Du haut de son escabeau, le chef de table surveillait le bon déroulement de la partie.

François s'arrêta devant une table de *bac quan* où l'on jouait à quatre dés. Quel que fût le nombre de dés, les malheureux n'avaient pratiquement aucune chance de gagner et semblaient s'en accommoder avec fatalisme. Ce qui les motivait, c'était le jeu lui-même, le gain venait après.

Autour des masures qui abritaient les tables, il y avait des gargotes, deux cinémas, l'un projetant un western, l'autre un film chinois, trois théâtres, des estrades avec des lutteurs, des jongleurs, des acrobates, des magiciens, des médiums aux joues transpercées d'aiguilles, des charmeurs de serpents et une pagode où se pressaient des femmes. Partout flottait une odeur de friture, de crasse, de sueur, de parfums et d'encens mêlés.

Soudain, dominant le chant des croupières, les éclats de voix, les musiques et les grésillements, des coups de gong et de cymbales figèrent un bref instant la foule des joueurs, qui furent nombreux à se précipiter vers une estrade où venaient de s'allumer de grosses ampoules rouges. Un homme en complet-veston s'avança, suivi d'un huissier. Du plafond, protégeant l'estrade, descendit une caissette métallique. L'homme saisit une clé dans sa poche, qu'il exhiba devant la foule tendue et silencieuse, puis ouvrit la caissette. Il sortit un panier qu'il présenta à l'huissier, puis aux spectateurs.

— *Con khi no thang*[1], cria l'huissier.

— *Tôi da thang*[2], dit une vieille femme près de François.

Cinq ou six personnes brandirent leur billet. Les autres s'en retournèrent, résignées.

Louis Caput avait parlé à François de ce jeu diabolique qui permettait à la société du *Grand Monde* d'envoyer des

1. Le singe est le gagnant.
2. J'ai gagné.

119

centaines de vendeurs à travers les ruelles les plus reculées de Saigon ou de Cholon proposer à tous, pauvres ou riches, vieux ou jeunes, des papiers de couleur jaunâtre sur lesquels figurait une phrase en caractères chinois et vietnamiens, avec un dessin qui avait trait aux légendes, aux guerres, au théâtre, à la poésie. Ce jeu était celui des Trente-six bêtes et des Quatre génies, numérotés de un à quarante. Il consistait à deviner quel serait l'animal ou le génie choisi, et à jouer le numéro correspondant. Le gagnant recevait trente-trois fois le montant de sa mise. Ruinant les petites gens et enrichissant d'autant le consortium macaïste placé à la tête des établissements, ce jeu suscitait un tel engouement que le Haut-Commissariat avait envisagé d'interdire les Trente-six bêtes ; mais le délégué du consortium, un certain M. Triêu Tuong, un gros Chinois toujours vêtu de *sharkshin*[1] et ne se déplaçant qu'en Cadillac bleu pétrole, avait, au terme d'habiles négociations, fait revenir les autorités sur leur décision. Le jeu avait alors repris de plus belle.

Tavernier s'arracha difficilement à la fascination du lieu et se dirigea vers le cabaret. Sur une immense piste dansaient des couples, la plupart composés d'un Européen et d'une jeune Vietnamienne. Au bar, la cohue était telle qu'il dut jouer des coudes.

— Un cognac-soda, s'il vous plaît.

— Deux, fit une voix féminine près de lui.

François se retourna. Vêtue d'une tunique de soie verte brodée de fleurs d'où dépassait un large pantalon de soie blanche, une ravissante jeune femme lui souriait. Elle eut un mouvement de tête qui fit glisser ses longs cheveux d'un noir profond et luisant le long de son buste mince. D'un petit sac pailleté, elle tira un poudrier, l'ouvrit et fit mine de se repoudrer. Par le sac entrouvert, François aperçut les *Fables* de La Fontaine. Surpris, vaguement agacé, il sortit de sa poche son exemplaire des *Pensées*.

— Voici les cognac-soda, monsieur.

---

1. Luxueux tissu en fibres de bambou.

— Merci. Tenez, fit-il en poussant le verre en direction de sa voisine.

— Je bois à la réussite de vos projets.

Elle avala une gorgée, puis reprit son poudrier. Son visage s'était durci.

— Ne vous retournez pas, dit-elle entre ses lèvres. Vous allez faire semblant de me chuchoter quelque chose à l'oreille. Je vais éclater de rire, vous prendrez l'air furieux et vous partirez en me traitant grossièrement. Je vous retrouverai à votre hôtel dans la nuit. Tenez-vous prêt à partir. Quel est le numéro de votre chambre ?

— 320.

Tavernier joua son rôle à la perfection. Il sortit du bar en grommelant :

— Sale putain !

Un Chinois en smoking, mordillant un cigare trop gros pour lui, s'approcha :

— Quelque chose ne va pas, monsieur ?

— Non, ça va, ça va, mais je trouve les tarifs prohibitifs !

— Nos filles sont triées sur le volet, monsieur : toutes des jeunes personnes de bonne famille.

— Je n'en doute pas, mais c'est quand même trop cher payé.

— Il y a peut-être une solution à vos difficultés financières.

— Ah oui, laquelle ?

— Le jeu, monsieur, le jeu !

— Ce n'est pas une mauvaise idée. Que joue-t-on ?

— Le *Ba Quan* américain, le *Tai Xieu*, le *Tu Sac*, mais aussi la roulette, le baccara...

— N'en jetez plus, je vais y faire un tour.

— Bonne chance, monsieur ! C'est au fond de la cour.

Au bout d'une ruelle sombre se trouvait l'entrée de ce qui devait être, pensa François, le centre névralgique de l'établissement. Une succession de salles aux cloisons mobiles derrière lesquelles se déroulaient les différentes parties, brillamment éclairées, sans ornementation ni

121

bruit, meublées des seules tables de jeu, de sièges et d'énormes crachoirs, accueillaient les joueurs, pour la plupart asiatiques : gros milliardaires chinois, riches veuves annamites couvertes de bijoux, commerçants, prostituées de haut vol, banquiers, armateurs, trafiquants. Là, tous les jeux d'argent avaient cours. Dans la première salle on jouait à la roulette chinoise, dans une autre au chemin de fer, dans la troisième, plus exiguë, au baccara. Une place se libéra ; il s'y assit ; Tavernier était le seul Français.

À la troisième partie, il gagna une jolie somme. Il se leva en arborant un air satisfait et lança un bon pourboire aux croupiers.

— Vous êtes en veine, vous devriez continuer, dit le Chinois qui l'avait suivi.

— Ça va comme ça, j'ai gagné assez pour m'offrir une fille, répondit-il avec un rire gras en tapant sur l'épaule de l'autre.

Il retourna au bar. Comme il s'y attendait, la fille n'était plus là. Il fit mine de la chercher du regard.

— Vous cherchez Mlle Hong ? demanda le barman. Elle est partie, mais Mlle Rose, son amie, se fera un plaisir de la remplacer.

L'amie portait bien son nom : sa tunique, son maquillage, ses cheveux étaient roses. Dans le petit sac ouvert, il vit l'exemplaire des *Fables*.

— Que buvez-vous ?

— Du champagne rosé.

Évidemment, sourit-il intérieurement.

Le champagne, frappé à point, était parfait. En levant son verre, il revit Léa, chez *Maxim's*, levant le sien ; elle aussi aimait bien le champagne rosé. Ce souvenir l'assombrit. Rose le remarqua :

— Vous semblez malheureux, tout à coup. Vous pensez à une femme ?... Oui, c'est ça... Allez, buvez, vous n'y penserez plus.

Comment ne plus songer à elle dont le souvenir le réveillait chaque nuit, tendu à hurler ? Depuis son départ de France, il était chaste. Mais il lui devenait de plus en plus difficile de résister, et Rose l'avait compris. Elle posa sa main sur son sexe qui se gonfla aussitôt. Elle eut un petit rire :

— Vous ne tiendrez pas comme ça toute la soirée.

Inattendu, ce geste, de la part d'une Vietnamienne... Elle avait raison, la garce !

— Combien ?

— Cinquante dollars.

— D'accord, mais on va chez vous.

Elle lui lança un regard profond.

— Attendez-moi.

Au bout de quelques instants, elle fut de retour. Le Chinois au cigare leur adressa un signe complice.

Dehors, l'air était doux. Des enfants en guenilles se précipitèrent vers eux, mains tendues. Rose tira de son réticule quelques billets qu'elle leur distribua en leur disant :

— *Bây gio thi du rôi, chung may dê tao yên* [1].

Les petits s'éparpillèrent en piaillant. Plus loin, des filles aux pieds nus, assises sur un petit banc devant leur porte, attendaient le client. À l'intérieur de chaque maison, on apercevait l'autel des ancêtres fortement éclairé et les volutes de fumée de l'encens. Quelques vieilles aux dents laquées crachaient sur leur passage.

— Elles n'ont pas l'habitude de voir un Blanc se promener par ici à pied. Ces filles ne vont jamais avec un Européen, elles sont réservées aux Vietnamiens qui n'ont pas les moyens de s'offrir une compagnie comme la mienne. Mais toutes rêvent d'être à ma place.

Rose tourna dans une ruelle sombre.

— Nous sommes bientôt arrivés.

« Cela ressemble fort à un guet-apens », pensa-t-il en prenant le pistolet qui avait échappé à la fouille du portier.

---

1. Ça suffit, allez-vous-en.

14

L'embarcation oscilla dès que François Tavernier eut posé le pied à bord. Il tendit la main à Rose. À peine la jeune femme eut-elle enjambé le garde-corps que le sampan s'écarta du quai, glissant entre les autres embarcations sur l'arroyo chinois. Du godilleur, on ne distinguait que la silhouette noire. On devinait d'autres présences humaines sous l'habitacle en forme de dôme. Malgré l'heure avancée, on voyait encore de la lumière aux fenêtres des banques du quai de Belgique. À l'embouchure de la rivière de Saigon, le courant ralentit l'avance. François alluma une cigarette. Quai Le-Myre-de-Villers, une bande de noceurs, sortis de l'hôtel de la Rotonde, remontait la rue Catinat en gueulant des chansons obscènes. Un marin hissa l'unique voile.

— Venez, fit Rose en entraînant François vers l'habitacle où une loupiote venait d'être allumée.

Trois hommes assis sur des nattes fumaient en silence. L'un d'eux fit signe à François de prendre place à leurs côtés, tandis qu'un autre servait le thé. Ce n'est qu'après avoir bu que le plus âgé, un vieillard maigrichon à longue barbiche, prit la parole :

— Monsieur, soyez le bienvenu sur notre humble embarcation. Nous avons dû changer un peu l'ordre des choses, mais la police française vous attendait à votre hôtel pour vous poser quelques questions. Nous avons

124

pensé que votre temps était trop précieux pour le perdre en interrogatoires fastidieux et que votre mission passait avant tout. Nous avons fait prendre votre valise.

« Ils pensent à tout. Enfin, nous y voilà », se dit François en hochant la tête.

— Le général Leclerc, malheureusement disparu, et le gouverneur Sainteny étaient des amis du président Hô. Le président avait confiance en eux, comme il a confiance en Louis Caput dont il connaît le cœur honnête et sincère. Mais peut-il se fier à un gouvernement qui change de président du Conseil comme de chemise, qui ne tient aucun de ses engagements, qui envoie chaque jour de nouvelles troupes pour combattre nos soldats en lutte pour l'indépendance de leur pays?... Un gouvernement qui favorise ici la corruption, la trahison, qui s'entoure de ce qu'il y a de plus pourri, aussi bien du côté français que du côté vietnamien? Dites, monsieur Tavernier, en quoi notre président peut-il accorder davantage confiance à votre nouveau président du Conseil, M. Robert Schuman?

— Je ne connais pas M. Schuman, et ce n'est pas lui qui m'a envoyé en mission auprès du président Hô Chi Minh. Je ne suis certain que d'une chose : il faut que cette guerre entre nos deux peuples cesse et que les quelques hommes de bonne volonté qui restent dans l'un et l'autre camp mettent tout en œuvre pour faire aboutir la paix.

— Voilà de sages paroles. Mais le temps des paroles est passé, il faut des actes! Que la France retire ses troupes du Nord et les rembarque à Haiphong. Là, on pourra discuter.

— Vous ne parlez pas sérieusement. La France occupe une bonne partie du Nord. Dans le Centre et le Sud, nos troupes se déploient, gagnant jour après jour des régions entières...

— Vous n'avez jamais réfléchi au fait que vos soldats se déplacent un peu trop facilement, qu'ils gagnent, comme vous dites, des régions entières un peu trop commodément? Vous ne vous êtes pas imaginé qu'il pouvait y avoir là comme un piège qui se refermait sur eux? demanda un jeune homme au visage rond, fendu d'un large sourire.

125

Un frisson parcourut Tavernier. Non, il ne s'était jamais dit que c'était trop facile, surtout quand il écoutait témoigner les permissionnaires. Leurs traits tirés, leur regard hagard, leurs mains tremblantes, leurs blessures, le souvenir de leurs camarades morts attestaient ce qu'ils avaient subi. Mais il sentait que le petit homme malicieux savait de quoi il parlait. Cette guerre était un piège qui allait engloutir des milliers de jeunes hommes engagés dans ce qu'ils croyaient être une guerre pour la défense des valeurs et des intérêts de la France, alors qu'il s'agissait d'une lutte opposant partisans et occupants, où tous les coups étaient permis, sans égards pour aucune règle ou convention.

— Un piège peut aussi se refermer sur ceux qui le tendent.

— Nous avons évalué les risques. Ils existent, mais ils sont mineurs par comparaison à ce qui vous attend. Rappelez-vous ce qu'a dit l'Oncle Hô à l'un de vos ministres socialistes : « Vous me tueriez dix hommes quand je vous en tuerais un. Mais, même à ce compte-là, vous ne pourriez pas tenir et c'est moi qui l'emporterais... »

Que répondre ? Tavernier sentit poindre le découragement. Il alluma une nouvelle cigarette.

— Vous êtes comme notre président, vous fumez trop. Ce n'est pas bon pour la santé.

François haussa les épaules avec fatalisme.

— Ne peut-on essayer d'envisager la reprise des négociations ?

— Voulez-vous que je vous donne la liste des appels à la négociation lancés par l'Oncle Hô depuis le 19 décembre 1946 ? Il l'a lui-même dressée : « Les 21 et 23 décembre 1946 ; les 1er, 7, 10 janvier 1947 ; les 18 février et 5 mars 1947. » Certains d'entre eux furent confiés aux bons offices des agents consulaires de tierces puissances. Le président Ramadier a cependant prétendu que la lettre adressée par le président Hô à l'ancien président Léon Blum portait une signature contrefaite, et que, depuis lors, le gouvernement français n'avait reçu aucun message. Si les représentants de la France ont fait sciemment silence sur eux, ils en portent la responsabilité. Le ministre Moutet a déclaré qu'à partir du 19 décembre 1946, personne n'avait plus vu l'Oncle et qu'on ignorait s'il était vivant ou mort. Le 26 avril 1947, notre président a adressé au haut-commissaire Bollaert, par l'intermédiaire de notre ministre des Affaires étrangères, M. Hoang Minh Giam, un message proposant « la cessation immédiate des hostilités et l'ouverture de négociations en vue d'un règlement pacifique du conflit ». Vous savez ce qu'il est advenu de cette demande d'ouverture? M. Bollaert a chargé M. Paul Mus, pour lequel notre dirigeant a estime et amitié, de lui faire les propositions suivantes : rendre toutes les armes, accepter la libre circulation des troupes françaises sur tout le territoire vietnamien, livrer les non-Vietnamiens qui combattent dans nos rangs... Le professeur Mus formula ces conditions humiliantes avec honte, sans illusions sur la réponse. La nervosité de l'Oncle se traduisit alors par une consommation accrue de cigarettes. Mais nous savions que son cœur était blessé et c'est avec émotion qu'il a répondu à l'envoyé de la France : « Dans l'Union française, il n'y a pas de place pour les lâches; si j'acceptais ces conditions, j'en serais un. »

À la fraîcheur de la brise, François Tavernier comprit qu'on venait d'entrer en haute mer. Où le conduisait-on? Le bateau filait à belle allure. Le vent soufflait du sud. Les hommes rassemblés à bord se taisaient.

Pendant environ une demi-heure, on n'entendit plus que le clapotis des vagues contre la coque. Puis le Vietnamien à barbiche reprit la parole :

— Je ne pense pas que vous rencontrerez le président Hô Chi Minh. Vous n'avez aucune proposition à lui faire...

— C'est à peu près cela, l'interrompit François. Mais, à défaut de propositions, j'aimerais recueillir son avis sur la manière de convaincre le gouvernement français de renouer des relations sur des bases honorables, et sur ce qu'il veut que l'opinion publique française sache des réalités de cette guerre.

Tout en parlant, Tavernier ne quittait pas des yeux ses interlocuteurs. À leurs regards soudain plus vifs, il comprit qu'il venait de marquer un point. Demander son avis à l'Oncle était une marque de déférence qu'ils appréciaient.

— Nous allons prendre quelque repos.

Sans trop attendre de réponse, François interrogea :

— Où allons-nous ?

— Monsieur Tavernier, prenez cette couverture, les nuits sont fraîches en mer.

— Merci.

Il se leva et s'enveloppa dans la couverture. Il avait envie d'étirer ses membres ankylosés, mais l'étroitesse du bateau ne permettait pas d'amples mouvements. Il se soulagea par-dessus le bastingage avec un grognement de satisfaction. Comme il se rajustait, il entendit un petit rire. Rose le regardait ; il l'avait complètement oubliée.

Le froid le réveilla à l'aube. On avançait en plein brouillard. Près de lui, la jeune femme grelottait.

— Venez contre moi, je vais vous réchauffer.

Après une brève hésitation, elle se glissa jusqu'à lui.

— Merci, ça va mieux, dit-elle au bout de quelques instants.

— Pourquoi vous ont-ils emmenée avec eux ?

— C'était beaucoup plus prudent, pour eux comme pour moi.

— Il y a longtemps que vous travaillez pour le Viêt-minh ?

Elle se raidit, mais ne répondit pas. Ils durent s'assoupir : quand ils rouvrirent les yeux, le brouillard s'était presque dissipé. Un tout jeune homme leur apporta deux tasses de thé.

— *Cam on*[1], dit Rose.

Le vieil homme à barbiche s'approcha d'eux.

— Nous allons devoir nous quitter, monsieur Tavernier.

François eut l'impression que son cœur s'arrêtait ; ils

1. Merci.

avaient donc décidé de le tuer, comme ça, froidement? Sa main glissa dans sa poche... Le pistolet avait disparu. Un regard à Rose lui suffit pour comprendre. La garce!

— Mes amis et moi-même avons pensé qu'il ne nous appartenait pas de décider du bien-fondé de votre rencontre avec le président Hô Chi Minh. Nous laissons à plus compétent que nous le soin de se prononcer. Une jonque rapide nous attend dans les parages, avec à son bord un proche de l'Oncle. Il jugera si vous devez être conduit auprès de lui.

— Et si vous en aviez décidé autrement?

— Vous tiendriez actuellement compagnie aux sirènes, fit le jeune homme au visage rond, toujours souriant.

— Je crois que vous avez agi avec discernement, répliqua-t-il en essayant de maîtriser le tremblement de colère de sa voix.

— L'avenir nous le dira, monsieur Tavernier. Vous avez demandé à Rose depuis combien de temps elle travaillait pour le Viêt-minh. Depuis la mort de son père, monsieur Tavernier, assassiné par ses gardiens au bagne de Poulo Condore.

— Pour quel motif?

— Distribution de tracts appelant à l'indépendance, conférences dans les universités, publications diverses.

— Cela ne justifie pas que ses gardiens l'aient tué!

— Au bagne, il a continué l'instruction des jeunes détenus; grâce à des complicités extérieures, il a fait entrer dans la prison des livres interdits de Marx, Engels, Lénine, Staline...

— Rien de bien folichon, grommela François entre ses dents.

— Vous dites?

— Rien.

— Voulez-vous savoir comment ils l'ont tué?

— Si vous y tenez.

— Ils ont cloué sur tout son corps les pages des livres après les avoir enduites de miel. Pendant deux jours et deux nuits, il a crié, puis gémi. Quand on l'a détaché, des milliers de mouches et de fourmis se sont enfuies : elles n'avaient plus rien à manger.

Comme il comprenait la haine contenue dans chacun de ces mots ! Il baissa la tête.

— C'était mon père, et Rose est ma sœur. Nous haïssons les Français. S'il n'avait tenu qu'à nous, vous seriez mort à l'heure qu'il est.

— Mon heure n'avait sans doute pas encore sonné. Je sais ce que vous ressentez, il m'est arrivé d'éprouver des sentiments analogues... Mais ne faites pas du combat pour l'indépendance de votre pays une affaire personnelle : vous risquez, par votre haine, d'avoir des jugements hâtifs, préjudiciables aux buts que vous vous êtes assignés.

— Que savez-vous de nos buts ? cracha Rose. Notre père ne sera vengé que lorsque le dernier Français aura quitté ce pays. D'ici là, nous ne ferons pas de quartier ! Mon frère et moi en avons fait le serment.

Sans sa perruque rose, elle paraissait très jeune : seize, dix-sept ans ? Toujours difficile de donner un âge exact à une Vietnamienne... Son visage déformé par la colère lui rappelait celui de Léa face aux tortionnaires allemands. Ce souvenir amena sur ses lèvres un sourire.

— Vous vous moquez ! Cela vous fait rire ! s'écria Rose en se ruant sur lui.

François la retint par les poignets.

— Vous vous trompez, je ne me moquais pas. Je pensais seulement à ma femme, qui vous ressemble, surtout quand elle est en colère.

Déconcertée par la réponse, elle le dévisagea d'un air incrédule. La curiosité l'emporta :

— Elle est au Viêt-nam ?

— Non, elle est en France. Elle vient d'avoir un enfant.

— Est-elle belle ? Comment s'appelle-t-elle ?

— Oui... Elle se prénomme Léa.

— Léa... C'est joli.

— Votre frère et vous parlez très bien le français. Où l'avez-vous appris ?

— Mon père l'enseignait au collège de Huê. Il admirait

beaucoup la France, la terre des droits de l'homme, la Révolution française... Malheureusement, après un séjour là-bas, il a compris que, pour l'Indochine, ces mots-là étaient vides de sens. C'est pour cela qu'il a adhéré aux thèses marxistes. Et c'est pour cela qu'on l'a tué.

— Monsieur Tavernier, voici votre nouvelle embarcation.

Une jonque à voiles rouge-brun se balançait près du sampan. François passa d'un bord à l'autre.

— Au revoir, monsieur Tavernier. Le capitaine a votre pistolet et votre bagage.

— Je souhaite une heureuse issue à votre entreprise, lui lança le vieillard à barbiche en s'inclinant.

— Je vous remercie, répondit François depuis l'autre jonque.

On hissa aussitôt les voiles. L'embarcation était plus vaste et apparemment plus confortable. Sous l'habitacle, deux canapés recouverts de minces coussins de soie rouge, brodés de motifs floraux, encadraient une table basse sur laquelle étaient posés une théière et des gobelets de porcelaine. Assise sur un des canapés se tenait la première jeune femme aux *Fables* de La Fontaine, vêtue à la façon des paysannes vietnamiennes, pantalon noir et caraco blanc. Ses cheveux étaient retenus par une sorte de turban de velours noir.

— Tiens, comme on se retrouve!

— Voulez-vous du thé, monsieur Tavernier? fit-elle en lui tendant un gobelet.

François remercia d'un signe de tête.

— Cela vous étonne de me retrouver ici?

— Il y a bien longtemps que je ne m'étonne plus de rien! Mais n'aurait-il pas été plus simple de vous occuper de tout cela depuis le début?

— Cela n'a pas été possible. Des tueurs vous attendaient dans votre chambre. Un des garçons d'étage du *Continental* m'a prévenue. Vos affaires sont à bord. Il y avait une lettre de France pour vous à l'hôtel.

— Donnez-la-moi.

D'une poche de son pantalon, elle tira une enveloppe froissée. L'écriture de Léa... Il chercha la date d'envoi, mais les différents tampons la rendaient illisible. Il s'efforça de l'ouvrir calmement. « Mon amour... notre fils est né... » François se leva d'un bond, le visage rayonnant.

— J'ai un fils!... Ma femme m'annonce la naissance de mon fils!

— Félicitations, je suis heureuse pour vous.

— Merci..., bredouilla-t-il en reprenant sa lecture.

Ainsi, l'enfant était né, sa mère et lui se portaient bien; Léa l'avait prénommé Adrien, en souvenir de cet oncle qu'elle aimait tant. Adrien... Il s'assit lourdement, luttant contre l'émotion qui l'envahissait... Léa... ma petite fille... comment ai-je pu te laisser seule?

— Auriez-vous une cigarette? Mademoiselle...?

— Hong.

— Auriez-vous une cigarette, mademoiselle Hong? quémanda-t-il d'une voix enrouée.

Elle lui tendit une boîte de Players.

— Vous n'avez rien d'autre?

— Non. Mais si nous rencontrons des contrebandiers, nous achèterons la marque de votre choix...

Il alluma une cigarette, en tira une bouffée et grimaça.

— On dirait de la paille.

15

— François !

Le cri poussé par Léa réveilla en sursaut le bébé qui se mit à pleurer.

À tâtons, elle chercha l'interrupteur, furieuse contre Ruth qui, une fois encore, avait éteint la veilleuse en alléguant que les enfants doivent s'habituer à dormir dans le noir. Les enfants peut-être, mais pas elle ! Depuis quelques nuits, le même cauchemar la faisait bondir en hurlant. Une horde d'hommes, portant des masques d'animaux, attaquaient François et l'entraînaient en le rouant de coups à travers un paysage d'épouvante. Elle se réveillait au moment où une sorte d'oiseau géant à visage de femme plongeait sur lui, les serres déployées. La dernière image était celle du visage de François ruisselant de sang.

Léa se leva, prit le bébé et se recoucha en le serrant contre elle. Ses cris s'espacèrent. À le sentir si petit, si fragile, les battements de son propre cœur se calmaient, le mauvais rêve se dissipait.

Cette nuit-là, elle décida de cesser d'allaiter l'enfant et de partir seule pour Paris dès qu'il serait sevré.

Françoise et Alain se montrèrent compréhensifs et acceptèrent de garder le fils de Léa et de François. Adrien venait d'avoir un mois.

La veille de son départ, Jonathan Cohen se présenta à Montillac. Inscrit à la faculté de Bordeaux, il avait repris ses études de droit. Il tenta de la dissuader de rejoindre la capitale :

— N'y allez pas. Nous savons qu'ils sont encore en France. Des vengeurs les surveillent, attendant le moment pour agir. Ils ont exécuté celui qui a tué Samuel, mais les autres sont toujours là. Si vous avez un problème, rendez-vous au 6, rue du Roi-de-Sicile, chez Joseph Binder. Vous vous souviendrez? Joseph Binder. Montrez-lui ceci.

Il lui remit une médaille sur laquelle étaient gravées les Tables de la Loi de Moïse.

Léa haussa les épaules et la glissa dans son sac.

Après un hiver froid et pluvieux, le printemps s'annonçait beau. À la fin d'avril, Léa quitta Montillac avec l'impression qu'elle n'y reviendrait pas avant longtemps.

Il y avait maintenant trois mois qu'elle ne savait rien de François. Avait-il reçu les lettres dans lesquelles elle lui parlait de leur fils? Jean Sainteny, qu'elle avait eu au téléphone, était également sans nouvelles. Il s'était montré évasif quand elle lui avait dit être convaincue que le véritable motif du séjour de son mari en Indochine ne se résumait pas au règlement de ses affaires. Il se récria quand elle lui parla de demander audience au ministre de la France d'Outre-mer. Surtout, qu'elle ne fasse rien avant d'être passée le voir!

Léa retrouva sans plaisir l'appartement de la rue de l'Université. Elle erra dans les pièces froides qui sentaient le renfermé.

Le lendemain de son arrivée, elle rencontra Jean Sainteny au bar du *Ritz*. Il paraissait tendu, fatigué. Léa, en revanche, était resplendissante dans son ravissant tailleur Lanvin de couleur prune qui mettait en valeur sa taille redevenue fine. Sainteny eut un regard de connaisseur en découvrant son élégante silhouette.

— Vous êtes d'une grande beauté, chère madame, la maternité vous réussit. Comment se porte votre enfant?

— Très bien, je vous remercie. Ce n'est pas de l'enfant dont je suis venue vous entretenir, mais de son père. Où est-il?

— Je n'en sais rien, fit-il d'un air soucieux. La dernière fois qu'il a été vu, c'était à Saigon. J'ai demandé aux amis que j'ai conservés là-bas de faire des recherches. Pour l'instant, elles n'ont pas abouti.

— Et à Hanoi? Que dit-on à Hanoi?

— La famille Rivière n'a aucune nouvelle. Hai, médecin et pro-Viêt-minh, m'a assuré que ni les communistes ni les nationalistes ne sont pour rien dans sa disparition. Nous sommes en plein mystère.

— Mais on ne va pas rester ici à ne rien faire! Je veux savoir ce qu'est devenu mon mari! J'irai là-bas, s'il le faut... Cela vous fait sourire? Ce ne sont pas des paroles en l'air!

— J'en suis persuadé. Mais, en tant que civil, vous n'obtiendrez jamais l'autorisation de vous rendre en Indochine.

— Je trouverai un moyen. Je peux toujours me réengager dans la Croix-Rouge.

— Ce sera difficile, vous êtes mariée et vous avez un enfant. Au surplus, je crois savoir qu'il n'y a plus officiellement de femmes dans la Croix-Rouge en Indochine. Il me semble qu'elles ont été rapatriées au début de 1947.

— Je dois me renseigner. Si ce n'est pas possible, je trouverai un autre moyen.

— Ma position en ce moment n'est pas fameuse, mais je vous aiderai du mieux que je pourrai.

— Merci. Où en est votre affaire? Pourquoi vous accuse-t-on d'espionnage?

— Je préfère ne point en parler. Je suis écœuré par trop de lâchetés et de compromissions. Je réintègre la vie civile, je vais reprendre ma société d'assurances.

— Vous ne pensez pas que cela risque de vous sembler bien terne et monotone?

— Sans doute! fit-il en souriant. Rassurez-vous, je ne m'intéresse pas qu'aux assurances... Par contre, vous, vous devriez vous consacrer uniquement à votre enfant. Tavernier finira bien par revenir.

— Dans combien de temps? Et s'il était prisonnier?

— Ils ne conservent les prisonniers et les otages que comme monnaie d'échange. Si votre mari était captif, nous le saurions...

— Vous ne pouvez rien me dire sur l'objet exact de son séjour là-bas ?

— Je sais seulement ce qu'il m'en a dit. Vous devriez vous ôter de l'esprit toutes ces suppositions.

— Je n'y parviens pas. J'ai rendez-vous cet après-midi à la Croix-Rouge avec Mme de Peyerimhoff. Elle est rude, mais elle a bon cœur. Si c'est possible, elle m'enverra là-bas. Au revoir, monsieur, je vous tiendrai au courant.

Léa le planta là, furieux contre lui-même.

Les pavés de la place Vendôme brillaient sous le ciel printanier. Les vitrines de la rue de la Paix exhibaient leurs plus beaux bijoux et Léa, émerveillée, ralentit l'allure. Une broche d'or et de diamants représentant un soleil l'arrêta. Puis un reflet dans la glace la figea. Tout se déroula comme au ralenti. Elle n'eut que le temps de se baisser tout en faisant volte-face. La balle étoila la vitrine, une femme cria, un autre coup de feu claqua, un sergent de ville accourut, Léa s'élança vers la place de l'Opéra.

— Mademoiselle... attendez !

Léa s'engouffra dans le métro, bousculant les gens dans les couloirs.

— Mademoiselle, votre ticket ! réclama le poinçonneur.

— Je n'en ai pas...

— Allez en chercher un.

— Je vous en prie, je suis très pressée...

— Ce n'est pas une raison pour voyager sans ticket !

— Je vous en prie !

— Bon, pour cette fois, allez-y, mais faites attention au contrôleur...

— Merci, monsieur !

La rame pénétrait dans la station : Léa monta dans le premier wagon. Essoufflée, elle s'assit. Jonathan avait raison : *ils* étaient toujours à Paris. Comment avaient-ils su aussi vite qu'elle aussi s'y trouvait ? Une chose était certaine : il lui fallait quitter la France au plus tôt. Par la Croix-Rouge, même si on voulait d'elle, cela prendrait trop de temps. La rue du Roi-de-Sicile devait être située derrière le Bazar de l'Hôtel-de-Ville... Elle descendit à « Arts-et-Métiers », mi-marchant, mi-courant. Au numéro 6, il y avait une librairie religieuse. Léa poussa la porte. Un joyeux carillon annonça son entrée. L'endroit exhalait une odeur de chou et d'encens. De derrière une pile de livres posée de guingois sur le comptoir émergea un petit homme arborant un grand chapeau noir, une barbiche et des bouclettes de part et d'autre des tempes.

— Que voulez-vous ?

— Je viens de la part de Jonathan Cohen.

— Jonathan Cohen ?

— Il m'a dit de venir vous voir en cas de danger. Tenez, il m'a donné cela.

Léa fouilla dans son sac. Énervée, elle en renversa le contenu sur le comptoir. Aussitôt, elle retrouva la médaille. Joseph Binder l'avait vue également et s'en saisit. Il l'examina avec attention.

— D'où tenez-vous ceci ?

— C'est Jonathan Cohen qui me l'a donnée comme laissez-passer, dit-elle avec agacement.

— Comment vous appelez-vous ?

— Léa Delmas... enfin, madame Tavernier.

— Je vois, c'est vous qui avez assisté à l'assassinat de Samuel Zederman ?

Léa acquiesça et reprit la médaille qu'il lui tendait. En traînant les pieds, le libraire alla fermer la porte du magasin.

— Comme ça, personne ne nous dérangera. Venez, nous serons plus tranquilles dans l'arrière-boutique.

Elle se faufila entre les cartons qui débordaient de livres.

— Que vous arrive-t-il ?

— Tout à l'heure, rue de la Paix, un homme a tiré sur moi. Je ne sais plus où aller.

— Vous n'avez pas été suivie ?

— Non, je ne crois pas.

— Vous n'avez pas de parents? Un mari?

— Mon époux est en Indochine. Je suis sans nouvelles de lui depuis plusieurs mois.

— Il est dans l'armée?

— Non, il m'a dit s'y rendre pour affaires, mais je pense que ce n'est pas vrai. Quelques jours avant son départ, il a vu le général Leclerc. Je suis sûre qu'on lui a confié une mission.

— Qu'est-ce qui vous fait dire ça?

— J'attendais un enfant. Jamais il ne m'aurait laissée seule pour ses affaires.

— Connaissez-vous quelqu'un en Indochine?

— Oui et non. Mon mari m'a parlé d'amis qui vivent là-bas : les Rivière.

— Avez-vous assez d'argent pour les rejoindre?

— Oui.

— Votre passeport est en règle?

— Oui.

— Je vais essayer de vous faire partir pour Saigon. Savez-vous où dormir pendant trois ou quatre jours?

— Je n'ose pas retourner chez moi, ils connaissent mon adresse.

— Ma sœur, qui habite l'immeuble, va vous héberger. Donnez-moi votre clé; j'enverrai quelqu'un chercher vos affaires. Pouvez-vous me décrire l'homme qui vous a attaquée?

— Il était plutôt maigre, les cheveux courts coupés en brosse, le regard très clair. Ce sont surtout ses yeux que j'ai remarqués : des yeux glacés.

— Vous pourriez le reconnaître?

— Je crois.

Une grosse femme, toute vêtue de noir, entra dans l'arrière-boutique.

— Myriam, cette jeune personne a des ennuis. Peux-tu la loger pendant quelques jours?

— Ma colombe, qui peut être assez méchant pour vous vouloir du mal?

— Les mêmes que ceux que nous poursuivons, fit le libraire.

— Venez, mon enfant. Vous êtes en sécurité dans ce quartier. Joseph va s'occuper de tout. Mon frère est un homme habile.

Léa donna son adresse et sa clé au vieux Juif.

— Merci, monsieur.

— Ne me remerciez pas. Reposez-vous, je me mets à l'œuvre.

— Mon passeport est dans la valise posée sur mon lit.

Après avoir pris conseil auprès de Joseph Binder, elle écrivit à sa sœur, puis à Jean Sainteny.

Ma chère Françoise,

Quand tu recevras cette lettre, je serai sur le point d'arriver en Indochine. Je ne peux pas te communiquer les raisons de ce départ précipité; sache seulement qu'il y allait de ma vie. Je pars retrouver François dont je n'ai pu obtenir de nouvelles. De ton côté, écris-lui pour lui annoncer mon arrivée. Je te confie Adrien. Je sais qu'auprès de toi, il ne manquera de rien. Embrasse Charles et dis-lui que je reviendrai bientôt. Je compte sur toi pour mettre tante Lisa et Ruth au courant avec ménagement. Pardonnez-moi, Alain et toi, du souci que je vous donne. Quand je reviendrai avec François, nous ferons la fête pour tout oublier.

Merci pour tout, ma petite sœur, dis à mon fils que je l'aime.

Tendresses. Léa.

Monsieur,

Vous n'avez pas voulu me croire quand je vous disais qu'ils étaient parmi nous. Je viens de leur échapper. Je sais que la prochaine fois, ils réussiront leur coup. Je pars retrouver mon mari. Je pense que vous pouvez le prévenir de mon arrivée, car je ne sais où le joindre, étant toujours sans nouvelles de lui.

Je vous prie d'agréer, Monsieur, mes salutations distinguées.

Léa Tavernier.

Comme elle se relisait, Léa se reprocha le ton froid de sa lettre. « Tant pis ! C'est sa faute, si François est parti là-bas », pensa-t-elle en cachetant l'enveloppe.

Léa resta trois jours chez le libraire et sa sœur. Au matin du quatrième jour, Joseph lui présenta deux cousins dont les parents avaient disparu en Allemagne :

— Nathanaël et Jean vont vous accompagner par le train jusqu'à Marseille. Ils seront vos gardes du corps. Nous avons mis la main sur l'homme qui vous a agressée. La police avait également retrouvé sa trace, mais elle est arrivée trop tard. Nos camarades l'ont exécuté. À Marseille, une place vous est réservée pour Saigon à bord du *Dumont-Durville*. Là-bas, vous logerez pendant une semaine au *Continental Palace*. Vous serez prise en charge sur place par des amis, les Müller, à qui vous remettrez cette lettre. Bon voyage ! Si vous retrouvez votre mari, revenez nous voir : ma sœur et moi serons toujours heureux de vous recevoir.

Myriam pleura en embrassant Léa.

— Que Dieu te bénisse, ma colombe !

Le soleil éclaboussait la façade et l'escalier faunesque de la gare Saint-Charles. Les cousins poussèrent Léa dans un taxi qui descendit la Canebière. Ce matin-là, Marseille sentait l'œillet poivré. Rien n'indiquait que la cité phocéenne fût aussi ancienne que Rome : pas une ruine, pas un monument, des édifices quelconques datant du Second Empire ou de la IIIe République, cernés au loin par des collines et, couronnant le tout, l'outrageante nougatine de Notre-Dame-de-la-Garde. Sur le port, les marchandes de poisson vantaient leur marée à grands coups de gueule. Des vieux buvaient déjà l'anisette, assis à la terrasse des petits bars, en picorant des olives. Fières, de belles filles portant de lourdes charges sur leur tête passaient en esquivant d'un coup de hanche les mains baladeuses des jeunes gens en maillot rayé qui déambulaient en roulant des épaules, cigarette aux lèvres.

Le taxi s'arrêta à l'entrée du quai. Le *Dumont-Durville*

commençait à embarquer ses passagers. Des soldats encombrés de leur barda se bousculaient pour monter à bord. Nathanaël et Jean aidèrent Léa à s'installer sur le pont. Ils ne la quittèrent qu'au largage des amarres et restèrent longtemps sur le quai à regarder s'éloigner le navire.

... Accoudée au bastingage, le cœur serré, elle songea à son petit garçon qu'elle abandonnait. En quittant Montillac, elle avait le pressentiment qu'elle allait s'éloigner de France pour longtemps et voguer de nouveau au-devant de la souffrance. Elle frissonna et rentra dans sa cabine qu'elle ne quitta pratiquement pas de la traversée.

16

— Mademoiselle Hong, pouvez-vous me dire où vous me conduisez ?

— Vers le président Hô Chi Minh.

— Je croyais que l'on devait d'abord m'interroger ?

— Nos dirigeants ont pensé qu'un homme recommandé par Louis Caput et Jean Sainteny, ami de Martial Rivière, envoyé par le président Vincent Auriol sur les conseils du général Leclerc, ne pouvait être mauvais et qu'il convenait de l'écouter.

— Enfin ! Que de temps perdu !

— Nous devions être certains de votre sincérité.

— En quoi les conditions d'aujourd'hui sont-elles différentes de celles d'hier ?

— Je l'ignore, répondit sèchement Hong. Vous n'aurez qu'à le demander à l'Oncle lui-même.

— Je n'y manquerai pas.

La journée s'écoulait lentement. François somnolait à l'avant du bateau. Bientôt, il ferait nuit. Pour l'heure, le soleil donnait à la mer la couleur de l'or. Hong vint s'asseoir près de lui.

— Là-bas, se trouve la province dans laquelle est né notre président.

— À Vinh ?

— Vous savez cela ?

— Je vous rappelle que votre président était en France

il y a moins de deux ans et que les journaux parisiens ont abondamment cité sa biographie. Vous l'avez déjà rencontré ?

— Non. Peut-être que, grâce à vous, j'aurai cet honneur.

Trois matelots surgirent, énervés, gesticulant, parlant tous en même temps.

— Que racontent-ils ?

Hong était devenue blême.

— Ils disent que trois jonques s'approchent de nous et refusent de se nommer.

— Ce qui signifie ?

— Que ce sont des pirates.

— Depuis mon enfance, j'ai toujours rêvé d'en rencontrer !

— Je crois que vos rêves d'enfant vont se réaliser plus tôt que vous ne le pensiez.

Dans le soleil couchant, les voiles rougeâtres des jonques ressemblaient aux ailes d'énormes vampires prêts à foncer sur leur proie. Un coup de feu claqua ; un des matelots s'effondra, un trou au milieu du front. Un deuxième bascula dans la mer avec un grand cri.

— Donnez-moi une arme ! cria François.

À l'aide de câbles équipés de grappins, les pirates avaient halé le navire et montaient à bord. Tavernier se battit à coups de poing, tentant de protéger Hong. Bousculée, la jeune femme s'affala sur le pont. Un attaquant bondit sur elle, brandissant un coutelas. Un coup de pied de François dévia le coup mortel. L'homme se retourna, un rictus aux lèvres. Ce n'était ni un Vietnamien ni un Chinois ; plutôt un Malais qui arborait pour tout vêtement une sorte de short blanc déchiré et un bandeau qui lui ceignait le front ; sa cartouchière semblait dater du siècle dernier et il portait un fusil Lebel accroché dans le dos.

« Voilà un modèle qui remonte au moins à la conquête », pensa François en envoyant son pied au menton du pirate.

L'homme trébucha, se retint à la voile. Il allait repartir à l'attaque quand il fut stoppé net dans son élan par un poignard lancé avec précision, qui l'atteignit dans la région du cœur. Il s'écroula, l'air stupéfait, entraînant la voile avec lui.

Tavernier se retourna : il n'y avait que Hong.

— Pouvez-vous me rapporter mon poignard ? J'y tiens !

Pour extirper l'arme, il dut desserrer les doigts du Malais.

— Merci, dit-il en la lui restituant.

Mais les pirates, plus nombreux, eurent vite le dessus. Les mains liées derrière le dos, les survivants furent embarqués dans la plus petite des trois jonques. Leur embarcation fut prise en remorque.

Dans la cale régnait une chaleur rendue plus étouffante encore par les relents de pétrole et de saumure qui les prenaient à la gorge. Après leur avoir délié les mains, on leur mit les fers aux pieds. Celui qui avait l'air de commander leur offrit du thé. Après en avoir bu lui-même deux tasses, il demanda :

— Où alliez-vous ?

— Monsieur est journaliste, il rédige une série d'articles sur le littoral vietnamien. Nous pensions nous rendre jusqu'à Haiphong...

— C'est faux, vous êtes de sales Viêt-minh !... Vous avez tué cinq de mes hommes, vous le paierez ! De Saigon, on nous a renseignés sur vous, fit-il en désignant François. Vous êtes chargé d'une mission auprès de Hô Chi Minh. C'est ce qu'on dit dans sa région natale. Nous n'en sommes d'ailleurs pas très éloignés. Quand deviez-vous le rencontrer ?

— J'ignore de quoi vous voulez parler, répliqua Tavernier.

— Vous feriez mieux de répondre maintenant, nous avons des moyens de persuasion très efficaces...

— Je n'en doute pas, mais, si efficaces soient-ils, ils ne pourront pas me faire dire ce que je ne sais pas.

— Voyons, monsieur Tavernier, ne vous obstinez pas !

Il savait son nom. C'était plus sérieux qu'il ne l'avait pensé. Ce devait être aussi l'avis de Hong dont le visage avait pâli.

— Réfléchissez, monsieur Tavernier, nous avons tout le temps. La nuit porte conseil, comme on dit dans votre pays.

Il sortit en emportant la lampe.

— C'est troublant, des ennemis qui s'adressent à vous dans votre langue. Cela a quelque chose de malsain, observa François.

— Pas plus que des ennemis qui vous imposent la leur, riposta Hong.

— Je n'y avais jamais songé..., fit-il d'un ton méditatif.

On longeait la côte. Quelques rares lumières indiquaient çà et là un port ou un village. De temps à autre, on croisait une barque de pêcheurs. Dans la cale sombre, Hong s'était assoupie, la tête appuyée contre François. Les trois autres prisonniers fumaient en silence. Le poids léger de la jeune fille lui rappelait celui de Léa quand elle s'endormait en voiture sur les routes rectilignes de la pampa argentine. Précieux et dérisoire souvenir : le poids d'une tête, le parfum d'une chevelure... Où était-elle ?... Dans sa lettre annonçant la naissance de leur enfant, elle lui disait vouloir le rejoindre. Elle en était bien capable. Il comptait sur Sainteny pour l'en empêcher. Il sourit, incertain de l'efficacité de l'ancien gouverneur d'Indochine... Si Léa avait décidé de venir le retrouver, rien ni personne ne pourrait la faire changer d'avis. Son fils, peut-être... Mais il doutait qu'elle fût plus mère que femme. Comme elle lui manquait ! Quelle folie, aussi, de se lancer dans ce genre d'expédition... Il avait pourtant déjà donné ! L'aventure, le danger, il connaissait... Pauvre type, ce besoin d'ailleurs te perdra ! Il m'a d'ailleurs déjà perdu, à ce qu'on dirait...

Hong bougea, se blottit contre lui. Que c'était doux, une femme... Il s'endormit à son tour en rêvant à Léa.

La lumière crue du jour le réveilla. Par la trappe ouverte, on entrevoyait le ciel blanc de chaleur. Il chercha à lire l'heure à son poignet ; sa montre avait disparu. À tour de rôle, on les fit monter sur le pont pour se soulager. Puis on remit à chacun une boule de riz, un poisson séché et un bol de thé. François apprécia ce petit déjeuner rustique. Restée sur le pont, Hong parlait avec leurs ravisseurs.

— Ils espèrent tirer une grosse rançon de vous, dit-elle, une fois de retour dans la cale, en s'asseyant près de lui.

— Ils se trompent : je ne connais personne qui soit susceptible de payer une rançon pour moi.

— Et votre gouvernement ?

— Je ne suis ici qu'à titre officieux.

— Votre femme ?

— Comment saurait-elle que je suis prisonnier de pirates en mer de Chine ?

— Les nouvelles vont vite, dans nos régions.

— Peut-être, mais de là à parvenir jusqu'en France...

— Et vos amis Rivière ?

— Tout dépend du montant.

— Il faut les prévenir.

— Comment ?

— Laissez-moi faire. À bord, il y a un cousin de mon père. À plusieurs reprises, ce dernier lui a évité la peine de mort. Il est en dette vis-à-vis de ma famille.

— Que comptez-vous faire ?

— D'abord lui demander où nous allons, si nous devons faire escale, et, si oui, d'envoyer un message aux Rivière.

— Vous pensez qu'il le fera ?

— Il n'a pas le choix, dit froidement Hong.

Une journée passa encore. Le surlendemain, ils accostèrent dans un petit port. Pendant plus d'une heure, ils marchèrent le long de sentiers escarpés à travers une végétation dense. Enfin, ils arrivèrent dans un village entouré d'une palissade, aux maisons construites sur pilotis. Hommes et femmes étaient torses nus. Les premiers étaient armés.

À l'aide d'une échelle de bambou, ils montèrent dans ce qui devait être la demeure du chef de village. On leur fit signe de prendre place sur des tapis tressés aux motifs géométriques. Le plateau de thé circula. Alors commença une longue discussion entre les villageois et les pirates.

— Que disent-ils? chuchota François à l'oreille de Hong.

— Je ne comprends pas ce qu'ils racontent, ils parlent un dialecte qui ressemble à celui des Muong, mais ce n'est pas ça. Je crois qu'ils discutent à votre sujet. Le chef ne semble pas d'accord... Il dit que les Français ne sont pas loin.

— Vous prétendiez ne rien comprendre...

— Oui, mais là, il vient de s'exprimer en vietnamien, sans doute pour nous prévenir... Oui, c'est bien cela : il ne veut pas que nous restions ici, il craint des représailles de la part des Français. Les pirates sont bien embêtés...

— *Hong, toi dây*[1], cria le chef des pirates.

La jeune femme se leva et s'approcha.

— *Noi voi thang Tây, dông bao cua no o trong xom nay. Nêu no lam tiêng dông nao hay môt cu chi nghi ngo nao chung tao se ban no ngay. Hiêu chua? May ra noi voi no*[2]!

Hong revint transmettre le message. De la tête, Tavernier fit signe qu'il avait compris.

— Depuis quand les Français sont-ils dans les parages?

— Il y a un poste non loin d'ici. Les soldats achètent du ravitaillement à ces gens-là.

— Votre cousin a-t-il prévenu mes amis?

— Oui.

Un pirate interrompit leur échange :

— *Ông noi gi?... Ông không co quyên noi chuyên. Hay dem nguoi tù di*[3].

On les fit redescendre sans ménagement. De petites chouettes grises passaient et repassaient en rase-mottes. On jeta Tavernier dans une paillote de chaume gris au toit mi-effondré. Il roula sur le sol de terre battue couvert de paille. Son gardien lui tendit une cigarette allumée qu'il fuma avec volupté. Puis il tâtonna dans l'obscurité. Sa

1. Hong, viens ici.
2. Dis au Français que ses compatriotes sont dans le coin. Au moindre bruit, au moindre mouvement suspect, on l'abat. Compris?... Va le lui dire.
3. Que dites-vous?... Vous n'avez pas le droit de converser ensemble! Qu'on emmène les prisonniers!

main rencontra une jarre aux parois humides, il y plongea la main : de l'eau. Dans sa poche, il prit un comprimé de quinine, l'avala et but à longs traits. Il s'allongea et s'endormit presque aussitôt, malgré ses fers.

Des cris, des coups de feu le réveillèrent. Une lumière glauque filtrait à l'intérieur de la paillote. Il écarta les bambous. Des femmes passaient en courant, portant tantôt un enfant, tantôt un cochon noir. L'une d'elles, atteinte entre les omoplates, s'effondra. Un vieillard qui la suivait ramassa le bébé qu'elle serrait toujours dans ses bras. On entendit un crépitement de flammes. Il fallait sortir de là au plus vite. La porte fermée par un gros cadenas était solide. Restait le toit. Tavernier s'attaqua à la partie la plus basse ; il eut bientôt pratiqué une ouverture qui lui permit de se faufiler au dehors. Au moment où il se laissait tomber près du cadavre de la femme, un des pirates fonça sur lui, brandissant un long coutelas. Une première fois, François esquiva le coup ; à la deuxième, une longue estafilade lui lacéra le torse. Le troisième coup allait l'atteindre quand la tête de l'homme éclata. Son corps resta un moment debout, bras levé, avant de s'affaisser lentement.

— Il était temps, je crois.

Devant lui se tenait une sorte de géant au visage barbouillé de suie, vêtu du pyjama noir des *nhà que*, pieds nus et coiffé du chapeau conique.

— Dépêchez-vous avant qu'ils ne se rendent compte que nous ne sommes que cinq !

— Je voudrais bien, mais j'ai du mal à marcher, fit Tavernier en désignant ses chaînes.

— Écartez les jambes.

François eut à peine le temps d'obtempérer : une rafale de mitraillette sectionna les anneaux de fer.

— Tenez, prenez ça.

Tavernier attrapa au vol les deux grenades.

« Il est fou, ce type ! » pensa-t-il.

— Pour les grenades, faites attention, j'ai cisaillé les bouchons-allumeurs. Dès qu'elles touchent terre, elles explosent. Avant, les Viêts disposaient de sept secondes pour nous les relancer; maintenant, elles leur pètent à la gueule.

« Complètement fou!... »

— Une femme était prisonnière avec moi, l'avez-vous vue?

— Vite, là-bas, dans le fourré!

François lança une grenade. Trois corps retombèrent, déchiquetés.

Les habitants étaient regroupés à l'entrée du village, dans une clairière entourée de bosquets de cassias à fleurs rouges. Les enfants et les femmes se tenaient accroupis entre les racines d'un énorme banian. Les hommes étaient gardés par deux soldats vietnamiens accoutrés et barbouillés comme le géant.

— Qu'est-ce qu'on fait d'eux, Vanden?

— Doan, demande-leur qui est le chef.

— Je le connais, je l'ai déjà vu au poste : c'est lui, fit-il en désignant du canon de sa mitraillette l'homme qui avait, la veille, reçu les pirates.

— Demande-lui s'il y avait une femme parmi les prisonniers.

Le chef dut comprendre, car il entama un long monologue dans sa langue.

— Qu'est-ce qu'il chante?

— Que les pirates l'ont emmenée avant l'attaque du village.

— Il ment : personne n'est sorti du village. Précise-lui que nous allons l'abattre s'il ne nous dit pas la vérité.

L'autre fit passer le message, mais le chef de village persista à nier la présence d'une femme.

— Qu'on le tue! s'écria le géant.

— *Không xin ông*[1]!

Une très jeune fille s'était précipitée, mains en avant, entre le chef et l'arme pointée sur lui.

1. Non, pitié!

149

— *No dang o duoi hâm, tôi se dat anh dên nhung dung ban cha tôi*[1].

— Restez là, fit Vanden.

Il prit la fille par le bras et lui fit signe de lui indiquer le chemin. Suivis de Tavernier, ils s'engagèrent dans un étroit sentier, enjambant des lianes nommées harpes-du-diable. De part et d'autre, compacte, la végétation dressait des parois impénétrables. Une forte odeur de menthe accompagnait leurs foulées. La fille écarta des branches de curcuma à fleurs jaunes qui dissimulaient l'entrée d'une grotte. À terre, une bougie de suif achevait de se consumer. À sa faible lueur, ils aperçurent une forme recroquevillée. Bousculant Vanden, François s'accroupit. Hong, les mains croisées sur sa poitrine dénudée, respirait faiblement. Il écarta doucement ses mains.

— Les salauds!

Les seins de la jeune femme n'étaient plus qu'une plaie.

— Aidez-moi à la sortir de là.

Sans un mot, Vanden obéit.

— Partons. Votre camp est loin?

— Cinq kilomètres. Vous comptez l'emmener?

— Oui.

— Elle va retarder notre marche.

— Tant pis, on l'emmène.

Les cinq kilomètres à travers la forêt en parurent cent à François que sa blessure mettait à la torture. Hong geignait doucement. Il faisait grand jour quand ils parvinrent en vue du poste. Tavernier passa très droit la porte, avança encore de quelques pas, puis s'effondra au milieu de la cour.

Quand il se réveilla, il était allongé sur un lit de camp, le torse enveloppé d'un pansement immaculé. Il se redressa. Un homme en blouse blanche se tenait près de lui.

— Ne bougez pas trop, mon vieux. J'ai dû vous recoudre, c'était assez profond.

1. Elle est dans le souterrain. Je vais vous y conduire, mais épargnez mon père.

— Où est Hong?

— Ne vous inquiétez pas pour elle, je l'ai soignée. Les salauds, quelle boucherie! J'ai fait ce que j'ai pu, mais elle en portera toujours les marques.

— Où est-elle?

— Elle dort, je l'ai mise sous morphine, elle souffrait trop.

— Ah, vous voilà réveillé! Je vois que notre toubib vous a bichonné. Le lieutenant va venir vous voir, lança Vanden en faisant irruption dans l'infirmerie.

— L'autre soir, quand vous avez attaqué le village, vous saviez que nous étions là?

— Oui, un des pirates est venu nous avertir. Mais nous étions déjà informés de votre présence dans les parages.

— Comment ça?

— Par le Viêt-minh.

— Le Viêt-minh?... Je ne comprends pas.

— Vous étiez bien en compagnie de membres du Viêt-minh quand les pirates vous ont attaqués?

— En effet.

— Ils ont réussi à faire prévenir les Viêts du maquis. Nous avons intercepté l'un d'eux qui ne s'est pas fait trop prier pour parler. Ils avaient ordre de vous reprendre coûte que coûte. Vous avez l'air pour eux de quelqu'un d'important, monsieur Tavernier.

— Vous connaissez mon nom, mais moi je ne connais pas le vôtre. Comment vous appelez-vous?

— Caporal-chef Vandenberghe.

— Vous êtes belge?

— Mon père était flamand.

— Il vous arrive souvent de combattre déguisé en *nhà quê*?

— Chaque fois que c'est nécessaire. J'ai formé un petit commando qui n'opère que de nuit. Le jour, on est tranquilles. Les Viêts n'attaquent qu'à la nuit tombée. On emploie les mêmes méthodes qu'eux. C'est beaucoup plus efficace.

Tavernier regardait, amusé, ce colosse imberbe au grand nez, au menton volontaire, aux yeux froids.

— Il y a longtemps que vous vous battez?
— Depuis le maquis.
— Vous n'avez jamais été blessé?
— Si, dans les Vosges en 1945, à Chiem Hoa, au Tonkin, en 1947, et au mois de janvier de cette année. Et vous, où étiez-vous pendant la guerre?
— Agent de liaison entre différents maquis, surtout dans le Sud-Ouest, et envoyé par le général de Gaulle en Union soviétique en 1944. En 1945, je suis entré dans Berlin avec les Russes.
— J'aurais bien aimé y être, moi aussi.

Les deux hommes restèrent silencieux, tout à leurs rêves de batailles passées qu'interrompit l'arrivée d'un jeune officier.

— Bonjour, Vandenberghe.
— Bonjour, mon lieutenant.
— Bonjour, monsieur Tavernier. Je suis le lieutenant Saunier. Je suis heureux que mes hommes aient pu vous sortir de ce guêpier.
— Pas autant que moi, mon lieutenant.
— Votre histoire a l'air bien confuse. Pouvez-vous m'expliquer ce qu'un civil comme vous vient faire par ici?
— Tout le monde ayant l'air plus ou moins au courant des raisons de ma présence en Indochine, je puis vous dire que j'étais chargé, à la demande du président Vincent Auriol, d'entrer en contact avec Hô Chi Minh. Des membres du Viêt-minh m'y conduisaient — c'est du moins ce que l'on m'a dit — quand notre bateau a été attaqué par des pirates.
— Avez-vous un ordre de mission?
— Non, cette mission n'a aucun caractère officiel. J'oubliais, j'ai un nom de code.
— Vous voulez que je gobe ça?
— Je reconnais que ce n'est pas facile.
— Je dois en référer à mes supérieurs.
— C'est votre devoir, mais ils vous diront qu'ils n'ont jamais entendu parler de moi, et ils vous donneront l'ordre de m'arrêter.

— Peut-être n'êtes-vous qu'un déserteur qui a rejoint le Viêt-minh ; il y en a quelques-uns...

— Voulez-vous répéter, lieutenant ?

— Un de ces traîtres qui...

Saunier ne put achever sa phrase ; Tavernier, malgré sa blessure, venait de lui lancer son poing sur la figure. L'autre chancela.

— Vous êtes fou !

— Je n'aime pas que l'on me traite de déserteur, encore moins de traître ! Finissons-en : si vous ne me faites pas confiance — et je reconnais que rien ne vous y incite —, livrez-moi à la police militaire ; sinon, laissez-moi partir pour accomplir ma mission.

Saunier considérait Tavernier d'un air embarrassé en se frottant la mâchoire.

— Êtes-vous convaincu, si, par extraordinaire, vous rencontrez Hô Chi Minh, d'aboutir à quelque chose ?

— Je n'en sais trop rien ; le général Leclerc, lui aussi, semblait le croire. Même s'il n'y a qu'une chance infime, elle vaut la peine d'être courue. Cependant, je puis vous assurer que s'il ne tenait qu'à moi, je retournerais bien volontiers en France !

— Au moins, sur ce point, je suis d'accord avec vous... Comment être sûr que...

— Vous ne pouvez être sûr de rien.

— Remettons-le au Viêt-minh. Si on se rend compte que c'est un traître, on le descendra ! suggéra Vandenberghe.

— Vous êtes fou ! s'exclama le lieutenant. Vous savez que je n'aime pas vos méthodes...

— Je le sais, mon lieutenant, mais elles ont l'avantage d'être efficaces.

Saunier haussa les épaules.

— Excusez-moi, mon lieutenant, intervint François, mais l'idée du caporal-chef ne me paraît pas si idiote...

— Ah, vous voyez !

— Taisez-vous, Vandenberghe. Expliquez-vous, Tavernier.

153

— La jeune femme qui m'accompagnait semble avoir des responsabilités au sein du Viêt-minh. Questionnez-la et gardez-la en otage.

— Pouvons-nous l'interroger, docteur?

— Pas avant demain. Avec la dose de morphine que je lui ai administrée, elle va dormir encore plusieurs heures.

Saunier marchait de long en large, fumant avec nervosité. Il s'arrêta devant François, le front plissé, en proie à un profond désarroi.

— Ne connaissez-vous personne en Indochine qui puisse répondre de vous?

François réfléchit; le témoignage des Rivière risquait de paraître suspect aux autorités françaises. Brusquement, un nom lui vint à l'esprit:

— Jean Laurent, de la Banque d'Indochine; lui connaît mon nom de code.

— J'en ai entendu parler. Un de mes oncles était dans la Résistance avec lui. Vous croyez qu'il est actuellement en Indochine?

— Je l'ignore.

— Reposez-vous. On va essayer d'entrer en contact avec lui.

17

En toute autre circonstance, l'arrivée à Saigon aurait constitué une fête, mais, perdue dans cet univers étranger, Léa avait bien du mal à retenir ses larmes. Beaucoup de monde sur le quai : des militaires, des marins, des coolies, des femmes portant des plateaux de victuailles dans des paniers suspendus au bout de balanciers, des enfants courant en tous sens au milieu de ce tohu-bohu, dans les odeurs de vanille, de poisson et de gaz d'échappement.

Elle regarda autour d'elle, s'attendant à voir surgir François. Des hommes vêtus de blanc ou de kaki la frôlaient.

— Madame Tavernier ?

Un jeune Asiatique au costume immaculé s'adressait à elle.

— Oui...

— Je suis Philippe Müller. Mon oncle nous a télégraphié. Vous paraissez étonnée : vous pensiez que je devais ressembler à l'oncle Joseph ?

— Non... je ne saurais vous dire...

— Ma mère, sa sœur, a épousé un riche Chinois de Cholon. Pendant plusieurs années, sa famille a refusé de la recevoir. Puis le temps a passé. J'ai fait mes études à Paris. La guerre m'a empêché de revenir. Dès que cela est devenu possible, je suis reparti. Entre-temps, mon père était mort. Ma mère l'a rejoint l'année de mon retour.

Voilà : vous savez tout de moi. Mon boy s'occupe de vos bagages. Venez, ma voiture n'est pas loin.

Il s'arrêta devant une Rolls resplendissante. Un chauffeur chinois ouvrit la portière.

— Nous allons au *Continental*.

Le somptueux véhicule glissa au milieu de la foule, évitant les innombrables vélos, cyclo-pousse et piétons qui coupaient sans cesse la route.

À la terrasse du *Continental*, c'était l'heure de l'apéritif. La plupart des consommateurs étaient des hommes, tous blancs. Quand la voiture se gara devant l'entrée de l'hôtel, il y eut un brusque silence. Tous contemplèrent avec envie la luxueuse limousine, et ce fut bien pis quand Léa en descendit. Subjugués par sa jeunesse et sa beauté, tous la dévisagèrent sans retenue.

— Les hommes regardent-ils toujours les femmes de cette façon, dans votre pays ? demanda-t-elle à son compagnon.

— Pas toutes les femmes. Mais vous, vous êtes exceptionnellement belle.

Le concierge les accueillit avec les marques d'un profond respect.

— Votre chambre est prête, madame Tavernier. Nous vous souhaitons un bon séjour parmi nous.

— Merci.

— Accepteriez-vous de dîner ce soir avec moi, s'enquit Philippe Müller, ou préférez-vous vous reposer ?

— Je me suis reposée et ennuyée pendant vingt jours ! J'ai grande envie de sortir. J'accepte votre proposition et vous en remercie.

— Je passerai vous prendre à vingt heures. Cela vous convient ?

— Parfait. À tout à l'heure.

La chambre, ornée de beaux bouquets de fleurs, était vaste et fraîche. Sur la table était disposée une grande corbeille de fruits, pour la plupart inconnus de Léa.

Elle ouvrit ses valises, se fit couler un bain dans lequel elle laissa tomber quelques gouttes de parfum.

Enveloppée dans un peignoir d'éponge blanche, les cheveux humides, elle s'allongea sur son lit et alluma une cigarette.

— François, je suis là..., murmura-t-elle avant de s'assoupir.

La sonnerie du téléphone la réveilla. À tâtons, elle décrocha l'appareil.

— Madame Tavernier ? Monsieur Müller vous attend.

Léa fit sensation en traversant le hall du *Continental* dans sa robe-fourreau d'un bleu électrique. En smoking blanc, Philippe Müller l'accueillit :

— Je vous emmène boire un verre au *Sporting*. C'est là que se retrouve le Tout-Saigon. On y apprend les dernières nouvelles de la guerre, les rumeurs, les potins. Pour qui sait voir et écouter, c'est une précieuse source de renseignements. C'est là que j'ai entendu parler de votre mari.

Léa s'agrippa à la manche de sa veste.

— Que me racontez-vous ? Vous avez entendu parler de François et vous ne me le disiez pas ?

— Je l'aurais sans doute oublié si mon oncle, dans une première dépêche, ne m'avait demandé de me renseigner sur lui, ce que j'ai fait. La dernière fois qu'il a été vu, c'était en compagnie d'une femme, dans une rue mal famée de Cholon.

— Mais on ne disparaît pas comme ça !

— En Indochine, la chose est fréquente. Mais je ne désespère pas d'obtenir d'autres renseignements. Avant de venir à Saigon, il s'était rendu à Dalat chez un vieux socialiste, Louis Caput. Je sais même que le jour de son arrivée ici, il a reçu un message de ce dernier.

— Où est-il allé, dans Cholon ?

— On l'a aperçu dans un établissement, *Le Grand Monde*. Je suis en affaires avec le patron. À ma demande, il a mené son enquête. Il a appris que le maître d'hôtel qui s'était occupé de votre mari avait disparu. Par contre, le barman se souvient fort bien que votre mari a bu du whisky avec une première jeune femme, puis du champagne rosé en compagnie d'une deuxième avec laquelle il est parti. Cette fille a également disparu. Il se peut qu'elle ait été enlevée par les *Binh Xuyên*.

— Qu'est-ce que c'est?

— Une société secrète qui travaille tantôt pour le Viêt-minh, tantôt pour les Français. Le chef, Bay Vien, est un ancien bagnard que l'on appelle un peu abusivement le maître de Cholon. C'est un homme cruel, dangereux et... intelligent. Nous sommes censés le voir ce soir. Lui pourra nous dire ce qu'est devenu votre mari. Nous voici arrivés au *Sporting*.

Dans la foule qui se pressait au bar, des correspondants de presse étrangers, des soldats français, de vieux coloniaux, mais pas d'Asiatiques hormis les serveurs. L'entrée de Léa fut accueillie par des sifflements admiratifs.

Un boy les guida :

— Monsieur Müller, mademoiselle, par ici...

Philippe commanda une bouteille de champagne.

— Müller, mon vieux, présente-moi mademoiselle...

— Bonjour, Adriani. Tu viens boire chez la concurrence? Madame, je vous présente monsieur Adriani, une des hautes figures de Saigon, propriétaire de la *Croix du Sud* et du *Mirador*. Madame Tavernier...

Adriani baisa cérémonieusement la main de Léa.

— Bienvenue, madame, dans notre bonne ville de Saigon. Si je puis me permettre, vous devriez mieux choisir vos relations. Müller n'est pas quelqu'un de très convenable.

— Tandis que vous, monsieur Adriani, vous l'êtes?

Le Corse éclata d'un grand rire.

— Voilà une femme comme je les aime! Que diable êtes-vous venue faire dans ces parages?

— Madame Tavernier est venue rejoindre son mari.

— Il a bien de la chance! Au plaisir de vous revoir, chère madame.

Son verre à la main, Léa regardait autour d'elle avec curiosité.

— Qui sont tous ces gens?

— Là-bas, ce grand type qui s'ébroue, c'est Lucien

158

Bodard, le correspondant de *France-Soir*, et sa bande : Max Olivier, de l'AFP, Jenkins, de l'agence Reuter... Je ne connais pas les autres. Ils passent pour être mieux informés que le haut-commandement sur les déplacements viêt-minh.

— Peut-être sauraient-ils, pour François ?

— J'y ai songé, mais Jenkins, que je connais quelque peu, n'a jamais entendu prononcer le nom de votre mari.

— Avez-vous une cigarette ? J'ai oublié les miennes...

— Que fumez-vous ?

— Des Philip Morris.

— Comme le président Hô Chi Minh, dit-on...

Léa avala avec volupté la fumée de sa cigarette. Son fin visage rejeté en arrière, ses yeux mi-clos donnaient l'impression qu'elle était offerte.

— Vous êtes très belle, balbutia Müller.

Elle eut ce rire de gorge qui subjuguait tant les hommes.

Son regard croisa celui de son compagnon et ce qu'elle y lut la fit sourire.

— J'ai faim, dit-elle.

— J'ai réservé une table dans le meilleur restaurant de la ville, le *Palais de Jade*. Vous aimez la cuisine chinoise ?

18

Philippe Müller était si occupé à regarder manger Léa, qui manifestait son plaisir à petits soupirs satisfaits, que lui-même toucha à peine au somptueux repas.

— Je n'en peux plus, fit-elle en reposant ses baguettes.

Les serveurs s'empressèrent, lui présentant des serviettes parfumées, de petites tasses d'alcool de riz.

— Il y a bien longtemps que je n'ai fait pareil festin.

— Pourtant, la cuisine française reste la meilleure du monde ?

— Oui, sauf en période de restrictions ! La guerre est finie, mais rien n'est encore redevenu normal. Ici, quand je vois cette abondance, j'ai du mal à imaginer que c'est aussi la guerre.

— Vous savez, c'est comme en France au temps de l'Occupation : le marché noir est très prospère.

— Vous m'avez dit que nous devions rencontrer quelqu'un qui pourrait nous donner des nouvelles de mon mari.

— Oui : Bay Vien. Soyez sûre qu'il est au courant de notre présence ici. Il se montrera quand il le jugera bon. Attendons, à moins que vous ne préfériez aller au *Grand Monde*, le cadeau empoisonné de l'amiral d'Argenlieu à Saigon ?

— De quel cadeau parlez-vous ?

— Peu avant son départ, l'amiral a autorisé l'ouverture

d'un complexe de jeux et de trafics en tous genres, à l'image du *Grand Monde* de Shanghai. Ici comme là-bas, ce sont les Chinois de Macao qui contrôlent tout. Vous ne trouvez pas curieux qu'un moine, compagnon de la Libération, en uniforme d'officier de marine, donne sa bénédiction à une entreprise de perdition?

— Peut-être ne savait-il pas de quoi il retournait?

— L'amiral? Vous voulez rire! Il était parfaitement informé. La redevance quotidienne du *Grand Monde* rapportait deux cent mille piastres au Haut-Commissariat. De surcroît, il y a vu un moyen d'être tenu au courant des perversions de chacun...

— J'ai hâte d'aller visiter cet antre du vice... Mais qui est ce Bay Vien?

— Ce serait bien long à vous expliquer. Il est né au début du siècle à Cholon, le quartier chinois de Saigon, où nous sommes. Son père, un métis chinois, était lui-même un chef important de la pègre, le patriarche d'une société secrète, Nghia Hoa, ce qui veut dire « Justice et Concorde ». On le disait équitable et valeureux. À l'âge de seize ans, le fils a abandonné sa famille. Il a vécu de vols, d'extorsions de fonds, fait quelques mois de prison, puis a repris ses « affaires ». À la tête d'une petite bande, il assurait la « protection » de compagnies d'autocars, prélevait des taxes sur les jeux, les combats de coqs. Il avait des participations dans des cabarets, des restaurants, des distilleries clandestines, et même dans une société de taxis. Il a mené grand train jusqu'en 1936, date à laquelle il a été arrêté pour attaque à main armée. Condamné à douze ans de prison et envoyé au bagne de Poulo Condore, il a réussi à s'évader en 1940 à sa cinquième tentative. Arrêté une nouvelle fois et emprisonné à Saigon, il a été libéré par les Japonais en 1945. Depuis lors, il a connu une ascension fulgurante. Avec les évadés, les brigands de Binh Xuyên, il a rejoint le Viêt-minh et a combattu contre les hommes du général Leclerc. En 1946, il a été élu commandant en chef des forces Binh Xuyên, sous les ordres du terrible Nguyên Binh. Mais les relations entre les communistes purs et durs du Viêt-minh et ces hors-la-loi sont des plus mauvaises... Bay Vien, de son vrai nom Lê Van Vien, qui règne à présent sur Cholon, a de plus en plus de mal à supporter l'autorité de Nguyên Binh. Jusqu'ici, son appartenance à des sociétés secrètes l'a protégé. On murmure à Saigon qu'il serait sur le point de s'allier aux Français...

— Drôle de bonhomme! À la façon dont vous en parlez, on dirait que vous ne manquez pas d'admiration pour lui.

— Vous savez, on n'est pas un jeune Chinois de Cholon, même métis, sans éprouver en effet une certaine admiration pour ce genre d'aventurier.

— Un aventurier? Un bandit, vous voulez dire! Encore heureux qu'il n'ait assassiné personne...

— Cela n'a jamais été prouvé, mais on le soupçonne d'une dizaine de meurtres, précisa Philippe d'une voix suave.

— Rien que ça! Et c'est le genre d'homme que vous voulez me faire rencontrer?

— Oui, car c'est le seul qui puisse vous venir en aide.

— Si vous le dites..., soupira Léa.

— Nous pouvons y aller quand vous voulez.

— Eh bien, en route! Ce n'est pas la première fois que j'irai me jeter dans la gueule du loup!

La nuit chaude les enveloppa. Léa prit le bras de son compagnon.

— Si ce n'est pas trop loin, je préfère marcher.

— Comme vous voudrez; la voiture nous suivra.

La rue des Marins grouillait de monde et c'était encore bien pis devant l'entrée des établissements de jeux ou des dancings comme l'*Arc-en-ciel*, le *Kim Son*, le *Van Cam* ou le *Grand Monde*. On se bousculait devant les portes laquées. Des gardes armés en short, chemise et chaussettes blanches assuraient l'ordre. De petits grooms, des taxi-girls hélaient le client. On connaissait Philippe Müller, on lui ouvrit un chemin à travers la multitude. Léa regardait, fascinée, cette cohue bigarrée, brillante ou misérable, qui déambulait devant des échoppes où tout ce qui pouvait se vendre était proposé.

Les foires du Moyen Âge devaient ressembler à ce genre de spectacle, se dit Léa. Il y avait de tout : des jongleurs, des marchands de soupe ambulants, des mendiants, de petits enfants nus, des filles superbes, des vieilles aux dents laquées, des militaires, des marins, des chiens, des oiseaux dans des cages, des vendeurs de porte-bonheur, de thé, de journaux, de livres, de cartes postales, de montres, de bijoux, d'innombrables tables de jeu peintes en vert, des théâtres de marionnettes, deux cinémas qui ne jouaient que des westerns et des films chinois, des rings, des fanfares. La « cour aux tables populaires » était séparée par un grand mur du cabaret, un somptueux dancing doté d'une piste de danse unique au monde : cent mètres sur trente de parquet posé sur ressorts ! Des filles magnifiques, vêtues de soie, ondulaient au rythme de l'orchestre de Guy Paquinet en smoking blanc, un œillet rouge à la boutonnière. De là, on pouvait gagner directement la salle des « jeux français » : chemin de fer, baccara, roulette, multicolore. Au fond de la grande cour, loin du bruit des tables populaires, se trouvait le club privé, un pavillon de bois à l'épreuve des balles : le bois précieux cachait le béton, les cloisons étaient de verre blindé opaque. C'était le territoire des gros joueurs de Cholon, banquiers, armateurs, riches négociants. Rares étaient les Blancs qui s'y risquaient : on y jouait trop gros, gains et pertes s'y chiffraient en dizaines de millions.

Sans le savoir, Léa faisait le même parcours que François...

Un Chinois aux larges épaules, dégageant une impression de force et de souplesse dans son impeccable smoking blanc, s'avança vers eux. De près, l'impression de puissance qu'il dégageait était encore plus grande. Sous ses épais sourcils, ses yeux très noirs, à peine obliques, dévisagèrent Léa.

— *Ba co phai la Ba Tavernier không*[1]? fit-il en s'inclinant.

— Madame, je vous présente Bay Vien, dit Philippe. Il ne parle pas français, je traduirai.

— Bonjour, monsieur. Vous pourriez, paraît-il, me donner des nouvelles de mon mari?

— Vous êtes trop impatiente... C'est un trait bien français. Ici, vous êtes en Asie et les choses ne se passent pas de la même façon.

— Sans doute, mais je suis sûre qu'une femme, qu'elle soit vietnamienne ou française, est aussi impatiente de savoir ce que son époux est devenu. Ne croyez-vous pas?

Bay Vien la regarda d'un air songeur, vaguement ironique. Il passa sa main dans ses cheveux drus, rejetant en arrière sa tête au front large et haut.

— Les femmes vietnamiennes et françaises ont alors au moins une chose en commun. Venez vous asseoir, je vais vous dire tout ce que je sais.

Ils s'installèrent à une table écartée. Bay Vien commanda du champagne. Quand ils furent servis, il parla; Philippe traduisait au fur et à mesure.

— Votre mari est venu ici. Il est reparti en compagnie d'une taxi-girl du nom de Rose. Cette fille travaille pour le Viêt-minh et nous savons que votre époux cherchait à rencontrer le président Hô Chi Minh. Il se peut que cette fille ait été chargée de le conduire jusqu'à lui. Il a été mené à bord d'une jonque qui s'est dirigée vers le nord. En pleine mer, les passagers ont changé de bateau. Monsieur Tavernier était parmi eux. La suite est plus confuse. Des pêcheurs auraient trouvé une embarcation à demi incendiée dans laquelle il y avait un mort. D'autres pêcheurs auraient recueilli des marins dont la barque avait chaviré. D'autres encore prétendent que des bandits auraient attaqué une jonque au large des côtes. Je fais rechercher les marins pour les interroger.

— Pourquoi faites-vous tout cela?

1. Madame Tavernier, je suppose?

164

— Pour être agréable à mon ami Philippe Müller et à une jolie femme.

— D'après vous, quelle est la version la plus vraisemblable ?

— Toutes le sont. Votre mari a pu être enlevé par des bandits qui vont réclamer une rançon, ce qui arrive fréquemment en mer de Chine. Ou bien le Viêt-minh l'a fait enlever, craignant une trahison.

Une ravissante Chinoise se pencha à l'oreille de Bay Vien et lui chuchota quelques mots.

— *Noi voi no toi dây* [1], répondit le maître de Cholon.

Un jeune homme, plutôt grand pour un Vietnamien, très beau, l'air insolent, s'approcha de leur table.

— Je vous présente un de mes lieutenants : Kien Rivière.

— Rivière ? murmura Léa.

— Oui, madame. C'est le fils de cet ami de votre mari qui est mort récemment à Hanoi.

— En effet. Vous êtes le cadet... Bonsoir, monsieur. Que savez-vous au sujet de François ?

— Il a bien été enlevé par des bandits qui détiennent également trois membres importants du Viêt-minh. Celui-ci négocie leur rachat, qui ne présentera pas trop de difficultés. Par contre, c'est plus compliqué pour ce qui concerne François. Les bandits ne parviennent pas à se mettre d'accord sur le montant de la rançon.

— Ce n'est pas bien grave, rajoute cent mille piastres, lâcha Bay Vien.

— Ce ne serait pas grave s'il ne se trouvait entre les mains de Pham Van Tac. Vous le connaissez, il est complètement fou. Il ne veut négocier qu'avec le haut-commissaire en personne !

— Il a déjà eu des contacts ?

— Non.

— Il ne faut pas qu'il en ait. Peux-tu entrer rapidement en rapport avec lui ?

1. Qu'il vienne.

— Oui, mon bateau est amarré dans une crique de la baie de Ha Long, voisine de la sienne.

— Pars dès ce soir. Mon avion est prêt à décoller. Le pilote te déposera à Haiphong.

— Je viens avec vous! s'écria Léa.

— Ce n'est pas possible, c'est beaucoup trop dangereux! intervint Philippe.

— Ça m'est égal. Je pars, ou je vais tout raconter au haut-commissaire!

— C'est imprudent, ce que vous dites là, chère madame. Ici, si l'on veut rester longtemps en vie, il faut mesurer ses moindres paroles, dit Bay Vien. Mais si notre ami Kien accepte de se charger de vous, je n'y vois pas d'inconvénient.

— C'est de la pure folie, je ne puis accepter! Madame Tavernier m'a été confiée par mon oncle, je suis responsable de sa sécurité.

— Cher Philippe, dit Léa avec une ferme douceur, je vous remercie de votre sollicitude, mais je sais ce que je dois faire. Ma décision est prise, rien ne m'y fera renoncer. Avant tout, je dois passer à l'hôtel pour me changer.

Bay Vien se leva.

— Je souhaite plein succès à votre entreprise. Je compte sur toi, Kien, pour me tenir au courant. N'oublie pas qu'il y va de notre réputation. Montre-toi inflexible. Tu as tout ce qu'il te faut?

— Pas de problème.

— Monsieur Müller, raccompagnez Mme Tavernier au *Continental* et conduisez-la à l'aéroport.

Désemparé, Philippe acquiesça.

— Madame, j'espère avoir le plaisir de vous revoir prochainement.

— Merci, monsieur. Moi aussi.

À l'hôtel, Léa prépara un sac léger, enfila un pantalon, un pull-over de coton noir et des sandales.

Ainsi, elle est encore plus belle, songea Philippe en s'emparant du sac.

— Vous tenez toujours à partir? lui demanda-t-il.

— Plus que jamais! Ne vous inquiétez pas. Tout ira bien.

Le moteur du petit avion tournait déjà quand ils parvinrent à l'aéroport. Kien Rivière attendait Léa au bas de la passerelle.

— Notre voyage va être agréable, le temps est magnifique.

— Merci pour tout, Philippe. Dès que cela me sera possible, je vous ferai signe.

Philippe Müller continua de scruter le ciel sombre et étoilé longtemps après que l'avion eut décollé.

À bord, le bruit ne permettait pas d'échanger la moindre parole. Léa grelottait dans son mince vêtement. Kien lui tendit une couverture à l'odeur repoussante, mais dont la chaleur fut la bienvenue. Léa s'endormit le front appuyé contre le dos de son compagnon.

Le jour se levait quand ils atterrirent à Haiphong. Une voiture les attendait et les conduisit au port. Là, ce n'étaient que décombres, carcasses rouillées, immondices.

— Voilà l'œuvre des Français, lança Kien en désignant les ruines d'un ample geste.

— *Ông muôn môt tô pho không*[1]? demanda une gamine portant sur son épaule un balancier à chaque extrémité duquel pendaient des marmites fumantes et des bols.

— *Vâng, hai tô*[2].

La petite s'accroupit, posa son fardeau et remplit les bols de soupe avec précision.

— Ça sent bon, fit Léa.

Kien s'accroupit près de la marchande pour manger. Léa l'imita. Non seulement la soupe sentait bon, mais elle était savoureuse.

— J'en reprendrais bien un peu, dit-elle en tendant son bol.

1. Un bol de soupe, monsieur.
2. Oui, deux.

Avec un joli rire, la fille le remplit à nouveau.

Rassasiée, Léa se releva en grimaçant.

— Ce n'est pas très confortable, comme position!

— Vous vous y ferez. Au contraire, elle permet de bien se détendre.

— Je ne demande qu'à vous croire, je préfère tout de même un bon fauteuil!

— Venez, notre bateau est prêt à partir.

Il l'aida à monter à bord. Assise à la proue, ses bras entourant ses genoux, elle regarda surgir devant elle le panorama unique de la baie de Ha Long dont François lui avait parlé avec émotion.

« Tu espérais tant me faire découvrir cet endroit, mon amour, et m'y voici sans toi, à ta recherche... »

Une brume légère flottait sur la mer, s'accrochant aux sommets des écueils sortant de l'eau. À bord de jonques aux voiles repliées, des pêcheurs saluaient de la main; des enfants plongeaient, faisaient quelques instants la course avec le bateau. Une embarcation chargée de fruits et de victuailles diverses s'approcha. Kien acheta une pastèque, quelques papayes, des gâteaux enveloppés dans des feuilles de bananier, ainsi qu'un chapeau conique qu'il posa sur la tête de Léa. Ainsi coiffée, elle avait tout l'air d'une jeune Vietnamienne.

— Voilà qui vous abritera du soleil et de la pluie. Nous arrivons près de la crique où est amarrée ma jonque.

— Alors, nous ne sommes pas loin de l'endroit où se trouve François?

— En effet, nous n'en sommes pas très éloignés. Je vous demande une chose : quoi qu'il advienne, n'intervenez pas, vous risqueriez de tout compromettre et de vous retrouver prisonnière à votre tour. Les femmes blanches s'échangent beaucoup plus cher que les hommes blancs, à moins que les brigands ne les gardent pour leur usage personnel...

— Vous dites cela pour me faire peur!

— Non. Maintenant, silence : nous approchons.

19

Voiles abaissées, une jonque à la peinture écaillée se balançait dans la crique. Un matelot borgne tendit la main à Kien Rivière qui sauta sur le pont.

« On se croirait dans un roman de Claude Farrère ou de Jean d'Esme, il ne lui manque qu'une jambe de bois », pensa Léa.

— Patron, je suis content de vous voir. On commençait à se rouiller, à bord !

— Moi aussi, mon vieux Dragon, je suis heureux d'être là. Tout est en ordre ? Tu as embarqué ce que j'avais demandé : nourriture, armes ?

— Tout est en ordre, patron, prêt à appareiller.

— Très bien. Installe cette dame dans ma cabine, et veille à ce qu'elle ne manque de rien.

— Elle va rester avec nous ?

— Oui. Tu as quelque chose à y redire ?

— Non, capitaine, mais une femme à bord, ce n'est jamais bon. C'est toujours une source d'emmerdements.

— Arrête, vieux misogyne ! Elle est ici à la demande de Bay Vien.

Ce nom eut un effet magique. Le borgne s'empressa de prendre le sac de Léa.

— Par ici, madame...

Léa s'arrêta au bas des marches, saisie par le contraste entre l'aspect extérieur du bateau, sale et délabré, et l'intérieur qu'elle découvrait. Des paravents chinois ornaient les cloisons de la coursive où d'épais tapis étouffaient les pas. Des lampes coiffées de soie rouge se balançaient mollement, dispensant des lueurs d'incendie.

« On se croirait aux portes de l'enfer », songea Léa, théâtrale.

Une cloison glissa silencieusement sur un rail. La pièce dans laquelle pénétra la jeune femme ressemblait à une caverne d'Ali Baba. Partout une profusion de tapis, de tentures de soie brodée, de meubles incrustés de nacre et de pierreries, de coffres que l'on imaginait remplis de joyaux et de vaisselle d'or. Face à face, un haut lit sculpté de bois sombre, recouvert de coussins précieux, et un bouddha aux yeux clos, au visage d'une étonnante mansuétude. Autour de lui brûlaient des bâtonnets d'encens. De chaque côté du lit, des tables basses sur lesquelles on avait posé des plateaux garnis de fruits et de victuailles. Dans un seau d'argent, une bouteille de champagne rafraîchissait. Léa revit l'étrange appartement où elle rejoignait François pendant la guerre; le champagne non plus n'y était pas oublié... Elle eut un bref sanglot.

Le matelot la reluquait si intensément de son œil unique que Léa en fut exaspérée.

— Qu'attendez-vous? Posez mes bagages.

Sans cesser de la dévorer du regard, il obéit.

— Merci. Je n'ai plus besoin de vous.

Il ne s'en allait toujours pas.

— Vous êtes belle... Le patron a bien de la chance!

« Pauvre bougre! pensa-t-elle. Avec ta tête, tu ne dois pas en avoir beaucoup. »

— Eh bien, Dragon, qu'est-ce que tu fous? Monte sur le pont et donne l'ordre d'appareiller. Il ne vous a pas importunée, au moins?

— Non, merci. C'est un endroit somptueux...

— Considérez-vous ici comme chez vous. Si vous voulez prendre un bain, c'est par là...

— Avec grand plaisir. Avez-vous appris quelque chose au sujet de François?

— Oui, Pham Van Tac l'a conduit sur le continent. Mes informateurs essaient de savoir dans quel village il a été emmené.

— Qu'allons-nous faire?

— Attendre.

— Attendre! Mais je ne veux pas attendre, si près du but!

— Nous n'avons pas le choix, et nous ne savons d'ailleurs pas si nous sommes près du but. Chez nous, l'avenir est incertain. Celui qui est ici, où sera-t-il demain? Je vais profiter de ce temps mort pour vous montrer la baie de Ha Long. Mon père et François aimaient beaucoup cet endroit. Pour moi, c'est un lieu où je me sens libre, protégé par le Dragon qui sommeille au fond de l'eau. Je vous montrerai des aspects de la baie que même votre mari ne connaît pas, des grottes où depuis plus de mille ans se réunissent tous les brigands et où sont enterrés les plus valeureux, des plages vierges abritées des regards, des criques insoupçonnées où l'eau est plus transparente que le verre...

— Fort bien, mais est-ce que cela durera longtemps? l'interrompit-elle non sans impatience... Il parlait de cet endroit avec le même émerveillement que François.

Quoi, il mettait tous ses trésors à ses pieds, et voilà tout le cas qu'elle en faisait!

— Ça durera le temps qu'il faudra, lâcha-t-il d'un ton brusque et méprisant. Changez-vous. Vous avez dans ces coffres des robes comme vous n'en avez jamais vu.

Seule, Léa frissonna. L'air mauvais du jeune homme lui avait fait peur. Le bateau s'était mis à vibrer. Doucement, la côte s'éloignait. Un sentiment de panique l'envahit. Que faisait-elle ici avec ce garçon inquiétant et ces marins à la mine patibulaire? Philippe Müller avait raison, c'était de la folie!

Surtout, ne pas céder à la panique. Commencer par amadouer Kien Rivière, le rassurer, le faire parler.

Tout en réfléchissant, Léa se déshabillait. Derrière une tenture, Kien ne perdait de vue aucun de ses gestes.

171

Quand elle fut nue, il eut un élan qu'il réprima. Dans son mouvement, il heurta la cloison. Léa tressaillit et empoigna la première étoffe venue. La soie dans laquelle elle s'enveloppa était douce et fraîche. Regardant tout autour d'elle, l'oreille tendue, elle s'évertua à deviner d'où était venu le bruit. Il ne se reproduisit pas. Léa laissa retomber l'étoffe.

La salle de bains était d'un luxe étonnant : la robinetterie d'or, la baignoire en mosaïque dorée et émeraude, le linge d'une blancheur parfaite ; sur les étagères, des flacons de parfums et d'huiles de prix. Elle ouvrit les robinets, releva ses cheveux tout en se contemplant dans le haut miroir. Elle sourit à son image. Son corps avait retrouvé sa sveltesse, ses seins plus lourds accusaient la minceur de sa taille. Leurs pointes durcies lui faisaient presque mal. Les petites lèvres d'Adrien savaient apaiser cette douleur-là.

« Mon petit garçon, comme tu me manques !... »

La jeune femme haussa les épaules : ce n'était pas le moment de s'attendrir. Elle avait choisi, rien ne l'empêcherait d'aller jusqu'au bout de son entreprise, de ramener le père de son fils. Essuyant avec rage une larme, elle se glissa dans l'eau, prit un flacon de chez Guerlain et en versa quelques gouttes. L'air s'emplit d'une odeur de mousse et de rose. Peu à peu, son corps se détendit, des souvenirs heureux lui revinrent.

Quand elle sortit du bain, l'eau était presque froide ; elle avait dû s'assoupir. Emmitouflée dans un peignoir, elle regagna la pièce, en quête des parures dont Kien lui avait parlé. Dans le premier coffre, il y avait des chaussures de feutre brodé ; dans le deuxième, des coiffures garnies de longs rubans ; dans le troisième et le quatrième, enfin, les robes promises. C'était un chatoiement de couleurs toutes plus seyantes les unes que les autres. Léa les étala autour d'elle, incapable de se décider.

— Voulez-vous que je vous aide ?

Kien était rentré sans qu'elle l'entendît, absorbée qu'elle était dans sa contemplation. Lui-même portait une somptueuse robe de mandarin.

— Elles sont toutes splendides, je ne sais laquelle choisir.

— Mettez celle de couleur ivoire, ses broderies sont d'une grande finesse.

— Si vous voulez. Laissez-moi, je vous prie.

Il s'inclina et sortit aussitôt.

Le modèle semblait avoir été conçu pour elle. C'était une robe chinoise à col montant, largement fendue sur le côté. Elle prit de longues épingles piquées sur un coussin et s'en servit pour maintenir ses cheveux haut relevés. Elle ressemblait ainsi à une princesse orientale. On frappa.

— Entrez.

Un jeune garçon vêtu de blanc apporta un lourd plateau.

— Le capitaine demande s'il peut venir vous rejoindre.

— Qu'il vienne, fit-elle non sans emphase.

Quelques instants plus tard, Kien était à nouveau devant elle. Dans sa robe mandarinale, sa beauté paraissait encore plus ambiguë. Sa bouche aux lèvres gonflées ressemblait à celle d'une femme, ses yeux bordés de cils interminables avaient l'air fardés. Ses mains longues et fortes où brillaient quelques bagues se tendaient vers elle. Troublée, Léa recula.

— Je vous fais peur?

Non, fit-elle de la tête, surprise du désir qu'elle sentait monter en elle. Elle s'assit à distance, sur un haut fauteuil. Quand Kien alla prendre la bouteille de champagne, sa robe effleura le genou de Léa. Elle tressaillit de la tête aux pieds, envahie par une langueur qui la laissa sans forces.

« Pourvu qu'il ne remarque rien », se dit-elle en prenant la coupe qu'il lui offrait. Elle la but d'un trait. Attentif, il la resservit.

— Avez-vous une cigarette?

— Oui, fit-il en lui présentant un étui en or. Ce sont des Philip Morris. Ce sont bien celles que vous fumez?

— Oui, murmura-t-elle.

Elle ferma les yeux en allumant sa cigarette à la flamme qu'il lui tendait à présent. Tous deux fumèrent quelques instants en silence.

— Appréciez-vous la musique chinoise?

— Je ne connais pas.

Il remonta un phono qu'elle n'avait pas remarqué jusque-là. Une voix féminine envahit la pièce.

— C'est une des plus grandes chanteuses de Chine. Vous aimez?

Léa n'arrivait pas à trouver de la beauté à cette voix qu'elle jugeait nasillarde, non plus qu'aux sonorités bizarres qui l'accompagnaient.

— Vous aimez? redemanda-t-il quand le disque se fut arrêté.

— Pas tellement...

— Ça ne m'étonne pas. Vous autres Blancs êtes incapables d'apprécier une telle musique. Vous êtes des barbares.

Mais, pour qui se prenait-il?

— Et vous, êtes-vous seulement capable d'apprécier Mozart, Bach, Chopin?

— Vous oubliez que je suis à moitié blanc!

C'est vrai, elle avait négligé ce détail. Mais il était si peu européen...

— Dans ce cas, j'écouterais bien du Mozart.

Les premières mesures de la *Symphonie Jupiter* envahirent le bateau. Léa, les yeux fermés, se laissa emporter. Elle était à Montillac, dans le bureau de son père, écoutant, blottie contre lui. Elle ne chercha pas à empêcher ses larmes de couler.

Kien la regardait. Pour la première fois, il éprouvait le besoin de protéger un être, de lui prodiguer de la douceur. Comme elle paraissait fragile! Comment Tavernier avait-il pu abandonner une telle femme? Lui, il aurait su la protéger, la rendre heureuse. Il se découvrait une grandeur d'âme, un désir neuf de se dévouer. Il s'accroupit et lui prit les mains. Elle le laissa faire.

— Ne pleurez pas, je vous aiderai. S'il le faut, je me battrai contre Pham Van Tac et j'enlèverai François.

À travers ses cils baissés, Léa regardait ce beau jeune homme qui essayait de la consoler. Ce qu'elle ressentait était étrange : il l'effrayait et l'attirait tout à la fois; il aurait suffi d'un rien pour qu'elle lui fasse confiance mais, en même temps, il émanait de lui quelque chose de violent, de cruel et de pervers. La violence, Léa connaissait, mais la cruauté et la perversité lui étaient étrangères. On frappa à la porte.

— Venez, le repas est servi.

Elle se leva, essuyant ses yeux du bout des doigts. Sur une table recouverte de tissus précieux, le jeune garçon disposait des plats d'or et d'argent.

— Voulez-vous continuer au champagne ou au vin?

— Au champagne, s'il vous plaît.

— Il n'y a que des produits de la mer, j'espère que vous aimerez?

Malgré son angoisse, Léa les apprécia et fit honneur au dîner.

— Vous avez un chef remarquable.

— Oui, vous le connaissez, c'est Dragon.

— Dragon? fit-elle en reposant ses baguettes qui enserraient une crevette enrobée d'une sauce parfumée et pimentée.

— Il était autrefois chef cuisinier à bord d'un paquebot français. Après une escale à Haiphong, il a décidé de rester en Indochine. Il y a créé un restaurant qui est vite devenu en vogue, mais son goût du jeu l'a perdu. Ses créanciers l'ont vendu à un bandit célèbre auquel je l'ai racheté il y a quelques mois. Au cours d'une attaque, il m'a sauvé la vie. Je lui ai alors rendu sa liberté, mais il a préféré rester avec moi. Vous pouvez manger sans crainte. Il ne sert que des produits de première fraîcheur.

Rassurée, Léa goûta de chaque plat et but en abondance.

— J'ai reçu des disques de Paris. Que voulez-vous entendre? Charles Trenet, Édith Piaf, Georges Ulmer, Line Renaud...

— Charles Trenet.

La voix du chanteur préféré de son adolescence s'éleva :

> *Revoir Paris*
> *Un petit séjour d'un mois*

Revoir Paris
Et me retrouver chez moi
Seul sous la pluie
Parmi la foule des grands boulevards
Quelle joie inouïe
D'aller ainsi au hasard...

Les larmes de Léa recommencèrent à couler.

— Je ne connaissais pas cette chanson, dit-elle avec une intonation de petite fille.

— Elle vient d'être enregistrée. Pardonnez-moi, je ne voulais pas vous faire de la peine.

— Ce n'est rien, mais d'entendre chanter Paris, si loin de la France...

— Je comprends... Venez vous allonger.

Docile, Léa se laissa conduire vers la haute couche sur laquelle elle s'étendit. Kien glissa sous sa tête un court oreiller rond. Sur un plateau, près du lit, se trouvait un attirail de fumeur : de longues pipes, une lampe à mèche allumée, une sorte de couteau, de fins stylets d'acier, des pots de faïence, d'ivoire et divers petits instruments. Kien prit une pipe d'argent au fourneau de porcelaine blanche.

— Regardez comme elle est belle ! Elle est très ancienne et précieuse. Son tuyau est mince pour que la pipe ne soit pas trop lourde aux mains du fumeur. Tout du long, l'artiste a gravé de merveilleuses chinoiseries. Enroulés, voici des hommes et des femmes : les hommes sont des laboureurs ou des pirates, courtois et impassibles ; les femmes, des filles de Pak-Hoi, de Nau-Chau ou de Hainan ; leur peau douce luit comme un satin couleur d'ambre. Là, le nœud est une saillie d'argent massif ciselée en forme de rat.

— Oui, elle est très belle, dit Léa en réprimant un bâillement.

Kien ouvrit l'un des pots où il plongea la pointe d'un stylet. Il en retira une large goutte d'une sorte de liquide qui ressemblait à du miel et la fit chauffer à la flamme de la lampe : elle se boursoufla, se tordit jusqu'à devenir une bulle sphérique; il la roula sur la plate-forme de la lampe pour lui donner une forme conique qu'il introduisit dans le fourneau de porcelaine. Allongé près de Léa, le plateau entre eux deux, il approcha le fourneau retourné au-dessus du verre de la lampe, aspira lentement, profondément, puis tendit la pipe à Léa. Elle trouva fade cette première bouffée.

— C'est de l'opium? Cela n'a aucun goût, je préfère le tabac.

— Ne soyez pas impatiente, fumez.

Après la troisième pipe, elle éprouva une sorte d'apaisement, de détente heureuse; elle avait l'impression de flotter dans un bain glacé qui délassait son corps : en elle coulait une eau de source qui l'éblouissait. Les sons s'amplifiaient : le clapotis le long de la coque de la jonque, le froissement d'une étoffe, le crissement d'un insecte, un simple chuchotement...

À la sixième pipe, elle quitta son corps, survola les mers, les montagnes, les déserts, les villes, et rejoignit François qui lui tendait les bras. Près de lui, un tout petit enfant la regardait. Ses mains lâchèrent la pipe.

— François, murmura-t-elle en s'endormant.

Kien la recouvrit d'une légère couverture. Longtemps il la contempla à la lueur de la lampe, heureux de la voir plongée dans ce sommeil qui lui apportait l'oubli. Puis il fuma à son tour quelques pipes et s'endormit apaisé, une main posée sur elle.

La migraine encerclait la tête de Léa. La bouche pâteuse, elle avala difficilement sa salive et se redressa. Près d'elle, Kien avait l'air d'un gamin boudeur. Que faisaient-ils si près l'un de l'autre? Elle essaya de se souvenir, mais l'effort était trop grand et accentuait son mal. Elle se leva, se dirigea vers la salle de bains; elle but un verre de l'eau de la carafe puis se lava les dents. Elle se débarrassa de la robe chinoise avec maladresse, ouvrit les robinets de la douche. Peu à peu, elle reprenait ses esprits.

Enveloppée dans un peignoir, les cheveux dégoulinants, elle sortit sur le pont. L'éclatante lumière du jour lui fit fermer les yeux. Dragon s'avança, portant un plateau.

— Buvez, cela vous fera du bien.

Le thé bouillant acheva de la remettre sur pied.

20

Une semaine plus tard, François et Hong, escortés de Vandenberghe et de son commando, quittèrent de nuit le poste français. Contre toute attente, des ordres venus de Saigon disaient de laisser Tavernier rejoindre le Viêt-minh. Le maquis le plus proche acceptait de les prendre en charge. Durant plus de deux heures, ils marchèrent en silence à travers les rizières. Hong serrait les lèvres ; elle serait tombée si François ne l'avait retenue à temps.

— Reposons-nous, chuchota-t-il.

— Nous sommes presque arrivés, dit Vandenberghe.

— Elle n'en peut plus.

— Doan, Minh, allez en avant.

Les deux Vietnamiens se fondirent dans la nuit. Un vent léger faisait frissonner les tiges de riz.

— C'est trop silencieux, je n'aime pas ça, murmura le Flamand.

— Que craignez-vous ? N'avons-nous pas passé un accord avec eux ? demanda Tavernier à voix basse.

— Oui, mais je n'ai pas confiance. Ceux d'en face n'attendent qu'une occasion pour nous capturer. On leur en a fait tant voir ! Alors, accord ou pas accord... Taisez-vous ! lança-t-il soudain.

Il leur fit signe de s'enfoncer dans l'eau. Trop tard. François réagit le premier : il bondit derrière une diguette, poignard au poing. On entendit un râle vite étouffé. Vandenberghe se retourna, planta son couteau dans le cœur d'un second agresseur.

— Attention!

La balle tirée par Tavernier stoppa net l'élan d'un autre Viêt qui s'effondra dans l'eau, son coupe-coupe brandi.

— Merci, fit simplement le caporal-chef.

— On est quittes. Vous croyez qu'ils sont nombreux?

— Non, j'en ai vu deux qui s'enfuyaient. Avançons, c'est dangereux de rester là. C'est toi, Minh?

— Oui, je suis revenu quand j'ai entendu le coup de feu. Vous avez été attaqué?

— On en a tué trois, deux se sont enfuis.

— Les salauds! Ils nous ont tendu un piège.

— Pas forcément. Où est Doan?

— Il parlemente avec le chef. C'est un de ses cousins.

Enfin resurgit la terre ferme. Une sorte d'île au milieu des rizières, avec quelques tentes pour abriter des hommes fatigués. Hong se laissa tomber en gémissant. Ils burent avec gratitude le thé que leur présentait une jeune femme.

Accroupi près du chef viêt-minh, Vandenberghe se désaltérait en silence.

— Vous n'avez pas respecté vos engagements, finit-il par dire.

— Croyez que je le regrette. Ces hommes ont agi de leur propre initiative, ils seront châtiés.

— Pour trois d'entre eux, ce ne sera pas nécessaire.

Le visage du Vietnamien resta impassible.

— Qui nous assure que M. Tavernier et Mlle Hong seront bien traités?

— Nous avons reçu des instructions du général Giap lui-même. Il nous a donné l'ordre de les conduire à Hoa Binh. Là, ils seront pris en charge par d'autres combattants.

— Cela fait une trotte, d'ici à Hoa Binh; la femme est grièvement blessée.

— Nous y avons pensé, j'ai prévu une litière.

— Vos éléments incontrôlés ne risquent-ils pas de les tuer pendant le voyage?

— Ces éléments incontrôlés, comme vous dites, seront jugés pour avoir désobéi. Ce ne sont pas nos hommes que je redoute, mais les vôtres...

— Je vais demander au lieutenant de prévenir les postes qui se trouvent sur votre chemin. C'est tout ce que je peux faire. Quand pensez-vous vous mettre en route ?

— À la tombée du jour. Cela leur laissera le temps de souffler.

— Si vous le voulez bien, nous leur tiendrons compagnie jusqu'à leur départ.

— Comme il vous plaira, dit-il d'un ton qui signifiait le contraire.

Hong s'était traînée sous une bâche tendue sur des bambous, elle gémissait doucement.

— Vous êtes sûr qu'elle va tenir le coup ? demanda Vandenberghe en se baissant pour pénétrer dans l'abri.

— Je lui ai fait une piqûre de morphine, répondit François, cela la soulagera quelque temps. Le voyage sera long ?

— À vue de nez, il doit y avoir deux cents kilomètres d'ici à Hoa Binh. Dans le meilleur des cas, vous mettrez cinq ou six jours pour y parvenir. Elle ne tiendra pas jusque-là.

— Si, je tiendrai, murmura-t-elle d'une voix pâteuse.

— Taisez-vous, reposez-vous. Nous y arriverons, reprit François en posant une main sur son front.

— Vous devriez vous reposer en attendant le départ. Mes camarades et moi, nous veillerons.

— Merci, Vandenberghe.

Une pluie fine persistait. Pour tuer le temps, Tavernier et le caporal-chef jouèrent aux cartes avec un jeu crasseux prêté par le chef viêt-minh.

Le soir venu, chacun se prépara à partir. Hong avait dormi une partie de la journée, sa fièvre était tombée. Elle tenta de refuser la civière, mais François lui dit qu'il n'en était pas question ou qu'alors elle resterait sur place. Cette menace la fit s'allonger, docile.

181

— La prochaine fois que nous nous verrons, j'espère que ce sera devant une bonne bière, à Hanoï ou à Saigon! lança Tavernier en tendant la main au Flamand.

— Entendu! Soyez quand même prudents, je n'ai pas vraiment confiance en eux.

— Moi non plus, mais je n'ai guère le choix...

À l'aube, la colonne s'arrêta. Épuisés, les hommes se laissèrent tomber dans la boue sans avoir la force de se glisser sous des buissons pour se mettre à l'abri de la pluie incessante. Pendant de longues minutes, chacun resta immobile, essayant de rassembler ses forces. Puis le chef viêt-minh se releva et donna des ordres. Aussitôt les maquisards obéirent. Trois d'entre eux s'éloignèrent pour se poster en sentinelles, un autre alluma un petit réchaud à alcool sur lequel il plaça une bouilloire emplie d'eau. À tous on distribua une boule de riz et un morceau de poisson séché. La pluie s'interrompit enfin. Après avoir mangé en silence, tous burent du thé brûlant. Les cigarettes s'allumèrent.

— Vous ne craignez pas que l'odeur du tabac attire les Français? demanda François en offrant son paquet au commandant.

— Non, le prochain poste est à une heure de marche, répondit-il en prenant une cigarette.

Après quelques bouffées, le Vietnamien le questionna à son tour:

— Vous connaissez le caporal-chef depuis longtemps?

— Non, je le voyais pour la première fois, c'est lui qui nous a délivrés des pirates.

— C'est un fier combattant. Dommage qu'il ne soit pas des nôtres. Il a su s'adapter au terrain, il connaît nos techniques de combat. Il est très redouté de mes compagnons. Il en a tué plusieurs avec l'aide des fantoches de la section 24 qu'il commande.

Maintenant, le soleil était haut. Las, Tavernier ne répondit pas. Il rampa sous le buisson d'épineux où les porteurs avaient déposé la civière. Hong avait les yeux fermés, le visage couvert de sueur; elle respirait avec difficulté. Il lui souleva la tête et l'aida à boire du thé. Elle le remercia d'un pâle sourire. Son front était brûlant. Il lui donna de la quinine. Après un dernier regard, il s'allongea et s'endormit.

La douleur le réveilla en sursaut. Il ôta ses chaussures et ses chaussettes imbibées de pluie. Autour de chacune de ses chevilles, une dizaine de sangsues se repaissaient de son sang. À l'aide de son couteau, il les arracha et versa un peu d'alcool sur les morsures en forme de croix.

Au-delà du buisson, c'était la fournaise. Du sol montait une vapeur chaude qui imprégnait les cheveux et les vêtements. Sous ce soleil implacable, tout semblait gris. Une odeur fétide de vase et d'herbes pourries prenait à la gorge. À l'ombre des roseaux coassaient des crapauds-buffles.

— Monsieur Tavernier, ne restez pas à découvert!

— Ça m'étonnerait que, par cette chaleur, les soldats français s'aventurent jusqu'ici.

— Les Français, peut-être, monsieur Tavernier, mais pas les Sénégalais. La semaine dernière, en plein midi, nous avons essuyé une attaque de ces gens-là. De vrais démons! Ils criaient et sautaient comme des sauvages. Nous avons repris le dessus, mais beaucoup de braves ont trouvé la mort. Nous autres Vietnamiens, nous n'aimons pas combattre ces pauvres bougres qui, comme nous, subissent l'oppression des colonialistes. Vous autres Blancs, qui, le plus souvent, nous considérez comme des sous-hommes, vous êtes bien contents de compter sur les Arabes, les Noirs ou les Jaunes pour les envoyer à la boucherie. En 14-18, en 39-40, c'est nous tous qui étions en première ligne, et quand, par miracle, nous n'avons pas été tués et que nous sommes rentrés chez nous, ce fut pour nous faire traiter de bougnoules, de nègres ou de *nhà que*. Maintenant, c'est terminé, le peuple vietnamien prend sa revanche. Bientôt vous serez chassés d'ici, même si des dizaines ou des centaines de milliers des nôtres doivent périr.

— Ces centaines de milliers de morts pourraient être évitées.

— Je ne crois pas, les impérialistes français ne lâcheront pas le morceau aussi aisément...

— Pourtant, vous savez pourquoi je suis ici?

— Oui, mais je ne crois pas en la sincérité de votre démarche.

— Et cependant, vous avez accepté de m'aider à remplir ma mission...

— J'obéis aux ordres. Moi seul, je vous aurais fait fusiller.

— Je vous remercie de votre franchise. À présent, je sais à quoi m'en tenir. Où avez-vous appris à parler aussi bien notre langue?

— À Huê, chez les pères.

— La France vous aura quand même apporté quelque chose.

— C'est peu à côté de tout ce qu'elle nous a pris.

Une nouvelle fois, la nuit tomba. La colonne se remit en marche sous un ciel constellé d'étoiles. Cigales et crapauds-buffles se livraient à une cacophonie qui, par moments, s'interrompait avant de reprendre de plus belle. L'air était doux. Les hommes allaient d'un bon pas sur les digues et se relayaient pour porter la civière où Hong somnolait.

Aux premières lueurs de l'aube, la troupe s'arrêta à proximité d'un village ami. Les bâches furent tendues et ceux qui n'étaient pas de garde purent alors se reposer. Des femmes vinrent refaire le pansement de Hong; ses blessures n'étaient pas belles à voir. La journée se passa comme la précédente. Toutefois, le repas que les villageois offrirent aux soldats était excellent, ce qui eut pour effet de détendre les esprits. Il y avait moins d'animosité dans le regard des Vietnamiens, on devinait même chez certains l'ébauche d'un sourire. La nuit revenue, on reprit la route.

Au crépuscule du cinquième jour, la jonction se fit à quelques kilomètres de Hanoi, à Ky Son. Yeux bandés, pieds et mains liés, Hong et Tavernier furent embarqués à la nuit noire sur un affluent du fleuve Rouge. La navigation ne dura que deux heures. Ils débarquèrent avant que la rivière ne se jette dans les eaux tumultueuses du fleuve. On défit leurs liens et découvrit leurs yeux. Après quelques kilomètres de marche, ils franchirent le fleuve en amont de Viêt Tri. Comme le jour se levait, ils firent halte à Phong Chau.

À présent, Hong était sans connaissance. Dans ses rares moments de lucidité, elle semblait intensément souffrir. François n'avait plus de morphine et, malade d'impuissance, scrutait son visage. Des femmes vinrent à nouveau changer son pansement. À leurs regards qui se détournaient, on comprenait qu'elles considéraient Hong comme perdue.

Le soir, ils parcoururent peut-être un, deux, voire trois kilomètres, François ne savait plus. Ils parvinrent devant une autre large rivière. De longues barques à fond plat les attendaient. Toute la nuit, les rameurs se relayèrent pour remonter le courant de la Rivière Claire. À l'aube, ils arrivèrent à Tuyên Quang, un gros bourg encore assoupi.

Hong était livide et ses narines pincées inquiétaient Tavernier. Celui qui semblait être le chef lui avait promis qu'un médecin l'examinerait. On les conduisit vers un bâtiment où le mot « hôpital » était à demi effacé. Ils traversèrent des salles vétustes et malpropres où des malades, couchés sur des lits de fer rouillé, les regardèrent passer sans manifester le moindre étonnement. Dans l'une d'elles, des enfants amputés les fixèrent avec une expression sans âge.

— Ils ont sauté sur des mines, dit le chef viêt-minh de la même voix qu'il aurait constaté que le temps était couvert.

Au bloc opératoire, le chirurgien finissait d'amputer une femme sans anesthésie. Depuis longtemps, il n'y avait plus ni éther ni chloroforme. On donnait aux malheureux un verre de sirop opiacé de fabrication locale, qu'ils avalaient avec reconnaissance. L'atroce douleur qu'ils ressentaient leur paraissait alors comme irréelle. La femme, dont on venait de couper la jambe au-dessus du genou ne criait pas, à peine gémissait-elle de temps à autre. Un infirmier la souleva et l'emporta tandis qu'un autre attrapait Hong et la déposait sur la table souillée. François en eut le cœur serré. La main de la blessée s'agrippait à la sienne; ses yeux roulaient de peur.

— Puis-je rester auprès d'elle? demanda-t-il au jeune chirurgien.

Celui-ci haussa les épaules, de l'air de dire : « Au point où elle en est », sans cesser de découper le pansement maculé de boue et de sang. Quand il l'eut retiré, il eut un haut-le-corps; l'odeur dégagée par la plaie était telle que tous reculèrent, on eût dit de la viande pourrie. Les lèvres crispées, aidé d'une infirmière, le médecin entreprit de nettoyer le pauvre corps mutilé, enlevant la chair par lambeaux. Les ongles de Hong s'incrustaient dans la main de François. Malgré le sirop d'opium, sa souffrance devait être atroce; cependant, elle ne criait pas. Soudain, son étreinte se desserra, elle s'était évanouie.

— Cela vaut mieux pour elle, fit le médecin.

Pendant quelques instants, il travailla en silence...

— *Nhip tim cua no ra sao*[1]?

— *Rât la yêu bac si a*[2].

Il continua, essuyant parfois du revers d'un bras la sueur de son front.

— Quels sont les chiens qui ont fait cela?

— Des pirates, je crois.

— Les chiens! répéta-t-il.

Hong n'avait pas repris connaissance quand il eut terminé son pansement.

— On m'a dit que vous aussi vous étiez blessé, faites-moi voir.

— Ce n'est pas nécessaire, docteur.

— C'est à moi d'en juger.

Tavernier défit sa chemise de mauvaise grâce. Le pansement était imprégné de sang coagulé. Le médecin le retira

1. Comment est son pouls?
2. Très faible, docteur.

sans ménagements. À deux ou trois reprises, François laissa échapper une plainte.

— Vous n'allez pas montrer moins de courage qu'une femme, lança le Vietnamien.

Tavernier se retint de ne pas lui envoyer son poing dans la figure. Il regarda sa plaie, pas très belle mais en voie de guérison.

— Vous avez eu de la chance, un peu plus profond et... Faites voir votre main.

— Ce n'est rien, des égratignures.

— Ces égratignures-là peuvent vous tuer plus sûrement que votre blessure, continua-t-il en le badigeonnant d'alcool de riz.

— *Bac si oi! No da tinh lai rôi*[1], dit l'infirmière.

François se pencha vers Hong.

— Hong, tout ira bien, on vous a soignée. Reposez-vous.

Elle acquiesça d'un mince sourire et referma les yeux.

Un officier viêt-minh apparut alors dans la salle d'opération.

— Rhabillez-vous, monsieur Tavernier, nous repartons.

— Elle n'est pas en état de voyager.

— Elle reste ici.

— Que va-t-elle devenir?

— Ne vous inquiétez pas, monsieur Tavernier, elle est entre de bonnes mains. Le camarade Luu est un excellent médecin. Si le comité le permet, vous la verrez à votre retour.

Il n'y avait rien à faire. François déposa un baiser sur le front de Hong.

— Je vous la confie, dit-il à l'adresse du docteur Luu.

— Je vous préviens, intervint l'officier commandant l'expédition, la route va être longue et difficile.

— Je croyais que le Viêt-minh avait la région bien en main?

— En partie seulement. En dépit de nombreuses pertes,

1. Docteur, elle reprend connaissance.

les Français tiennent des postes plus ou moins bien défendus avec une poignée de légionnaires ou d'hommes qui jouent aux seigneurs de la guerre. Ce n'est qu'une question de temps, ils seront anéantis un à un. Des villes comme Cao Bang, Lang Son sont encore occupées par l'armée française, mais nous avons la campagne, la montagne et la forêt avec nous. La route coloniale n° 4, la « RC4 », comme ils disent, qu'ils veulent à tout prix contrôler, est jalonnée de leurs morts. Vos généraux font preuve d'une réelle incompétence ou d'un grand mépris pour la vie de leurs hommes en les maintenant dans un lieu où nous sommes aussi à l'aise que des poissons dans l'eau. L'état-major français se cramponne le long de la RC4 dans l'espoir de séparer le Viêt-minh de la Chine. Je crois plutôt que c'est pour conserver la face et ne pas avoir l'air de reculer en abandonnant des postes conquis au prix de tant de morts.

La première partie du voyage sur la Rivière Claire se passa sans encombres jusqu'à Na Hang. Tavernier avait dormi. Le parcours, annoncé comme difficile, avait pour le moment des allures d'excursion, malgré le froid mordant de la nuit. Après s'être restaurée à Na Hang, la colonne repartit à pied sur une piste à peine tracée jusqu'à Cho Ra.

— Regardez cette montagne, indiqua le capitaine, c'est le mont Léa. Le général Salan a donné son nom à la plus vaste opération lancée par l'armée française dans le Nord-Tonkin. Il s'en est fallu de peu que Beaufre et ses hommes ne fassent prisonniers notre président, le général Giap et l'état-major. Nous avons eu de la chance, notre DCA du 74e régiment de Cao Bang a abattu l'avion qui transportait le colonel Lambert. Nous avons récupéré la serviette contenant les documents complets de l'opération dont il était chargé, et nous les avons expédiés à notre haut-commandement. Un de nos agents de liaison, un héros, a couru pendant quatre jours et trois nuits de Cao Bang à Yen Thong pour les remettre aux autorités.

— Cela ne vous a cependant pas permis de vaincre les douze mille hommes du général Salan.

— Non, mais la victoire qu'il escomptait n'a pas eu lieu et le nombre d'hommes restés sur le terrain fut impressionnant.

Tavernier connaissait cette région, il y était venu adolescent en compagnie de Martial Rivière et de Hai. C'était un pays magnifique, à la beauté farouche, d'où les malheureux soldats français n'avaient aucune chance de réchapper.

Allongé, les yeux mi-clos, il contemplait ce fameux mont Léa. Qu'importe d'où venait ce nom, il était celui de la femme aimée. Il l'imaginait berçant le petit Adrien, marchant à travers les vignes et contemplant cette terre pour laquelle elle s'était battue... Comme eux, pensa-t-il en regardant ses compagnons — dont certains étaient à peine sortis de l'enfance — qui profitaient de la halte pour se détendre. L'un d'eux était plongé dans un livre. François s'en approcha. Comme pris en faute, l'autre referma le volume, le fourra dans sa poche, se releva et s'éloigna avec un air féroce. Le Vietnamien lisait *Les Contemplations*. Ému, le Français détourna les yeux en retenant un sourire. Tout n'était peut-être pas perdu tant qu'un *bo doi*[1] lirait Victor Hugo.

1. Fantassin dans l'armée du Viêt-minh.

21

Depuis une semaine, Léa naviguait dans la baie de Ha Long.

Puisqu'il fallait attendre, elle avait décidé de profiter de cette croisière inattendue. Elle avait passé des heures accoudée au bastingage ou allongée sur le ventre, à l'avant de la jonque, à découvrir ces montagnes de calcaire émergeant du fond de la mer, sans sable ni terre, sans autre végétation qu'une maigre broussaille avec, parfois, d'antiques cyprès, des pins aux troncs torturés dont les racines entremêlées enlaçaient la roche, se faufilaient dans le moindre creux ou pendaient dans le vide.

Léa était subjuguée par ces formes sans cesse renouvelées; tantôt c'était comme un animal fantastique surgi de l'eau qu'un génie aurait fossilisé, tantôt un guerrier pétrifié dans son élan ou une jonque géante figée pour l'éternité. On avait l'impression de voguer sans fin sur des mers intérieures entourées de sculptures monumentales issues du génie de quelque créateur fou. On ne percevait pas d'issue puis, entre des à-pics vertigineux, un passage débouchait sur une autre mer intérieure, plus vaste ou plus resserrée, où des pierres-levées cyclopéennes montaient la garde.

Peu à peu, cependant, une angoisse sourde l'avait envahie comme elle contemplait avec un ravissement incrédule le clair de lune sur ce décor tourmenté de forteresses, de cathédrales, de pyramides, dans un silence annonciateur de sombres présages. Durant ces jours, son seul regret avait été de ne pas partager ces merveilles avec François. Chaque matin, contre toute vraisemblance, elle avait espéré le revoir. Il lui fallait alors de longues minutes pour chasser les frayeurs nocturnes qui revenaient, lancinantes. Au cours de sa deuxième nuit à bord, elle s'était réveillée en sursaut; elle hurlait, en larmes. Kien était accouru, pistolet en main.

— Que se passe-t-il? Vous êtes souffrante?

— Non, j'ai fait un cauchemar, j'ai peur.

— J'ai ce qu'il faut pour chasser ce mauvais rêve.

Et depuis, chaque soir, avant de s'endormir, elle fumait quelques pipes d'opium.

Une nuit, Kien avait tenté d'abuser d'elle mais malgré la faiblesse de ses réactions due à la drogue, elle avait réussi à le chasser. Le lendemain, il s'était excusé et Léa ne lui en avait pas tenu rigueur.

Il était un agréable compagnon de voyage, un conteur éblouissant des légendes nées de ce chaos — celle du dragon descendu du ciel pour régner sur les fonds marins avait particulièrement séduit Léa qui, telle une enfant, ne cessait de l'interrompre pour lui demander plus de précisions. Avec quel orgueil il lui avait fait visiter la grotte des Merveilles et l'avait aidée d'une main ferme à gravir les quatre-vingt-dix marches pour atteindre l'entrée! L'immensité et la beauté de la première salle, la lumière qui jouait sur les piliers de calcaire forgés goutte après goutte depuis des millénaires, l'avaient laissée éblouie, sans voix, comme saisie d'une crainte respectueuse. De même la deuxième où la clarté, pénétrant à la fois par la voûte et les côtés, donnait aux parois et aux colonnes de surprenantes couleurs; et la troisième, plus petite, inondée d'une lueur dorée, empreinte d'une moiteur alanguissante à laquelle on avait du mal à s'arracher. La grotte de l'île de la Surprise l'avait moins bouleversée. Plus au nord, entre les hauts murs verticaux du Cirque, elle avait crié le nom de François que l'écho répercutait à l'infini — où qu'il fût, ainsi appelé, il ne pouvait qu'accourir. Et Kien avait hurlé celui de Léa. La réverbération de son nom avait fait surgir en elle une inquiétude qu'elle avait eu du mal à maîtriser.

Dans le long tunnel de Quang Hanh, éclairé de torches, elle n'avait dominé la peur de cet univers glauque, où l'humidité imprégnait cheveux et vêtements, qu'en se blottissant contre Kien. Accrochée comme à une bouée à la faible lueur qui annonçait la sortie, elle avait accueilli la lumière du jour avec un soulagement qui avait fait rire son jeune compagnon. On aurait dit qu'il était le maître des lieux tant il semblait connaître le moindre passage, le moindre abri contre les tempêtes, le nom du plus petit îlot, celui de la plupart des pêcheurs qu'ils avaient croisés. Tous l'avaient salué avec respect.

— Ces gens ont l'air de bien vous aimer, lui avait-elle dit.

— Certains me connaissent depuis que je suis enfant; les autres, je les protège.

— Vous les protégez? Contre quoi?

— Contre les pirates.

— Mais nous n'en avons rencontré aucun.

— Parce que vous ne savez pas voir. Chaque crique, chaque détour, chaque boucle, chaque caverne peut cacher leur jonque.

— Que font-ils?

— Ce que font tous les pirates du monde : ils rançonnent les voyageurs, les pêcheurs, les marins, les marchandes de légumes, tous ceux qui ont à faire dans la baie.

— Et quand ces gens n'ont pas d'argent, que font-ils?

— Ils enlèvent une jolie fille ou un beau garçon et les vendent à de riches Chinois, ou bien ils tuent tout le monde après avoir violé les femmes.

— Vous plaisantez! De nos jours, ces choses n'existent plus.

— Vous avez pourtant cru à l'existence de pirates quand il s'est agi de votre mari?

— C'est vrai... Je suis incohérente. Comment protégez-vous les gens?

— J'ai plusieurs embarcations rapides et légères qui sillonnent la mer — enfin, une partie — et forment une sorte de police. Leur présence dissuade les pirates et rassure les pêcheurs.

— Pourquoi faites-vous cela?

— Pour de l'argent, évidemment. Chaque propriétaire de bateau me paie une redevance pour lui, sa famille et sa jonque.

— Et cela vous rapporte beaucoup?

Avec quel mépris elle avait dit cela! Il avait blêmi sous l'outrage.

Ce soir-là, il n'avait pas dîné avec elle. Toute la soirée et une partie de la nuit, il avait ri, bu et chanté avec l'équipage. À l'aube, il était venu rôder devant sa porte, puis s'était éloigné. Alors elle s'était enfin endormie. Quand ils s'étaient revus, en milieu de journée, ni l'un ni l'autre n'avaient fait allusion à ce qui s'était passé. Une petite jonque s'était approchée et un homme était monté à bord, avec lequel Kien s'était longuement entretenu. Le soir même, il lui avait dit:

— J'ai des nouvelles de votre mari. Il est au Tonkin, en compagnie du Viêt-minh...

— Il est prisonnier?

— Il ne semble pas. Vous allez bientôt être débarrassé de moi, je vais vous conduire à Hanoi où mon frère Hai vous prendra en charge. Demain matin, nous nous arrêterons à Hong Gai et, de là, nous remonterons vers le nord par la route.

— Kien, ne soyez pas grognon. Grâce à vous, j'ai passé des moments que je n'oublierai jamais, je vous en remercie. Soyons amis.

Elle lui avait tendu ses mains qu'il avait prises et sur lesquelles il avait déposé un baiser. Avec cette spontanéité qui faisait son charme, elle avait mis ses bras autour de son cou et l'avait embrassé sur les deux joues. Il l'avait retenue contre lui. Léa avait dû faire effort pour s'arracher à ce corps dont elle avait admiré l'harmonieuse souplesse lors de leurs baignades, à l'odeur de cette peau jeune et saine, à ce sexe qu'elle avait senti durcir contre son ventre. Sa chasteté forcée, depuis le départ de François, avait trouvé une compensation dans la naissance d'Adrien, mais, depuis qu'elle l'avait quitté, le besoin de caresses se faisait chaque jour plus impérieux. Le soir, l'opium calmait désir et angoisse, mais le matin la surprenait une main entre ses cuisses, gémissante et humide. La douceur de la brise, la splendeur de la baie, les corps à demi nus des marins, les mets épicés, l'inactivité, la beauté de Kien la rendaient vulnérable. À l'heure de la sieste, elle tentait vainement de chasser le souvenir des étreintes de François et les images d'un Kien empressé à satisfaire sa concupiscence. Elle sortait de ce moment de repos les yeux cernés, les jambes molles, de mauvaise humeur.

Homme à femmes, Kien pressentait ces choses. En d'autres circonstances, il ne se serait pas embarrassé de scrupules, mais l'échec de sa première tentative puis, maintenant, sa nuit d'ivresse, le rendaient circonspect. Or, quelque chose lui disait qu'elle serait sienne un jour. Il voulait la posséder et souhaitait qu'elle en éprouvât l'envie. Il ressentait cela pour la première fois; d'ordinaire, il n'avait pas ce genre d'hésitation : si une fille lui plaisait, il la prenait. Avec Léa, cela n'aurait pas été suffisant. Il se surprenait à rêver d'elle. Une jalousie féroce s'était emparée de lui, quand, dans la cuvette du Cirque, elle avait crié le nom de François. Face à cette souffrance, il avait pensé : « Mais, je l'aime!... », et cela l'avait abasourdi. Quoi, lui, Kien Rivière, l'ami de Bay Vien, le pirate, le chef d'une bande de brigands, impitoyable envers ceux qui se mettaient en travers de sa route, était amoureux comme une vulgaire mauviette? Des images de douceur, de tendresse féminine surgissaient dans son esprit exalté : les beaux visages de sa mère et de sa sœur lui apparaissaient, il croyait sentir leurs mains fraîches sur son front fiévreux...

Ils étaient arrivés à Hong Gai dans ce même état de tension. Kien demanda à Léa de tirer ses cheveux et de porter le turban blanc des veuves annamites. Ainsi coiffée, abritée de son grand chapeau, le visage hâlé, elle pouvait, malgré ses yeux clairs, passer de loin pour une indigène, du moins aux yeux des soldats français. Afin de parfaire l'illusion, elle avait revêtu la tenue traditionnelle des femmes vietnamiennes : le pantalon de soie noire et la tunique blanche.

Ils quittèrent la jonque à Na Chai, devant l'île aux Buissons. Confiée aux soins de Dragon — qui voyait avec déplaisir son maître partir avec cette jolie femme qui semblait l'avoir envoûté —, l'embarcation s'éloigna dans la baie de Port-Courbet.

Deux hommes, dont un Français, les attendaient à bord d'un véhicule qui ressemblait aux ambulances conduites jadis par Léa en Allemagne. Kien prit le volant, installa sa compagne de voyage près de lui et fit monter les deux hommes à l'arrière. Les présentations avaient été laconiques : « Fred... Vinh... Madame Tavernier. »

Ils roulèrent sous la pluie sur une piste défoncée. Des ouvriers surchargés s'écartaient avec nonchalance sur leur passage.

— Nous sommes en plein pays minier. Tout le secteur appartient à la Société des Charbonnages du Tonkin. Les concessions houillères portent des prénoms. Dans l'île, il y en a deux : Lucette et Paul. Avant la guerre, il y avait ici un sanatorium.

L'averse redoubla. Kien se tut, attentif à la route qui enlaçait des collines plantées de pins. Ils franchirent le pont de l'arroyo Tiêu Rao sous un véritable déluge.

— À combien de kilomètres de Hanoi sommes-nous ? demanda Léa en se cramponnant à son siège pour mieux résister aux cahots.

— Cent cinquante, cent soixante... C'est près et loin à la fois. Tout dépend de l'état de la route, du temps, des contrôles de l'armée française. En principe, nous n'avons pas le droit de nous trouver dans ce secteur dit stratégique.

— Que risque-t-il de se passer si nous sommes contrôlés ?

— Rien que ne puissent arranger quelques piastres. Si, par extraordinaire, cela ne suffisait pas, Fred entretient d'excellentes relations avec le commandement de Bac Ninh...

À peine Kien allait-il achever sa phrase qu'à l'entrée du village de Uông Bi, juste après avoir franchi un long pont de ciment, ils furent arrêtés par un barrage.

— Baissez la tête, faites semblant de dormir.

Assis sous un abri de fortune, des soldats levèrent des regards indifférents sur le véhicule. Fred en descendit et alla vers eux en essayant d'éviter les flaques de boue.

— Putain de pays! dit-il en tendant la main au sous-officier qui se leva à regret.

— Comme vous dites, vivement la quille! Où allez-vous comme ça?

— Nous rentrons sur Hanoi.

— Vous avez une autorisation de circuler?

Fred sortit de la poche arrière de son pantalon des papiers froissés sur lesquels le Français jeta un regard absent.

— Ça va, vous pouvez continuer.

— Merci, à la prochaine.

Deux soldats écartèrent les chicanes.

La pluie redoublant, ils s'arrêtèrent au village le plus proche, Bi Cho, devant une bicoque au mur de laquelle était accroché un panneau délavé sur lequel on lisait, à demi effacé, le mot « Café ». La chaussée transformée en torrent de boue paraissait infranchissable à Léa. Kien la souleva et la porta à l'intérieur de l'estaminet. Sur le sol de terre battue, recouvert par endroits de nattes déchirées, des petits enfants nus jouaient à martyriser un chaton sous les rires de l'assistance. La brusque entrée de Léa et de ses compagnons sauva l'animal qui détala en miaulant, tandis que ses jeunes tortionnaires se précipitaient dans les jambes de leurs mères non sans jeter un coup d'œil curieux vers les arrivants.

Sans penser aux conséquences de son geste, Léa ôta son turban mouillé et secoua la tête pour libérer ses cheveux.

Il y eut un silence stupéfait. Tous les regards étaient attirés par la lourde chevelure aux reflets dorés.

Il faisait bon dans la pièce aux murs de torchis; la chaude lumière d'une lampe à pétrole lui donnait un aspect rassurant.

— *Xin chut tra va pho* [1], ordonna Kien pour rompre un mutisme qu'il sentait devenir hostile.

— Je boirais bien quelque chose de plus fort, je suis transi, fit Fred. Vous croyez qu'ils ont du cognac, dans cette gargote?

— Vous vous croyez à Saigon? Tout au plus ont-ils de l'alcool de riz, dit Vinh.

— L'alcool de riz fera l'affaire. Demande-leur, veux-tu?

Vinh se dirigea vers l'homme qui semblait être le patron et fumait une longue pipe derrière une sorte de comptoir. Il revint, muni d'un petit flacon de porcelaine et de minuscules tasses. Les conversations avaient repris.

— Il m'a assuré que c'était du bon...

— Et tu l'as cru?... Tu as déjà vu un patron de bistrot dire qu'il vend de la merde?

L'un après l'autre, les enfants s'approchèrent de Léa, touchèrent ses vêtements, effleurèrent ses cheveux. Une fillette plus audacieuse se faufila entre ses jambes et l'examina de ses yeux étirés avec une tranquille assurance. Séduite, Léa la prit sur ses genoux, enlaça le petit corps souple et doux. Ce contact la bouleversa, sa peau brûla, lui fit mal, elle sentit monter en elle une peine immense et ses yeux s'emplirent de larmes. Elle tenta de cacher son émotion dans la chevelure en broussaille; pour la première fois depuis son départ de France, elle éprouvait cruellement l'absence de son fils. Sans le réaliser, elle serrait la petite de plus en plus fort. Le regard si confiant chavira et la gamine se tortilla en criant pour échapper à cette étreinte qui l'effrayait. Une femme bondit et l'arracha d'entre les bras de Léa qui resta stupide, désemparée, les bras ouverts sur le vide, inconsciente des pleurs qui inondaient ses joues.

1. Du thé et de la soupe.

L'hostilité de l'assemblée fit place à un élan de commisération, de la part des femmes en particulier, comme si elles comprenaient ce qu'éprouvait l'étrangère. L'une d'elles s'avança avec un gobelet de thé et dit avec effort et application :

— Vous, mère ?

Léa fit oui de la tête en s'emparant du gobelet. Ce signe détendit l'atmosphère ; les femmes l'entourèrent en souriant.

Le thé brûlant lui fit du bien, ses doigts raides se détendirent à la chaleur de l'épaisse porcelaine. Elle sourit à son tour aux visages amicaux. Encouragée, une vieille édentée s'accroupit et posa ses mains minuscules et déformées sur sa cuisse.

— Tu as un enfant ?... un fils ?

— Oui.

— Tu es loin de lui et cela te rend triste ? Tu dois le rejoindre, il a besoin de toi. Il est à Hanoi, n'est-ce pas ?

— Non, il est en France.

— Alors retourne auprès de lui, ta place n'est pas ici.

— Je le voudrais bien, ajouta Léa en soupirant.

— *Dê no yên, may không thây no mêt sao*[1] ? intervint Kien en repoussant la vieille.

— *May con nho lam, may không hiêu su dau don cua môt nguoi me la cai gi*[2] ! fit la femme en se redressant. Ma jolie, courage, tu le reverras, ton fils ! Retourne au plus vite dans ton pays, tu n'as rien à faire ici. Comme n'ont rien à y faire les Blancs... *tous* les Blancs, précisa-t-elle d'un air de défi.

— Où avez-vous appris à parler le français ? interrogea Léa.

— Chez les sœurs de Haiphong, il y a bien longtemps.

— Tous les gens d'ici parlent le français ?

— Non, mais la plupart le comprennent. Que fais-tu si loin de ton enfant ?

— Je recherche son père.

1. Laisse-la, tu ne vois pas qu'elle est lasse.
2. Tu n'es qu'un gamin, tu ne sais pas ce qu'est le chagrin d'une mère.

Cette réponse dut satisfaire l'ancêtre, car elle s'éloigna.

Une jeune fille ravissante, vêtue d'un large pantalon noir et d'une tunique jaune pâle, apporta sur un plateau les bols de soupe et des beignets dorés.

Peu à peu, Léa s'était habituée à la nourriture vietnamienne. Elle saisit les baguettes d'une main experte, trempa un beignet dans une coupe de sauce pimentée.

— C'est bon, fit-elle la bouche pleine tout en se resservant.

Kien la regardait dévorer, oubliant lui-même de manger. Comme la plupart des hommes, il était fasciné par sa façon de se nourrir avec un appétit allègre, animal et voluptueux, où il voyait le signe d'une sensualité pleine de promesses.

— Vous ne mangez pas? dit-elle en attaquant la soupe.

— Si vous m'en laissez, répliqua-t-il en souriant.

— Oh, excusez-moi, j'ai presque tout avalé.

Cette collation avait rendu à Léa tout son courage. « Il n'est pas un chagrin, à part la mort d'un être cher, qui ne résiste à un bon repas », avait coutume d'énoncer son père pour excuser sa propre gourmandise. Léa tenait de lui.

Elle se sentait apaisée dans ce coin perdu d'Indochine, à l'intérieur de cette cahute battue par le vent et la pluie, parmi ces gens qui parlaient, riaient et mangeaient bruyamment. Les enfants avaient repris leurs jeux, se vautraient dans la poussière. Le chaton montra son nez derrière le pied d'un tabouret; tous se précipitèrent, mais il réussit, cette fois encore, à leur échapper.

Fred et Vinh sortirent, mais revinrent presque aussitôt:

— Il ne pleut plus, nous devrions repartir, annonça Fred.

Kien paya et emmena Léa qui s'éloigna à regret en multipliant les signes d'adieu et les sourires.

Durant quinze minutes, ils roulèrent sans un mot.

— Ne refaites jamais cela, intervint Kien. Vous auriez pu nous faire tous lyncher. Mes compatriotes n'aiment pas que l'on se moque de leurs traditions, même vestimentaires.

— Excusez-moi, j'ai été distraite. Cela ne se reproduira plus.

Ils traversèrent le song Da Bach à Phi Liêt sur un bac surchargé. Cramponnée à son siège, Léa fixait avec angoisse l'eau couleur de terre qui, par moments, recouvrait le plancher de l'embarcation. Puis, avec soulagement, elle retrouva la route défoncée, encombrée de véhicules divers et d'une armée de coolies qui portaient ou traînaient des sacs de charbon.

— Nous sommes sur le second bras de la route de Haiphong, celle des mines, il y a toujours un important trafic, dit Kien en se penchant vers Léa.

Malgré les cahots, elle s'était assoupie. D'un geste tendre, il attira sa tête contre son épaule.

Quand Léa se réveilla, elle fut surprise de n'être plus secouée. Tout était calme, silencieux, hormis le bruit d'un moteur dégageant une forte odeur d'essence. Elle lança un coup d'œil vers Kien, mais elle se découvrit seule dans la cabine; le bruit du moteur n'était pas celui de leur véhicule. Étonnée, elle se redressa, constata qu'elle était entourée d'eau sur laquelle flottait le Dodge. Saisie d'une vague panique, elle se pencha à la portière. Assis sur le marche-pied, le regard perdu sur l'horizon, Kien fumait en paix.

— Où sommes-nous? Que faisons-nous sur ce radeau?

— C'est un moyen plus sûr et plus rapide de voyager. Nous passerons la nuit à Dong Triêu, chez les parents de Vinh.

— J'ai dormi longtemps?

— Plus de quatre heures.

— Quand arrivera-t-on? J'ai faim.

— Dans une vingtaine de minutes.

— Donnez-moi une cigarette, s'il vous plaît.

La pluie avait cessé. Les yeux mi-clos, Léa regardait descendre la nuit sur les forêts de pins et les roches calcaires qui dominaient la rivière.

Au débarcadère du song Kinh Thay, de petites marchandes de soupe et de fruits abandonnèrent leurs jeux pour se ruer en piaillant vers les arrivants. Kien et Vinh les écartèrent sans ménagement.

— Nous avons encore trois kilomètres à faire avant le dîner.

« Heureusement! » songea Léa qui se cramponnait pour résister aux cahots.

À Dong Triêu, ils se frayèrent un chemin à grands coups de klaxon à travers la foule d'un marché en plein air; une multitude de petites lampes à alcool étaient accrochées à des bambous ou placées devant les étals, posées à même le sol détrempé, face aux marchandes accroupies encombrées d'enfants aux jambes bottées de boue. La forte odeur des épices parvenait presque à dominer les relents d'essence, de poisson séché et d'urine.

— Nous sommes arrivés, dit Kien en s'arrêtant devant une échoppe qui disparaissait sous les ustensiles d'aluminium et d'émail bleu, les cages à oiseaux, les lampes, les balais, les chapeaux pointus de latanier, les roues de bicyclette, les chaînes, les cordes, les pièges à rats, les chaises, les petits bancs, les socques en bois, les pneus, les pantalons, les vestes et les longues tuniques multicolores.

Dans la boutique, le capharnaüm était plus grand encore. Vinh, suivi de ses compagnons, se faufila entre les caisses, les tonneaux, les jarres d'huile, les piles de boîtes de conserve pour atteindre une estrade sur laquelle trônait une vieille femme à l'air dur et autoritaire. Elle portait la coiffure des veuves et fumait une pipe à long tuyau. Vinh la salua avec le plus profond respect.

— *Ba oi, chau dên voi ban be cua chau, chau da noi voi ho, Ba se tiêp ho nhu Ba tiêp chau.*

— *Nha tôi không phai la môt phong ngu chau oi va tôi không ua nhung nguoi ngoai quôc.*

— *Ba oi nghe noi nha Ba thi luc nao cung tiêp don rât la nong hâu* [1], dit Kien en ponctuant ses mots de gestes de la main et des doigts.

Soudain, le comportement de la femme changea. Elle s'inclina et un sourire obséquieux révéla ses dents noires.

---

1. — Grand-mère, je suis venu avec des amis, je les ai assurés que tu les recevrais comme moi-même.

— *Nguoi ta noi dung! Chung chau luc nao cung se duoc tiêp dai rât la tu tê trong nha Ba. Di di lo ma tiêp ho di*[1], cria-t-elle à l'adresse d'un groupe de jeunes garçons et de filles qui se tenaient, craintifs, au bas de l'estrade. *Dua ho vao trong nha, moi ho uông va an va minh chuân bi môt chô ngu cho ho*[2].

— *Cam on Ba. Ba co thê cho tôi it nuoc nong dê Ba Tavernier rua mat*[3]?

La matrone acquiesça avec un sourire contraint. Kien la remercia de la tête et suivit Vinh qui lui faisait signe. Ils traversèrent un entrepôt à demi ordonné, puis accédèrent à des appartements privés qui ressemblaient à la caverne d'Ali Baba. Le lit, les sièges et la table disparaissaient sous les balles de coton, les coupons de satin, de rayonne et de soie. Devant l'autel des ancêtres brûlaient des bâtonnets d'encens et des veilleuses rouges. Vinh alla s'y incliner et alluma un paquet de ces bâtonnets.

— Que lui avez-vous dit pour qu'elle change si vite d'avis? demanda Léa.

— Je lui ai fait comprendre par certains signaux qu'il valait mieux pour elle qu'elle nous accorde l'hospitalité.

— Comment avez-vous su qu'elle comprendrait?

— Tous les commerçants reconnaissent à ces signes mon appartenance à l'organisation des Binh Xuyên.

— Les Binh Xuyên?

— Des brigands, mais des brigands d'honneur qui ne volent que les riches, protègent les pauvres et les faibles, pratiquent la solidarité envers leurs frères.

— Comme Robin des Bois, en quelque sorte!

— Si vous voulez. Je ne peux vous en dire davantage,

---

1. Ma maison n'est pas un hôtel, fils, et je n'aime pas les étrangers.

— Madame, on m'avait garanti que chez vous on était toujours bien reçu.

1. On ne vous a pas menti, vous serez toujours, vous et vos amis, les bienvenus dans ma maison. Allez, allez, occupez-vous de nos hôtes.

2. Conduisez-les dans ma salle, qu'on leur serve à boire et à manger, et qu'on leur prépare un endroit pour dormir.

3. Je vous remercie, madame. Serait-il possible d'avoir de l'eau chaude pour la toilette de Mme Tavernier?

sous peine de mort. L'organisation a pris naissance au milieu des années vingt dans la contrée du Rung Sat et les marais de Ly Nhon, à une trentaine de kilomètres de Cholon. Ces marais servaient de refuge aux hors-la-loi. Ils ont choisi le nom du village où ils se réunissaient pour élire leurs chefs. Ces chefs portent des tatouages rituels, ce qui leur permet de se reconnaître.

— Les vôtres sont des tatouages de chef Binh Xuyên ?

— Vous êtes trop curieuse, je ne peux vous répondre.

— Qui est le chef, alors ?

— Vous l'avez rencontré, c'est Bay Vien.

Fred vint interrompre leur conversation.

— Madame, si vous le voulez bien, le dîner est servi.

— Ce n'est pas trop tôt, je meurs de faim ! s'exclama Léa en lui emboîtant le pas.

Les plats abondaient sur la table. Deux jeunes servantes présentèrent des serviettes humides, chaudes et parfumées. Tous quatre se jetèrent sur les mets succulents. Pendant un long moment, on n'entendit plus que les bruits de mastication, le heurt des baguettes contre les bols et les soupirs de contentement de Léa. Au-dehors, les enfants attroupés sous la fenêtre ne perdaient pas une miette du spectacle et plus d'un salivait.

— *Choho vai cai gi ho cân*[1], fit Kien en les désignant aux servantes.

Les découvrant, Léa eut honte de sa gourmandise et se sentit rougir. Bien qu'elle eût encore faim, elle reposa ses baguettes.

— Il ne faut pas qu'ils vous empêchent de manger. On va leur porter du riz et de la viande.

Après une brève hésitation, elle accepta le plat de boulettes dorées qu'on lui tendait. C'était délicieux. Prise de remords, elle jeta un nouveau coup d'œil vers la fenêtre. Les enfants avaient disparu. Alors elle se régala sans mauvaise conscience. Fred et Vinh quittèrent la table. Repue, Léa alluma une cigarette.

— Vous êtes donc un bandit ?

---

1. Qu'on leur donne quelque chose.

Surpris, Kien la regarda et éclata de rire.

— Certains diraient cela.

— Mais vous, vous considérez-vous comme un chef de bande?

Il réfléchit sans cesser de sourire.

— Non. À vous je peux bien le dire, mon appartenance aux Binh Xuyên ne fait qu'ajouter du piment à mon existence. Je ne suis pas un repris de justice, comme la plupart.

— Vous avez eu beaucoup de chance. En France, vous auriez été vingt fois en prison.

— Heureusement pour moi, je ne suis pas en France!

Léa haussa les épaules.

— *Dây la nuoc nong cho Ba va cai va li cua Ba*[1].

Une jeune fille s'avança, portant un large baquet, suivie de trois gamins chargés chacun d'un seau de bois rempli d'eau fumante, puis d'un plus petit qui tirait la valise.

— Où est ma chambre?

— Choisissez, fit Kien en faisant un large geste de la main.

— Ici?... Dans cette salle?

Il déplia un paravent aux incrustations de nacre.

— Voilà, vous serez ainsi parfaitement à l'aise.

Déjà les gamins versaient l'eau dans le baquet. Une femme d'un certain âge entra à son tour avec des serviettes de toilette. Elle murmura quelques mots à Kien.

— Elle demande si elle doit vous aider à prendre votre bain.

— Remerciez-la. Je suis assez grande pour me laver toute seule. Maintenant, laissez-moi. Non, attendez... Où vais-je dormir?

Il lui désigna un haut lit de bois sur lequel une servante déroulait des nattes de paille.

— Je sais, cela n'a pas l'air très confortable, mais on y dort très bien, vous verrez.

— Cela va me rappeler la guerre, fit-elle d'un ton résigné en s'éclipsant derrière le paravent.

1. Voici l'eau chaude pour la dame, et sa valise.

22

— Monsieur Tavernier... Monsieur Tavernier, réveillez-vous!... Le président Hô Chi Minh accepte de vous recevoir.

François ouvrit péniblement les yeux. Le jeune officier viêt-minh, penché sur lui, le secouait.

— Dépêchez-vous, il faut se mettre en route.

— Nous n'attendons pas la nuit?

— Non, nous contrôlons la région.

— J'aimerais me raser avant de rencontrer le président.

— Nous n'avons pas le temps, les ordres sont formels. Nous devons partir sur-le-champ.

Ils marchèrent la journée entière et traversèrent Nguyên Binh de nuit. Le capitaine donna l'ordre de s'arrêter. Les soldats et lui-même se laissèrent tomber à terre, le visage décomposé de fatigue. Il ne pleuvait pas, mais un brouillard humide s'infiltrait, rendant toutes choses poisseuses. François s'efforçait de respirer profondément pour calmer les battements de son cœur; enfin, il approchait du but, il allait pouvoir s'entretenir avec l'homme en qui Leclerc voyait le seul à pouvoir ramener la paix en Indochine. Mais n'était-il pas déjà trop tard? Tant de sang avait coulé depuis la rencontre du chef de la 2e DB et du vieux révolutionnaire, tant de promesses non tenues, de mensonges s'étaient accumulés, qu'il fallait un optimisme sans faille pour croire qu'il en sortirait quoi que ce soit de positif. Et pourtant, le seul fait d'accepter de recevoir le représentant, même officieux, du président de la République française tendait à prouver que les ponts n'étaient pas totalement rompus.

Une sorte d'accablement envahissait François : qu'allait-il dire au président Hô Chi Minh ? Il n'était porteur d'aucun message, d'aucune proposition. Bien au contraire, on lui avait donné l'ordre d'abandonner sa mission, de rentrer en France, et il n'en avait pas tenu compte. Quoi qu'il dise, fasse ou obtienne, cela ne servirait à rien, car il était désormais dans l'illégalité. Les Français pourraient l'accuser de trahison malgré l'aide inattendue de Saigon. « Me voici une nouvelle fois dans un foutu guêpier », pensa-t-il en essayant de rattacher la semelle de sa chaussure avec un bout de fil de fer. Ah, il avait bonne mine, l'ex-représentant de Vincent Auriol, avec ses vêtements déchirés, souillés de sang et de boue, une barbe de dix jours, ses cheveux emmêlés et son odeur de bouc !

Un tout jeune soldat lui tendit un quart bosselé rempli de thé chaud.

— *Cam on*[1].

Peu à peu, ses compagnons de route se redressèrent ; dans le boudin de riz qu'ils portaient autour du cou ou de la taille, ils prirent une boulette gluante qu'ils mastiquèrent lentement, le regard vague. Le capitaine lui passa une gamelle d'un riz froid et collant sur lequel il versa quelques gouttes de *nuoc-mâm*. Affamé, il n'en perdit pas un grain. Puis il alluma une cigarette. Tous fumaient alentour et puisaient dans chaque aspiration une sensation d'apaisement.

Un grand calme régnait. Par moments, on percevait le cri d'un oiseau de nuit, un bruit d'ailes parmi les branches, la fuite furtive d'un petit animal, gibbon ou varan, ou le brame isolé d'un cerf dans la forêt. La guerre paraissait lointaine. Enfin, sur un signe du capitaine, tous se levèrent et reprirent la route.

Les arbres se faisaient plus rares ; la lune s'était levée,

---

1. Merci.

découvrant un paysage montagneux. Le chemin qu'ils gravissaient était escarpé; des pierres roulaient sous leurs pieds. Ils traversèrent un bois de pins, glissèrent sur le sol jonché d'aiguilles, puis débouchèrent dans une vaste cuvette surmontée de hauts massifs rocheux.

— Nous appelons cette région « les Blockhaus rouges », à cause de la couleur rougeâtre de la montagne, dit le capitaine.

— Cette cuvette me rappelle celle de Lam Son; j'y venais quand j'étais adolescent.

Le capitaine lui lança un regard interrogatif et méfiant.

— Vous semblez bien connaître le Bac Bô [1].

— Oui, pas mal.

On sentait que l'officier viêt-minh avait du mal à se retenir de poser des questions.

— Comment vous appelez-vous, je ne connais pas votre nom? interrogea François.

— Je suis le capitaine Dang Van Viêt.

— Vous n'avez pas l'accent de la montagne, d'où êtes-vous?

— Je suis originaire du Nghe An, dans le centre du Viêt-nam. Je faisais mes études de médecine à Hanoi quand la révolution a éclaté, en août 1945. Je me suis enrôlé dans l'armée révolutionnaire où l'on m'a confié la direction de l'école militaire et politique du Trung Bô [2]. J'ai été désigné par le haut-commandement pour vous escorter jusqu'ici.

— Parce que nous sommes arrivés?

— Oui, de l'autre côté de la cuvette, au pied de la montagne, est installé le siège provisoire du Comité interprovincial du Parti. Le président Hô Chi Minh s'y trouve.

Surgirent d'entre les rochers des hommes qui pointèrent leurs armes hétéroclites sur le groupe. Aucun bruit n'avait annoncé leur présence. Le capitaine s'avança en levant son kalachnikov. Après un bref conciliabule, Dang Van Viêt fit signe à sa troupe et à Tavernier de venir le rejoindre. Les

1. Tonkin en vietnamien.
2. Centre-Viêt-nam en vietnamien.

nouveaux venus dévisagèrent François avec curiosité. Puis tous reprirent leur marche. Peu après, le capitaine Viêt ordonna de s'arrêter et pénétra seul dans une case sur pilotis bâtie au flanc de la montagne. Il en ressortit une dizaine de minutes plus tard.

— Le président vous attend. Ne le fatiguez pas, il est souffrant.

Il grimpa à son tour à l'échelle de bambou. Seule une lampe posée sur une table éclairait la pièce aux murs de paille où on le fit entrer. Assis devant des cartes étalées sur la table, un homme d'une quarantaine d'années, aux épais cheveux noirs, leva la tête. Ce qui frappait le plus dans ce visage couleur d'ambre aux pommettes saillantes, aux narines larges, au front démesuré, à la bouche bien dessinée et aux lèvres sensuelles, c'était l'intensité du regard, puis l'intelligence qui en émanait. L'homme, vêtu comme un paysan, lui sourit. François éprouva une sympathie immédiate et fit de même en inclinant la tête.

— Le président Hô va vous recevoir dans quelques instants. Veuillez vous asseoir, fit l'homme en désignant un petit tabouret.

— Je vous remercie. Excusez-moi, mais j'ai l'impression de vous avoir déjà vu quelque part...

— Cela est possible. En 1946, j'accompagnais le président Hô Chi Minh en France.

— Je m'en souviens. Vous étiez le chef de la délégation vietnamienne à Fontainebleau... Vous êtes monsieur Pham Van Dông.

— C'est exact, monsieur Tavernier.

Une jeune fille vêtue d'un pantalon et d'une courte veste indigo gravit l'échelle. Elle portait un plateau de raphia où s'alignaient des gobelets et une théière en terre. À gestes gracieux, elle versa le thé.

— Servez-vous, monsieur Tavernier. Soyez le bienvenu parmi nous.

François remercia d'un signe et but une gorgée de liquide brûlant.

— Alors, monsieur Tavernier, quelles nouvelles de la

France? Quels nouveaux mensonges la République française vous a-t-elle chargé de nous débiter? Oh! là là! je n'ai pas oublié l'attitude de votre pays lors de la conférence de Fontainebleau où l'on nous avait fait venir pour discuter de la réunion des trois Ky[1] tandis qu'à Dalat, au même moment, on préparait leur séparation!

— Je n'étais, monsieur, ni en France ni au courant de la teneur de ces discussions.

— Bah! De toute façon, c'est le passé. Mais nous sommes devenus méfiants, monsieur Tavernier, très méfiants, conclut-il avec un rire surprenant, avant de se replonger dans l'étude de ses cartes.

Un homme sortit de derrière une cloison de paille.

— Je suis le secrétaire du président Hô, veuillez entrer.

— *Bac co khoe không*[2]? demanda Pham Van Dông.

— *Do nhung cai sôt van con rât nong*[3].

François pénétra dans une pièce sombre qui sentait le foin. Suspendue à une poutre, une petite lampe diffusait une chétive lumière.

— Approchez, monsieur Tavernier, dit une voix faible.

Peu à peu, ses yeux s'habituèrent à la demi-pénombre. Dans un coin de la chambre, allongé sur un lit de camp fait de bambous, le torse soutenu par des coussins de couleurs vives, les jambes et les épaules enveloppées dans des couvertures militaires, Hô Chi Minh, les yeux brillants, cigarette aux lèvres, regardait François en souriant.

Enfin, il était en présence de celui qui détenait, selon Leclerc et Sainteny, le pouvoir d'arrêter cette guerre. Mais il ne put s'empêcher de considérer la situation avec ironie : un malade aux traits tirés, à la frêle carcasse grelottante, couché dans une masure perdue au bout du monde, tenait tête à un pays cent fois plus puissant que le sien, et un faux émissaire en guenilles dudit pays, lui-même, se trouvait là, si près...

1. Les trois régions constitutives du Viêt-nam : le Tonkin, l'Annam et la Cochinchine.
2. Comment va-t-il?
3. Mieux, mais la fièvre est toujours forte.

— Vous souriez, monsieur Tavernier?... J'aime les gens souriants. Nous autres Vietnamiens, nous aimons rire. Hélas, nous n'en avons plus guère l'occasion depuis quelque temps. Asseyez-vous plus près de moi, vous êtes trop loin et cela m'oblige à élever la voix, ce qui fatigue le vieillard que je suis. Pouvez-vous me passer mon paquet de cigarettes?... Merci. Avez-vous du feu?...

Après quelques tentatives, François réussit à faire fonctionner son briquet.

— Merci. Mes amis disent que je fume trop, que cela est mauvais pour ma santé. Mais j'ai du mal à me refuser ce petit plaisir. Servez-vous, monsieur Tavernier, à moins que vous ne préfériez le tabac français?

— Je le préfère en effet, monsieur le président, mais le tabac américain fera l'affaire.

— Je n'ai jamais pu me faire à vos Gauloises... Mais il y a tant d'autres bonnes choses que j'aime dans votre pays!

Les deux hommes fumèrent un moment en silence. Hô Chi Minh, les yeux mi-clos, aspirait profondément la fumée. Les longs doigts tachés de nicotine tenaient la cigarette avec élégance.

— Pourquoi souriiez-vous tout à l'heure, monsieur Tavernier?

François hésita.

— Pardonnez-moi, monsieur le président, je trouvais la situation présente incongrue.

Hô Chi Minh se redressa sur ses coussins et se mit à rire, puis à tousser. Quand la toux se fut calmée, il essuya du revers de la main les larmes qui perlaient à ses yeux.

— Incongrue est le mot, monsieur Tavernier. Mais tout est incongru : la situation, vous, moi, la guerre... Trouvez-vous bienséant que nous nous combattions alors que nous avions tout intérêt, les uns et les autres, à nous entendre? Que voulait le peuple vietnamien? L'indépendance... Vivre libre sur la terre de ses ancêtres, y être heureux en paix, dans l'union et la fraternité, faisant sienne la Déclaration des droits de l'homme et du citoyen de la révolution française de 1791 qui proclame : « Les hommes naissent et demeurent libres et égaux en droit. » Vérité indéniable, n'est-ce pas?... Et pourtant, pendant plus de quatre-vingts ans, les colonialistes français, abusant du drapeau de la liberté, de l'égalité, de la fraternité, ont violé notre terre et opprimé nos compatriotes. Leurs actes vont directement à l'encontre des idéaux d'humanité et de justice. Ils nous ont imposé des lois inhumaines. Ils ont constitué trois régimes politiques différents dans le nord, le centre et le sud du Viêt-nam, pour détruire notre unité nationale et empêcher l'union de notre peuple... Ils ont construit plus de prisons que d'écoles. Ils ont sévi sans merci contre nos patriotes. Ils ont noyé nos révolutions dans des fleuves de sang... Ils ont jugulé l'opinion publique et pratiqué une politique d'obscurantisme... Ils nous ont imposé l'usage de l'opium et de l'alcool pour affaiblir notre race... Dans le domaine économique, ils nous ont exploités jusqu'à la moelle, ils ont réduit notre peuple à la plus noire misère et saccagé impitoyablement notre pays... Ils ont spolié nos rizières, nos mines, nos forêts, nos matières premières. Ils ont détenu le privilège d'émission des billets de banque et le monopole du commerce extérieur...

Les yeux étincelants, le visage animé, Hô Chi Minh s'était redressé sur son lit. Ce n'était plus le malade, l'homme fatigué qui parlait, mais un accusateur, un homme habité de profonds ressentiments, d'une haine violente envers ceux qui voulaient reconquérir son pays. Sur une caisse près du lit, il saisit un gobelet de thé qu'il vida d'un trait, puis jeta son mégot dans une boîte de conserve presque pleine. Après avoir allumé une nouvelle cigarette, il continua :

— Et il y a eu pire. À l'automne 1940, quand les fascistes japonais, en vue de combattre les Alliés, ont envahi l'Indochine pour organiser de nouvelles bases de guerre, les colonialistes français se sont rendus à genoux pour leur livrer notre pays... Depuis, notre peuple, sous le double joug japonais et français, a saigné littéralement. Le résultat a été terrifiant dans les derniers mois de 1944 et le début de 1945 : du Quang Tri au Nord-Viêt-nam, plus de deux millions de nos compatriotes sont morts de faim. Quand, le 9 mars 1945, les Japonais désarmèrent les troupes françaises, les colonialistes français se sont enfuis ou se sont rendus. Ainsi, bien loin de nous « protéger », en l'espace de cinq ans, ils ont par deux fois vendu notre pays aux Japonais. Avant le 9 mars, à plusieurs reprises, la Ligue viêt-minh a invité les Français à se joindre à elle pour lutter contre les Japonais. Les colonialistes français, au lieu de répondre à cet appel, ont sévi de plus belle contre les partisans du Viêt-minh. Lors de leur débandade, ils sont allés jusqu'à assassiner un grand nombre de prisonniers politiques incarcérés à Yen Bay et à Cao Bang... Malgré tout cela, nos compatriotes ont continué à garder à l'égard des Français une attitude clémente et humaine. Après les événements du 9 mars, la Ligue viêt-minh a aidé de nombreux Français à passer la frontière, en a sauvé d'autres des prisons nippones et a protégé la vie et les biens de tous les Français... En fait, depuis l'automne de 1940, notre pays a cessé d'être une colonie française pour devenir une possession nippone. Après la reddition des Japonais, notre peuple tout entier s'est dressé pour reconquérir sa souveraineté nationale et a fondé la République démocratique du Viêt-nam. La vérité est que notre peuple a repris son indépendance des mains des Japonais, et non de celles des Français.

Essoufflé, la sueur au front, Hô Chi Minh se rejeta en arrière et demeura un long moment silencieux, les yeux fermés. On entendait seulement sa respiration haletante. François se demanda s'il devait se retirer ou rester.

— Vous êtes toujours là ?

— Oui, monsieur le président.

— Vous avez fait un pénible voyage pour venir jusqu'à moi. Qu'avez-vous à me dire de la part du gouvernement français ? J'espère que ses propositions, s'il y en a, seront moins humiliantes pour votre pays et le mien que celles dont mon ami Paul Mus était porteur l'année dernière. Quand je pense que nous avions mis le champagne à rafraîchir pour fêter l'entente entre nos deux nations !

Étions-nous naïfs! Nous étions prêts à collaborer amicalement avec le peuple de France. C'est pourquoi nous avions signé la Convention préliminaire du 6 mars et le *modus vivendi* du 14 septembre 1946. Mais la réaction colonialiste, reniant sa parole, a considéré ces accords comme des chiffons de papier. Nous souhaitions sincèrement, à des postes précis, la présence de Français : des professeurs, des journalistes, des docteurs, des ingénieurs, nous voulions en avoir beaucoup, mais plus d'administrateurs. Nous pouvions nous arranger entre nous. Nous pensons maintenant qu'à aucun moment, la France n'a envisagé de tenir ses engagements vis-à-vis du Viêt-nam.

— Vous ne pouvez pas dire cela, monsieur le président. Des hommes comme Sainteny, le général Leclerc étaient sincères...

— C'est bien parce que je le pense et que vous venez en leur nom que j'ai accepté de vous rencontrer, monsieur Tavernier, même si, entre-temps, le général est mort et monsieur Sainteny a été accusé de trahison par ses propres amis. Et l'on parle de la duplicité des Asiatiques!...

François se sentait fatigué, sa blessure le faisait souffrir, mais il ne put s'empêcher de sourire à la dernière phrase de l'Oncle Hô. Non, en matière de duplicité, jamais les Français n'arriveraient au niveau des Vietnamiens; ils étaient trop cartésiens, empêtrés dans leur rationalité pour égaler dans le non-dit les adeptes de Confucius et de Lénine!

— Vous souriez encore, monsieur Tavernier. Pourtant, je ne vois rien là qui prête à sourire. Voyons, qu'avez-vous à me dire? Je vous écoute.

François réfléchit rapidement. Plusieurs jours s'étaient écoulés depuis sa rencontre avec Louis Caput et le télégramme reçu à Saigon qui annulait sa mission. Le Viêt-minh avait des espions partout, il était plus que probable qu'Hô Chi Minh fût informé de la teneur dudit télégramme.

— À la minute présente, monsieur le président, je ne

représente que moi-même. J'étais l'envoyé officieux du président de la République. Or, il a annulé ma mission, je n'ai donc plus rien à vous dire de sa part.

La cigarette aux lèvres, Hô Chi Minh le considérait attentivement.

— Et, malgré tout, vous êtes venu, constata-t-il sans le quitter des yeux. Pourquoi, monsieur Tavernier?

François se leva, envahit l'espace étroit de sa haute silhouette et leva les bras d'un geste fataliste.

— À cause du général Leclerc. Il m'avait convaincu que tout n'était peut-être pas perdu pour nos deux pays. Malgré sa mort, je me suis senti obligé de lui apporter une réponse.

À nouveau, ce fut le silence. La jeune fille rapporta du thé, ils le dégustèrent tout en fumant. Dans la pièce, la fumée stagnait à mi-hauteur.

— Monsieur Tavernier, je vous remercie de votre franchise. J'étais au courant de l'annulation de votre mission. Si vous m'aviez menti, je vous aurais fait fusiller. Votre attitude est celle d'un homme d'honneur et je vous félicite pour le respect de la parole donnée envers un mort. J'avais beaucoup d'estime et d'amitié envers le général Leclerc. Lors de nos entretiens, j'avais reconnu en lui une grande droiture avec, peut-être, un peu de naïveté. J'ai été peiné de ne pas le voir en France lors de mon long séjour en 46. J'ai toujours pensé qu'on lui avait donné l'ordre de ne pas me rencontrer. Sa disparition est une grande perte pour nos deux pays... Puisque vous n'avez plus aucun message à me délivrer, parlez-moi un peu de la France. Votre grand pays se remet-il de ses épreuves? Vos villes sont-elles reconstruites? La population arrive-t-elle à s'alimenter convenablement? Que pense le peuple français de cette guerre livrée par ses dirigeants à des milliers de kilomètres de chez vous?

— La vie en France est toujours difficile, monsieur le président. Le pain, le beurre, le charbon, les tissus sont encore rationnés. Les villes les plus détruites se relèvent lentement. L'industrie repart, tout comme l'agriculture.

Après ces quatre années terribles, les Français semblent décidés à participer au redressement de leur pays.

— Mais que pensent-ils de cette guerre? Lors de mon séjour en France, je n'ai pas eu l'impression que cela faisait partie de leurs préoccupations.

« La guerre d'Indochine, la plupart s'en moquent », pensa François.

— C'est vrai, monsieur le président, les Français ont trop à faire à l'intérieur de leur propre pays pour se préoccuper d'une guerre aussi lointaine, ainsi que vous l'avez remarqué.

— Une guerre qui tue beaucoup de leurs frères, de leurs fils. Savez-vous, monsieur Tavernier, combien l'armée française a subi de pertes au cours de l'année 1947?

— ...

— 5 345 tués et 9 790 blessés. C'est énorme, pour un pays comme la France qui sort à peine d'une guerre si meurtrière. Vous me direz que tous ne sont pas français, que, parmi les morts, nombreux sont ceux qui viennent des colonies... Ah, la France fait payer ses « bienfaits » au prix du sang! Sur ces morts-là, la mère patrie ne verse guère de larmes. Mon cœur est plein d'amertume et de tristesse quand je vois ces pauvres nègres nous combattre, nous, leurs frères en esclavage... Vous ne dites rien, monsieur l'ex-envoyé du président de la République française?

Qu'aurait-il pu ajouter? Il se sentait envahi par une si grande lassitude, un si profond écœurement...

— Connaissez-vous, poursuivit Hô Chi Minh, les effectifs du corps expéditionnaire en Indochine à la date du 31 mars 1948? 110 245 hommes, dont 61 343 Européens, 11 233 Nord-Africains, 3 768 Sénégalais et... 33 901 Vietnamiens!

François redressa la tête et fixa son interlocuteur.

— Je vois que cela vous étonne, monsieur Tavernier. Pour nous, c'est une honte, une douleur absolue... Comment peut-on trahir ainsi ses frères?

Le président ferma les yeux, comme accablé. François disséquait les chiffres fournis par Hô Chi Minh: on était loin des 53 000 hommes du début des hostilités...

La nuit s'était faite. Dans la pièce voisine, on entendait le crépitement d'une machine à écrire; au-dehors, un officier donnait des ordres à de jeunes recrues avec la même brutalité que dans toutes les armées du monde. Une odeur de soupe monta jusque dans la chambre, ranimant la faim de François. Une main appuyée sur sa poitrine, il se releva lourdement, renversant le tabouret. Hô Chi Minh rouvrit les yeux.

— Excusez-moi, monsieur le président.

— Je ne dormais pas, monsieur Tavernier, je réfléchissais.

— *Bac oi! Bac phai cân nghi*[1], dit Pham Van Dong en entrant dans la chambre.

— *Dung lo, anh Tô, tôi cam thây do*[2]. Monsieur Tavernier, continua-t-il en français, je vous remercie de votre visite. Nous nous reverrons peut-être un autre jour. Profitez-en pour reprendre des forces.

— Je vous remercie pour la cordialité de votre accueil, monsieur le président. Je vous souhaite une bonne nuit.

Arrivé au bas de l'échelle, François s'évanouit.

---

1. Oncle, vous devriez vous reposer.
2. Ne t'inquiète pas, Dong, je me sens mieux.

23

Malgré les objections de Fred, Kien avait tenu à s'arrêter aux Sept Pagodes, à Pha Lai, surnommée la « Citadelle abandonnée ». Jadis centre militaire, la région abritait encore des casernements pour la plupart en ruine, disséminés dans les collines où cantonnaient des troupes de la Légion étrangère.

Usant à la fois d'argent et de menaces, il avait réquisitionné l'un des bacs qui assuraient le transport entre Dong Triêu et Bac Ninh, et n'avait accepté l'embarquement d'une dizaine de moines bouddhistes en pèlerinage à Kiêp Bac que pour éviter les manifestations d'hostilité de la foule. Une petite marchande de soupe et sa sœur avaient réussi à se faufiler et à se dissimuler sous le véhicule. L'embarcation naviguait depuis une bonne heure quand Vinh s'était aperçu de leur présence.

— *Anh Kien oi, minh se lam cai gi voi ho? Minh liên xuöng duoi nuoc hay không* [1] ?

Les gamines s'étaient précipitées vers Léa en braillant.

— Qu'ont-elles à crier comme ça ?

— Vinh veut les jeter à l'eau.

Incrédule, Léa avait regardé Kien.

— Il plaisante, je suppose ?

— Je ne crois pas, elles n'ont rien à faire ici.

_____

1. Qu'est-ce qu'on en fait, patron, on les fout à l'eau ?

— Mais vous êtes des sauvages! s'était-elle exclamée en protégeant les fillettes de ses bras.

Kien avait éclaté de rire.

— Ici, c'est chacun pour soi. Elles savaient très bien qu'elles ne devaient pas monter à bord et que, découvertes, elles risquaient de se retrouver à l'eau. Mais rassurez-vous, je n'en ferai rien. *Bây gio chung may da co dây rôi, tui may nghich ngom qua, cu di nâu pho cho chung tôi ma phai thât la ngon*[1]!

Après plusieurs *lai*[2], elles avaient extrait de leurs paniers un réchaud à charbon de bois, des légumes, des bols, et s'étaient employées à le satisfaire.

La pluie avait cessé, une lumière d'orage illuminait le portique du temple royal situé sur une haute colline couronnée d'arbres séculaires. Léa et ses compagnons pénétrèrent dans une large cour où de magnifiques banians abritaient pèlerins et marchands accroupis entre leurs gigantesques racines.

— Pour nous autres Vietnamiens, ces arbres sont sacrés. Nous disons *thiêng*, car ils sont doués de pouvoirs surnaturels. Avant la guerre, au grand pèlerinage annuel de Kiêp Bac, à la huitième lune[3], on venait ici de tout le Tonkin. On y célèbre à la fois le culte des génies du sol, de l'air, de l'eau, et celui des morts. C'est le lieu de rendez-vous des *ông dông*[4] et des *ba dông*[5], qui cherchent à apaiser les *cô hôn*[6] et les *ma qui*[7]. Mais il arrive que les fantômes et les âmes errantes s'incarnent dans les sorciers.

— Arrêtez, vous allez me faire peur! Je n'ai jamais aimé les histoires de fantômes.

---

1. Puisque vous êtes là, mes démons, préparez-nous de la soupe, et qu'elle soit bonne!
2. Inclinaison de la tête et du buste, mains jointes.
3. Du 15 au 20 septembre.
4. Sorciers.
5. Sorcières.
6. Âmes errantes.
7. Fantômes.

— À votre place, je craindrais plus les vivants que de malheureux esprits qui errent en quête du repos éternel.

— Vous avez sans doute raison, mais il règne ici une atmosphère étrange, hors du temps...

Kien la regarda, comme troublé. Que pouvait comprendre à ce lieu une femme, une Occidentale qui ignorait tout de l'histoire de ce pays, de sa culture et de ses mœurs? Or, il avait déjà remarqué qu'elle était attentive à ce qui l'entourait et ne commettait guère d'erreurs dans ses appréciations.

Ils entrèrent dans le sanctuaire au sol recouvert de nattes et ôtèrent leurs chaussures. La fumée jaune des milliers de bâtonnets d'encens rendait l'air opaque et oppressant. Des panneaux de bois laqué rouge, marqués d'inscriptions d'or en caractères chinois, pendaient le long des murs. Sur les différents autels recouverts de soie étaient disposées, face à d'énormes statues de Bouddha, de ses disciples et de Confucius, les offrandes des fidèles. Ceux-ci, agenouillés ou debout, psalmodiaient leurs prières en forme de *lai* répétés à l'infini.

La foule vêtue de noir, à l'exception des tuniques vives de quelques jeunes filles et des robes éclatantes des moines, était composée en majorité de femmes et de vieillards. Les enfants eux-mêmes étaient habillés de sombre ou de couleur terne — seuls les bébés, pour la plupart portés par leur mère, étaient parés de rouge et de bonnets brodés.

— Ici est enterré l'un de nos héros, le prince Hung Dao. En 1288, il sauva Hanoi des troupes mongoles qu'il poursuivit et battit à Van Kiêp, non loin de cet endroit. Il fit exécuter deux des principaux généraux ennemis et jeter leurs têtes dans le fleuve. Mais l'esprit des morts restés sans sépulture vagabonda, semant la terreur et le mal parmi les populations. Aussi les habitants de la région ont-ils eu recours de tous temps au sauveur de la patrie, Hung Dao, un génie bienfaisant, pour apaiser et éloigner ces âmes errantes. Les autels qui entourent son tombeau sont dédiés à l'esprit de sa mère, de ses fils, de ses filles et de deux de ses généraux. Ce temple est également hanté par un génie malfaisant, le prince Tran Kien, qui guidait les envahisseurs sino-mongols du prince Thoat Hoan. Il fut tué lors de la retraite par les guerriers annamites du prince Hung Dao. On le nomme ici Pham Nhan, Face d'Abeille. C'est lui qui envoûte les femmes et les empêche de concevoir. Mais le saint veille et chasse le démon du corps de la femme. Les parents de celle-ci l'y aident, venus en longues processions précédés du tam-tam et de la flûte de cérémonie. Sur un bard recouvert d'une étoffe rouge, une douzaine d'hommes au turban de soie orange portent un bœuf rôti. Derrière suivent d'autres offrandes puis, entourée de sa famille, la femme, les seins serrés dans une large bande de soie du jaune orangé des célébrations. Près d'elle se tiennent des porteurs de sabres de bois laqué rouge, de drapeaux verts ou incarnats, de coffrets de laque noire contenant les papiers des suppliques. Les offrandes sont déposées en grande pompe sur la table des sacrifices. Puis, accompagné du son sourd du tam-tam et des gongs, de celui, strident, de la flûte, commence le cérémonial de l'exorcisme. C'est très impressionnant. J'étais tout enfant quand j'ai assisté à cela ; longtemps après, je me réveillais en pleurs. J'appelais ma mère, car je croyais être possédé par Pham Nhan, l'esprit du mal. Comme ces malheureuses qui se précipitaient pour noyer le *ma qui* [1], je voulais aller me jeter dans le fleuve Rouge. Il fallait toute la tendresse de ma mère, la patience de mon père et la sagesse de mon grand-père pour me ramener à la raison et calmer mes terreurs.

Tout en parlant, ils étaient parvenus aux abords d'une fontaine autour de laquelle brûlaient des bâtonnets d'encens. Des femmes y puisaient de l'eau à l'aide de petits pots de terre ou dans leurs mains. Elles s'en aspergeaient le visage, leurs seins et leur ventre dénudés, ou bien la buvaient.

— Pourquoi font-elles cela ? demanda Léa.

— Pour avoir des enfants beaux et forts. Mais l'on dit

1. Fantôme.

220

aussi que la fontaine miraculeuse de Kiêp Bac exauce les vœux des amoureux.

Léa s'approcha, prit de l'eau dans le creux de ses mains.

— Génie dont j'ai oublié le nom, fais en sorte que je retrouve François, murmura-t-elle.

Kien l'imita sans la quitter du regard, puis alluma une poignée de bâtonnets qu'il venait d'acheter à l'un des nombreux marchands.

Accoutrée à la vietnamienne, les cheveux relevés sous le grand chapeau pointu, Léa passait inaperçue. Il n'en était pas de même de Fred auquel la foule des fidèles lançait des œillades curieuses, vite détournées.

— Tu ferais mieux de retourner au Dodge, ta présence est trop voyante.

— Mais, Kien, vous ne pouvez pas rester sans garde du corps !

— Tu t'inquiètes pour rien, nous ne sommes pas à Cholon, et puis j'ai Vinh. Rappelle-toi, il tire plus vite que toi !

Fred s'éloigna, l'air mécontent, enfonçant son chapeau de brousse sale et déformé sur sa tête. Vinh fit dans sa direction un geste obscène que Léa intercepta.

De la terrasse qui surplombait le fleuve, ils contemplèrent les collines en forme de pain de sucre, la masse vert sombre des arbres, l'eau limoneuse sillonnée d'une multitude d'embarcations de pêcheurs et de marchands. À bord des jonques, des marmots leur faisaient des signes de la main ou bien plongeaient pour réémerger-plus loin en riant. Des femmes puisaient de l'eau, se coiffaient ou allaitaient leur bébé, tandis que des vieilles fumaient leur longue pipe. Des oiseaux chantaient, des fidèles priaient.

— Au moment des grandes cérémonies de la huitième lune, tout le long du fleuve aux eaux grossies par les alluvions écarlates, c'est une procession infinie de jonques décorées de guirlandes, d'oriflammes et de fleurs, chargées de pèlerins en costumes de cérémonie dont certains portent de petits autels de bois rouge et doré pour honorer leurs ancêtres. Un spectacle magnifique se déroule alors aux pieds des collines de Van Yên.

Il se mit à pleuvoir. La surface de l'eau fut piquetée de millions de gouttelettes. Ici et là, des parapluies — de notables, sans doute — s'ouvrirent. Les gens marchaient sans se presser, le temps n'avait pas d'importance. Un gamin tendit à Léa une fiole contenant une sorte de poudre grisâtre.

— Qu'est-ce que c'est? demanda-t-elle en la prenant.

— De la terre prise derrière l'autel du bon génie : un talisman. Gardez-le.

Kien tendit quelques pièces au vendeur qui les dévisagea, puis s'esquiva à toutes jambes.

— Il a vu que vous n'étiez pas vietnamienne, il va alerter les autres.

— C'est grave ?

— Non, mais il vaut mieux que nous partions d'ici. Vinh, va au camion.

Vinh partit en courant tandis que, d'un pas lent, ils se dirigèrent vers la sortie du sanctuaire. Ils étaient à mi-chemin quand des Jeeps de l'armée française surgirent avec des crissements de pneus et de freins dans la cour. Des légionnaires sautèrent hors de leurs véhicules, mitraillette à la hanche. Tout se figea, puis les mères hurlèrent le nom de leurs enfants, se mirent à courir en tous sens, bousculant les vieillards, tandis que les sous-officiers aboyaient des ordres. Roulèrent dans la boue les paniers des marchandes, les paquets d'encens, les rouleaux de suppliques, les monnaies d'offrande, les banderoles multicolores, les étendards brodés. Les bouddhas peints furent piétinés par des soldats qui, à coups de crosse, repoussaient la foule dans l'un des coins de la cour. Léa tomba. Kien la releva et tenta de regagner le porche. Un fusil jeté en travers de ses jambes lui fit perdre l'équilibre, il trébucha ; sa tête heurta une racine. Sous le choc, il perdit connaissance.

La rapidité et la violence de l'attaque laissèrent Léa paralysée ; elle avait l'impression de revivre l'invasion du domaine de Montillac par les miliciens de Bordeaux. Elle n'eut pas davantage de réaction quand un des légionnaires l'emmena avec les autres.

Des coups de feu claquèrent. Du haut du portique chuta un jeune garçon, entraînant un drapeau rouge marqué d'une étoile jaune qui se déploya le long de la pierre où le retint une aspérité. La vue de l'étendard excita la hargne des légionnaires qui le criblèrent de balles. Perdue au milieu des Vietnamiens, Léa sentit les corps se raidir et vit des poings se serrer. Près d'elle, une jeune Vietnamienne pleurait en silence, les yeux fixés sur le drapeau. Léa baissa la tête. Soudain, il y eut un ronflement, suivi d'une forte lueur. Léa se mit à trembler... Ils étaient revenus... Elle revoyait sa tante Bernadette transformée en torche... les mêmes rires... les mêmes cris... Son lance-flammes à la main, un jeune légionnaire riait en regardant brûler le drapeau vietnamien. Il se tourna alors vers la foule qui recula. L'épouvante envahit Léa. Hurlant à son tour, elle joua des pieds et des mains, jaillit de la cohue, arracha le chapeau qui la dissimulait et courut vers les soldats.

— Arrêtez!... arrêtez!... je suis française!

Le jeune légionnaire la regarda venir l'air hébété.

— Halte!

L'ordre brutal lancé par un lieutenant la figea sur place. La pluie était devenue plus drue. Le lieutenant s'approcha, l'arme contre sa poitrine, le casque rejeté en arrière sur sa nuque rasée. Il s'arrêta à deux pas et la dévisagea.

— C'est pourtant vrai qu'vous n'êtes pas viêt! Qu'est-ce que vous foutez ici, avec ce déguisement?

Léa essaya de parler, mais aucun son ne sortait de sa gorge.

— Sergent, venez voir par ici, on a attrapé un drôle d'oiseau!

— Qu'est-ce que c'est qu'ça?

— Capitaine, capitaine, attendez!...

Fred accourait dans leur direction.

— Capitaine...

— Je ne suis pas capitaine!

— Pardon, lieutenant... Cette dame est avec moi, ainsi que M. Rivière, dit Fred en désignant Kien qui venait vers eux, le visage ensanglanté, encadré par deux légionnaires.

— M. Rivière, ça? lança le lieutenant avec mépris.

Ce ton fit sortir Léa de sa torpeur.

— M. Rivière est français, je suis Mme Tavernier. Voici mes papiers...

Le lieutenant les examina avec attention, tendit la main vers Kien qui lui remit les siens. Fred fit de même.

— Que diable faites-vous dans cette région? Les civils n'ont pas le droit d'y circuler.

— Je ne savais pas, reprit Léa d'un air désinvolte. Nous visitons les temples et les pagodes. Ils sont nombreux dans le secteur, comme vous avez pu le constater.

— Vous êtes des touristes, en somme?

— Vous l'avez dit, lieutenant. Pouvons-nous repartir? Je suis attendue à Hanoi.

— Vos laissez-passer sont en règle. Je vais vous faire escorter jusqu'à votre véhicule. Cependant, madame, juste une question : pourquoi cet accoutrement?

— C'est plus confortable pour voyager, répondit-elle sèchement.

Sous le portique, elle détourna le regard en passant près du corps mutilé du jeune Vietnamien. Puis elle s'arrêta et, s'adressant au lieutenant :

— Qu'allez-vous faire de ces gens-là?

— Vérifier qu'ils ne cachent pas d'armes dans leurs paniers ou sous leurs vêtements. L'endroit n'est plus sûr, plusieurs des nôtres se sont fait massacrer par les Viêt-minh. Ils sont partout. Celui qui s'est fait descendre avec son drapeau n'était pas seul, j'en suis convaincu. La population les protège, par peur des représailles.

— Mais, parmi eux, il n'y a que des femmes et des enfants!

— Et des vieillards... À votre avis, où sont les hommes?

Léa haussa les épaules, elle avait hâte de se retrouver loin des Sept Pagodes.

Sous une pluie battante, ils remontèrent dans leur véhicule gardé par Vinh. Kien mit le moteur en marche. Le lieutenant leur fit un signe de la main. La voiture s'éloigna

224

et, très vite, dut ralentir à cause de l'état de la piste ; elle finit par s'arrêter devant une crevasse impressionnante. Les hommes descendirent, Léa prit le volant. Aidés de légionnaires, ils parvinrent à passer. Cramponnée au volant, Léa sourit à l'un d'entre eux : ce visage couvert de boue et de barbe, ces yeux si noirs lui rappelaient quelqu'un. L'homme aussi la regardait, les sourcils froncés. Le Dodge finit par s'arracher à la boue.

— Ne ralentissez pas, cria Kien en bondissant près d'elle.

Agrippés à l'arrière, Fred et Vinh se hissèrent à leur tour. Le véhicule roula jusqu'à l'embarcadère où le bac réquisitionné les embarqua aussitôt.

Kien et Léa fumaient en silence.

— Vous voyez comme les Français se conduisent au Vietnam, dit-il en pressant un mouchoir sur sa blessure. Vous n'en avez là qu'un pâle aperçu. La plupart du temps, ils tirent dans le tas...

— Je ne vous crois pas !

— Libre à vous. Cela aurait été intéressant de voir ce qu'ils auraient fait si vous n'étiez pas sortie de la foule en criant : « Je suis française ! » Avouez que vous avez eu peur ?

— Oui... J'ai peur de tout ce qui porte un uniforme et même... Oh ! mon Dieu !...

Léa avait porté ses mains à sa bouche. Blême, les yeux exorbités, elle se mit à frissonner.

— Qu'avez-vous ?

Les doigts crispés sur son visage, elle se balançait d'avant en arrière, de plus en plus vite, en faisant *non* de la tête. Kien lui prit les bras et la secoua.

— Allez-vous me dire ce qui se passe ?

— J'ai cru... j'ai cru..., parvint-elle à balbutier.

— Vous avez cru quoi ?

— J'ai cru...

— Quoi ? hurla-t-il en la secouant de plus belle.

— J'ai cru voir un Argentin.

— Un Argentin ?... Où ?... Quand ?...

— Tout à l'heure... L'un de ces légionnaires qui nous a aidés à franchir la crevasse.

— Pourquoi vous a-t-il fait si peur ?

— C'est un nazi... Son père hébergeait des Allemands qui avaient fui devant les Alliés, il aidait ceux qui étaient recherchés comme criminels de guerre. Son hacienda servait de lieu de réunion aux Allemands et aux Argentins pro-nazis. Son fils Jaime s'occupait de la propagande auprès des jeunes gens de Buenos Aires et de Mar del Plata. En Argentine, ils ont tué deux de mes amis. Mais je dois me tromper... Que ferait Jaime en Indochine ? Cette guerre n'est pas la sienne... Non, il est impossible que ce soit lui. N'est-ce pas que c'est impossible ? dit-elle d'une traite.

— Évidemment, vous avez été victime d'une ressemblance. Reposez-vous. Dans une heure, nous serons à Bac Ninh. Là-bas, des amis de mon père pourront nous recevoir. Comment s'appelait votre Argentin ?

— Jaime Ortiz.

Kien n'était pas aussi serein que son attitude le laissait paraître. Il s'était abstenu de lui dire que n'importe qui pouvait s'engager dans la Légion étrangère, que de nombreux Allemands s'y étaient enrôlés pour échapper aux poursuites ou continuer la guerre contre les communistes, que certaines unités en comptaient jusqu'à quatre-vingts pour cent ; ce qui n'était pas sans poser de graves problèmes au commandement, désireux d'éviter que l'allemand ne devienne la langue officielle de la Légion...

À Bac Ninh, ils logèrent chez un couple d'enseignants français qui vivaient en Indochine depuis vingt ans. Malgré les pressions de leur famille et de leurs enfants qui résidaient en France, ils se refusaient à quitter ce pays qu'ils aimaient et considéraient comme le leur. Poursuivis par les Japonais, ils avaient été sauvés et cachés par leurs anciens élèves. À présent, certains de ceux-ci avaient rejoint les rangs du Viêt-minh ; d'autres, ceux de l'armée française.

Le ravitaillement étant devenu difficile, les Duval s'étaient confondus en excuses devant la pauvreté de leur table. Pourtant, le repas fut excellent et copieux. Auprès de cette femme qui lui rappelait ses tantes, Léa se sentit en sécurité et dormit comme elle n'avait pu le faire depuis longtemps.

Le lendemain, on se quitta à regret.

Ils entrèrent à Hanoi par le fameux pont Paul-Doumer qui enjambait le fleuve Rouge sur une longueur de 1 652 mètres. Une marée humaine semblait prendre d'assaut les quelques dizaines de véhicules coincés au milieu de la multitude.

24

François Tavernier reprit connaissance plus tard. Son cœur battait avec une violence telle qu'il en tremblait. À l'endroit de sa blessure, il éprouvait une impression de fraîcheur; il se sentait léger, d'une immense faiblesse. Il revit le visage souffrant de Hong avec une acuité si vive qu'il ouvrit brusquement les yeux. Son regard se heurta à la pierre où couraient des fils électriques. La voûte, très basse, ne permettait pas de se tenir debout. Un homme, vêtu d'une blouse qui avait été blanche, s'avançait courbé, enjambant des blessés allongés comme François sur des nattes. Il était dans un hôpital souterrain du Viêt-minh. Les ampoules nues suspendues dispensaient une faible lumière qui, par instants, menaçait de s'éteindre. De nombreux blessés étaient amputés soit d'un bras, soit d'une jambe, quelquefois des deux. François se redressa et poussa un grognement. L'homme à la blouse se retourna. Il dit quelques mots à l'un de ses aides et se dirigea vers le Français.

— Vous voici revenu à vous, monsieur Tavernier. Vous êtes douillet comme une femme !

Surtout, ne pas se mettre en colère. Par expérience, il savait que les Vietnamiens adoraient faire sortir les Blancs de leurs gonds, leur faire perdre la face tandis qu'eux-mêmes restaient affables et souriants.

— Je suis le docteur Tuân. Votre blessure est vilaine,

mais peu grave. Ça n'est pas comme les leurs, fit-il en désignant les dizaines de malheureux gisant sur leurs nattes souillées.

La plupart des blessés étaient étonnamment silencieux, exhalant tout au plus quelques soupirs.

— J'ai soif, murmura François.

— *Dua cho no uông nuoc*[1].

Un des aides du docteur Tuân lui souleva la tête et lui fit absorber du thé fortement sucré.

— Qu'avez-vous mis dans le thé?

— Du sirop d'opium. Cela va vous aider à dormir. La nuit, les douleurs se réveillent, vous risquez de gêner vos compagnons par vos cris. Bonne nuit, monsieur Tavernier.

« Allez au diable! » pensa François en refermant les yeux.

Durant deux jours et deux nuits, il n'eut pas conscience du temps qui passait. Au matin du troisième jour, il se réveilla si frais et si dispos qu'oubliant où il était, il se leva d'un bond et se cogna violemment la tête. À demi assommé, il retomba sur sa couche. Près de lui, un jeune garçon amputé d'une jambe partit d'un éclat de rire. François lui jeta un regard noir. L'hilarité du blessé redoubla. Le médecin et l'infirmière, qui avaient assisté à la scène, imitèrent le jeune garçon et bientôt tous ceux, en état de le faire, s'esclaffèrent sans retenue. Devant une telle gaieté, malgré les élancements de son crâne, Tavernier fut pris à son tour d'un fou rire.

C'était un étrange spectacle que de voir ces éclopés s'amuser comme des gamins qu'ils étaient encore pour la plupart, oubliant dans le rire leurs souffrances.

Le médecin, le premier, recouvra son sérieux :

— Je dois vous remercier, monsieur Tavernier, d'avoir été la cause, même involontaire, de ce moment de détente pour mes camarades.

— Cela a été un plaisir pour moi, docteur Tuân.

— Montrez-moi voir ce bobo... Rien de grave. Vous en

1. Donnez-lui à boire.

serez quitte pour une bonne bosse. Faites attention en vous relevant. Il y a de l'eau à l'entrée de la grotte, lavez-vous. M. Dông vous attend.

Courbé, il suivit Tuân. Avant de sortir, il se retourna : des dizaines de regards noirs étaient posés sur lui. Combien de ces malheureux survivraient à leurs blessures ? Il leur adressa un signe de la main.

Dehors, il faisait froid. Tuân lui désigna un tonneau rempli d'eau auprès duquel s'alignaient des cuvettes bosselées, naguère en émail bleu ou blanc. À l'aide d'une boîte de conserve, François puisa de l'eau qu'il versa dans l'une des cuvettes, puis il se lava le visage et les mains.

— J'aimerais pouvoir me raser. Savez-vous où sont mes affaires ?

— Non. Mais vous allez revoir le camarade qui vous a conduit jusqu'ici. Il pourra sans doute vous répondre.

Sans attendre, François retira sa chemise et son pantalon raidis par la crasse et le sang, et se retrouva en caleçon. Après une brève hésitation, il l'ôta également et le jeta avec dégoût. Jamais, durant la guerre d'Espagne ou la bataille de Berlin, il ne s'était senti aussi sale. Autour de lui, les soldats vietnamiens ricanaient.

« Comment dit-on savon ? », se demanda-t-il en se déversant une cuvette d'eau sur la tête et la poitrine.

Il fut sauvé par Tran Van Viêt qui accourait en brandissant une serviette ainsi qu'un morceau de savon grisâtre. François le lui prit des mains et s'en frotta vigoureusement. Gêné par le pansement qui lui barrait la poitrine, il s'en débarrassa. La cicatrice rouge et boursouflée n'était pas jolie-jolie. Malgré la bosse qu'il sentait grossir sous ses doigts, il se frictionna le crâne avec énergie. Autour de ses pieds s'élargissait une flaque sanguinolente et noirâtre.

Viêt lui tendit la serviette.

— Merci. Avez-vous mes affaires ?

— Je regrette, monsieur Tavernier, nous ne les retrouvons pas.

— Il n'est pas question que je remette ces guenilles. Trouvez-moi des vêtements !

— Nous n'avons rien à votre taille, monsieur Tavernier, vous êtes très grand...

Accroupies devant leur feu sur lequel cuisait le riz, de vieilles femmes aux dents laquées riaient à gorge déployée tandis que les plus jeunes pouffaient en se cachant derrière leurs doigts écartés.

— Monsieur Tavernier, vous êtes un comique-né. Nous allons vous garder parmi nous, car dès que vous apparaissez, la gaieté s'épanouit dans les cœurs! lança le docteur Tuân en sortant de son « hôpital ». *Dua cho ông Tavernier nhung quan ao cua nguoi tu Phap. Sap den no không cân nua*[1]...

Un infirmier partit en courant et revint tout aussi vite, portant un baluchon. Sur un signe du médecin, il le tendit à François. Soigneusement lavé, repassé et plié, un uniforme de l'armée française, des sous-vêtements, des chaussettes reprisées avec minutie, une paire de brodequins cirés furent disposés sous les yeux étonnés de Tavernier.

— D'où tenez-vous cela?

— D'un de vos compatriotes mourant.

— Il y a des blessés français ici?

— Il y en a eu. La plupart sont morts, sauf deux qui vont bientôt les rejoindre.

— Vous ne les soignez pas?

— Pour qui nous prenez-vous, monsieur Tavernier, pour des bouchers? pour des bourreaux? Je suis médecin, monsieur, je connais mon devoir.

— Pardonnez-moi, docteur Tuân, je ne voulais pas vous offenser. Comprenez mon étonnement... Pourrais-je les voir?

— J'en référerai au commandement. En attendant, habillez-vous, vous êtes grotesque.

Le ton ne souffrait pas la discussion. François se glissa voluptueusement dans les vêtements propres. Les manches de la veste et les jambes du pantalon étaient bien un peu courtes, les chaussures un peu serrées; cependant, ainsi

1. Qu'on apporte à monsieur Tavernier les vêtements du prisonnier français. Bientôt, celui-là n'en aura plus besoin...

vêtu, il se sentait un autre homme. Son seul regret : ne pas avoir pu se raser.

— Êtes-vous prêt? M. Dôrig vous attend. Tenez, voici vos papiers et votre argent.

— J'arrive, merci, fit-il en coiffant ses cheveux trop longs et mouillés avec ses cinq doigts.

Pham Van Dông l'attendait, assis sous un pin, le dos appuyé au tronc; il lisait.

— *Anh Tô, dây la ông Tavernier*[1].

— *Cam on, anh Viêt. Dê chung tôi yên*[2]. Asseyez-vous, monsieur Tavernier.

François obéit.

— Je suis heureux de constater que vous allez mieux. Oh! là! là!... Je vois que vous vous êtes cogné la tête au plafond de notre hôpital! Oh! là! là!...

François palpa son crâne où saillait une bosse de taille respectable, et fit la grimace.

— Douloureux, n'est-ce pas? Ahahah!...

« Je ne vois vraiment pas ce qu'il y a de drôle », pensa-t-il en dissimulant sa mauvaise humeur.

— Le président Hô Chi Minh m'a chargé de vous dire qu'il avait été heureux de faire votre connaissance et de bavarder avec vous...

— N'aurai-je pas l'occasion de le revoir?

Pham Van Dông ne répondit pas à la question, il poursuivit :

— Nous avons été très patients, monsieur Tavernier, à l'égard de la France qui ne nous a jamais traités comme des interlocuteurs égaux, qui a parlé un double langage, séparant les trois Ky[3], divisant le Nord et le Sud, ramenant au pouvoir un homme aussi dissolu que l'ex-empereur Bao Daï. Puisque la France l'a voulu ainsi, c'est par les armes que nous conquerrons notre indépendance. Pour cela, le peuple vietnamien est prêt aux plus lourds sacrifices. Le président Hô l'a dit avec force aux autorités fran-

---

1. Voici monsieur Tavernier, camarade Dông.
2. Merci; Viêt. Laisse-nous.
3. Le Tonkin, l'Annam et la Cochinchine.

çaises, il n'a pas été entendu. Votre pays en subira les conséquences. D'autre part, monsieur Tavernier, je vous rappelle que vous n'êtes plus mandaté, même officieusement, par votre gouvernement. Vous n'êtes donc pas en mesure de transmettre un quelconque message. Nous allons vous conduire à proximité d'un poste français qui vous prendra en charge.

François savait sur Pham Van Dông ce que lui en avaient dit Lê Dang Doanh et Hai Rivière : fils d'un mandarin de la cour de Huê, orphelin de bonne heure, il avait été élevé par ses frères. Pensionnaire au lycée de Hanoi, il avait participé, en compagnie de ses camarades étudiants, à des manifestations nationalistes. Arrêté puis relâché, il était alors parti pour la Chine où il avait rencontré un compatriote, Nguyên Ai Quoc, le futur Hô Chi Minh, qui l'avait initié au marxisme. Communiste convaincu, il était rentré en Indochine en 1927 pour poursuivre la lutte. À Saigon, il avait été professeur de français à l'institution privée Nguyên Van Chiêu de Cholon. Arrêté après les sanglantes émeutes de 1930, il avait été déporté pendant six ans au bagne de Poulo Condore. Libéré par le gouvernement du Front populaire, il avait trouvé refuge auprès de sa famille. Vaguement reporter à *La Volonté indochinoise*, il avait continué à participer aux activités légales du parti communiste indochinois. Était-il parti pour Moscou, comme le pensait Hai, ou bien avait-il rejoint Hô Chi Minh à Canton, comme le croyait Lê Dang Doanh ? Seul Pham Van Dông aurait pu le dire. Après la création du Viêt-minh en 1941, il était entré clandestinement au Tonkin pour prendre une part active, en dépit de sa mauvaise santé, à la guérilla. Lors de la conférence de Fontainebleau, en juillet 1946, il avait conduit la délégation vietnamienne. Furieux de n'avoir pu obtenir que l'on fixât la date et les modalités d'un référendum en Cochinchine[1], outré par ce qu'il considérait comme une mutilation de la

1. L'amiral d'Argenlieu, haut-commissaire en Indochine, autorisa la constitution de la République de Cochinchine qui fut proclamée à Saigon le 1er juin 1946.

patrie, l'occupation des plateaux moï par les troupes du général Leclerc, il avait quitté avec éclat la salle de conférences, interrompant le déroulement des discussions. Rentrés au Viêt-nam, les dirigeants viêt-minh, en dépit du *modus vivendi* signé *in extremis* par Hô Chi Minh et le ministre de la France d'Outre-mer Marius Moutet, avaient durci leurs positions et procédé à de nombreuses arrestations au sein de l'opposition, tout en donnant l'ordre de cesser le feu. Il était évident que le Viêt-minh avait alors profité de ce cessez-le-feu pour renforcer ses dispositifs militaires, développer son emprise sur les populations, « reconstituer au Sud ses forces armées disloquées par l'ennemi »[1].

À présent, Pham Van Dông était ministre des Finances du Viêt-minh et l'un des proches du président Hô Chi Minh.

François éprouvait de l'attirance pour cet homme au visage basané creusé par la fatigue. Le front haut, la bouche large et charnue, les yeux malicieux, les mains fines et belles, il avait une voix chaude et charmeuse aux intonations chantantes. Au cours de sa vie tumultueuse, le Français avait ainsi connu d'irrépressibles élans de sympathie qui, quelle que fût la suite des événements, ne s'étaient jamais démentis. Il regretta de devoir repartir sans que fût apparue la moindre possibilité d'entente.

— Vous êtes bien silencieux, monsieur Tavernier. Je m'attendais à un flot de paroles mensongères de la part d'un ambassadeur de la France !

— Monsieur Dông, j'ai été envoyé vers vous par le président Auriol dans un désir sincère de renouer le contact entre nos deux pays...

— C'est extravagant ! Comment avez-vous l'audace de parler de sincérité quand, depuis 1945, le gouvernement français n'a cessé de nous berner, nous entretenant, par l'intermédiaire d'hommes en qui le président Hô Chi Minh avait placé sa confiance, dans le doute sur ses véritables intentions ? Non que je croie un seul instant que le général

---

1. Général Giap.

Leclerc, M. Jean Sainteny, M. Paul Mus ou M. Louis Caput aient été au courant de ses intentions. On s'est servi d'eux pour mener la politique du général de Gaulle, à laquelle se pliait servilement l'amiral d'Argenlieu, puis celle de M. Georges Bidault et des affairistes de tout poil qui entendaient reprendre l'exploitation du peuple indochinois. Mais de cela nous ne sommes plus dupes! La nation vietnamienne a lutté pour survivre et se développer durant plusieurs millénaires, elle a connu des pages d'Histoire à la fois douloureuses et épiques, brutales et glorieuses. Elle possède une vitalité puissante et durable, un esprit de lutte indomptable, elle est habitée par une grande fierté nationale et une non moins grande volonté d'indépendance. Tout cela, vos compatriotes ne l'ont pas compris!

Le visage de Pham Van Dông s'était animé, ses yeux noirs brillant, son menton dur pointé en avant. Il émanait de toute sa personne une volonté inentamable.

— Le président Hô Chi Minh, Giap, de nombreux camarades et moi-même, nous avions eu la naïveté de croire que la France, sortant de quatre années de lutte contre l'occupant allemand, serait à même de comprendre notre volonté d'indépendance. Oh! là! là! Quelle candeur! Mais notre révolution nationale est en marche, rien ne pourra l'arrêter. Plus tard, ce sera le tour de la révolution prolétarienne...

Son visage, tourné vers la montagne, parut s'éclairer comme s'il avait vu se profiler devant lui ces « lendemains qui chantent » promis par Lénine et ses compagnons.

Lisant dans les pensées du Français, Pham Van Dông ajouta :

— C'est seulement dans le socialisme et le communisme que nous trouverons notre libération, a déclaré dès le début des années vingt le président Hô Chi Minh. Le parti communiste et le peuple du Viêt-nam ont saisi cette occasion « unique en mille ans » pour s'emparer du pouvoir, proclamer l'indépendance nationale et fonder le nouveau Viêt-nam. Mais les ennemis de l'indépendance et de la

liberté au Viêt-nam, qui n'étaient pas complètement liqui-
dés, sont revenus. Les colonialistes français et, avec eux,
les forces impérialistes mondiales, en premier lieu les
impérialistes américains, ne sauraient accepter qu'une
colonie soit devenue la république démocratique du Viêt-
nam. Évidemment, beaucoup de sang coulera avant que
votre pays et le reste du monde reconnaissent l'indépendance de notre pays. Mais nous vaincrons, monsieur
Tavernier, nous vaincrons!

Le visage éclairé d'une vision intérieure, Pham Van
Dông se tut.

— Reverrai-je le président Hô Chi Minh?

— Non, il a quitté la région cette nuit. Vous comprenez,
monsieur Tavernier, nous allons vous laisser repartir et
nous ne pouvons pas prendre de risques...

— *Anh Tô, bây gio phai di*[1].

— *Vâng, tôi dên ngay*[2]. Monsieur Tavernier, je vous dis
adieu. Un jour, peut-être, la guerre finie, nous nous reverrons. Voyez-vous, malgré tout ce qui nous oppose, je reste
convaincu que le peuple vietnamien et le peuple de France
peuvent s'entendre.

Pham Van Dông tendit sa main droite. Fine et brune,
elle disparut presque dans la large paume du Français. De
sa main gauche, le révolutionnaire recouvrit alors les deux
poings unis et les étreignit comme pour communiquer sa
conviction à François. Incapable de proférer un mot,
celui-ci ressentit une émotion qu'il était bien en peine
d'analyser. Ils restèrent ainsi un long moment, souriants,
les yeux dans les yeux.

Puis Pham Van Dông desserra son étreinte et s'éloigna
comme à regret.

Songeur, François revint vers l'hôpital. Le docteur Tuân
achevait de se laver les mains.

— Docteur, avez-vous fait part de mon désir de voir
mes compatriotes blessés?

1. Camarade Dông, il est temps de partir.
2. Je viens, camarade.

— Oui, monsieur Tavernier, j'ai transmis votre requête, elle a été acceptée. Vous ne verrez qu'un des blessés. L'un est déjà mort, l'autre aura succombé avant la nuit. Suivez-moi.

François n'avait pas remarqué, près de l'entrée de l'hôpital, une construction de bambou devant laquelle se tenait un homme armé d'un fusil qui s'écarta sur un signe du médecin.

Il faisait tiède et sombre dans la hutte. La lumière filtrait à travers les feuilles de bambou, éclairant deux lits de camp. Sur l'un d'eux s'agitait un blessé. François s'approcha.

— Nous l'avons retrouvé au fond d'un ravin, les deux jambes arrachées par une mine, avec cinq ou six de ses camarades tués et autant de blessés dans un état grave. L'un d'eux, à notre approche, s'est tiré une balle dans la tête. Nous avons emmené les survivants, mais, à notre arrivée, trois étaient morts. Nous avons soigné ceux qui restaient. Celui-ci est le dernier, mais il ne tardera pas à rejoindre ses ancêtres, dit le docteur Tuân.

Les joues rongées par la barbe, le front en sueur, les yeux profondément creusés, les moignons de ses jambes enveloppés de pansements maculés, le jeune homme geignait. François s'accroupit et lui effleura l'épaule. Le soldat rouvrit les yeux. Il resta un long moment à dévisager l'homme qui se penchait sur lui.

— Vous êtes français? dit-il d'une voix faible où perçait l'étonnement.

— Oui.

— Ah bon! Vous nous avez arrachés aux Viêts?... Où sont mes camarades?... Ils vont s'en tirer, n'est-ce pas, docteur?... Je ne sais plus ce qui nous est arrivé!... Ah!

Un terrible sursaut le convulsa, il essaya de se redresser, puis retomba, son torse nu et luisant de sueur secoué de tremblements, les mains tendues en direction de François.

— Docteur... dites-moi... mes jambes?... Non!... C'est pas vrai!... Docteur!... C'est une blague, dites, c'est une blague?... Répondez-moi!

Le blessé avait agrippé François par sa chemise et le secouait avec une force démesurée.

— Reposez-vous, on va vous soigner, murmura François, bouleversé, en détachant les mains crispées du blessé.

Les larmes coulaient le long de ses joues terreuses, le pauvre corps était agité de sanglots qui ébranlaient le lit.

— Mes jambes!... mes jambes!... J'ai peur... Maman!... J'ai mal... Maman!...

Ce dernier cri emplit la cahute, puis ce fut le silence.

Tête baissée, François ne bougeait pas. Le docteur Tuân s'approcha :

— C'est fini, monsieur Tavernier. Le malheureux a cessé de souffrir.

Dehors, les montagnes étaient belles, le ciel traversé de nuages aux formes étranges, l'air doux parfumé de l'odeur marine des pins; les maquisards vietnamiens préparaient l'évacuation du camp, des enfants se poursuivaient en criant, deux jeunes filles, le fusil en bandoulière, auréolées de leur grand chapeau en feuilles de latanier, bavardaient avec vivacité. Plus loin, dans la vallée, des femmes travaillaient au milieu des rizières, des buffles paisibles tiraient de sommaires charrues. Tout était calme, silencieux, immuable.

Un garçon français de vingt ans venait de mourir loin de son pays, de sa mère, et cela ne changeait rien.

25

Ce fut une famille en deuil qui accueillit Léa au début du mois de juillet.

Une semaine auparavant, l'aïeul aimé et vénéré avait rejoint ses ancêtres. Lê Dang Doanh s'était éteint dans son sommeil. La sérénité de son visage avait fait dire à ses petits-enfants qu'il était mort en paix. Lien était la seule à ne pas partager cet avis. Les derniers temps, son grand-père s'était laissé aller à lui confier ses angoisses au sujet de l'avenir de son pays et de sa descendance :

— Je sais que le président Hô Chi Minh est un homme de cœur, honnête et bon, qui lutte pour l'indépendance du Viêt-nam, mais c'est aussi un chef communiste qui doit rendre compte à son parti des avancées de ce dernier. Saura-t-il en maintenir à distance les éléments durs ? Et vous, mes chers petits, qu'adviendra-t-il de vous quand les Français auront quitté ce pays ? Car vois-tu, mon enfant, cette guerre, notre peuple va la gagner, et cela est juste. Mais, après le bain de sang de l'indépendance, je redoute celui de la révolution. Les révolutions ont besoin de chair fraîche pour s'instaurer. Métis, vous êtes tous destinés à en être les victimes expiatoires. Cela me déchire l'âme, je préférerais vous voir partir pour le pays de votre père.

Après les obsèques, Lien avait fait part à ses frères Hai et Bernard du vœu de leur grand-père.

— Il n'en est pas question ! s'était écrié Hai. Ce pays est

239

le mien. Ma femme est vietnamienne, mes enfants sont vietnamiens. Quant à moi, je me sens plus vietnamien que français. Je reste ici et continuerai à me battre pour le sol natal.

— Le Viêt-nam n'a aucune chance d'exister sans la France, avait protesté Bernard, et je ne veux pas qu'il devienne un État communiste aux ordres de Moscou. Nous devons tout à la France. Sans elle, nous continuerions à croupir dans l'ignorance et la misère!

— Comment peux-tu proférer de telles bêtises?... Ne connais-tu pas la richesse de notre culture, la beauté de nos palais, de nos pagodes? Notre illustre famille et grand-père, respectés par nos plus grands lettrés, ne les comptes-tu pour rien?... Et le peuple, tu crois vraiment que le colonialisme lui a apporté la connaissance, la sécurité, la richesse, le bonheur? As-tu oublié notre colère quand nous lisions le livre d'Andrée Viollis que François nous avait envoyé en cachette? As-tu oublié nos larmes, notre honte d'être à moitié français, devant l'injustice faite aux prisonniers politiques, les procès bâclés, les faux témoins, les exécutions sommaires, les spoliations en tous genres?

— Les choses ont changé depuis 1931.

— Le crois-tu vraiment?

Bernard avait baissé la tête. Il se remémorait sa lecture de *Indochine S.O.S.* et le sentiment de révolte qui l'avait alors saisi. Mais, depuis lors, sans qu'il osât l'avouer à son frère, ce sentiment avait fait place à une impression de souillure: oui, son sang français était souillé par le sang annamite de sa mère. Et, comme il adorait sa mère et son grand-père, l'adolescent s'était considéré comme une anomalie de la nature, un renégat, et il avait enfoui au plus profond de lui ce qu'il appelait en secret sa « tare ». Son physique fort peu asiatique, son nom lui avaient servi à se faire des amis parmi les enfants de la colonie qui fréquentaient le lycée Albert-Sarraut. Jamais on ne le voyait jouer avec un lycéen annamite. Pendant un certain temps, ce rejet de son sang vietnamien était allé jusqu'à refuser de parler la langue vietnamienne et à feindre de ne pas la comprendre. La sévérité de son père, les coups de son frère n'avaient pu venir à bout de son entêtement. Il avait fallu une forte fièvre, qui avait mis ses jours en danger, et les paroles apaisantes et tendres de sa mère pour que le garçon, en pleurant, se blottisse contre elle en criant :

— *Xin lôi me, con thuong me. Xin lôi*[1].

Sa convalescence avait été longue. Son grand-père lui avait raconté d'anciennes légendes, lui avait lu des poèmes français et vietnamiens, avec une préférence marquée pour Victor Hugo. Souvent, le jeune Bernard se récitait ces vers d'une voix claironnante :

Les carrefours sont pleins de chocs et de combats.
Les multitudes vont et viennent dans les rues.
Foules ! sillons creusés par ses mornes charrues :
Nuit, douleur, deuil ! champ triste où souvent a germé
Un épi qui fait peur à ceux qui l'ont semé !
Vie et mort ! onde où l'hydre à l'infini s'enlace !
Peuple océan jetant l'écume populace[2] !

Pour lui, l'épi semé qui faisait peur, c'était le communisme qu'il fallait combattre. Lien aurait pu partager son point de vue, car elle était farouchement nationaliste, mais elle avait en Hô Chi Minh une totale confiance et pensait qu'il plaçait les intérêts du pays avant ceux de son parti. Pour l'heure, il fallait obtenir de la France cette indépendance si ardemment désirée, par la force, même, si cela était nécessaire.

Comme nombre de ses compatriotes, elle ne croyait pas à ce qu'on appelait la « solution Bao Daï ». L'ex-empereur, ex-conseiller de Hô Chi Minh, suscitait à la fois la méfiance du gouvernement français et celle des patriotes vietnamiens. Ces derniers dénonçaient comme une vaste mascarade la signature de l'accord du 5 juin 1948, en baie de Ha Long, à bord du croiseur *Duguay-Trouin*, en pré-

1. Pardonne-moi, Maman, je t'aime, pardonne-moi !
2. *Les Contemplations*, « Melancholia ».

sence du même Bao Daï. Signé par le haut-commissaire Émile Bollaert et le général Nguyên Van Xuân, ce texte « reconnaissait solennellement l'indépendance du Viêt-nam, auquel il appartenait de réaliser librement son unité ». Il stipulait en outre : « Le Viêt-nam proclame son adhésion en qualité d'État associé à l'Union française. » Certes, pour la première fois, la France avait accepté le mot indépendance, *doc lap*, si longtemps réclamé en vain par Hô Chi Minh, mais à aucun moment le peuple lui-même n'avait été consulté.

Lien réprouvait les actions sanglantes du Viêt-minh, mais avait-il le choix ? L'attaque à Dalat, le 1er mars, d'un convoi de soixante-dix véhicules pour la plupart civils, escortés par l'armée, avait fait quatre-vingt-dix morts. Parmi les cent cinquante civils emmenés en otages figu-raient sa meilleure amie et ses deux enfants. Depuis, aucune nouvelle d'eux, malgré l'intervention de sa belle-sœur Phuong auprès de son père Nguyên Van Dong, un des chefs de la Résistance.

Hai lui avait alors confié sous le sceau du secret qu'il allait rejoindre le maquis pour soigner les blessés en com-pagnie de sa femme. Accepterait-elle de prendre soin de ses deux filles ? Lien s'était jetée dans les bras de son frère et avait accepté de s'occuper de ses nièces.

— Que répondrai-je à Bernard et à Kien s'ils me demandent pourquoi les petites sont là ?

— Tu leur diras que nous pensons qu'elles sont plus en sécurité à Hanoi.

— Ils ne me croiront pas !

— Non, mais ce n'est pas important. L'important, c'est qu'ils conservent la face.

Bernard avait fait le nécessaire pour que sa femme Geneviève et sa fille Mathilde puissent partir pour la France. Le décès de l'aïeul n'avait fait que retarder leur départ.

Le lendemain du décès, la famille Rivière reçut la lettre de Léa annonçant son arrivée en Indochine. Ce message avait mis deux mois pour parvenir à Hanoi. Bernard avait aussitôt appelé son correspondant à la Banque d'Indochine de Saigon. Mme Tavernier, lui dit-on, avait séjourné quelque temps à l'hôtel *Continental*, qu'elle avait quitté. Un riche métis chinois, très honorablement connu à Saigon, Philippe Müller, était venu prendre ses affaires. D'après lui, Mme Tavernier serait partie à la recherche de son mari.

Hai, de son côté, avait essayé de savoir où se trouvait François. Son beau-père, Nguyên Van Dong, lui avait fait dire que le président Hô Chi Minh avait accepté de le recevoir et qu'il avait été reconduit à proximité d'un poste, entre Cao Bang et Lang Son ; la suite regardait les Français. Il n'y avait donc plus qu'à attendre son retour à Hanoi.

Ce fut Léa qui arriva la première. La stupeur de tous fut grande quand Kien présenta la jeune femme qui l'accompagnait, vêtue du traditionnel costume vietnamien :

— Voici la femme de François.

La fatigue, l'absence de maquillage, la simplicité de sa tenue faisaient paraître Léa toute jeune.

« C'est une enfant », pensa Lien, le cœur serré, en saluant à la façon indochinoise.

« Qu'elle est belle ! » se dit Léa en lui tendant la main.

Hai et Bernard, déjà séduits, se montrèrent plus démonstratifs.

— Savez-vous où est François ? questionna brutalement Léa.

— Nous savons qu'il est dans le Nord, répondit Hai.

— Est-ce loin d'ici ?

— Pas vraiment : deux cents, deux cent cinquante kilomètres, en principe occupés par l'armée française.

— Pourquoi « en principe » ?

— Parce que, dès la tombée de la nuit, en dehors des villes, le Viêt-minh contrôle tout.

Les épaules de Léa s'affaissèrent et elle se mit brusquement à pleurer, debout, les bras ballants, pareille à une gamine.

La bonté naturelle de Lien eut raison de sa jalousie. Elle prit Léa par le bras et l'entraîna à l'intérieur de la maison.

— Venez, vous êtes fatiguée. Je vais vous conduire à votre chambre. *Thuong, di sua soan buông tam*[1].

La jeune servante partit en courant.

Restés seuls, les trois frères burent le thé que leur présentait un jeune boy.

— Peux-tu nous expliquer comment tu t'es retrouvé en compagnie de Mme Tavernier? demanda Bernard.

— Ce serait trop long à vous raconter dans le détail, répondit Kien en s'allongeant sur un divan. Je l'ai rencontrée à Saigon où j'avais appris la présence de François par mes informateurs. Je lui ai donc offert de la guider. Malheureusement, son mari n'était plus à l'endroit indiqué. J'ai donc décidé de la ramener ici où elle attendra son retour.

— Mais c'était on ne peut plus dangereux de la balader ainsi avec toi! Où êtes-vous allés?

— On dirait un interrogatoire! Je lui ai fait visiter la baie de Ha Long, elle a beaucoup aimé...

— Je ne pense pas qu'elle soit venue ici pour faire du tourisme, observa sèchement Hai. Ton devoir était de nous avertir qu'elle se trouvait au Viêt-nam.

— Hai, cesse de jouer les aînés. Comment va Grand-père? L'a-t-on prévenu de notre arrivée?

Bernard et Hai baissèrent les yeux. La venue de leur frère en compagnie de Léa leur avait fait oublier un instant leur deuil. Aucun des deux n'avait le cœur à annoncer à Kien la triste nouvelle. Étonné par leur silence, il les considéra attentivement à tour de rôle.

— Vous en faites une tête! Grand-père est souffrant?

Sa dernière syllabe resta en suspens. Sous son hâle, il devint livide, ses traits se creusèrent, tandis que son cœur battait à tout rompre.

La souffrance de leur jeune frère raviva la leur. Hai ne chercha pas à retenir ses larmes.

— Quand? demanda Kien dans un souffle.

1. Thuong, va préparer un bain.

— Il y a une semaine, répondit Bernard. Il n'a pas souffert, il est mort dans son sommeil. Il a rejoint notre mère, sa fille bien-aimée. Qu'il repose en paix.

Kien se mit à sangloter comme un enfant.

Le bain tiède et parfumé rendit ses esprits à Léa. Lien lui avait dit de ne plus s'inquiéter, que le retour de François était imminent. Au besoin, on enverrait quelqu'un à Lang Son. J'irai, se dit-elle en s'assoupissant dans l'eau.

Kien disparut pendant trois jours. Il rentra à l'aube du quatrième, sale, empestant l'alcool, le visage marqué de coups, les poings écorchés. Il s'effondra dans le hall. Réveillée, Lien tenta de le traîner jusqu'à sa chambre, mais dut y renoncer. Appelée, Thuong vint l'aider à transporter le jeune homme.

— *Di muc nuoc va lây môt cuc xa bông*[1].

Elle dévêtit le corps inerte de son frère et se souvint des bains qu'elle lui donnait quand il était bébé. Elle rougit à le voir nu. Assistée de Thuong qui riait nerveusement en reluquant du coin de l'œil le sexe de Kien, elle le lava de la tête aux pieds.

— *Cam on, em*[2], murmura-t-il comme elle quittait la chambre.

Il dormit jusqu'au lendemain matin.

Léa avait occupé ces derniers jours à rencontrer des officiers, des fonctionnaires susceptibles de savoir ce qu'était devenu François. Aucun n'avait pu ou voulu lui fournir le moindre renseignement. Il régnait sur Hanoi une chaleur étouffante, sans le moindre souffle d'air. Elle retrouvait avec plaisir la fraîche demeure des Rivière qui lui parlaient d'un François qu'elle ne connaissait pas. Avec Lien, elle avait feuilleté les albums de photos recouverts de soie qui racontaient la jeunesse de l'homme qu'elle aimait, ses jeux, ses rires. Un rien perfide, elle demanda à la jeune femme :

1. Va me chercher de l'eau et du savon.
2. Merci, petite sœur.

245

— Il était amoureux de vous, à l'époque?

Lien avait rougi et répondu :

— Je crois qu'il m'aimait bien.

— Oh, plus que ça! Il m'a dit qu'il vous avait aimée.

Lien ne releva pas, mais ses jolies mains se crispèrent sur l'album.

— Parlez-moi de lui : comment était-il?

— C'était un très gentil garçon. Mon père, ma mère et mon grand-père l'aimaient beaucoup. Dès qu'il arrivait pour les vacances, la maison était sens dessus dessous, les domestiques ne savaient plus où donner de la tête à cause des blagues qu'il leur faisait et du désordre qu'il laissait partout. Mais il était si gai et charmant que personne ne lui en voulait. Avec lui, les vacances passaient vite. Chaque jour, il inventait des jeux inédits, proposait de nouvelles excursions, suscitait des fêtes, des parties de pêche, d'échecs, de cartes, de tennis. Nous n'avions jamais un instant de répit. Les seuls moments où il se tenait tranquille, c'était quand Grand-père lui donnait sa leçon de vietnamien ou bien lui demandait de lire des poètes français; il s'exécutait de bonne grâce et avec beaucoup de talent. Il faisait de chacun de nous ce qu'il voulait. Non seulement nous l'aimions, mais nous l'admirions. Dès qu'il était là, il devenait tout naturellement le chef. Ni Hai ni Bernard ne lui en tenaient rigueur. Cela leur semblait aller de soi...

Léa l'imaginait sans peine, jalouse de ces jeux qu'elle n'avait pas partagés. En écoutant et en regardant Lien, elle comprenait que l'adolescent en eût été amoureux. Et il ne fallait pas être très malin pour constater que Lien était elle aussi éprise de François. S'était-il passé quelque chose entre eux depuis qu'ils s'étaient revus? À l'évocation des jours insouciants de sa jeunesse, le visage de Lien s'était éclairé, la rendant plus belle encore. Le cœur de Léa se serra. Vite, retrouver François et repartir en France : ici, la concurrence était trop forte!

Malgré son deuil, Lien tint à lui faire connaître Hanoi. Le matin de bonne heure, ou en fin de journée, elles prenaient un cyclo-pousse et se promenaient à travers ville. Au début, Léa avait été gênée par ce mode de locomotion, mais, assez vite, elle s'y était habituée.

Hanoi avait presque retrouvé son allure de luxuriante préfecture coloniale. Hormis les sacs de sable protégeant les bâtiments administratifs et les militaires déambulant dans les rues, tout était comme avant la proclamation de l'indépendance, du moins en apparence.

Le but de leur première promenade fut le Petit Lac dont le conducteur fit le tour en pédalant doucement le long de l'eau à l'ombre des grands arbres. Il arrêta les jeunes femmes devant l'entrée du temple du Ngoc Son, sur l'île de Jade. Lien acheta à de vieilles femmes des paquets de bâtonnets d'encens.

— Regardez ce qui est écrit sur le fronton du portail, cela signifie : « Porte de la Montagne du Lac », et sur les côtés : « Cette voie mène à l'eau et à la montagne, c'est l'entrée des régions merveilleuses. »

— Comment s'appelle le lac ?

— Nous l'appelons *Hóan Kiêm Hô*, le lac de l'Épée restituée.

— Qu'est-ce que cela veut dire ?

— L'histoire remonte à l'époque où les Chinois occupaient notre pays, au début du XVe siècle. Notre ancêtre, Lê Loi, originaire du village de Lam Son, était pêcheur. Un jour, il lança son filet dans le Petit Lac et, au lieu d'en sortir du poisson, il ramena une épée étincelante. Il la cacha. Obéissant aux ordres des Invisibles, il partit à travers le pays pour soulever le peuple contre l'envahisseur chinois. Au bout de quelques années, il se mit à la tête des partisans qu'il avait rassemblés et combattit l'occupant, armé de l'épée qui lançait des éclairs. Cette guerre d'indépendance dura dix ans, de 1418 à 1428. Il y eut beaucoup de souffrances, beaucoup de morts, mais le peuple annamite finit par remporter la victoire. Après ce succès, Lê Loi se fit introniser à Thanh Long, autrefois le nom de

Hanoi, et, à la tête d'un cortège, portant l'épée miraculeuse, il alla offrir un sacrifice au Génie du lac Long Quân. Quand il parvint sur la rive, un terrible coup de tonnerre ébranla la terre, l'eau du lac devint noire et de hautes vagues se formèrent devant le roi et sa cour médusés. Alors, tous virent avec épouvante l'épée sortir de son fourreau. Celle-ci, après avoir transpercé une tortue étincelante comme une émeraude taillée, se métamorphosa en dragon couleur de jade qui s'engloutit dans les eaux du lac. La foule et le monarque tombèrent à genoux et s'inclinèrent à maintes reprises pour remercier le Génie du Lac qui avait pris la forme d'une épée et s'était servi de Lê Loi pour chasser les Chinois.

Appuyée au parapet du petit pont menant au temple, Léa avait écouté bouche bée cette histoire de dragon changé en épée, comme au temps de son enfance où son père lui en racontait de semblables avant qu'elle ne s'endormît. Souvent il lui disait : « Ferme ta bouche, petite, les fées vont te jeter un sort ! » Léa s'empressait d'obéir, mais, à nouveau captivée par les aventures de la Belle et la Bête, de Barbe-Bleue ou du Petit Poucet, elle laissait sa jolie bouche s'entrouvrir ; c'était sa façon à elle de montrer son plaisir.

« C'est vraiment une enfant, songea Lien. Kien faisait de même quand il était petit et que Grand-père lui narrait les légendes de notre famille... »

— Le petit pont sur lequel nous nous trouvons s'appelle Thê Huc, le Pont où repose le Soleil levant, précisa-t-elle. Venez, nous allons entrer.

Elles firent le tour de l'îlot, s'arrêtant pour contempler les eaux rougies par le couchant qui enveloppait de flammes un pagodon octogonal dédié au Génie du Lac. Des canards passèrent, rayant la surface lisse. Il y eut quelques instants de profond silence, bientôt rompu par les voix de crécelles des marchandes de souvenirs et d'encens qui se disputaient les chalands.

Avant de pénétrer dans le temple, Lien ôta ses chaussures, imitée par Léa. Elles enjambèrent le seuil de bois rouge. À l'intérieur, l'odeur d'encens était entêtante, de petites lampes à huile éclairaient faiblement l'endroit. Une dizaine de femmes se prosternaient devant des statues grimaçantes ou s'inclinaient à petits balancements, les mains jointes. Lien alluma une poignée de baguettes qu'elle tendit à Léa. À son exemple, elle les planta dans des vasques de cuivre remplies de sable.

— C'est ici le temple de Tran Hung Dao, vainqueur des Mongols, chuchota Lien.

La fumée d'encens, l'éclat des lampes rappelèrent à Léa le sanctuaire de Verdelais, mais là s'arrêtait la ressemblance. Le mobilier du temple se limitait à une sorte de gong à trois stèles encastrées et à deux cloches, l'une assez grande, l'autre petite.

Léa suivit Lien dans une autre salle dédiée au génie protecteur des lettres, Van Xuong. Devant sa statue, flanquée de celle de ses disciples, deux grues de cuivre faisaient office de chandeliers.

— Autrefois, les lettrés se réunissaient ici pour lire des poèmes, préparer les concours littéraires, étudier et méditer les livres canoniques. Regardez cet obélisque en forme de pinceau ; les caractères chinois gravés dans la pierre signifient : « calligraphiant sur l'azur ». Le portique recouvert de sentences s'appelle le Portique de l'encrier. François aimait beaucoup venir ici... Mais il fait déjà nuit, il nous faut rentrer...

Le lendemain, Kien les accompagna. La matinée n'était pas encore très avancée quand les jeunes gens, tous trois vêtus de blanc, arrivèrent dans le quartier chinois.

— Pourquoi « chinois » ? demanda Léa quand ils descendirent du tram, place du Négrier.

— Avant-guerre, c'étaient surtout les Chinois qui tenaient le commerce, répondit Kien. À présent, ils sont moins nombreux, mais nous continuons d'appeler ce lieu ainsi. C'est dans ce quartier que se réfugièrent les patriotes traqués par les Japonais, puis par les Français. Il existe tout un réseau souterrain reliant les maisons entre elles. C'est un labyrinthe qui a permis de tenir l'armée française en échec. Il n'y a pas si longtemps, il était imprudent pour un Blanc de se promener là.

— Et maintenant?

— C'est plus calme, mais il ne faut pas s'y fier. Mieux vaut pour vous ne pas y venir seule. Où souhaites-tu aller, Lien?

— J'aimerais me rendre au marché. Passons par la rue des Balances, nous reviendrons par la rue de la Soie.

Rue des Balances, la bien nommée, on ne vendait que des instruments de mesure de toutes sortes. À l'angle de la rue des Paniers, Léa s'exclama devant la finesse des travaux de vannerie; sur le pas de leur porte, les marchandes leur faisaient signe d'approcher. Léa allait d'une boutique à l'autre, ne parvenant pas à se décider.

— Prenez celui-ci, dit Kien en lui tendant un panier qu'il régla lui-même.

Ils tournèrent dans la rue des Médicaments. Sur le trottoir, des médecins donnaient leur consultation, rédigeaient des ordonnances que les patients portaient aux pharmaciens; des dentistes arrachaient des chicots sous les yeux écarquillés des gamins qui se pressaient autour d'eux. Dans des mortiers, les apothicaires écrasaient des substances innommables, accroupis devant leur échoppe où pendaient des panneaux rouges ornés de caractères chinois. Dans la rue flottait une odeur de girofle.

Léa tourna à droite, rue de la Laque, suivie par ses compagnons amusés.

— Nous revenons sur nos pas, fit observer Lien.

— Regardez ces coffrets, ces paravents, quelles merveilles! Je vous en prie, laissez-moi regarder!

Résigné, Kien se laissa tomber sur un petit banc et fit signe à une femme qui portait dans les paniers de son balancier un réchaud, une bouilloire et des tasses, et dans l'autre un tout jeune enfant:

— *Rot cho chung tôi nuoc chè, ba tach*[1].

De l'autre côté de la rue, quatre jeunes filles jetaient à

1. Verse-nous du thé, trois tasses.

250

Kien des regards en biais, essayant par leurs rires d'attirer son attention. Encore sous le choc de la disparition de son grand-père, il ne remarquait rien, ne ressentait plus rien qu'une immense fatigue. La fraîcheur de la main de Lien sur son front le tira de sa mélancolie.

— *Em oi, thôi dung qua buôn nua* [1].

— Où est Léa?

— Elle marchande.

— Il ne faut pas la laisser seule, fit-il en se redressant.

Léa revenait vers eux, les bras encombrés.

— Regardez cette boîte. N'est-ce pas une splendeur?

— Voulez-vous du thé?

— Volontiers! s'exclama-t-elle en s'asseyant à son tour sur un petit banc en rassemblant les plis de sa jupe blanche.

Il y avait quelque chose d'irréel à être assise là, sur un trottoir poussiéreux, buvant un thé brûlant, dévisagée par les passants, en compagnie d'un garçon et d'une fille d'une si grande beauté qu'ils semblaient ne pas appartenir à ce monde.

Ils restèrent ainsi un long moment, absorbés dans leurs pensées. La chute d'un cycliste et de son vélo, disparaissant sous d'énormes bottes de paille, les ramena à la réalité.

Au fur et à mesure qu'ils approchaient du marché, la foule chargée de sacs, de paniers, de balanciers, se faisait de plus en plus dense, les odeurs de plus en plus fortes, le sol de plus en plus sale, jonché de détritus parmi lesquels des chiens faméliques fouillaient avec frénésie en compagnie de cochons noirs. Rue du Riz se dressait la carcasse rouillée des grandes halles édifiées à la fin du siècle passé. Après la touffeur et la lumière crue de la rue, la pénombre et la relative fraîcheur de l'immense marché couvert paraissaient agréables.

Avec l'autorité que confère l'habitude, Lien se faufila à travers le dédale, interpellée par les commerçants accroupis sur leur étal en hauteur. Léa était fascinée par cette profusion orientale. Dans une allée plus large étaient

1. Petit frère, ne sois pas si triste.

251

posées à même le sol les cages des marchands de serpents, de singes, d'écureuils, de petits chiens, de canards, de poulets, de tortues. Plus loin, accrochées à des baguettes de bambou, celles contenant des perroquets ou d'autres volatiles. Enfin, Lien s'arrêta au marché aux fleurs. Deux jeunes femmes la saluèrent avec empressement et répondirent à ses propos avec des mouvements de tête approbateurs qui s'accentuèrent quand elle leur eut tendu un rouleau de billets.

Dehors, la chaleur leur sauta de nouveau au visage. D'un même geste, Léa et Lien remirent leur chapeau.

— Si nous allions déjeuner ? suggéra Kien.

— Très bonne idée ! approuva Léa. Je meurs de faim.

— Où ? demanda Lien.

— Chez le Chinois de la rue des Voiles, près du temple de Bach Ma, chez Thai Tô.

Presque toutes les maisons de la rue des Voiles étaient consacrées à l'art culinaire, et les différentes spécialités s'étalaient sous les yeux gourmands des badauds. Ils entrèrent dans un restaurant à la façade duquel pendaient toutes sortes d'oiseaux et des carcasses d'animaux enduits d'une sorte de sauce brune et dorée.

— Vous allez déguster ici le meilleur canard laqué du Tonkin, à moins que vous ne préfériez le pigeon ou les moineaux ?

Les doigts barbouillés de sauce, Léa attaquait son deuxième pigeon quand elle sentit qu'on lui empoignait la cheville. Elle baissa les yeux et poussa un hurlement. À ses pieds, un être aux membres écartelés comme ceux d'une gigantesque araignée, au tronc difforme recouvert de guenilles, levait vers elle un faciès aux yeux purulents. D'un bond, Kien se dressa, attrapa l'infirme par ses loques et le jeta dans la rue. Prise de nausées, tremblante, Léa se leva à son tour. Gisant dans la poussière, le monstre, tombé sur le dos, essayait de se retourner sous les rires et les quolibets de la foule qui s'était agglutinée. À travers les haillons, on apercevait la peau grise du ventre. En dépit de ses efforts et à la plus grande joie des spectateurs, le mendiant n'arrivait pas à se remettre d'aplomb. Des larmes d'impuissance laissaient des traînées plus claires sur ses joues sales. Léa s'élança et lui tendit la main. La stupeur se peignit sur les traits du malheureux, qui hésita un moment avant de prendre la main tendue.

Le geste de Léa rendit la foule silencieuse, vaguement réprobatrice. Peu à peu, les badauds s'éloignèrent. L'homme rajusta les hardes qui enveloppaient ses bras et ses genoux et se déplaça, insecte répugnant, en traînant ses pattes derrière lui. Pâle de dégoût, Léa rentra dans le restaurant.

Lien n'avait pas bougé.

26

Il y avait maintenant plus de vingt minutes que Tran Van Viêt avait abandonné François Tavernier dans un renfoncement rocheux de la RC4, avec pour seul bagage un sac de toile contenant une boule de riz gluant entourée d'une jeune feuille de bananier, une gourde remplie d'eau, un paquet de cigarettes, ses papiers et quelques comprimés de quinine enveloppés dans un lambeau de journal chinois. Accroupi dans son anfractuosité, François réfléchissait. En face de lui, la jungle paraissait s'étendre à l'infini, sombre et hostile. Un soleil de plomb faisait vibrer l'air au-dessus de la route défoncée. Partout planait un silence pesant, rompu par instants par le cri d'un animal, un battement d'ailes, la fuite d'un reptile.

— Cao Bang n'est qu'à cinq ou six kilomètres, lui avait dit l'officier viêt-minh en le quittant.

François se leva et prit la direction de la ville conquise par les Français en 1886. Bien vite, il ruissela de sueur. Sous le large feutre informe et maculé que lui avait donné Viêt, la bosse de son crâne battait comme un cœur. Il s'arrêta. Depuis un moment, il lui semblait percevoir une sorte de grondement; il tendit l'oreille et se retourna. En contrebas s'élevait un nuage de poussière. Le grondement s'amplifia. « Un convoi », pensa-t-il. Ami ou ennemi? Il reprit sa marche, attentif au moindre indice suspect.

— Faites attention, lui avait recommandé Tran Van Viêt, il y a des mines, celles des Français et les nôtres.

Le grondement se rapprochait. Au bout de quelques pas, François se glissa parmi la haute végétation bordant la route.

Précédant l'automitrailleuse de tête, des soldats marocains, le fusil contre la poitrine, doigt sur la gâchette, ou baladant un détecteur de mines devant eux, avançaient aux aguets. Leur tension était telle que François pouvait la sentir. Ce n'était pas le moment de surgir de son abri : les Marocains l'auraient tiré comme un lapin. Il laissa passer l'automitrailleuse, attendant la voiture de commandement.

Le grondement devint assourdissant, la poussière s'infiltrait à travers le feuillage. Dans un halo blanchâtre passaient des camions croulant sous une cargaison hétéroclite ou abritant sous un toit de chaume des dizaines de passagers; on reconnaissait ceux convoyant des Chinois aux grands caractères rouges peints sur leurs carrosseries. Suivaient des automitrailleuses, des GMC, des Jeeps, puis à nouveau d'autres camions civils... Le convoi semblait sans fin. Déjà le soleil déclinait. Une Jeep s'arrêta. Un adjudant-chef de la Légion en descendit et vint s'installer pour pisser sous le nez de François... Ce dernier sortit comme un diable de sa cachette devant le légionnaire ébahi, tenant son sexe à la main. François ne put se retenir de rire. Mais l'autre, sans se soucier de sa tenue, avait sorti son pistolet.

— À moi la Légion !

En un instant, une douzaine de soldats entourèrent François et le mirent en joue. Lentement, il leva les bras.

— Qui es-tu ? Qu'est-ce que tu fous là ?

— Je m'appelle François Tavernier, je me rends à Cao Bang.

— Monsieur va à Cao Bang, comme ça, les mains dans les poches ! Fouillez-le...

— Il n'a rien sur lui, chef.

— Donne ton sac... Ça va, tu peux baisser les bras.

Derrière eux, la caravane s'impatientait.

L'adjudant examina attentivement les papiers.

— Ils ont l'air en règle, mais ça ne me dit pas ce que vous foutez dans le coin.

François nota le passage au vouvoiement.

— Je l'expliquerai aux autorités militaires responsables de Cao Bang. Puis-je monter avec vous ?

— Ça va, en route. Faites gaffe ! Je n'ai pas une extrême confiance en vous. Au premier geste suspect, j'vous fais descendre !

La jeep fit un bond en avant, projetant ses occupants les uns contre les autres. Derrière eux, le convoi immobilisé s'ébranla à son tour dans des grincements d'essieux.

— Plus que deux kilomètres. Cette fois, on est passé sans accrochage. Il va falloir fêter ça, les gars !

— D'où venez-vous ? demanda François.

— De Hanoi, en passant par Thai Nguyên, Bac Can et Lang Lat. C'est la première fois que je fais la route sans que ces putains de Viêts nous attaquent. Mais il ne faut pas crier victoire tant que tout le convoi n'est pas passé. Il y a un mois, à hauteur de l'endroit où vous étiez, nous avons eu un capitaine et dix hommes tués, une vingtaine de blessés et quinze camions détruits. On ne sait jamais quand ils vont nous tomber dessus.

— Mais nous sommes presque arrivés !

L'adjudant-chef lui jeta un regard mauvais tout en croisant les doigts :

— Je vous ai dit qu'il ne faut pas chanter victoire tant que le dernier véhicule n'est pas entré dans la ville. Chaque jour, ils deviennent de plus en plus hardis. La nature est leur plus sûre alliée, ils se confondent avec elle ; la jungle est une mère pour eux, alors qu'elle est un piège mortel pour le corps expéditionnaire. Cette route, il nous faut chaque jour la reconquérir ; si nous la contrôlons avant Lang Son, elle est minée par les Rouges près de Cao Bang, assiégée devant Nguyên Binh, pilonnée au col de Lung Phai. Chaque kilomètre a connu son embuscade, chaque mètre a eu son mort. Cette route est celle de l'enfer. Passez-moi une cigarette, je vous la rendrai à Cao Bang.

— Ce ne sera pas la peine.

— Merci !

Pas un instant les yeux de l'adjudant-chef n'étaient demeurés immobiles, ils allaient et venaient de droite et de gauche, scrutant les profondeurs de la jungle. Bientôt apparurent les premières maisons de Cao Bang, ou plutôt ce qu'il en restait. Une épaisse poussière grisâtre et grasse recouvrait les ruines et la végétation qui les encerclaient. Nus, couverts de boue séchée, des enfants malingres se glissaient de mur en mur, d'arbre en arbre, prêts à s'éparpiller à la moindre alerte. D'autres, plus hardis, marchaient le long du convoi en tendant la main.

— La semaine dernière, un gamin a glissé sous la chenille de mon automitrailleuse, ce n'était pas beau à voir. Croyez-vous que les autres se soient inquiétés ? Ils ont fait comme si de rien n'était. Nous avons tiré ce qu'il restait du gosse sur le bas-côté, nous attendant à ce que les parents surgissent, armés de bâtons. Rien ! Plus tard, ceux qui roulaient derrière nous ont dit avoir vu une jeune femme ramasser les morceaux et les fourrer dans un sac. Ça m'a fait quelque chose ; ce môme, il avait de grands yeux, guère plus de sept à huit ans. Pourtant, ce n'était pas le premier petit de *nhà que* que je tuais... mais les enfants, je m'habitue pas, vous comprenez...

François comprenait que la guerre et ses horreurs l'avaient rattrapé et que les petits Vietnamiens avaient rejoint dans son souvenir les petits Espagnols fuyant les hordes franquistes, les petits Juifs massacrés dans les camps, les petits Français brûlés vifs, les petits Allemands tombés sous les chenilles des chars soviétiques. Tous ces millions d'enfants qui ne grandiraient pas... Il pensa à ce fils qui lui était né et se jura de tout faire pour qu'il vive en paix. Mais que serait une paix qui ne serait pas mondiale ? À quoi auraient servi tant et tant de morts si renaissait sans cesse ici ou là le même fléau ? Léa n'avait-elle pas raison quand elle disait que les hommes aiment la guerre, la traque, la violence et le sang, que la mort est le juste prix à payer pour ce délire dans lequel ils se sentent vivre ? « C'est comme un jeu, disait-elle, un jeu d'autant plus excitant qu'il est mortel. J'ai l'impression que cela ne finira jamais, que, victimes ou bourreaux, nous sommes tous complices, responsables des règles de ce jeu. D'ailleurs, les rôles sont interchangeables : si elle n'est pas tuée, la victime d'aujourd'hui sera le bourreau de demain. Je comprends cette fascination : j'ai l'impression que cette folie sanguinaire donne un prix à la vie, que c'est le luxe de l'être humain que de dilapider ce qu'il a de plus précieux : sa vie et celle des êtres qu'il aime. Les mères ne semblent pas partager tout à fait ce point de vue, et pourtant, ce sont elles qui élèvent les enfants : comment se fait-il qu'elles ne parviennent pas à extirper de leur âme ce germe néfaste ? Pourquoi ? Pourquoi ?... »

Pendant quelques instants, François n'entendit plus le vacarme des camions, l'aboiement des ordres, les cris, les jurons, le cliquetis des armes, il se retrouva sur la terrasse de Montillac, serrant contre lui une Léa en proie au désir de refaire le monde. Comme elle était belle dans l'indignation, si belle qu'il avait eu une envie folle de lui faire l'amour, là, sur cette terrasse. Elle s'était débattue, il l'avait saisie, mais elle avait réussi à lui échapper et à se faufiler à travers les arbustes en contrebas. Il l'avait poursuivie, gêné par son sexe durci, plaqué contre son ventre. À travers les vignes, la robe claire de Léa faisait comme un phare. Il l'avait rattrapée, basculée sur le sol. Cette fois, elle n'avait pu lui échapper et, sans se soucier des pierres qui la blessaient, il s'était enfoncé en elle.

— Ça va, mon vieux ?... On dirait que vous voyez Dieu en personne ! lui lança l'adjudant-chef, intrigué par l'expression de béatitude qui s'était répandue sur le visage de son passager.

— C'est à peu près ça... Je pensais à ma femme !

— Eh ben ! Elle a l'air de vous faire de l'effet ! s'esclaffa le légionnaire.

Il ne restait rien des remparts érigés au XVIIe siècle par les rois usurpateurs de la dynastie des Mac, rien non plus des constructions coloniales du début du siècle. Les temples, élevés pour la plupart par les Nguyên, avaient été détruits ou bien disparaissaient parmi les constructions nouvelles ou la végétation qui envahissait les décombres. Cette ville dont le nom signifie « Paix dominante » ressemblait à un vaste chantier qui aurait drainé toute une population de manœuvres, de marchands, de prostituées, de bandits, d'aventuriers, d'administrateurs, tous au service de deux ou trois mille guerriers de toutes armes pris dans la boucle formée par le confluent de la rivière Hiên avec le fleuve Mang Giang. Dans cette oasis, les militaires trouvaient tout ce que la piastre pouvait procurer. De part et d'autre de la rue principale défoncée et jonchée d'immondices régnait, au milieu des ruines, une activité commerçante qui n'avait rien à envier à celle de la rue de la Soie à Hanoi, ou à celle de la rue des Marins à Saigon. Une foule de femmes et d'enfants proposaient des articles pour le moins inattendus dans une ville de garnison d'un pays en guerre : des sous-vêtements féminins aux couleurs agressives, des cigarettes anglaises et américaines, des revues pornographiques, des livres en français et en vietnamien, des cartes postales jaunies, des phonographes. Les bribes d'une chanson parvinrent, malgré le vacarme, jusqu'à François : *J'attendrai le jour et la nuit, j'attendrai toujours ton retour...*

— Ici, tout est à vendre : les gens et les choses. Il n'est rien qu'une poignée de piastres ne puisse obtenir. Voulez-vous un garçon, une petite fille ? Vous n'avez qu'à choisir et payer. Le commerce, la prostitution, le trafic de l'opium et des armes ont enrichi la ville, en particulier les Chinois qui, là comme ailleurs, ont la haute main sur le négoce. Regardez : on a relevé les décombres, construit en dur cinémas, cafés, dancings, bordels, boutiques. La ville vit au rythme du passage des convois, car tout ce qui se vend, tout ce qui vit ici est venu par la RC4. La population comme l'armée sont suspendues à l'écoute de la radio du convoi, diffusée partout, au mess comme au marché. « Nous avons passé le kilomètre 32 sans encombres... Les

259

voitures de tête ont sauté à Na Cham... La route est bloquée au col de Lung Phai... Les Viêts attaquent à la grenade... De nombreux camions sont en flammes... Mon lieutenant vient d'être tué près de moi... Il en arrive de partout... Envoyez des secours... » Alors le haut-commandement envoie des tanks, des automitrailleuses. Un grand silence s'abat sur la ville pour mieux entendre la radio du convoi attaqué qui décrit le déroulement des combats. Parfois, la voix se tait : on sait alors que le radio est mort ou grièvement blessé. Puis une autre voix se fait entendre. Jusqu'à présent, il y a toujours eu un survivant pour raconter... Quelques heures plus tard arrive ce qui reste du convoi, les véhicules qui n'ont pas brûlé charriant les morts et les blessés. Dans ces moments-là, on pense aux copains qui y sont restés. Après les rapports, l'enterrement, on se saoule la gueule ou on va voir les filles. On pleure en faisant l'amour. Elles ont beau être des putains, elles nous cajolent et nous bercent comme des enfants, ces femmes dont les frères, les maris ou les amants nous font la guerre et nous tuent. Sans doute, quand elles les retrouvent, font-elles de même pour eux.

Le convoi s'arrêta sur une grande place déjà encombrée de camions militaires. Tavernier et l'adjudant-chef sautèrent à terre.

— Venez, je vais vous conduire au lieutenant.

Ils traversèrent la place où se dressait la carcasse de la Poste et pénétrèrent dans un bâtiment délabré dont les fissures avaient été colmatées avec du ciment. À l'intérieur, cela tenait du commissariat de quartier, de l'arrière-boutique d'un commerçant chinois, de la salle d'attente d'une gare de banlieue. L'odeur était la même, rehaussée par celles de la soupe tonkinoise et du *nuoc-mâm*. L'adjudant-chef frappa à une porte.

— Entrez.

Un colosse barbu dont la chemise ouverte jusqu'à la taille laissait voir le torse puissant et velu, assis derrière un bureau encombré de paperasses et de bouteilles de bière, repoussa du pied une toute jeune Annamite et reboutonna sans hâte son pantalon. Son visage rouge et luisant portait encore la marque du plaisir que lui avait procuré la fillette qui s'essuyait la bouche du revers de la main. Celle-ci se tenait immobile, toute menue dans sa tunique blanche.

— *Dên dây*[1], lui ordonna le lieutenant.

Il lui fourra quelques billets dans la main. Elle remercia, les mains jointes, en s'inclinant à plusieurs reprises.

— *Tro lai ngay mai cung gio nay*[2].

François éprouva pour l'homme une brusque aversion.

— Comment s'est passée votre promenade, adjudant-chef? Pas fait de mauvaises rencontres?

— Non, mon lieutenant, tout s'est bien passé.

— Qui c'est, celui-là?

— Un civil, mon lieutenant, trouvé sur la route.

— En promenade lui aussi, sans doute, à moins que ce ne soit un de ces salauds de communistes français qui désertent sur ordre de Moscou pour rejoindre le Viêt-minh? Fumier, traître, hein, c'est ça, avoue que c'est ça!

Le lieutenant s'était levé et avait envoyé son poing en direction de François qui l'esquiva. L'autre manqua de s'étaler, ce qui décupla sa rage. Les yeux injectés de sang, il se rua en avant. Un crochet du droit l'envoya valdinguer à travers la pièce.

— Ah, tu veux te battre, enfant de putain! Tu vas avoir droit à ta raclée!

— Je n'y tiens pas, je ne suis pas venu pour ça, répondit posément François. Je voudrais voir votre colonel. Mais, si vous y tenez...

— Fumier!

Les deux hommes se jetèrent l'un sur l'autre, assenant et recevant des coups à tour de rôle. Le bruit de la bagarre avait attiré les légionnaires qui encourageaient le lieutenant de la voix et du geste, même si la plupart n'étaient pas mécontents de le voir se faire rosser. Car, en dépit de

1. Viens ici.
2. Reviens demain à la même heure.

la blessure qui le faisait souffrir et qui s'était rouverte, tachant sa chemise, François avait pris le dessus.

— Qu'est-ce qui se passe, là-dedans?

Les légionnaires se figèrent dans un garde-à-vous impeccable. Celui du lieutenant fut moins réglementaire.

— Repos. Je répète ma question : que se passe-t-il ici?

— C'est ma faute, mon colonel.

— Qui êtes-vous? Vous ne faites pas partie du régiment?

— Non, mon colonel. Je sollicite une entrevue. Je m'appelle François Tavernier.

À la lueur qui passa dans l'œil de l'officier, François comprit qu'il avait été informé de sa présence dans le Nord-Tonkin.

— Allez vous faire panser. Je vous attends ce soir à dix heures. Vous n'aurez qu'à demander la résidence du colonel Simon. Quant à vous, Thévenet, j'aimerais que vous modériez vos ardeurs. Vous accompagnerez M. Tavernier jusqu'à mon domicile. Trouvez-lui un endroit convenable où se loger.

— Bien, mon colonel.

La nuit était chaude et claire. La plupart des rues étaient plongées dans une pénombre trouée çà et là par la lueur d'un brasero ou d'une lampe à huile. Tout était calme. Seul l'aboiement d'un chien rompait par intervalles le silence. Après le tohu-bohu, les lumières vives, la foule compacte de l'artère des cafés et des bordels, on avait l'impression de se retrouver dans un autre monde.

Tavernier et Thévenet n'avaient pas échangé un mot depuis qu'ils avaient quitté l'établissement de la mère Casse-Croûte, où les légionnaires aimaient à se réunir autour d'une bouteille de champagne ou de cognac-sodas. François avait offert de nombreuses tournées. La tenancière, une Annamite au visage grêlé, s'affairait pour répondre au moindre désir d'un si généreux client. Des Allemands s'étaient mis à entonner *Lili Marlene* aux sons de l'accordéon d'un titi parisien, tandis qu'un Espagnol, un Grec, un Polonais, deux Français, un Russe et un Portugais les accompagnaient en fredonnant.

François s'était joint à eux, sensible à ce climat de complicité virile qu'il avait souvent partagé durant la guerre. Le temps d'une chanson, d'une beuverie, les hommes oubliaient leurs camarades morts, leur pays perdu, leurs rivalités dans la chaleur d'une gargote...

Le lieutenant s'était tenu à l'écart, buvant beaucoup. Malgré cela, c'est lui qui avait fait signe à François. Il était temps de partir.

Après avoir longé le fleuve, ils s'arrêtèrent enfin devant une villa européenne. Une sentinelle y montait la garde.

— Lieutenant Thévenet, une visite pour le colonel.

— Le colonel vous attend, entrez.

L'intérieur de la villa ressemblait à tous les logements de fonction de militaires en garnison : mobilier quelconque, éclairage sinistre. Seuls quelques beaux tapis égayaient les lieux. Sous une lampe, une femme brodait. Elle se leva, posa son ouvrage et vint au-devant des nouveaux arrivants.

— Bonjour, lieutenant. Bonjour, monsieur. Monsieur Tavernier, sans doute ? Je suis madame Simon, la femme du colonel. Veuillez vous asseoir, mon mari nous rejoint.

Un boy chinois apparut.

— Apporte à boire à ces messieurs et préviens le colonel.

Elle venait à peine de terminer sa phrase lorsque ce dernier entra.

— Bonsoir, messieurs. Thévenet, vous allez tenir compagnie à ma femme. Venez, monsieur Tavernier, nous avons à parler.

Ils gagnèrent une pièce aux murs recouverts de cartes de la région. Le colonel prit sur le plateau une bouteille de cognac dont il remplit deux verres.

— Asseyez-vous, dit-il en en tendant un à son hôte. J'ai été averti officieusement de votre présence au Tonkin. Avez-vous pu voir Hô Chi Minh ?

— Oui, mon colonel.

— Alors?

— Rien. Le temps des négociations est passé. Il est déterminé à poursuivre une guerre qu'il est sûr de gagner.

— C'est tout ce que vous avez à me dire?

— Oui, mon colonel. J'ai vu un homme malade, affaibli mais résolu.

— Êtes-vous en mesure de situer le lieu de votre rencontre?

— Vous pensez bien que si j'en étais capable, ils ne m'auraient pas relâché.

— C'est bien regrettable. Plusieurs fois, nous avons bombardé la haute région, sans le moindre résultat. Je suis profondément convaincu que si nous capturions ou tuions Hô Chi Minh, la guerre se terminerait aussitôt. N'est-ce pas votre avis?

— Non, mon colonel. La Résistance vietnamienne n'est pas le fait d'un seul homme, mais de tout un peuple.

— Pas tout un peuple, monsieur Tavernier! Le Viêt-nam compte plus de cinquante ethnies, certaines farouchement hostiles à la majorité viêt. Par ici, les Meo, les Mien, les Hmong, les Giay; au centre et au sud, les Cham, les Jaraï, les Rhadé, les Hroi, sans compter les différents groupes religieux, foncièrement anticommunistes. À tous ceux-là, il faut encore ajouter les populations qui se sont placées sous notre protection et qui le paient souvent de leur vie, le Viêt-minh les considérant comme des traîtres. Aïe!...

— Qu'avez-vous, mon colonel?

— C'est cette maudite balle qui me flanque la migraine. Parfois, j'ai l'impression qu'on m'assène des coups de marteau sur la tête. Tant qu'on n'aura pas réussi à l'extraire...

Le colonel Simon avala une rasade de cognac.

— Puis-je vous demander, mon colonel, qui vous a informé de ma présence ici?

— Tout se sait, en Indochine, même les choses les plus secrètes. Très vite, le haut-commandement a été avisé de votre mission. Ordre nous a été donné de ne pas nous y opposer.

— Vous voulez dire que vous deviez me faciliter la tâche?

— Nos instructions n'allaient pas jusque-là...

— Cela m'étonnait aussi... Et pour maintenant, en avez-vous, mon colonel?

— Pas exactement. Mais, pour vous comme pour nous, il serait préférable que vous retourniez en France. Qu'en pensez-vous?

— Je ne demande pas mieux, mon colonel. Mais je dois auparavant repasser par Hanoi.

— Un convoi y repart demain à l'aube, vous l'accompagnerez.

— Bien, mon colonel... J'ai appris que le général Salan était lui aussi reparti. Qui le remplace?

— Le général Blaizot.

— J'aurais aimé le rencontrer.

— Ce ne sera pas possible pour cette fois : le général se trouve à Saigon. Un conseil, monsieur Tavernier : ne restez pas trop longtemps à Hanoi.

— Je n'en ai nullement l'intention, mon colonel.

— Allons rejoindre ma femme et votre ami le lieutenant Thévenet. Un homme un peu impulsif, mais un excellent soldat...

Au salon, la colonelle avait repris son ouvrage.

— Nous parlions de l'administrateur et de sa femme. Vous saviez qu'il avait été déporté à Mauthausen?

— Oui, ma chère, je le savais... Ces messieurs vont prendre congé. Lieutenant, qui prend la tête du convoi de demain pour Hanoi?

— Moi, mon colonel.

— Fort bien. M. Tavernier partira avec le convoi. Je compte sur vous pour assurer sa sécurité. Je vous en tiendrai personnellement responsable.

— Bien, mon colonel.

Après les salutations d'usage, les deux hommes se replongèrent dans la nuit. Ils marchaient en silence depuis une dizaine de minutes quand François se tourna vers son compagnon :

— Je suis désolé de devoir vous imposer ma présence demain.

— Allez vous faire foutre! Vous avez entendu les ordres, j'obéirai. D'ici là, fermez-la. Nous réglerons nos comptes à Hanoi.

— Quand il vous plaira.

27

Ma chère Léa,

Enfin de tes nouvelles! Ici, nous étions tous fous d'inquiétude. Je t'en supplie, ne nous laisse pas si longtemps dans l'incertitude. Après ton départ, nous avons reçu la visite d'un policier qui nous a posé une foule de questions auxquelles, bien entendu, nous n'avons pu répondre. Si tu veux que nous t'aidions, ne nous cache rien! M. Sainteny nous a écrit, s'inquiétant lui aussi de savoir ce que tu devenais. Ma chérie, je t'en prie, reviens! Nous avons tous ici besoin de toi, surtout Charles qui souffre de ton absence à un point que tu ne peux imaginer. Cet enfant fait peine à voir. Lui, si bon élève, ne récolte plus que de mauvaises notes, il refuse de jouer, passe des heures auprès du berceau d'Adrien à le consoler au moindre pleur, ce qui rend le bébé capricieux. Mais ni Ruth, ni Alain, ni moi n'avons le courage de le gronder, tant il est malheureux. Quant à Adrien, je te rassure tout de suite : il va parfaitement bien. Il pèse sept kilos, a déjà une dent, des cheveux blonds tout bouclés, les yeux de la couleur des tiens, il est très gai et rit aux éclats quand Alain le fait sauter à bout de bras. Bref il est magnifique! Les photos que je t'envoie ne donnent qu'un pâle reflet du petit bonhomme. J'espère cependant qu'elles t'inciteront à revenir par le prochain avion. Il n'est pas bon qu'un si jeune enfant soit séparé de sa mère si longtemps.

Quand cette lettre te parviendra, j'espère que François et

toi serez réunis et que l'absence aura contribué à renforcer votre amour.

Ici, les choses vont plutôt bien. Comme tu le sais, 1947 a été une très grande année — l'année du siècle, disent certains. La semaine dernière, Alain recevait des acheteurs étrangers; les plus vieux ont trouvé que le montillac avait atteint la perfection. Si tu avais vu comme Alain était fier en entendant cela, on aurait dit Papa! Chaque jour, je remercie le ciel d'avoir rencontré un homme comme lui, bon, honnête, patient. Il considère Pierre comme son fils, aussi le petit l'adore-t-il. Je suis heureuse, Léa : j'ai enfin trouvé la paix; je suis sûre que Papa m'a pardonné le chagrin que je lui ai fait, et qu'Otto, là où il est, nous protège, son fils et moi. Ma petite Isabelle est jolie comme un cœur, Ruth prétend qu'elle est tout ton portrait. Ruth, notre chère Ruth, est redevenue celle de notre enfance; hormis ses cheveux blancs, elle est la même, toujours en mouvement, incapable de se reposer un seul instant. Notre chère Lisa décline doucement, plus que jamais elle se comporte comme une enfant.

La vie dans notre province a repris son cours d'avant la guerre, enfin presque : il y a beaucoup d'absents, beaucoup de plaies non refermées, de haines, de jalousies, mais le temps qui passe apaisera tout cela.

Réponds-moi par retour de courrier, je te le demande instamment. Tous se joignent à moi pour te dire leur affection et t'envoyer leurs tendres baisers. Ta sœur qui t'aime,

Françoise.

P.-S. *Je joins la lettre et le dessin que Charles a tenu à t'envoyer. Surtout, réponds-lui!*

Ma Léa chérie,

Quand reviens-tu? C'est trop long, ton voyage. Adrien est très malheureux de ne pas voir sa maman, il pleure tout le temps, je le console en lui parlant de toi, mais ça ne marche pas toujours. À moi aussi, tu manques. Tu ne nous as pas oubliés, dis? Adrien et moi, on t'embrasse.

Charles qui t'aime.

268

La violence des sanglots faisait hoqueter Léa.

« Pardon, pardon », balbutiait-elle devant les photos de son fils étalées sur son lit. Sur l'une d'elles, on voyait Charles le tenant dans ses bras. Il y avait sur le visage du petit garçon une expression qui semblait dire : je le protège, malheur à celui qui voudrait lui faire du mal ! Incrédule, Léa contemplait les portraits d'Adrien : comme il avait changé ! Elle le trouvait très beau, mais si grand déjà, trop grand... Quant au dessin de Charles, il représentait la maison vue de la terrasse ; c'était gauche mais très ressemblant. Elle s'assit devant le secrétaire de sa chambre et écrivit :

Mon grand chéri,
Ta lettre m'a fait un immense plaisir. Je te remercie de tout mon cœur de prendre si bien soin d'Adrien et de lui parler de sa maman. Dis-lui que je vais revenir bientôt, dès que j'aurai retrouvé son papa. Vous me manquez beaucoup, tous les deux. Quand je serai là, je te ferai tant de câlins que nous rattraperons le temps perdu. N'oublie pas de bien travailler en classe, c'est important.

Charles, je t'embrasse comme je t'aime, de tout mon cœur. Je compte sur toi pour dire à Adrien que sa maman pense très fort à lui. Fais-lui plein de baisers de ma part,

Léa.

P.-S. Ton dessin est tout à fait ressemblant. Je vais le faire encadrer et l'emporterai partout avec moi, je te le promets.

Ma chère Françoise,
Merci pour ta bonne lettre, et surtout pour les photos. Comme mon fils est beau et fort, comme il a l'air heureux de vivre ! Merci de t'en occuper si bien.
Après bien des péripéties, je suis arrivée à Hanoi, chez les Rivière qui m'ont accueillie avec beaucoup d'amitié. Comme moi, ils étaient sans nouvelles de François. Nous le sommes toujours, mais plus pour longtemps, d'après Hai, l'ami de François. Je te fais grâce de mes démarches auprès des autorités françaises, tu peux les imaginer.

269

J'ai hâte de rentrer à la maison, mais le peu que j'ai vu de l'Indochine me fera regretter ce pays. On s'y sent à la fois chez soi et totalement étranger. Beaucoup d'indigènes parlent le français, généralement fort bien. Les femmes, souvent très belles, portent pour vêtement une longue tunique de couleur sur un pantalon blanc ou noir. Rien de plus seyant. Les enfants sont ravissants et très choyés par leurs parents. Ce qui m'a le plus surprise, ce sont les lourds fardeaux que portent aussi bien les hommes que les femmes. Et la guerre, dans tout cela, me diras-tu? À Hanoi, la présence de nos soldats y fait penser; sinon, la vie paraît se dérouler normalement. Par contre, à la campagne, elle est quotidienne et tue beaucoup de monde du côté vietnamien comme du côté français. À Saigon, on dit que des bombes explosent de temps à autre, mais je n'ai assisté à rien de semblable. J'ai vu au contraire des gens qui ne pensaient qu'à s'amuser et qui, blancs et jaunes, pauvres et riches, dépensaient des milliers de piastres au jeu.

Dis à tante Lisa et à Ruth que je me porte bien et que je les embrasse affectueusement. Remercie Alain pour tout et adresse-lui mes amitiés. Plein de baisers à tes enfants, et surtout, merci du fond du cœur de ce que tu fais pour mon petit, merci! Ta sœur affectionnée,

Léa.

Le soleil était encore haut quand Léa sortit pour aller boulevard Francis-Garnier poster ses lettres. La chaleur avait vidé les rues. Les grands ventilateurs de la Poste n'arrivaient pas à rafraîchir l'air, mais l'ombre y était agréable. Derrière leur guichet, les préposés somnolaient. Dans les recoins étaient allongés des mendiants. Seul le ronflement des pales troublait le silence. Ouvrant à peine les yeux, l'employé colla les timbres, prit le billet que lui tendait Léa et lui rendit la monnaie sans proférer un mot. Elle crut percevoir comme un froissement du côté des mendiants, immobiles dans leurs guenilles. Sous le haut porche, la chaleur l'assaillit.

— Madame, madame, tu veux voiture?

270

Vautré dans son cyclo-pousse, un conducteur la hélait mollement. Elle fit non de la main et traversa la rue en courant devant un tramway dont le wattman agita sa sonnette avec fureur. L'eau grise du Petit Lac brillait sous le soleil. Les canards et les marchands avaient trouvé refuge sous les flamboyants. Là aussi, tout semblait assoupi. Même les vieilles aux dents laquées somnolaient, accroupies sur leur petit banc devant leur étal de mangues, d'oranges et de boissons, de cigarettes « 4 AS » et « Kotab ».

À l'ombre d'un gigantesque banian, Léa ôta son chapeau de paille et ébouriffa ses cheveux collés à sa nuque. La sueur plaquait de manière impudique sa robe de fin coton bleu à son torse. Elle ne se souvenait pas d'avoir eu si chaud, même au plus fort de la canicule des étés bordelais. Elle s'assit sur un banc en s'éventant avec son chapeau. Une forme se glissa derrière l'arbre. Pas un bruit, pas un chant d'oiseau. Tout semblait en attente...

Ce fut d'abord comme un bourdonnement sourd qui alla s'amplifiant. Montant du boulevard Dong-Khanh, un nuage de poussière. La première automitrailleuse coupa la rue Paul-Bert et roula le long du Petit Lac, suivie d'une autre, puis de trois camions remplis de soldats, d'un autre où piaillaient une vingtaine de filles vêtues de couleurs criardes, les prostituées de l'inévitable bordel militaire de campagne. Le sol vibrait. Les marchandes relevèrent la tête et crachèrent avec mépris ; des jeunes filles s'avancèrent, des gamins coururent le long du convoi, des vieillards agitèrent les mains. Léa se leva. Depuis les camions fusèrent des sifflets admiratifs. Un légionnaire barbu lui envoya des baisers. Puis arrivèrent une nouvelle automitrailleuse, trois camions, une Jeep avec quatre hommes à son bord.

— Léa !

Quelqu'un avait crié son nom. Elle regarda autour d'elle, il n'y avait que des Vietnamiens.

— Léa !

De la Jeep arrêtée venait de sauter un militaire qui courait, bras tendus, en hurlant :

— Léa ! Léa !

271

Elle courut à son tour, des larmes dans la voix :

— Jean !

Ils s'enlacèrent brutalement. Léa ne déroba pas ses lèvres et rendit les baisers avec fougue. Derrière eux, des soldats les encourageaient.

— Il faut y aller, mon lieutenant ! cria-t-on depuis la Jeep.

Jean Lefèvre écarta Léa et la tint un moment à bout de bras, le regard fou, incrédule.

— Que fais-tu ici ?

Le bonheur éprouvé se dissipa d'un coup.

— Je suis venue rechercher François... Je n'ai plus de nouvelles de lui.

— Il sait que tu es ici ?

— Non, fit-elle de la tête.

Bon Dieu, qu'elle était belle, avec ces larmes, ce regard éperdu, ce corps tremblant ! Il la serra de nouveau contre lui.

— Lefèvre, dépêchez-vous, vous retardez tout le convoi ! Pardonnez-moi, mademoiselle, mais le sous-lieutenant est attendu.

— J'arrive, accordez-moi deux minutes, je prendrai la queue du convoi.

— J'accepte pour vos beaux yeux, mademoiselle. Sacré Lefèvre, quel veinard !

Sur un signe de l'officier, le convoi repartit, tandis que la Jeep se garait un peu plus loin.

— Oh, Jean, quel bonheur de te revoir ! Tu vas m'aider à retrouver François ?

— Je le voudrais bien, mais je pars rejoindre mon poste à la frontière chinoise.

— Ce n'est pas vrai ! Tu ne vas pas partir au moment où j'ai besoin de toi ?

C'était tout elle, ça ! Le même petit monstre d'égoïsme qu'avant la guerre, croyant qu'il suffisait de dire « je veux » pour que tout, autour d'elle, se plie à ses caprices ! Il sourit :

— Je n'ai pas le choix, je suis soldat. J'ai vu Tavernier ici, à Hanoi, il y a environ trois mois.

— Comment allait-il ?

272

Ce cri d'amoureuse lui fit mal.

— Comme tu l'aimes..., soupira-t-il.

La douleur contenue de cette voix ramena Léa à la réalité. Gentiment, elle l'embrassa sur la joue.

— Pardonne-moi, je t'aime aussi.

— Mais oui, tu m'aimes! ricana-t-il. Ton cher époux, quand je l'ai vu, allait très bien, rassure-toi. Je n'ai pas compris les raisons de son séjour en Indochine. Pour affaires, sans doute...

Avec quel mépris il avait dit cela!

— Je t'en prie, ne parle pas de François sur ce ton. Nous venons à peine de nous retrouver, et déjà nous nous disputons! Je suis très malheureuse, Jean, j'ai laissé mon bébé pour partir à sa recherche, personne n'est capable de me dire ce qu'il est devenu, et toi... au lieu de m'aider...

Elle retourna sur le banc; la tête enfouie dans le creux de son bras appuyé au dossier, elle se mit à sangloter comme une enfant. Il s'approcha et s'assit derrière elle :

— Ne pleure plus, je t'en prie, ne pleure plus, je ne supporte pas de te voir pleurer! Je vais me renseigner. Dans l'armée, on sait des choses qu'on ne raconte pas aux civils. Je dois partir, où puis-je t'écrire?

— Chez les Rivière, boulevard Henri-Rivière.

— La belle maison entourée d'un jardin? Je vois très bien. Si, de ton côté, tu as du nouveau, tu pourras m'écrire au Service des Armées, sous-lieutenant Lefèvre, 3e REI. Ils feront suivre. Courage, Tavernier n'est pas homme à se laisser prendre. Tu souris... Là, c'est bien!... Prends soin de toi... Embrasse-moi... J'arrive!... Laisse-moi partir...

Clouée à son banc, Léa le regarda s'éloigner. La Jeep démarra et roula à vive allure pour rattraper le convoi.

La ville était sortie de sa léthargie. Tramways, cyclopousse, voitures, camions, piétons emplissaient de nouveau la rue de leur tintamarre. Le soleil déclinait, les ombres s'allongeaient. Derrière l'arbre, une forme bougea.

Léa leva la tête et retint un cri. Le mendiant qu'elle avait aidé à se relever, rue des Voiles, se tenait devant elle, pareil à un monstrueux insecte. Elle songea à la pomme incrustée dans la carapace de Grégoire Samsa, le héros de Kafka, après sa métamorphose... L'infirme, le visage levé, lui souriait de toute sa denture ébréchée. Apitoyée, elle lui rendit son sourire et chercha dans son sac un peu de monnaie.

— Non, mademoiselle, non, je ne veux rien. Tenez, c'est pour vous...

Il lui tendit, enveloppée dans une large feuille, une mangue artistiquement découpée. Léa hésita. Mais il y avait, dans les yeux du malheureux, un tel désir de voir son don accepté qu'elle s'en empara.

— Merci, je mourais de soif.

Un tel bonheur se répandit sur le pauvre visage que Léa se félicita d'avoir surmonté son dégoût. Elle dégusta le fruit : il était très bon.

— C'est bien, mademoiselle, d'avoir agréé le cadeau de l'infortuné Giau. Dieu vous le rendra.

Un vieux prêtre annamite vêtu de la soutane blanche des missionnaires se tenait devant elle. Léa se leva.

— Bonjour, mon père. Vous le connaissez ?

— Oui, nous l'avons enlevé — trop tard, hélas — à sa famille qui le battait et le torturait pour le rendre infirme. Comme vous le voyez, cela n'a que trop bien réussi.

— C'est horrible ! Comment peut-on faire des choses pareilles ?

— C'est une pratique assez courante chez les trop pauvres gens. Ne croyez pas que l'Asie ait l'apanage de ces coutumes barbares ; chez vous, en France, elles étaient encore en vigueur il n'y a pas si longtemps.

— Ce n'est pas vrai, je ne vous crois pas !

— Vous traiteriez alors monsieur Victor Hugo de menteur ? Vous n'avez pas lu *L'Homme qui rit* ? Vous n'avez jamais entendu parler de la Cour des miracles et de ses fabriques d'estropiés que l'on envoyait mendier au coin des rues ou sur le parvis des églises ?

Des bribes de lectures lui revinrent en mémoire.

— J'avais oublié. C'est vous qui lui avez appris à parler le français ?

— À le lire et à l'écrire aussi. C'était même un excellent

élève, avant qu'un accident ne vienne parachever l'œuvre de son parâtre. Il a été renversé et écrasé par le fils d'un nouveau propriétaire blanc qui a pris la fuite.

— On ne l'a pas retrouvé?

— Si, mais les magistrats ont estimé que Giau était dans son tort. Ils ont refusé de reconnaître que le conducteur était ivre mort. Le père du jeune homme nous a versé un peu d'argent, et tout a été dit.

— C'est ignoble! Mais, si vous l'avez élevé, instruit, pourquoi le laissez-vous mendier?

— Ceci est une autre histoire, mademoiselle. Après son accident, il s'est très mal conduit, nous avons dû nous en séparer. Nous ne pensions pas qu'il descendrait aussi bas. Nous n'avons pas été récompensés de nos bienfaits.

Léa le foudroya du regard, choquée par les propos du prêtre. S'en rendant compte, il prit rapidement congé.

Tout le temps qu'avait duré la conversation, Giau avait gardé les yeux rivés sur le visage de Léa, suivant sur ses traits le cours de ses pensées.

— Vous êtes différente des autres *Tay*[1], et aussi des Vietnamiens. Mes compatriotes se moquent souvent de moi et me flanquent des coups. La nourriture, ils me la jettent comme à un chien. Je leur rends pourtant des services. Mais vous, vous avez été bonne pour moi, jamais je ne l'oublierai. J'ai entendu tout à l'heure que vous cherchiez quelqu'un. Peut-être puis-je vous aider?

— Comment cela?

— J'entre partout, on ne fait jamais attention à moi, ou on me chasse d'un coup de pied tout en continuant à parler. Les *Tay* ne peuvent pas imaginer que je les comprenne; quant aux Vietnamiens, pour eux, je n'existe tout simplement pas. Dites-moi le nom de celui que vous cherchez...

— C'est mon mari, François Tavernier.

— Il me faudrait une photo.

Léa fouilla dans son sac. Elle choisit, parmi les cinq ou six clichés de François qui étaient glissés dans son porte-

1. Français, en langage populaire.

275

feuille, celui où on le voyait de face. Avant de s'en séparer, elle déposa un baiser sur le papier glacé. Après un bref regard, Giau glissa la photo sous ses guenilles.

— La nuit va bientôt tomber, vous devriez rentrer chez vous. Ce n'est pas prudent de rester seule par ici. Au revoir, mademoiselle.

— Quand vous reverrai-je ?

— Bientôt.

S'aidant de ses avant-bras et de ses genoux, il s'éloigna avec une agilité surprenante.

Léa s'en fut à son tour, troublée par les rencontres de cette journée : Jean, sitôt revu, sitôt disparu ; Giau, le monstre, qui lui avait offert ses services... Sans doute était-ce déraisonnable, mais elle plaçait dans l'intervention de ce dernier un certain espoir.

Quand elle arriva chez les Rivière, la famille et les domestiques étaient en prière devant l'autel des ancêtres, comme chaque soir depuis la mort de l'aïeul. Léa joignit les mains et s'inclina.

En sa qualité d'aîné, Hai avait la charge de rendre hommage aux âmes des défunts, plus particulièrement aux dix âmes de son grand-père — ses trois âmes élevées, ses sept âmes grossières —, afin que l'esprit de celui-ci restât parmi eux. Dans un étui laqué rouge orné de dessins géométriques dorés, la tablette représentant Lê Dang Doanh était placée parmi celles des ancêtres jusqu'à la cinquième génération. Sur l'autel étaient disposées des offrandes et les volutes de l'encens entouraient la statue du Bouddha.

— Où étiez-vous ? Nous nous inquiétions, dit Hai à l'issue de la prière.

— Je suis allée poster des lettres et je me suis promenée le long du Petit Lac. J'ai rencontré un ami de France. Malheureusement, il repartait pour le Nord.

— N'est-ce pas le légionnaire qui avait tenu compagnie à François à Saigon ? demanda Kien.

— Oui, c'est un ami d'enfance, Jean Lefèvre.

— Tout un régiment de légionnaires est parti vers le

nord aujourd'hui. J'espère qu'ils seront tous tués! s'exclama Phuong, la femme de Hai.

— Tu oublies que tu parles en présence de notre hôte et de ma femme! protesta Bernard.

— Je ne l'oublie pas, mais, chaque jour, des nôtres tombent sous les balles de tes amis français, et cela, toi, tu l'oublies!

— Phuong, ce n'est pas le lieu d'en parler. Retire-toi, je te prie, fit Hai avec tristesse.

La jeune femme quitta la pièce avec un air de défi. Toute pâle, Geneviève Rivière serrait sa fille contre elle.

Ils restèrent quelques instants silencieux, prostrés.

— Papa, quand partons-nous? Je ne veux plus rester ici, tante Phuong ne nous aime pas, murmura la petite Mathilde.

— Il ne faut pas dire cela, ma chérie. Tante Phuong nous aime et nous l'aimons aussi, mais son père et ses frères se battent, et cela la rend malheureuse, lui expliqua sa mère.

— Mais ils veulent tuer tous les Blancs, c'est Trac et Nhi qui me l'ont dit.

Rien de plus dissemblable que ces trois fillettes d'une huitaine d'années: Mathilde, blonde et rose; Trac et Nhi, les yeux noirs bridés sous un casque de cheveux de jais.

— Lien, veux-tu emmener les enfants, s'il te plaît? demanda Hai.

Dès qu'elles furent sorties, Bernard explosa:

— Comment peux-tu laisser tes filles proférer des horreurs pareilles? Jamais ta femme et toi n'avez accepté mon mariage avec une Blanche, comme disent vos amis viêt-minh.

— Bernard!

— Je t'en prie, Geneviève, j'en ai assez de les voir renier leur sang français et nous traiter dans la maison de mon père comme des intrus!

— Et toi, tu ne renies pas ton sang annamite? lui lança Kien.

— Oui, quand ce sang appelle à la mort de ma femme

et de ma fille et à celle de mes compatriotes français!
Mais tu es bien incapable de le comprendre, toi qui joues
au Français ou au Vietnamien selon ce qui t'arrange...

Sous l'insulte, Kien bondit et envoya son poing en plein
visage de son frère. Le coup atteignit le nez qui se mit
aussitôt à saigner abondamment. Kien allait frapper une
nouvelle fois, mais Hai retint son bras. Geneviève et
Mathilde se précipitèrent sur Bernard en gémissant.

— Papa, mon papa, il va mourir!

— Mon Dieu, Hai, Léa, faites quelque chose, il perd son
sang!

— Ne t'inquiète pas, Geneviève, ce n'est rien, va plutôt
me chercher une serviette. Allez, va, emmène Mathilde.

— Laisse-moi t'examiner, fit Hai. C'est bien ce que je
craignais, tu as le nez cassé. Kien, tu n'aurais pas dû!

— Je m'en fiche! Il n'avait pas à m'insulter.

— Te voilà devenu bien susceptible en matière d'honneur, c'est nouveau! C'est au contact des bandits *Binh
Xuyên* que tu es devenu si chatouilleux?

— Bernard, ça suffit! Vous devriez avoir honte de vous
quereller alors que nous avons tant besoin de rester unis.
Kien, va chercher ma trousse dans ma chambre. Léa, voulez-vous nous laisser, je vous prie.

Geneviève revint avec une serviette, et Kien avec la
trousse.

— Merci. Laissez-nous, à présent.

— Mais...

— Geneviève, j'ai à parler seul à seul avec Bernard.

La jeune femme sortit à contrecœur.

Hai nettoya le visage de son frère avec douceur.

— Ce que j'ai à te dire doit demeurer entre nous.
Jure-le sur l'autel des ancêtres!

— Je le jure.

— Bien. Ne m'interromps pas. Depuis notre plus tendre
enfance, nous avons toujours été dissemblables, non seulement sur le plan physique, mais moralement. Tout petit,
tu as rejeté ta part asiatique, malgré l'amour que tu portais à notre mère et à Grand-père. Je ne t'en veux pas, je

sais que cela est plus fort que toi. Depuis le début de la guerre, tu ne souhaites que la victoire des Français, pensant sincèrement qu'eux seuls peuvent apporter bonheur et prospérité au peuple vietnamien. Moi, je pense exactement le contraire. Je ne renie pas ma part française, mais je ne me ferai pas complice de l'écrasement de la volonté d'indépendance de mon pays, au contraire. Depuis quelque temps déjà, tu le pressens ou tu le sais, j'ai rejoint le Viêt-minh. Je vais partir dans le Nord avec Phuong pour y soigner les blessés. En me recommandant de Père et de Grand-père, j'ai écrit au président Hô Chi Minh afin de lui faire part de mon désir d'aider au combat, étant bien entendu que je ne porterai pas les armes contre les Français. J'ai reçu sa réponse : il accepte et m'a donné sa parole que je n'aurai pas à me battre. Nous partirons cette nuit. Lien est au courant, elle a accepté de s'occuper de mes enfants.

— Mais...

— Attends, je n'ai pas fini. Ne vois dans mes propos qu'une marque de mon affection et l'aboutissement de longues heures de réflexion. Tu dois partir avec ta famille pour la France. Je pense qu'ici, vous n'êtes plus en sécurité. On connaît tes positions pro-françaises, certains peuvent t'en vouloir et t'abattre.

— Ce sont tes amis viêt-minh qui t'ont chargé de me le dire ?

— Non. Rappelle-toi les actes de haine contre les métis en 45-46. Nous ne sommes pas à l'abri de les voir réapparaître.

— Tu risques autant que moi.

— Oui et non. On connaît mes prises de position. Mais je suis sans trop d'illusions. Au moindre problème, nous serons les boucs-émissaires.

— Alors, pourquoi restes-tu ?

Hai poussa un soupir de découragement :

— Pourquoi fais-tu semblant de ne pas comprendre ?

— Admettons que je comprenne. Lien et Kien jouent leur vie tout autant que nous.

— Je ne l'ignore pas. Kien, lui, se débrouillera, je ne suis pas inquiet. En revanche, je le suis pour notre sœur. Tu sais aussi bien que moi qu'elle ne veut pour rien au monde quitter le pays. Je lui en ai reparlé, elle m'a conjuré de me taire.

— Cela a été la même chose avec moi. Mais l'idée de la laisser!...

— Nous devons respecter son choix. Que décides-tu?

— Je pars, bien évidemment. Je ne veux prendre aucun risque pour Geneviève et Mathilde. Nous irons d'abord rejoindre sa famille en Inde, puis nous gagnerons la France.

— J'ai laissé à Lien et au notaire les procurations dont tu pourrais avoir besoin pour la succession de notre père.

— Je te remercie, je vois que tu as pensé à tout.

— Oui, je pourrais fort bien être tué.

Bernard saisit la main de son frère.

— Ne dis pas des choses pareilles!

Ils se regardèrent longuement sans chercher à dissimuler leur émotion.

— Rassure-toi, je n'ai nulle envie de mourir. Voilà, j'en ai terminé, dit Hai en fixant un pansement sur le nez blessé de Bernard. Il t'a bien arrangé, le salaud! Prends ces comprimés, tu vas souffrir pendant deux ou trois jours; après, tu n'éprouveras plus qu'une gêne.

— Merci. Et Léa, que va-t-elle devenir?

— Je n'ai pas eu le temps de le lui dire, tout à l'heure: on a retrouvé la trace de François. Il est à Cao Bang. Il quittera cette ville avec le prochain convoi pour Hanoi. J'ai télégraphié pour qu'on lui annonce que sa femme se trouve chez nous.

— Enfin une bonne nouvelle! Quand pars-tu?

— Après le dîner.

— Alors je te dis adieu et bonne chance dès maintenant. Quand nous reverrons-nous?

Hai eut un geste fataliste et tendit les bras à son frère.

28

François avait quitté Cao Bang depuis deux heures quand la dépêche annonçant la présence de Léa à Hanoi arriva.

Le lieutenant Thévenet n'avait pas desserré les dents depuis leur départ à l'aube. Pierre Morion, le caporal qui conduisait la Jeep, sifflotait une marche de la Légion entre deux énumérations des embuscades et des morts jalonnant la RC4. Le sergent Fleury, le radio, étreignait nerveusement son fusil-mitrailleur d'une main et ses écouteurs de l'autre, tandis que le sous-lieutenant Ribaud tirait sur sa bouffarde sans pour autant négliger de scruter l'épaisseur de la jungle.

La route défoncée, étroite, n'en finissait pas d'escalader des monts, de serpenter au fond de défilés, de longer des précipices, de traverser des rizières en étages, de s'enfoncer dans la jungle qui formait de chaque côté de la route un mur impénétrable. À chaque virage, on redoutait le guet-apens.

— Kilomètre 28, chantonna le caporal.

Derrière, de moins en moins visible, le convoi s'étirait.

— Nous arrivons au col du Tunnel, mon lieutenant.

— Je l'vois bien, bougonna Thévenet.

Pierre Morion avait allumé ses phares. Sur une centaine de mètres, on traversa la montagne. Sur l'autre versant, la route descendait en pente raide vers Dong Khe.

— Là, il y a eu dix tués, marmonna le caporal, crispé à son volant.

En bas, dans la plaine, les paysans étaient attelés à leur travail au milieu des rizières, les enfants à califourchon sur le dos des buffles, les femmes penchées sous leur large chapeau. Tout était calme sous le ciel menaçant d'orage.

— Qu'est-ce qui va tomber!

Morion avait à peine fini sa phrase que des trombes d'eau s'abattirent. En un rien de temps, les quatre hommes furent trempés; l'eau déborda des crevasses de la chaussée et forma de petits torrents hargneux charriant des cailloux, puis des pierres. En bas, le village de Dong Khe fut transformé en bourbier où s'ébrouaient cochons noirs et gamins.

— On s'arrête pour une heure, dit Thévenet en sautant dans la boue devant un « café » peint en bleu. Ribaud, surveille l'arrivée du convoi.

François suivit le lieutenant à l'intérieur de l'estaminet dont l'odeur n'était pas sans rappeler celle d'une chambrée au retour de l'exercice, sauf que les recrues étaient ici des filles dont la tenue sans équivoque indiquait la profession.

— Que prenez-vous, lieutenant?

— Un cognac et une bière.

— Un cognac, deux bières et une soupe, demanda François à l'hôtesse que son maquillage outrancier n'arrivait pas à enlaidir.

Thévenet avala sa bière et son cognac coup sur coup. Il claqua des doigts et se leva, suivi d'une fille. Le couple disparut derrière une cloison de bambou tressé.

La salle s'emplit d'officiers et de sous-officiers ruisselants. Bientôt, le brouhaha fut à son comble. Son bol de soupe à la main, François sortit et se réfugia sous une sorte d'auvent de tôle ondulée. Des femmes et leurs jeunes enfants, des vieillards se serrèrent craintivement pour lui laisser une place. Il leur sourit en se faisant une nouvelle fois la réflexion que, depuis qu'il se trouvait parmi les troupes françaises, à part les supplétifs qui y servaient, il n'avait pas rencontré d'autochtones dans la force de l'âge.

De là à conclure qu'ils se trouvaient tous dans le maquis!...

La pluie s'arrêta comme elle avait commencé. Un soleil mauvais tentait de percer les nuages. Sur la place, les marchands déballaient leurs articles entre les flaques. Thévenet sortit, le visage congestionné, et fit donner l'ordre du départ. Les moteurs vrombirent, la fumée bleue des gaz d'échappement se mêla à la vapeur qui s'élevait de terre. L'air était suffocant.

De nouveau les cahots de la route, les virages, les montées abruptes, les descentes vertigineuses, la touffeur de la jungle et, omniprésente, la peur. Une peur qui faisait mal au ventre, serrait la gorge, crispait les mâchoires, rendait les mains moites.

À la radio, une voix annonça que le chemin était libre.

— Tu parles! bougonna le conducteur. Moi, je dis qu'en ce moment même ils nous observent, ils attendent le bon moment, ils ne sont pas pressés. Ils sont les maîtres de la forêt...

— Ta gueule! lâcha le lieutenant.

Négligeant l'interruption, Morion poursuivit son monologue :

— ... On est des cibles idéales pour eux... À vingt à l'heure, même un manchot nous raterait pas... C'est un coin maudit...

Grinçant, bringuebalant de toutes ses ferrailles, le convoi gravissait péniblement le col de Luong Phai, un des segments les plus sanglants de la RC4. Les regards scrutaient à droite, à gauche, devant, derrière.

— Ici, ce fut une boucherie. Ils ont attaqué à coups de machettes...

— Ta gueule ou je te jette sur la route! gronda Thévenet.

Le caporal se tut pendant une centaine de mètres, mais la peur du Viêt était plus forte que celle inspirée par le lieutenant.

— ... Là, ils ont tous brûlé... Ici, ils avaient planté les têtes sur le bord de la route... On approche du « Trou qui hurle », comme l'appellent les Thos... Il porte malheur...

Au bout d'une heure et demie d'ascension, on arriva enfin en vue du sommet. Un pic traversé d'un énorme trou noir dominait la piste. Les yeux braqués sur lui, Morion esquissa un signe de croix. Thévenet sauta à bas de la jeep.

— Ne t'arrête pas, je vous rejoins.

— Que fait-il? demanda François.

— C'est une manie, chez lui. Chaque fois qu'il passe ici, il remplit sa gourde à la fontaine.

— Il n'y a pas de fontaine!

— Si, là, la tête de naja en pierre.

— Je vois. Et qu'est-ce qu'elle a, cette eau?

— Il prétend qu'elle n'a pas sa pareille pour combattre les fièvres. Je ne sais si c'est vrai, en tout cas elle ne donne pas la chiasse!

Thévenet remonta la colonne en courant et se hissa à bord de la Jeep.

— Fais *fissa*, mon gars, y a plein de Viêts dans l'coin!

La Jeep fit un bond en avant.

— Fais gaffe, tu vas nous foutre en l'air! Passe-moi le micro, ordonna-t-il au sergent Fleury. Branche-moi sur les autres. Attention, attention, prenez vos distances... Présence ennemie possible... Attention, attention...

La Jeep dévalait la pente raide à vive allure. En bas, tout en bas de la montagne, le refuge : That Khe, la Cité des Sept Ruisseaux, jadis lieu de rendez-vous des chercheurs d'or chinois, entourée de paisibles rizières.

À la sortie d'un virage, un éboulis coupait la route. Le conducteur freina en vain : le véhicule s'encastra dans le barrage. Le radio hurla dans son micro avant de s'effondrer, le visage en sang :

— Embuscade à l'avant, embuscade à...

Thévenet, Morion, Ribaud et Tavernier quittèrent précipitamment la Jeep. Le lieutenant dégoupilla une grenade qu'il lança derrière l'éboulis. Elle explosa, on entendit des cris; elle avait atteint son but. Thévenet en envoya une autre.

— Le sac de grenades est resté sous mon siège...

— Couvrez-moi, j'y vais! cria François.

Les balles crépitaient le long de la carrosserie, l'une d'elles emporta le feutre crasseux de François au moment où il s'emparait du sac. Il plongea...

— Lieutenant, le réservoir est crevé, foutons le camp!

— Il faut récupérer le matériel radio et l'arme de Fleury!...

L'espace d'une seconde, Tavernier se demanda si l'autre n'espérait pas secrètement le voir sauter avec le véhicule. Il venait à peine de la quitter en serrant contre sa poitrine le fusil-mitrailleur et l'équipement-radio quand la Jeep explosa, projetant en l'air le corps du malheureux caporal qui retomba disloqué sur la levée de pierres. Les quatre hommes se jetèrent dans la jungle et coururent droit devant eux. Le sol en pente se dérobait sous leurs pieds, la végétation les retenait par ses racines, ses branches, ses lianes, ses épines. D'une grotte jaillirent des langues de feu. Aplatis parmi les herbes grasses, François et le lieutenant, d'un même geste, expédièrent chacun une grenade. Un grondement étouffé, des cris sourds, de la fumée, puis le silence.

— On les a eus, lieutenant!

— Planque-toi, imbécile!

Sur la route au-dessus d'eux, la bataille faisait rage.

— Morion, tu restes là. Essaie de joindre ceux de That Khe, qu'ils nous envoient du renfort. Ribaud, Tavernier, on remonte là-haut donner un coup de main.

— Si vous y tenez...

Courbés, ils regrimpèrent vers la RC4. Ils débouchèrent à une centaine de mètres de la barricade qui les avait immobilisés. Là, c'était le carnage. Quatre camions brûlaient avec leurs occupants. Sur le bas-côté s'étaient traînés des blessés qui avaient été achevés au coupe-coupe. Plus loin, une explosion avait mêlé dans une bouillie infâme têtes, pieds, troncs, mains, bras. On glissait dans la merde et le sang. Suffoqués par l'âcre fumée noire, ils remontèrent la colonne au pas de course en zigzaguant. Plus haut, les légionnaires avaient organisé leur défense.

Les blessés avaient été tirés à l'abri d'une grotte; le médecin et le jeune aumônier les avaient rejoints. Devant l'entrée de la grotte, sept ou huit tués viêt-minh; certains, reposant sur le ventre, semblaient dormir. Du pied, Thévenet les retourna.

— Des mômes et des paysans! On se bat contre des mômes et des paysans! Une armée de va-nu-pieds, sans uniforme! s'exclama-t-il.

« C'est vrai qu'ils ne paient pas de mine, songea François, avec leurs sandales faites de pneus et leur *quân nâu*[1], mais la Haute Région est leur domaine. »

L'attaque viêt-minh n'avait duré que quelques minutes. Les agresseurs s'étaient évanouis dans la forêt, emmenant leurs blessés.

— Ils avaient l'avantage de la situation, je ne comprends pas pourquoi ils ont décroché, grommela Thévenet, se parlant à lui-même.

— Lieutenant, lieutenant, on en a pris un!

Le légionnaire poussait devant lui un petit homme qui avançait en trébuchant, bras levés.

— Où l'as-tu capturé?

— Il essayait de se glisser sous un rocher, je l'ai attrapé par la jambe.

— Il était seul?

— Oui... je crois...

— Comment ça, tu crois!...

— Ben oui... J'ai pas tellement regardé.

— Voyez-moi ce con, tout content de sa prise!... Il n'a pas tellement regardé!... Laisse-le-moi.

D'une bourrade, il fit tomber le prisonnier.

— Où sont les autres?... Tu vas parler, fumier!... Vous étiez combien?...

— *Tôi không biêt*[2].

— Ah, tu ne sais pas! Je vais te rafraîchir la mémoire! Les coups de pied se succédèrent.

---

1. Teinture marron foncé des vêtements des paysans vietnamiens. Nom donné à ces vêtements.
2. Je ne sais pas.

— Lieutenant!

— Foutez-moi la paix! Il faut qu'il parle, ce salaud!

François se détourna. Qu'aurait-il fait à la place de Thévenet? Furieux contre lui-même, il se joignit aux soldats qui déblayaient la route, tandis que d'autres se plaçaient en sentinelles de chaque côté, scrutant la muraille verte. Bientôt, la voie fut libre, on chargea les blessés à bord des camions. Des tôles brûlantes, on extirpa des corps calcinés que l'on allongea précautionneusement; on retira neuf cadavres des véhicules fumants. Précis et efficace, Thévenet dirigeait la manœuvre. Le Viêt-minh, brutalement interrogé, ne bougeait plus. François se pencha. Les yeux grands ouverts, le visage tuméfié, il était mort. Le regard de Tavernier croisa celui du lieutenant qui cracha avec mépris:

— Ils n'ont pas de santé, ces gens-là... Trouvez-moi le sous-lieutenant et le caporal!

La barricade était presque entièrement démolie. Seules des flaques de sang noirci témoignaient de l'embuscade. Aucune trace de Ribaud et de Morion: les légionnaires ne se rappelaient pas les avoir vus depuis le début de l'attaque.

Tavernier se faufila dans la jungle. Aussitôt, elle se referma sur lui avec ses senteurs d'humus et de menthe sauvage, chaude, humide, charnelle, enveloppante, hostile et complice à la fois, vibrante du bourdonnement de millions d'insectes, du bruissement des feuillages. Le frôlement des reptiles, les glapissements des petits singes, le clapotis des sources, le ruissellement des cascades composaient une mosaïque de sons qui remontaient à la nuit des temps... Il ne retrouvait pas la grotte d'où avaient jailli les langues de feu; ce devait être un peu plus bas à droite.

Ce n'est pas la grotte qu'il découvrit plus bas, mais les corps suppliciés de Morion et de Ribaud, les entrailles échappées des ventres ouverts, les parties sexuelles enfoncées dans la bouche. Les malheureux n'étaient pas morts depuis longtemps, leurs visages étaient encore tièdes. François leur ferma les yeux, puis se laissa tomber en leur tournant le dos. La crosse du fusil-mitrailleur en terre, le front appuyé au canon, il pleura. C'est dans cette position que Thévenet et deux soldats le retrouvèrent.

— Nom de Dieu! jura le lieutenant.

Cette brute eut alors des gestes d'une douceur étonnante. Il retira la verge et les testicules de la bouche des morts et les glissa sous les chemises empesées de sang, qu'il boutonna. Avec la même douceur, il ramassa les intestins et les replaça dans les ouvertures béantes. Pour les empêcher de glisser, il ôta sa propre chemise dont il noua les manches autour de la taille de Morion. Un des soldats tendit la sienne; il se détourna pour vomir.

Puis, tout alla très vite.

Les légionnaires s'effondrèrent, la gorge tranchée. Thévenet et Tavernier furent assommés et bâillonnés. Quelques secondes avaient suffi. Silencieux, les petits hommes jaunes se fondirent dans la jungle, emportant leurs proies.

Quand ils reprirent connaissance, ils crurent que la nuit était tombée. Mais, peu à peu, leurs yeux s'accoutumant à l'obscurité, ils virent qu'ils se trouvaient au fond d'une grotte, mains et chevilles attachées. Ils se redressèrent avec des grognements.

— C'est vous, Tavernier?

— Oui.

— Où sont les autres?

— Il n'y a que nous ici. Voilà quelqu'un.

Une voix leur lança:

— Sortez et n'essayez pas de fuir! À la moindre tentative, mes hommes ont ordre de vous abattre.

— Où nous emmenez-vous? interrogea François en se relevant.

L'autre ne répondit pas. Devant l'entrée de la grotte, une quinzaine de soldats viêt-minh mangeaient ou fumaient. Sur un geste de celui qui semblait être leur chef, on leur octroya une boule de riz enveloppée dans une feuille et une boîte de conserve remplie d'eau. Thévenet, le visage et la barbe couverts de sang et de boue, but d'une traite. François s'accroupit et mangea lentement, mastiquant chaque bouchée; ses yeux brillaient dans un masque terreux.

Une nouvelle fois, le calme qui régnait en forêt eut sur lui un effet apaisant. Comme à chaque fois qu'il s'était trouvé dans des situations dangereuses, il se détendit, s'employant à rassembler ses forces morales et physiques. Surtout, ne rien manifester, observer et écouter, puisque, par chance, il pouvait comprendre une partie des propos de leurs gardiens, et attendre le moment propice pour s'évader. Les yeux mi-clos, il examina les guérilleros. Tous vêtus de leur uniforme de couleur *quân nâu*, le front ceint d'un bandeau de même couleur, ils étaient chaussés de sandales de caoutchouc et portaient fusil et coupe-coupe en bandoulière; quelques-uns seulement étaient équipés de grenades attachées à leur ceinture de fibres. La plupart avaient le teint foncé des paysans; malgré leur tenue, trois d'entre eux, plus élancés, plus clairs de peau, ressemblaient à des étudiants. L'air un peu plus âgé, arborant une tête d'intellectuel, celui qui paraissait être leur chef le dévisageait avec attention. Il se leva.

— *Lên duong*[1], lâcha-t-il.

Tous obéirent. Un « étudiant » s'approcha et administra un léger coup de crosse à Thévenet.

— Debout! On part.

— Me touche pas, fils de pute!

Le Vietnamien leva son fusil; Thévenet roula sur lui-même, esquivant le coup.

— Vous feriez mieux de ne pas les énerver, conseilla François.

— Ta gueule! fit le lieutenant en se relevant. Putain, comment veulent-ils que je marche, entravé comme un mulet?

Une bourrade le fit vaciller; il reprit son équilibre en jurant.

Leurs entraves les obligeaient à marcher à petits pas, trébuchant contre les racines. Accrochés par les épineux, giflés par les branches, ils trottinèrent pendant des heures dans l'enfer végétal, montant, descendant, tournant à

1. En route.

droite, à gauche. Ils avançaient machinalement, drogués par la souffrance.

Malgré son hébétude, François eut soudain l'impression que la jungle se faisait moins oppressante, que le chemin s'élargissait, que la végétation paraissait différente. Il remarqua des fleurs violettes de bananiers sauvages que butinaient de petits frelons. On traversa un bois de très hauts bambous. De temps en temps éclatait le rouge des fleurs de cassias. La forêt desserrait son étreinte.

Ils contournèrent une clôture de bambous et d'épines : « Un village », pensa-t-il. Ils pénétrèrent dans une étroite clairière autour de laquelle on avait édifié des cases sur pilotis à un mètre du sol. Poules, cochons, canards cherchaient leur pitance dans la fange. Des femmes en *quân nâu* s'affairaient autour d'une marmite fumante. Un homme en treillis américain expliquait à un groupe de paysans le maniement d'un fusil ; un autre, celui de la mitraillette. Au milieu de la clairière, un banian déployait ses branches au-dessus des cases. Au-delà, le village se poursuivait parmi les bosquets. D'avion, même à basse altitude, il devait être invisible, à supposer qu'un avion pût survoler cette région aux massifs rapprochés.

Les petites chouettes grises, les grosses chauves-souris au vol lourd sillonnaient de long en large la clairière, annonçant la tombée du jour. Très vite, il fit nuit.

On fit gravir aux prisonniers une courte échelle. Ils restèrent un long moment allongés sur le ventre, anéantis. Une lumière clignota. François se retourna : une ampoule électrique se balançait au-dessus de leur tête.

« Comment fabriquent-ils leur électricité ? » pensa-t-il.

À présent, ses différentes blessures le faisaient souffrir, de même qu'une soif intense. Il se traîna, s'assit, s'appuya contre la paroi de paille. Sa douleur à la tête n'était rien auprès de celle de ses jambes. Il baissa les yeux : ses liens avaient pénétré dans la chair. De part et d'autre des boursouflures s'étaient agglutinées des grappes de sangsues. Ses doigts, trop engourdis, eurent bien du mal à détacher les glissantes bestioles solidement accrochées à sa peau par leurs trois mâchoires.

Deux femmes entrèrent, accompagnées de deux soldats qui pointèrent leur fusil sur les Français.

— *Cât dây troi cua ho*[1], dit l'un d'eux aux femmes.

À l'aide d'un couteau à courte lame, elles tranchèrent les entraves imprégnées de sang.

— *Bây gio di lây nuoc va dô ân*[2], dit le maquisard à tête d'intellectuel qui venait de pénétrer à son tour dans la case.

Sans prendre garde à sa présence, François finit d'arracher d'un coup sec les sangsues dont il fit un petit tas à côté de lui. Puis, avec difficulté, il ôta ses chaussures. Malgré le bien-être aussitôt éprouvé, l'état de ses pieds, boursouflés, blanchâtres, écorchés, crasseux, le dégoûta. D'entre ses orteils, il retira encore deux sangsues qu'il posa sur le petit tas. Il prit ensuite l'un de ses brodequins et, lentement, non sans volupté, il écrasa les suceuses de sang sous le regard approbateur de l'« intellectuel ».

— Vous devriez faire de même, dit ce dernier à l'adresse de Thévenet.

Se désintéressant de la question, Tavernier prit appui contre la paroi, les yeux fermés, tout en agitant les orteils.

— Monsieur, pardonnez-moi d'interrompre votre repos, mais notre commandant aimerait vous poser quelques questions.

— Cela ne peut pas attendre demain ? demanda Tavernier sans rouvrir les yeux.

— Je crains que non. Cependant, si vous voulez faire un brin de toilette, ne vous gênez pas. Voici de l'eau.

À regret, il entrouvrit les paupières.

Debout devant lui, une jeune femme lui tendait une serviette grisâtre et un bout de savon. Il humecta un coin de la serviette et entreprit de se nettoyer le visage. Le sang coagulé avait du mal à partir, une longue estafilade se rouvrit. Sans se presser, il se lava le torse et les jambes. L'eau souillée tombait entre les lattes de bambou du plancher. Quand il se fut séché, la femme lui tendit une paire

1. Coupez leurs liens.
2. À présent, allez chercher de l'eau et à manger.

de sandales. L'attention était touchante, mais les chaussures trop petites ; il les enfila comme des pantoufles.

— Venez.

Il suivit l'officier viêt-minh, escorté par un des soldats, jusqu'à une case plus vaste située à l'écart des autres et entourée de sentinelles. Devant une longue table se tenaient un homme d'une quarantaine d'années à la chevelure clairsemée, les yeux abrités derrière des verres fumés, celui qui les avait capturés et l'un des « étudiants ». L'homme à lunettes portait une vareuse vaguement militaire et fumait à l'aide d'un long fume-cigarette. Devant lui, les papiers que François portait sur lui au moment où on l'avait fait prisonnier.

— Quel est votre nom ?

La voix féminine, doucereuse, sonna désagréablement à son oreille.

— François Tavernier.

— Vous n'êtes pas militaire. Que faisiez-vous dans le convoi ?

— Je regagnais Hanoi.

— Que faites-vous au Tonkin ?

François hésita. Devait-il dire la vérité ?

— Vous n'avez pas entendu ma question ?

— J'étais chargé par le gouvernement français de prendre contact avec les dirigeants viêt-minh.

Les trois hommes s'entre-regardèrent, incrédules.

— Monsieur Tavernier, trouvez autre chose !

— Je dis vrai, monsieur...

— Appelez-moi colonel. Ainsi, vous étiez chargé de prendre contact avec nos dirigeants ? Avez-vous abouti ?

— Oui, colonel.

— Bien, monsieur Tavernier... Et qui avez-vous vu ?

— Le président Hô Chi Minh.

— Le président Hô Chi Minh ! Comme c'est intéressant !... Comment l'avez-vous trouvé ?

— Fatigué.

— Fatigué ?... Ah oui, bien sûr, le président a tant de soucis, n'est-ce pas, messieurs ?... Vous vous moquez de

292

moi, monsieur Tavernier! Faites attention, ma patience a des limites... Comment osez-vous dire que le président Hô Chi Minh vous a reçu, vous, un Français!... Il hait les Français et n'a plus aucune confiance en leurs paroles... Trouvez autre chose, monsieur Tavernier!

— Je maintiens ce que j'ai dit, colonel.

— Monsieur Tavernier, nous disposons de bien des moyens de vous faire parler. Mais je serai bon prince, la journée a été longue pour tout le monde : allez vous reposer, nous reprendrons cette conversation demain. Bonne nuit, monsieur Tavernier.

— Bonne nuit, colonel.

L'officier et le soldat qui l'avaient accompagné se tenaient au bas de l'échelle.

— *Coi chung, canh no cân thân, no thi rât cung dâu*[1], cria-t-on de l'intérieur.

Il faisait très sombre, une dizaine de points lumineux signalaient çà et là des présences humaines. Le village semblait s'être fondu dans la nuit.

— Vous avez eu tort de répondre de la sorte au colonel, chuchota l'officier en le tenant par le bras. C'est un homme rancunier, qui n'aime pas qu'on se moque de lui.

— Je ne me suis nullement moqué de lui!

— Nous voici arrivés.

À tâtons, François grimpa. Dans la case, une bougie fichée dans le goulot d'une bouteille de bière dispensait une lumière tremblotante; dans un coin, le point rouge d'une cigarette embrasée.

— Thévenet?

— Taisez-vous! Voulez-vous une cigarette? Tenez, je vous laisse le paquet. Bonne nuit... Ah, j'oubliais : vous n'êtes pas attachés; n'essayez pourtant pas de sortir, il y a partout des pièges, pour la plupart empoisonnés.

François alluma une cigarette à la flamme de la bougie; l'âcre fumée lui fut agréable.

Dans son coin, le lieutenant bougea :

— Que vous ont-ils demandé?

1. Faites attention, surveillez-le bien, c'est une forte tête.

Tavernier sursauta, il avait dû commencer à s'endormir.

— Qui j'étais et ce que je faisais dans le coin.

— Et alors?

— Ils ne m'ont pas cru.

— Ils vous ont tabassé?

— Non.

— Non?... C'est plutôt inquiétant pour vous.

— Je trouve aussi. Vous croyez qu'il bluffait, avec ses pièges?

— Non. J'ai déjà eu le pied transpercé par leurs conneries. J'ai eu de la chance, y avait pas de poison. Deux copains sont morts comme ça, c'était pas beau à voir : ils ont péri étouffés, gonflés, tout bleus. Alors, quand j'en tiens un, je prends pas de gants pour chercher à le faire parler.

— Ça vous arrive souvent?

Thévenet se rapprocha en rampant.

— Vous autres civils, vous pouvez pas comprendre! Avant d'arriver dans ce putain de pays, la torture, j'en avais jamais entendu parler. Ici, ce sont des spécialistes. C'est fou ce qu'ils savent faire avec un simple bambou bien effilé. À côté, on est des enfants de chœur! Pour eux, la torture est en soi une bonne chose. Pour nous, elle permet de gagner du temps. Que de fois nous avons évité le pire en faisant parler un prisonnier viêt! Bien sûr, il y a des dérapages, certains abusent un peu du téléphone ou de l'entonnoir. Que voulez-vous, c'est une sale guerre, on la fait salement... Tout à l'heure, sur la RC4, je me suis énervé... J'aime pas qu'on tue mes hommes. D'habitude, je suis plus calme. Mais on n'est pas des saints : quand on voit des camarades traités comme Morion et Ribaud, on perd la tête, on emmène le *nhà que* ramasser du bambou, et il faut alors qu'il parle!

— Le haut-commandement accepte?

— Il ne veut pas savoir. Officiellement, la torture n'existe pas. On fait la guerre ici comme si on était en Europe, alors qu'il aurait fallu former les gars à combattre comme le font les Viêts, avec leurs armes, leurs méthodes, leur aptitude à se fondre dans la nature. Au lieu de quoi, on bricole. Ce n'est pas sérieux! Pendant ce temps-là, le corps expéditionnaire se fait dégommer parce que, en haut lieu, tout le monde se fout pas mal de nous!

Il était évident que Thévenet en avait gros sur le cœur; cela faisait près de deux ans qu'il baroudait de la Plaine des Joncs aux calcaires du Tonkin, qu'il avait vu mourir trop de copains, soumis trop de jeunes femmes, tué trop de Viêts, obéi sans jamais se poser de questions; le paludisme, la dysenterie, les blessures, l'alcool avaient achevé d'en faire un animal malade et dangereux, incapable de se maîtriser, courageux face à la mort.

Il alluma une nouvelle cigarette. À la brève lueur, François vit ses yeux posés sur lui.

— Pour un civil, vous vous battez plutôt bien. Vous auriez fait un bon légionnaire.

— Merci du compliment!

— Ce pays sera notre tombeau.

Tavernier crut avoir mal entendu :

— Que dites-vous?

— Rien, un pressentiment. Déjà, en 1884 et en 1885, contre les Chinois qui refusaient de reconnaître les droits de la France sur l'Annam et le Tonkin, la Légion a payé un lourd tribut à la conquête. À Son Tay, à Bac Ninh, à Tuyen Quang, les pertes ont été terribles. Partout, les légionnaires se battirent comme des lions, nos chefs les premiers : c'était un honneur de mourir sous leurs ordres. Connaissez-vous le magnifique poème que le capitaine Borelli écrivit après ces combats?... Non bien sûr. Écoutez :

Mes compagnons, c'est moi, bonnes gens de guerre,
C'est votre chef d'hier qui vient parler ici
De ce qu'on ne sait pas, ou que l'on ne sait guère;
Mes morts, je vous salue et je vous dis : Merci!
Or, écoutez ceci : « Déserteurs! Mercenaires!
Ramassis d'étrangers sans honneur et sans foi! »
Ayez-en le cœur net, et demandez pourquoi.

Sans honneur? Ah, passons! Et sans foi? Qu'est-ce à dire,
Que fallait-il de plus et qu'aurait-on voulu?
N'avez-vous pas tenu, tenu jusqu'au martyre
La parole donnée et le marché conclu?
Mercenaires? Sans doute : il faut manger pour vivre.
Déserteurs? Est-ce à nous de faire ce procès?
Étrangers? Soit. Après? Selon quel nouveau livre
Le Maréchal de Saxe était-il donc français?
Et quand donc les Français voudront-ils bien entendre
Que la guerre se fait dent pour dent, œil pour œil,
Et que ces étrangers qui sont morts, à tout prendre,
Chaque fois, en mourant, leur épargnaient un deuil
Aussi bien c'est assez d'inutile colère,
Vous n'avez pas besoin d'être tant défendus;
Voici le Fleuve Rouge et la Rivière Claire
Et je parle à vous seuls, de vous que j'ai perdus!
Jamais garde de Roi, d'Empereur, d'Autocrate,
De Pape ou de Sultan; jamais nul régiment
Chamarré d'or, drapé d'azur ou d'écarlate
N'alla d'un air plus mâle et plus superbement.
Vous aviez des bras forts et des tailles bien prises
Qui faisaient mieux valoir vos hardes en lambeaux;
Et je rajeunissais à voir vos barbes grises,
Et je tressaillais d'aise à vous trouver si beaux.

La voix montait, vibrante; on sentait que Thévenet les voyait ces légionnaires, et, comme le capitaine Borelli, les trouvait beaux.

Quant à savoir si tout s'est passé de la sorte
Et si vous n'êtes pas restés pour rien là-bas,
Si vous n'êtes pas morts pour une chose morte,
Mes pauvres amis, ne le demandez pas!
Dormez dans la grandeur de votre sacrifice,
Dormez, que nul regret ne vienne vous hanter,
Dormez dans cette paix large et libératrice
Où ma pensée en deuil ira vous visiter.
Je sais où retrouver, à leur suprême étape,

Tous ceux dont la grande barbe a bu le sang vermeil,
Et ceux qu'ont engloutis les pièges de la sape,
Et ceux qu'ont dévorés la fièvre et le soleil.
Et ma piété fidèle, au souvenir unie,
Va du vieux Wunderli qui tomba le premier,
En suivant une longue et rouge litanie,
Jusqu'à toi, mon Streibler, qu'on tua le dernier!
D'ici je vous revois, rangés à fleur de terre
Dans la fosse hâtive où je vous ai laissés,
Rigides, revêtus de vos habits de guerre
Et d'étranges linceuls faits de roseaux tressés.
Les survivants ont dit — et j'ai servi de prêtre! —
L'adieu du camarade à votre corps meurtri;
Certain geste fut fait bien gauchement peut-être,
Pourtant je ne crois pas que personne en ait ri!
Mais quelqu'un vous prenait dans sa gloire étoilée
Et vous montrait d'en haut ceux qui priaient en bas,
Quand je disais pour tous, d'une voix étranglée,
Le Pater et l'Ave, que vous ne saviez pas!
Compagnons, j'ai voulu vous parler de ces choses
Et dire en quatre mots pourquoi je vous aimais :
Lorsque l'oubli se creuse au long des tombes closes,
Je veillerai du moins et n'oublierai jamais.

La voix de Thévenet trembla. Il s'arrêta, alluma une
cigarette, et reprit d'un ton affermi :

Si parfois, dans la jungle où le tigre vous frôle
Et que n'ébranle plus le recul du canon,
Il vous semble qu'un doigt se pose sur votre épaule,
Si vous croyez entendre appeler votre nom,
Soldats qui reposez sur la terre lointaine
Et dont le sang donné me laisse des remords,
Dites-vous simplement : « C'est notre Capitaine
Qui se souvient de nous... et qui compte ses morts. »

Les bruits de la jungle, ses odeurs, sa moiteur, la nuit
profonde qui les entouraient rendaient cette déclamation

irréelle. L'émotion contenue dans la voix rauque de Thévenet avait touché Tavernier. En d'autres circonstances, il
aurait souri, raillé peut-être, mais là!... Il souleva la bougie pour allumer une cigarette; la lumière tremblotante lui
révéla le visage bouleversé de son compagnon. Gêné, il
reposa doucement la flamme.

29

Comme ils l'avaient annoncé, Hai et sa femme Phuong partirent rejoindre le Viêt-minh dans le nord. Les adieux entre frères furent froids. Seule Lien les vit s'éloigner avec déchirement. Le départ de Bernard et de Geneviève pour la France approchait. Quant à Kien, il venait de déclarer qu'il regagnait Saigon.

La veille, il emmena Léa dîner à l'hôtel *Métropole*. Ils eurent du mal à trouver une place au bar envahi d'officiers et de journalistes parlant fort. Vêtue d'un fourreau d'épaisse soie noire qui laissait nus ses bras et son dos, Léa attirait tous les regards. Quand elle s'assit, sa jupe étroite remonta, découvrant haut ses jambes. Un sifflement admiratif partit d'un groupe de correspondants agrippés au bar. Furieux, Kien voulut se lever; Léa le retint. Un verre de cognac-soda à la main, le siffleur s'approcha :

— Pardonnez-moi, madame Tavernier, mais votre beauté m'a fait perdre toute retenue. Avez-vous retrouvé votre mari ?

— Comment me connaissez-vous ?

— En Indochine, tout le monde connaît tout le monde. Nous nous sommes déjà rencontrés à Saigon.

— Je me souviens de vous, vous êtes le journaliste de *France-Soir* ?

— Pour vous servir, madame, fit Lucien Bodard en s'inclinant de façon comique.

— Vous qui savez tout, monsieur, vous devriez savoir que je n'ai pas retrouvé mon mari, mais... peut-être avez-vous de ses nouvelles?

— Des nouvelles, non... Des bruits, par-ci, par-là...

— Lesquels? Je vous en prie...

— Rien de sérieux. On parle d'une rencontre avec Hô Chi Minh... d'enlèvement par le Viêt-minh... de l'attaque sur la RC4 d'un convoi militaire dans lequel un envoyé du gouvernement français aurait pris place...

— C'est peut-être lui!

— Votre mari était envoyé par le gouvernement français?

Léa perçut la soudaine curiosité du journaliste. Surtout, ne rien dire qui puisse nuire à François!

— Je n'en sais rien.

— Vous restez quelque temps à Hanoï?

— Oui.

— Si j'entends parler de quelque chose, je vous en informerai. À bientôt, madame Tavernier. Bonsoir, monsieur Rivière.

Léa se tourna vers Kien.

— Vous croyez qu'il pourrait apprendre quelque chose sur François?

— C'est un des journalistes les mieux renseignés d'Indochine. S'il ne sait rien, c'est que rien ne se sait, répondit Kien. Que voulez-vous boire?

— Ça m'est égal.

— Deux coupes de champagne!

Un groupe de femmes en uniforme entra, salué par de nouveaux sifflets.

— J'ignorais qu'il y avait des femmes dans l'armée d'Indochine, s'étonna Léa.

Ils burent en silence tout en grignotant des amuse-gueule.

— Vous devriez venir avec moi à Saigon...

— Kien, nous en avons déjà parlé, je vous ai dit non. Je

tiens à attendre à Hanoi les nouvelles que Hai pourra glaner auprès de...

— Taisez-vous, ne prononcez pas certains noms ici, c'est très dangereux ! Il n'y a pas que les journalistes à se tenir à l'affût d'informations...

— Il y a décidément trop de bruit, allons dîner.

Le jeune homme suivit Léa dans la salle à manger. Un maître d'hôtel indien les conduisit à leur table.

— Il y a un nouveau chef français qui est, paraît-il, très bien. Tenez, voici la carte, dit Kien.

— Oh !

— Qu'y a-t-il ?

— Du confit de canard ! fit Léa d'une voix chevrotante.

— Et c'est ça qui vous chavire à ce point ? Qu'est-ce que cela a d'extraordinaire, le confit de canard ?

— Vous ne pouvez pas comprendre. C'est toute mon enfance... Mon père disait que ma mère n'avait pas sa pareille pour le confit.

— Alors, je vais en prendre aussi !

Le confit, très honorable, et un excellent bordeaux avaient mis Léa de bonne humeur, la vie lui paraissait moins dure, l'avenir moins noir. Elle riait, parlait de tout et de rien : de son petit garçon qu'elle reverrait bientôt, de François qui lui manquait tant, de Lien qui était si belle et si triste, de lui qui voulait partir.

— Restez donc jusqu'à l'arrivée de François...

Kien la regardait comme jamais il n'avait regardé une femme. Il la voulait, il la voulait toute à lui. Il ne fallait pas que François revienne : il enverrait des hommes à lui pour le retrouver avant Hai, on mettrait l'embuscade sur le compte du Viêt-minh...

— Vous ne m'écoutez pas... Pourquoi me dévisagez-vous comme ça ? Vous me faites peur !

Il lui prit la main :

— Je pensais à notre avenir.

Léa lui serra la main en souriant, sensible une nouvelle fois à la beauté du jeune homme.

— Si nous allions danser ?

301

— Il n'y a pas tellement d'endroits convenables...

— Qui vous a parlé d'endroits convenables? Je veux danser, un point c'est tout!

— Très bien, allons au *Paramount*, c'est un dancing que François aimait bien.

La perfidie du ton échappa à Léa.

Le chasseur du *Métropole* les accompagna sous son grand parapluie jusqu'au cyclo-pousse. Le conducteur ramena sur leurs jambes une toile cirée sur laquelle l'averse crépita avec violence.

Une vague enseigne de néon clignotait par intermittences, indiquant l'entrée du bar devant lequel stationnaient une dizaine de cyclo-pousse noyés dans un brouillard de pluie. Léa et Kien pénétrèrent dans l'établissement en courant. Malgré leur rapidité, l'eau avait transformé le fourreau de Léa en seconde peau; heureusement que la chaleur de l'endroit allait vite la sécher.

Peu de monde, presque pas de soldats, des taxi-girls désœuvrées. Paddy, la barmaid, avachie derrière le bar, le menton calé dans sa main, lorgnait d'un œil vague quelques couples qui dansaient au son de la morne musique de l'orchestre argentin. En voyant Kien et Léa, elle se redressa et, contournant le comptoir, se dirigea vers eux.

— Où étais-tu passé? Ça fait une paye que je n' t'ai vu! Bonjour, mademoiselle...

— Salut, Paddy! Sers-nous une bonne bouteille. C'est lugubre, ici!

— Tu l'as dit! Les légionnaires sont partis et les autres sont consignés à la Citadelle.

— Il se prépare quelque chose?

— Pas que je sache. Un accès de zèle du Haut-Commandement.

— Va porter à boire de ma part à l'orchestre, ça le réveillera peut-être.

De l'estrade, les musiciens levèrent leurs verres dans leur direction. Quelques instants plus tard, ils entamaient une rumba endiablée.

Kien avait le sens du rythme et dansait très bien. Vigoureusement maintenue, guidée, Léa suivait chaque mouvement du corps de son partenaire avec une voluptueuse souplesse. Au début, toute au plaisir de la danse, elle se laissa conduire; mais la pression de Kien devint si gênante qu'elle tenta de se dégager.

— Vous me faites mal!

Il relâcha légèrement son étreinte.

— J'ai envie de vous, murmura-t-il en cherchant ses lèvres.

— Taisez-vous, ne dites pas de bêtises, fit-elle en détournant la tête.

— Pardonnez-moi...

Ils dansèrent quelques instants encore, beaux et harmonieux. Une même langueur les envahissait. Léa se disait qu'elle devait le repousser, mettre un terme à cette exhibition qui la troublait, mais le plaisir qu'elle éprouvait à le sentir dressé contre elle lui ôtait toute force; elle ne put réprimer un long frisson. Ce frisson irradia le corps de Kien qui poussa un gémissement. Plus rien ne comptait que cette montée de leur désir. Léa leva sur lui un regard noyé. Saisie d'un tremblement furieux, elle s'arracha enfin à ses bras. Ils restèrent face à face, immobiles, puis Léa se détourna et marcha vers la sortie. Kien la rattrapa et l'arrêta :

— Où vas-tu?

— Je veux rentrer, ramenez-moi.

— Non, je veux que tu restes avec moi!

— Je vous interdis de me tutoyer!

— Ne monte pas sur tes grands chevaux... Tout à l'heure, j'aurais pu faire n'importe quoi de toi.

Elle lui fit face, les yeux étincelants, pâle de colère :

— C'est vrai! Il y a trop longtemps que je n'ai fait l'amour, mais ce n'est pas avec vous que j'ai envie de le faire.

— Tu mens, tu te racontes des histoires! Ce n'est pas d'un vieux mari dont tu as besoin, mais d'un amant jeune et vigoureux.

— Taisez-vous, François n'est pas vieux, je l'aime. Pas vous!

— Et s'il ne revenait pas ?

Léa eut l'impression de recevoir un coup de couteau, elle se plia, mains sur le ventre. Il recula. Dans les yeux fixes de la jeune femme, il y avait de la haine, de la folie.

L'orchestre marquait une pause, tous les regards étaient braqués sur eux. Ce soudain silence ramena Léa à la réalité. Redressant la tête, elle sortit, hautaine.

Elle fit quelques pas, malmenée par des rafales de pluie. L'eau tiède, se mêlant sur son visage à ses larmes, lui fit du bien. Secouée de sanglots, elle s'appuya contre un arbre. La nuit était noire ; pas une lumière ne brillait.

— Léa !...

Courant, Kien passa près d'elle sans la voir.

La voix s'éloigna.

— Vous ne pouvez pas rester ici, fit quelqu'un dans l'obscurité.

Léa tressaillit et tenta de distinguer qui parlait. Elle ne vit personne.

— C'est moi, Giau !

« Le monstre, pensa-t-elle : il ne manquait plus que lui ! »

— Je vais vous appeler un pousse, ne bougez pas !

Elle l'entendit ramper dans les flaques. Peu après, un cyclo-pousse s'arrêta devant l'arbre.

— *No dâu rôi ? Tôi không thây no* [1]...

— Mademoiselle !...

Giau glissa en bas du véhicule.

— Venez, montrez-vous ! Il ne veut pas me croire...

Léa sortit de l'ombre et grimpa dans le pousse.

— *Dât no toi dai lô Henri-Rivière* [2].

— Vous ne venez pas ?

— Non, ce ne serait pas bon pour vous si on vous voyait avec moi. Faites attention à Kien Rivière, il est amoureux de vous. Vous riez ?

— Au revoir, Giau... Merci !

---

1. Où est-elle ? Je ne la vois pas.
2. Conduis-la boulevard Henri-Rivière.

L'infirme, si aplati contre le sol qu'on le discernait à peine, resta un long moment à regarder dans la direction empruntée par Léa.

Le lendemain, Kien partit sans avoir revu Léa. Elle en fut attristée, ressentant ce départ comme un abandon. Les jours suivants lui parurent longs. Pour la distraire, Lien lui proposa de l'emmener au premier récital d'une jeune violoniste prodige, Pham Thi Nhu-Mai.

— Vous verrez, elle a un immense talent. Ses parents étaient très amis des miens ; grâce à mon père, elle a pu étudier au conservatoire de Lyon. C'est là que la guerre les a surpris. Les années passées là-bas ont été très difficiles. Pour que leur fille puisse poursuivre ses études, ils ont travaillé durement, mais leurs sacrifices ont été récompensés. Nhu-Mai, qui vient d'avoir seize ans, est considérée comme l'une des dix plus prometteuses violonistes du monde ; elle est à l'aube d'une très belle carrière. Mais elle a tenu à revenir dans son pays avant d'entreprendre une tournée internationale. Ce concert est un concert d'adieu, elle le donne au profit des orphelins de guerre.

— Nous devrions emmener les enfants, suggéra Geneviève.

— J'y avais pensé, mais je voulais t'en parler avant.

— Ne t'occupe de rien, je vais au théâtre prendre les places. Vous venez avec moi, Léa ? Il ne pleut pas.

Du boulevard Henri-Rivière au théâtre, au bout de la rue Paul-Bert, il n'y avait que trois cents mètres. Profitant de l'éclaircie, les Hanoïens étaient nombreux à déambuler dans l'ancienne rue des Incrusteurs, s'arrêtant devant les vitrines, aux terrasses des cafés ou bavardant avant de retourner à leurs occupations. Des sacs de sable protégeaient l'entrée du bâtiment, qui portait encore les marques des combats du 19 décembre 1946 où Jean Sainteny avait été grièvement blessé. En habituée, Geneviève se dirigea, à travers le grand vestibule, vers le comptoir des réservations. Cinq ou six personnes attendaient, avec lesquelles Geneviève engagea la conversation.

Léa préféra se promener dans l'établissement. Elle prit l'escalier à double révolution; les sculptures du foyer désert lui rappelaient certains théâtres parisiens. Les fenêtres de la loggia dominant la place étaient ouvertes. Appuyée à la rambarde, elle contempla la ville. Elle venait de s'écarter du balcon quand un son d'une pureté inouïe l'immobilisa au milieu du foyer. Comme appelée, elle poussa une porte et se retrouva dans une loge. Sur scène, prisonnière d'un faisceau lumineux, une mince jeune fille jouait du violon. Frissonnante, Léa s'assit et se laissa emporter par la musique.

Jamais elle n'avait éprouvé un tel bouleversement. Brusquement, les lumières s'éteignirent; il se fit alors dans le théâtre un profond silence. L'espace de quelques instants, Léa attendit, désemparée, que revienne la lumière et, avec elle, cette mélodie qui donnait envie de pleurer. Comme rien ne se produisait, elle chercha à tâtons la porte de la loge et se retrouva dans le foyer. En descendant l'escalier, elle entendit de nouveau le violon.

— C'est Nhu-Mai qui répète, dit Geneviève, les billets à la main.

Léa la bouscula et entra dans la salle aux places d'orchestre. Là, nimbée de lumière, les yeux clos, jouait de nouveau, comme arrachée à la terre, la merveilleuse artiste. Les mains croisées sur la poitrine, comme pour réprimer les battements de son cœur, Léa s'avança jusqu'à la fosse et, les yeux levés, toute proche de la violoniste, irradiée de bonheur, elle écouta... Quand la dernière note s'éteignit, elle resta comme suspendue à l'archet. La petite main qui le tenait s'abaissa lentement.

Léa était trop subjuguée pour applaudir. La bouche entrouverte, les yeux écarquillés, elle avait l'impression de se dissoudre dans l'espace. Leurs regards s'accrochèrent et, dans l'instant, la jeune fille et la jeune femme éprouvèrent l'une envers l'autre une fulgurante attirance.

— *Nhu-Mai, con lam cai gi*[1]?

1. Nhu-Mai, que fais-tu?

— *Me oi. con dên ngay*[1]*!* Vous venez au concert?

Incapable de parler, Léa acquiesça de la tête.

— Au revoir, à ce soir...

Nhu-Mai quitta la scène en courant.

— Ah, vous êtes là! Je vous cherchais partout. Venez, ils vont fermer, s'écria Geneviève.

A contrecœur, Léa rejoignit la silhouette qui se découpait dans l'embrasure de la porte.

— Que vous arrive-t-il? lui demanda son amie. Vous avez l'air tellement heureuse... Depuis que vous êtes ici, c'est la première fois que je vous vois ainsi. Vous êtes encore plus jolie!

— Merci. C'est la musique...

— Vous avez entendu répéter Nhu-Mai... C'est extraordinaire. Je me réjouis de cette sortie avant notre départ.

— C'est vrai que vous partez dans quelques jours. Vous devez être contente, vous attendiez ce moment avec tant d'impatience!

— Oui et non... Oui, parce que j'éprouve de mauvais pressentiments, j'ai peur pour Bernard et Mathilde, et puis la vie ici ne sera jamais plus comme avant. J'ai vécu dans ce pays une enfance merveilleuse : mon père était en poste à Huê auprès de l'empereur, nous avions une belle maison, un jardin magnifique dont s'occupait ma mère. Nous habitions le quartier européen, près de la Légation. La Rivière des Parfums passait au bas de notre jardin. Avec mes frères et sœurs, nous faisions des courses sur le fleuve. Le Temple du Ciel n'avait pas de secrets pour nous. Cachés, nous assistions aux cérémonies. Mais l'endroit que nous préférions, c'était les vieilles arènes où, paraît-il, on donnait des combats de panthères, de tigres, de buffles ou d'éléphants. Nous n'en avons jamais vu, mais nous les imaginions si bien... Jusqu'à l'arrivée des Japonais, c'était le paradis sur terre. Nous avons cru qu'avec la venue des Français nouveaux, tout rentrerait dans l'ordre... Nous nous sommes trompés. Toute ma famille est repartie pour

---

1. J'arrive, Maman.

la France, je suis la seule à être restée. Maintenant, ce n'est plus possible...

Quand elles rentrèrent à la maison, la pluie s'était remise à tomber.

Dans le vestibule du théâtre, une foule de Français et d'Annamites se bousculaient, des enfants endimanchés courant parmi eux. Trac et Nhi, échappant à la surveillance de Lien, en firent autant, sans avoir réussi à entraîner Mathilde qui ne lâchait pas la main de sa mère. Bernard rattrapa les gamines et, d'une poigne solide, les installa à leurs places. La salle était comble, les spectateurs agités et bruyants.

— C'est la première fois depuis la guerre qu'il y a autant de Vietnamiens et de Français réunis ensemble dans le théâtre, fit-il remarquer en s'asseyant entre Léa et sa femme.

Enfin les lumières s'éteignirent, les trois coups retentirent, le rideau rouge se leva. Sous les applaudissements s'avança Nhu-Mai, vêtue du costume traditionnel tonkinois : le *ao dai* [1] et le pantalon de soie blanche, les cheveux relevés en chignon, piqués d'une orchidée. Elle s'inclina, petite et frêle, perdue sur la vaste scène austère. L'instrument paraissait lourd entre ses mains minuscules, son léger archet s'éleva doucement...

Aussitôt, l'émotion de l'après-midi envahit de nouveau Léa, son corps perdit toute pesanteur ; son âme s'échappa, elle devint musique. Par la magie de son art, la jeune violoniste avait aboli le temps, l'univers entier n'était plus que sensations qui dilataient le cœur et l'esprit. Toute l'assistance était sous le charme. Les turbulentes Trac et Nhi restaient médusées, bouche bée, yeux écarquillés.

Oubliée la fragilité de la femme : Nhu-Mai tirait de son instrument des sons tour à tour tendres et mélodieux, secs et vibrants, virils et sauvages, audacieux et timides, forts et faibles, purs et troublants, d'une intensité et d'une maî-

---

1. Longue tunique fendue sur les côtés, portée sur un large pantalon.

trise sans égales. Le moins mélomane des spectateurs était subjugué.

Oubliées les tensions de la guerre, les peurs, les séparations, l'humiliation, la mort : ce soir-là, Français et Vietnamiens communiaient dans la musique.

À la fin du dernier morceau, il y eut un silence poignant, puis les applaudissements se déchaînèrent. Nhu-Mai alla poser son violon sur le piano et revint s'incliner devant les spectateurs debout. Les mains brûlantes de Léa lui faisaient mal; elle continuait cependant d'applaudir à tout rompre, souriante, laissant couler ses larmes. Après une vingtaine de rappels, Nhu-Mai ne revint pas. L'ovation dura longtemps encore après son départ.

La salle se vidait doucement. Quand la plupart des spectateurs furent sortis, Léa, Lien et Bernard se rendirent dans les coulisses, tandis que Geneviève raccompagnait les enfants. Une dizaine de personnes attendaient la violoniste. Elle sortit enfin de sa loge, enveloppée dans un peignoir-éponge trop grand pour elle, le visage et les cheveux encore humides. Ainsi, elle avait plus que jamais l'air d'une enfant. Sa mère lui présenta ceux ou celles qu'elle connaissait. Nhu-Mai souriait, adressant un mot à chacun. Elle embrassa avec affection Lien quand sa mère lui eut rappelé qu'elle était la fille de leur bienfaiteur, et salua Bernard avec chaleur. Quand elle arriva devant Léa, elle eut un sourire radieux :

— Vous êtes la jeune femme de cet après-midi... Je suis si heureuse de vous revoir...

Ce qu'éprouvait Léa à ce moment-là était indicible; quelque chose d'immense emplissait sa poitrine, qu'elle ne savait nommer.

— J'ai joué pour vous, lui chuchota Nhu-Mai à l'oreille.

Léa devint écarlate.

— Vous avez apprécié *Le Trille du diable*? J'aime beaucoup la *Sonate n°1 en sol mineur* de Bach. Mais j'aime aussi *Tzigane*, de Ravel. En fait, tout me plaît. Je ne parviens jamais à savoir ce que je préfère. Pas vous?

Assourdie par ce flot de paroles, Léa souriait à son tour, ne sachant que dire.

— Nhu-Mai, va t'habiller, nous devons rentrer!

— Encore un instant, Maman. Je suis sûre que je ne dormirai pas, je suis trop énervée.

— Venez donc prendre le thé demain à la maison, dit Lien à la mère. Il y a si longtemps que nous ne nous sommes vues.

— Oh oui, Maman, accepte! s'écria Nhu-Mai en joignant les mains comme une petite fille.

— J'accepte, mais à condition que tu ailles t'habiller.

— Oui, Maman, fit la jeune virtuose, candide. Vous venez avec moi? dit-elle en se tournant vers Léa. Reste avec tes amis, maman, madame Tavernier va m'aider.

Dans la loge, une vieille femme attendait, assise sur une chaise.

— *Co oi, dê tôi yên, me tôi muôn hoi co cai gi*[1].

La porte refermée, elle se retourna lentement vers Léa qui la considéra avec surprise. Il ne restait plus rien de la gentille, sautillante et volubile jeune fille. Tout sourire avait disparu du joli visage dont le regard s'était durci.

— J'ai besoin de votre aide. Ne dites rien... J'ai très peu de temps pour vous parler. Mes parents, ma mère surtout, ont accepté pour moi une tournée mondiale. Dans dix jours, je dois jouer à Londres, puis à Rome, à Madrid, à Athènes et à Vienne. Après, j'irai aux États-Unis, au Canada, en Argentine, que sais-je encore... Cela va prendre des mois et des mois, c'est trop long... Je ne veux pas partir!

Léa la regardait, ahurie : des triomphes l'attendaient partout, et elle ne voulait pas partir? Elle devait être amoureuse...

— Pourquoi?

— Je veux rester ici!

— Rester ici?

— Oui, c'est mon pays. J'en ai été éloignée pendant six ans, mais maintenant c'est fini, je ne veux plus le quitter.

— Mais votre carrière?

1. Laisse-moi, ma tante, ma mère te demande.

— Je verrai plus tard. Je ne peux plus penser à ma carrière tant que mon peuple est en guerre.

C'était donc cela? Elle aussi, comme Hai et Phuong, était gagnée par le désir de combattre pour l'indépendance de son pays. Léa se revit à Montillac pendant l'Occupation. Il lui déplaisait de faire un parallèle entre les Allemands de naguère, occupant la France, et les Français de maintenant, se battant pour conserver l'Indochine au sein de l'Empire, elle éprouva un sentiment de malaise dont, avec mauvaise foi, elle tint grief à la jeune fille.

— Je ne vois pas ce que moi, étrangère à ce pays, je puis faire pour vous.

— Justement, ma mère ne se méfiera pas!

— Ah, c'est pour ça..., fit-elle avec un pincement au cœur.

Nhu-Mai se rendit compte qu'elle avait blessé Léa; ses lèvres tremblaient comme si elle allait se mettre à pleurer.

— Pardonnez-moi, je ne voulais pas vous faire de la peine. Mais il faut me comprendre. Ma mère me surveille tout le temps, je ne suis jamais seule. Depuis notre retour, je n'ai rencontré personne à qui me confier. J'ai cru que vous pourriez être mon amie. Ma famille hait les communistes et ne jure que par la France; elle ne la voit qu'à travers la famille Rivière et les Lyonnais qui nous ont aidés pendant la guerre. Ils ne veulent pas se souvenir de ceux qui ont fait travailler mon père comme une bête, qui ont exploité ma mère au-delà de ses forces...

— Vous devriez admettre que c'est grâce à eux que vous êtes devenue...

— Je ne le sais que trop! À Lyon, au Conservatoire, on me le répétait sans cesse, à tel point que j'ai failli arrêter de jouer pour ne rien devoir à personne.

— Cela aurait été dommage, fit sèchement Léa.

Le ton alerta Nhu-Mai.

— Vous êtes comme eux, je suis folle de vous avoir cru différente. Oubliez ce que je vous ai dit!

Elle se réfugia derrière le paravent, ôta son peignoir et commença à s'habiller en reniflant.

311

— Ne pleurez pas. J'essaierai de vous aider...

La jolie tête aux cheveux ébouriffés émergea de derrière le paravent.

— C'est vrai ?

— Je vais y réfléchir. Je vous en reparlerai demain, quand vous viendrez chez Lien.

30

Ce n'est pas la lumière verte filtrant à travers les fentes de la cloison de bambou qui réveilla François, mais le froid. Il ouvrit les yeux, baigné de sueur et claquant des dents.

— Vous faites une belle crise de palu, dit Thévenet qui l'observait en mâchonnant une allumette.

« Il ne manquait plus que ça! » pensa-t-il.

Secoué de frissons, il parvint à se redresser et fouilla dans les poches de sa chemise, à la recherche des précieux comprimés de quinine; il en ramena une bouillie grisâtre.

— Je n'en ai pas non plus, grommela Thévenet. J'ai demandé à un de nos gardiens de vous envoyer le médecin du village. Pas de nouvelles... Tiens, quand on parle du loup...

Une tête coiffée d'une sorte de casque en latanier apparut en haut de l'échelle. L'homme tenait dans une main deux bols remplis de riz et, dans l'autre, une gourde cabossée qu'il posa devant les prisonniers.

— Tu as les comprimés?

L'autre fit signe qu'il ne comprenait pas.

— Merde! s'exclama Thévenet en poussant un des bols vers son compagnon.

La matinée, puis la journée passèrent dans l'attente. Incapable de rien avaler, François n'avait cessé de grelotter. Dans la soirée, un officier vint les chercher. Soutenu,

313

presque porté par le légionnaire, Tavernier se traîna jusqu'à la case où on l'avait conduit la veille. Les mêmes siégeaient autour de la table.

— Asseyez-vous, messieurs, fit l'homme aux lunettes.

Accroupis sur de petits bancs, leur tête arrivait tout juste à hauteur de la table, façon de leur faire sentir leur infériorité.

— Vous avez l'air souffrant, monsieur Tavernier...

— Donnez-nous de la quinine, demanda Thévenet.

— Lieutenant, nous avons très peu de médicaments, nous les réservons en priorité à nos soldats...

— D'après les conventions, nous devons être soignés!

— C'est moi qui suis chargé d'appliquer les conventions. De toute façon, nous sommes des barbares : n'est-ce pas ce que vous pensez?

Thévenet haussa les épaules.

— N'est-ce pas, lieutenant?...

Un violent coup de poing avait ébranlé la table.

— Si vous le dites.

— *Linh canh*[1]!

Le *tu vê*[2] grimpa en hâte.

— *Ông nay không kinh trong tôi, cho no môt bai hoc*[3].

Un coup de crosse dans l'estomac plia Thévenet en deux, un autre lui releva la tête. Avant d'avoir pu comprendre ce qui lui arrivait, le chétif *tu vê* se trouva projeté à l'extérieur de la case. Rapide comme l'éclair, le légionnaire l'avait déjà dépassé et fonçait vers la forêt.

— *Dung giêt no!* cria le colonel. *Tôi muon bât song no!*[4] ajouta-t-il en visant soigneusement.

Au prix d'un immense effort, Tavernier s'était levé et, se ruant sur le bras tendu, fit dévier le coup.

— Chien de Français! s'écria l'officier viêt-minh en l'assommant avec le canon de son pistolet.

Quand il revint à lui, ses mains et ses chevilles étaient

1. Sentinelle!
2. Milicien viêt-minh.
3. Cet homme m'a manqué de respect, donne-lui une leçon.
4. Ne le tuez pas. Je le veux vivant.

ligotées. À travers les brumes de la fièvre, il percevait comme des gémissements. Il s'efforça d'ouvrir les yeux ; le sang, en séchant, avait collé ses paupières. La case était vide.

À la nuit tombée, on le jeta dans une sorte de cage de bambou où il ne pouvait ni s'allonger ni tenir debout. On lui ôta ses liens. Recroquevillé sur lui-même, grelottant au point de faire bouger la cage, il passa la nuit dans un état de veille comateux. À l'aube, la pluie se mit à tomber pour ne s'arrêter qu'en fin de journée. L'espace d'un instant, des cris le tirèrent de sa torpeur ; on venait de jeter un autre prisonnier dans une cage voisine. L'homme n'était plus qu'une statue de boue. François tenta d'appeler, mais aucun son ne sortit de sa gorge. Épuisé, il retomba sur lui-même, insensible à la pluie qui le transperçait.

Un nouveau jour se leva. Une souffrance aiguë l'arracha bientôt à son engourdissement. Une nouvelle douleur le fit se retourner. Des gamins de cinq à six ans, entièrement nus, s'esclaffaient, armés de tiges de bambou taillées en pointe. Ils s'amusaient à le piquer, ravis des soubresauts involontaires de leur victime.

Tavernier était comme un taureau rendu fou par les banderilles. Il fit une effroyable grimace en direction des jeunes tortionnaires qui s'enfuirent avec des piaillements.

— C'est vrai que vous avez une tête à faire peur ! dit son voisin de cage.

— La vôtre ne vaut guère mieux, articula-t-il avec peine.

Les coups avaient rendu méconnaissable la figure de Thévenet : ce n'était plus que plaies vives et bouffissures.

Peu à peu, François recouvra ses esprits. Il eut l'impression que sa fièvre avait baissé et que la crise de paludisme se dissipait. Surtout, ménager ses forces... Combien de temps allaient-ils les laisser sans soins, croupissant dans leurs excréments, dévorés par les insectes ? Une nuit passa.

À l'aube, quoique encore faible, François se sentit guéri.

— Thévenet !... Vous m'entendez ?

Il devait s'être enfin assoupi ; toute la nuit, il avait déliré.

Un *tu vê* passa, portant deux grands seaux.

— Hep! appela François.

L'autre s'approcha.

— De l'eau! fit-il en désignant le seau.

Le jeune homme regarda autour de lui; tout dormait encore. Il détacha de sa ceinture une boîte de conserve et la plongea dans le seau.

— *Mau len*[1]!

François lui prit la boîte des mains avec précaution et but avec avidité.

— *Cam on*[2], souffla François en lui rendant la boîte.

Thévenet n'avait toujours pas bougé.

Peu à peu, le village s'anima. Des femmes passèrent, portant de lourdes charges sur leur tête ou trottinant au rythme du balancement de leurs paniers débordants; un groupe de *tu vê* traversa la clairière au pas de gymnastique; un troupeau de cochons noirs disparut dans la forêt, poussé par un minuscule porcher. Devant la grande case, le colonel faisait les cent pas.

— Ah, les vaches!

Thévenet revenait à lui.

— Putain, mon pied!... Tavernier, vous êtes là?

— Oui.

— Il y a combien de temps que je suis dans cette cage?

— Je ne sais pas, je n'ai plus très bien la notion du temps. Deux jours, je pense...

— Deux jours! Si je n'attrape pas la gangrène... Je me suis pris le pied dans un de leurs foutus pièges... Ils m'ont laissé les pointes fichées dedans; il me faut un médecin... Au secours!... À l'aide!...

— *Chuyên gi? Tai sao la nhu vây?*[3] s'enquit le jeune soldat accouru aux hurlements de Thévenet.

— *Bac si, tôi muon bac si*[4].

---

1. Vite!
2. Merci.
3. Qu'y a-t-il? Pourquoi criez-vous comme ça?
4. Un médecin, je veux un médecin.

— *Tôi se di hoi*[1].

Le soldat s'éloigna en courant vers la grande case. Au bout d'un long moment, il revint, suivi par deux de ses camarades. L'un de ceux-ci se pencha sur Thévenet.

— *Co chuyên gi vây? Gioi oi*[2]*!*

Cette voix... François se tourna vers celui qui avait parlé, mais ne vit que son dos.

— *Dem no ra khoi dây tôi phai mô no*[3].

— Vous êtes médecin? s'inquiéta Thévenet.

— Oui. Il y a combien de temps que c'est arrivé?

— Deux ou trois jours.

— *Mau len!*

— *Nhung, bac si...*

— *Không nhung gi ca! Mo ra dem no dên nha co y ta*[4].

Le médecin se retourna. Le cœur de François se serra : ainsi, il avait rejoint le Viêt-minh!

— Hai..., fit-il dans un souffle.

Pendant de longues secondes, les deux amis s'entre-regardèrent. Surtout, ne pas montrer qu'ils se connaissaient...

— *Dem no ra luôn mau di. May phai nghe loi*[5]*!*

François fut extrait de sa cage. Ankylosé par ces jours d'immobilité forcée, il était incapable de tenir debout.

— Accroche-toi à mon dos, chuchota Hai... *De cho tôi duoc rôi, di giup cac dong chi kia di*[6]*!* Nous t'avons cherché partout; si je m'attendais... Depuis combien de temps es-tu ici?

— Une semaine, je crois.

— As-tu su que Léa était à Hanoi?

— Léa?

1. Je vais demander.
2. Qu'avez-vous? Bon sang!
3. Sortez-le de là, je dois l'opérer.
4. — Dépêchez-vous!
— Mais, docteur...
— Il n'y a pas de mais! Ouvrez et portez-le à l'infirmerie.
5. Emmenez celui-là aussi. Vite, obéis!
6. Je vais y arriver, va aider tes camarades.

— Cela fait plus de trois mois qu'elle est arrivée en Indochine à ta recherche.

— Comment va-t-elle?

— Très bien. C'est une femme courageuse. Elle se trouve chez moi, avec Lien et mes filles. Phuong est ici, nous venons juste d'arriver. C'est mon premier contact avec la guerre, et il faut que je tombe sur toi!

— Tu dois nous aider à nous évader!

— Cela va être difficile, je connais encore mal l'endroit. Attention, voici le colonel...

— *Bac si, tay sao ma bê ông nay?*

— *Dong chi dai ta no bi thuong. Tôi di sân soc no.*

— *Tu khi nao tui cho Tây di truoc nhung nguoi chiên si can dam cua chung minh, dong chi bac si?*

— *Tôi la bac si tôi co nhiem vu diêu tri tât ca nhung nguoi bi thuong, ban be hay dich thu*[1].

Un petit attroupement s'était formé à l'entrée de l'infirmerie. Parmi eux, un homme à barbiche, jeune encore, portant des lunettes rondes à verres épais, vêtu d'une sorte de pyjama indigo.

— *Dong chi dai ta, bac si noi dung loi tuyên thê cua Hippocrate, bât buôc ông ta phai lam nhu vây*[2], fit l'homme d'une voix douce.

François n'entendit pas la réponse du colonel qui s'éloignait, visiblement furieux.

Les prisonniers n'avaient pas remarqué cette case dissimulée au milieu de hauts bambous. Une vingtaine de blessés étaient allongés sur des nattes. Une femme se penchait au-dessus de l'un d'eux. Elle se releva et se retourna. François reconnut Phuong.

---

1. — Docteur, pourquoi portez-vous cet homme?
— Il est blessé, camarade colonel. Je vais le soigner.
— Depuis quand les chiens de Français passent-ils avant nos valeureux combattants, camarade docteur?
— Je suis médecin, mon devoir est de soigner tous les blessés, amis comme ennemis.

2. Camarade colonel, le camarade médecin a raison : le serment d'Hippocrate l'y oblige.

— *No chêt roi*[1], dit-elle à l'adresse de son mari.

À ce moment, elle aussi reconnut celui que Hai aidait à s'allonger avec tant de précautions. Un éclair mauvais passa dans ses yeux. Jamais elle n'avait accepté l'amitié entre les deux hommes : non seulement elle en était jalouse, mais la présence de François lui rappelait trop le sang maudit qui coulait dans les veines de celui qu'elle aimait. Longtemps, elle avait lutté contre cet amour et se l'était reproché, bien que son père, Nguyên Van Dông, eût approuvé son mariage avec le petit-fils de Lê Dang Doanh. Sans qu'ils l'eussent jamais évoquée, les deux amis avaient perçu cette antipathie, mais n'y avaient guère prêté une grande attention. Hai la mettait sur le compte de la timidité ; François, de l'absence d'intérêt qu'il avait manifestée à la jeune femme au moment de ses retrouvailles avec la famille Rivière. Le temps lui avait fait défaut pour réparer son involontaire muflerie.

— *Phuong, co thê dên không*[2] ?

Celle-ci, vêtue d'une courte veste et d'un pantalon noir, les cheveux dissimulés sous un bonnet de même couleur, s'approcha.

— Ne dis rien à personne, chuchota-t-il.

Un sourire méchant retroussa le coin des lèvres de Phuong.

— C'est un ennemi du peuple !

— Ne dis pas de bêtises, c'est notre ami.

— Ce n'est pas le mien.

Hai lui saisit le poignet.

— Si tu dis que nous le connaissons, ce n'est pas seulement sa vie qui sera en jeu, mais les nôtres. Pense à nos filles !

L'argument eut l'air de porter.

— *Co y ta, di lây bâng dan va thuoc ki nin*[3].

Sans un regard pour François, Phuong sortit.

---

1. Il est mort.
2. Phuong, peux-tu venir ?
3. Infirmière, allez chercher des pansements et de la quinine.

— Elle ne dira rien, fit Hai comme pour se rassurer lui-même.

Un jeune homme fluet, au regard apeuré, affublé d'une blouse blanche, vint à eux.

— Occupe-toi de lui d'abord, ôte-lui cette saleté du pied, dit François.

— *Tôi phai lam gi voi nguoi phap kia? Vet thuong anh ta co mui hôi*[1].

Sur sa natte, Thévenet avait perdu connaissance.

— *Dem no dê trên ban*[2], dit le médecin.

Deux pieux de bambou avaient transpercé le pied et la cheville du légionnaire à travers sa chaussure. Hai eut beaucoup de mal à la découper. Avec elle vinrent, collés au cuir, des lambeaux de chair putrides. Sous l'effet de la décompression, du pus gicla partout. La douleur fut telle que Thévenet reprit connaissance en hurlant.

François était parvenu à se redresser et à s'avancer vers la table d'opération. Ce qu'il vit était si nauséabond et répugnant qu'il se détourna et vomit. Phuong revint et porta la main à son nez.

— Va me chercher du chloroforme et mes instruments, lui lança Hai.

Elle repartit en courant.

Hai découpa le pantalon et examina la jambe. À chaque palpation, le blessé tressaillait.

— Je crains de devoir vous amputer.

— Non, pas ça!

François dut peser de tout son poids pour l'empêcher de se relever.

— Pas ça, docteur! Pas ça! continuait-il de hurler.

Tous les regards des autres blessés étaient tournés vers eux.

— Ne peux-tu l'éviter?

— Je vais essayer...

Hai effleura un des dards. Arc-bouté, Thévenet faillit choir de la table, puis il retomba lourdement, évanoui.

1. Que dois-je faire de l'autre Français? Sa blessure ne sent pas bon.
2. Posez-le sur la table.

— Ça vaut mieux pour lui, murmura Hai en prenant sa trousse chirurgicale des mains de Phuong.

« Le docteur Lun avait dit la même chose », pensa François.

Phuong mit sur le nez du légionnaire une compresse de chloroforme.

Tous deux s'activèrent en silence, précis dans leurs gestes. L'odeur et la chaleur étaient épouvantables. François eut l'impression qu'ils n'en finiraient jamais. La tête lui tournait. Il se sentit tomber au ralenti.

Quand il revint à lui, il était étendu sur sa natte, propre et pansé. Près de lui, une jeune fille lisait à la lueur d'une lampe à huile. Elle leva les yeux et, le voyant réveillé, lui sourit :

— *Tôi di goi ông bac si* [1].

Au bout de quelques instants, elle revint en compagnie de Hai.

— J'ai eu peur, tout à l'heure... J'ai cru que tu faisais une crise cardiaque !

— Comment va Thévenet ?

— Pas fort. Mais il est très costaud. Les plaies sont moins moches que je ne le pensais. Si la gangrène ne s'y met pas, il a une chance de conserver sa jambe. Il demande à te voir.

— Maintenant ?

— Je lui ai dit que tu étais mal en point. Il m'a répondu qu'il s'en foutait et que tu lui devais bien ça.

— Où est-il ?

— Je l'ai fait mettre à l'écart, dans la case voisine de la tienne.

— Qu'attends-tu ? On y va. Aide-moi !

— Je risque gros en t'aidant... Tu es mon ami, je n'ai pas le choix.

— Merci.

Soutenu par Hai, il descendit. Au bas de l'échelle, une sentinelle braqua son arme sur eux.

---

1. Je vais prévenir le docteur.

— *Tat ca deu tôt, dong chi. Dê tôi lo, anh cu o dây*[1].

Une lampe à huile était posée à même le sol près de la natte où reposait Thévenet. La respiration de ce dernier était bruyante et saccadée. Hai lui prit le pouls en regardant sa montre. Il fit une grimace et sortit une seringue de sa trousse.

— Je vais lui faire une piqûre.

François posa la main sur son épaule brûlante. Thévenet ouvrit des yeux étonnamment clairs; ses lèvres tuméfiées esquissèrent un sourire :

— Vous avez l'air de bien connaître ce *nhà que*...

— C'est un ami, un ami d'enfance.

— Vous êtes un drôle de type. J'vais pas m'en tirer... Dites rien, ça m'ferait perdre du temps... J'veux pas que ce soit les citrons qui s'occupent de ma dépouille, j'veux que ce soit vous... que vous me plantiez une croix sur le ventre et que vous disiez les prières... J'crois pas en toutes ces conneries... mais j'veux pas être enterré comme un chien... Faut m'le jurer... Si vous l'faites pas, j'dis qu'le *nhac* est votre copain...

— Salaud! au lieu de parler de votre enterrement, écoutez-moi. Le toubib dit que vous avez une chance de vous en tirer.

Les yeux du blessé allaient de François à Hai.

— C'est vrai?... vous vous foutez pas de ma gueule.

— C'est vrai, mais tenez-vous tranquille. On en saura davantage demain, dit Hai.

— Je voudrais rester avec lui.

— Comme tu veux. *Linh canh, lai dây trôi nguoi tu lai*[2]. Excuse-moi, mon vieux.

Quand Hai et la sentinelle furent partis, François s'allongea près de Thévenet.

— Ça va? demanda-t-il.

— Oui, vous croyez que je vais m'en sortir?

— Hai est un excellent médecin. Essayez de dormir.

---

1. Tout va bien, camarade. Je m'en charge, reste à ton poste.
2. Sentinelle, viens attacher le prisonnier.

Thévenet se mit à rire en grimaçant de douleur.

— Vous êtes une vraie nounou pour moi. J'ai pas l'habitude, j'ai ni père ni mère... Ma famille, c'est la Légion, j'lui dois tout ; sans elle, je serais devenu un voyou... À dix-huit ans, je m'suis engagé à Marseille... Une semaine plus tard, j'étais à Sidi Bel Abbès... Mes chefs étaient fiers de moi... Et puis, tout a été très vite : la Tunisie... le désert de Libye... À Bir Hakeim, je faisais partie des *jock-colonnes*[1]. La Légion avait la charge de surveiller les champs de mines entre Bir Hakeim et Gazala... Kœnig nous appelait « les professionnels du désert »...

Sa voix haletante, inaudible par instant, disait sa fierté, ses yeux hallucinés revoyaient l'épopée.

— On s'est battus comme des lions face à Rommel et à ses gars... On a eu plus de mille tués... Pour rien, diront certains... mais je pense que c'est là qu'a commencé la fin de la guerre, en Afrique... Trois mois après était abattu près de moi Dimitri Amilakvari, le Prince légionnaire... Pour la première fois, j'ai pleuré, et j'étais pas l'seul... Plus jamais on l'entendrait crier : « Foncez, toutes les balles ne tuent pas ! »... J'avais perdu le père, le frère que j'avais jamais eus... J'ai soif...

Tavernier puisa de l'eau dans le seau posé près de la lampe.

— Merci...

Il resta un long moment les yeux clos.

— Reposez-vous.

Thévenet tendit la main.

— Jurez-moi de faire ce que j'vous ai demandé, si...

— Je vous le jure, mon vieux.

Le lendemain, quand François se leva, le légionnaire dormait encore. Malgré sa barbe et des ecchymoses, il paraissait avoir meilleure mine ; il ne s'éveilla que dans l'après-midi.

— J'suis pas mort ? lança-t-il en ouvrant les yeux.

---

1. Patrouilles ayant la charge de harceler l'ennemi en attaquant les groupes isolés ou les convois de ravitaillement.

— Ce ne sera pas encore pour cette fois, fit Hai après avoir examiné le blessé. J'ai obtenu que l'on vous donne de la soupe avec de la viande.

— Là, toubib, vous m'en bouchez un coin!... Chouchouté par les Viêts!... J'aurai tout vu, dans ma chienne de vie. Mais p't'être qu'vous voulez me remettre sur pied rien que pour mieux vous amuser à me découper en morceaux?...

— Arrêtez de dire des conneries, Thévenet, et profitez de ce qu'on vous propose.

— Vous avez raison, il faut que je reprenne des forces.

Le soir, François fut reconduit à sa case. Assis au pied de l'échelle, Hai fumait. Il fit signe au *bô dôi*[1] de s'éloigner et à son ami de s'installer près de lui; il lui tendit un paquet de « 4 As ». Ils restèrent un long moment silencieux.

— On dirait un bruit de machine, dit François.

— C'est l'imprimerie.

— L'imprimerie?...

— Oui, il y en a de nombreuses dans le pays. La plupart sont souterraines, et souvent déménagées.

— Qu'impriment-elles?...

— Tout, des billets de banque, des rapports, des communiqués à l'adresse des *bô dôi* et des *du kich*[2], des documents sur l'armement, des conseils pour attaquer les postes, monter les embuscades, et même des poèmes.

— Parle-moi de Léa.

— Elle est arrivée avec Kien quelques jours après le décès de grand-père...

— Le sage Lê Dang Doang est mort!... J'en suis profondément attristé. Comment va Lien?

— Aussi bien que possible. Elle ne veut pas quitter Hanoi. Quant à Bernard et à sa famille, à l'heure qu'il est, ils doivent se trouver en France.

— Kien, que faisait-il avec Léa?

1. Fantassins de l'armée viêt-minh.
2. Guérilla. Par extension : guérilleros.

324

— Elle te le dira elle-même quand vous vous reverrez.

— Tu dois nous aider à nous évader.

— Je t'en prie, ne me parle pas de ça. Déjà, en vous soignant, je me rends suspect.

— Tu ne fais que ton devoir de médecin.

— C'est ce que je dis à Phuong... *Linh canh, hay lo cho nguoi tu* [1].

Hai se leva, alla au-devant du colonel et du commissaire du peuple. Les trois hommes firent demi-tour.

1. Sentinelle, occupe-toi du prisonnier.

31

Le lendemain du concert était un dimanche. La journée s'annonçait belle. Malgré les préparatifs du départ, Geneviève avait tenu à assister une dernière fois à la messe en la cathédrale Saint-Joseph avec Mathilde et avait demandé à Léa de l'accompagner.

Autrefois, pour les élégantes françaises aussi bien qu'annamites, la grand-messe était prétexte à faire admirer un nouveau tailleur venu de Paris, un chapeau ou un *ke dao* brodé. Désormais, on voyait moins de coquetterie, mais plus de dévotion.

La rue Borgnis-Desbordes et la rue de la Mission étaient encombrées de pousses, de bicyclettes, de voitures et de Jeeps. Des groupes de femmes vêtues de noir, portant des enfants, se faufilaient parmi les véhicules.

La cathédrale de Mgr Puginier, édifiée à la fin du siècle dernier à la limite des quartiers européen et indigène, dominait de ses hautes tours grises la petite place entourée de maisons basses sur lesquelles une Vierge de bronze étendait sa protection. Dans le vacarme des cloches, les gens se bousculaient, s'interpellaient, riaient, échangeaient des propos badins, les militaires se saluaient, des religieuses rassemblaient les enfants de l'orphelinat. Comme la guerre paraissait loin, malgré la présence des uniformes...

Dans la nef comble, l'orgue éclata. Une foule de Vietnamiens avait envahi les bancs, les chaises, les bas-côtés et s'était accroupie ou agenouillée à même le sol. Assise non loin d'eux, Léa ressentait la ferveur peinte sur ces visages levés vers l'autel. Cette piété semblait s'être emparée aussi bien des civils que des militaires. Il y avait dans le lieu saint une communion de prières à laquelle Léa se joignit presque malgré elle. Pour la première fois depuis bien longtemps, lui revinrent les mots simples et naïfs des oraisons de son enfance : « Mon Dieu, protégez François, faites que nous nous retrouvions vite, protégez aussi mon petit garçon, Charles, et tous ceux que j'aime, faites enfin que cette guerre s'arrête. Amen. »

Geneviève et une bonne partie de l'assistance se levèrent pour aller communier. Quelqu'un se glissa près de Léa.

— Nhu-Mai !

— J'étais sûre que vous assisteriez à la messe, c'est pour cela que j'ai fait semblant de céder à Maman. Je dois vous parler à la sortie. Arrangez-vous pour rester seule. Je dirai à Maman que vous m'avez demandé de vous accompagner au Van Miêu, le Temple de la Littérature — la Pagode des Corbeaux, comme l'appellent les Français. Vous êtes d'accord ?

Sans attendre la réponse, Nhu-Mai se dirigea vers l'autel, tête baissée, mains jointes.

« Petite hypocrite ! » pensa Léa.

Comme prévu, Geneviève voulut rentrer pour boucler ses bagages. La mère de Nhu-Mai, retenue par des admiratrices de la jeune virtuose, permit à sa fille de servir de guide à Mme Tavernier. Toutes deux montèrent dans un pousse.

Le conducteur fit une embardée, il n'avait pas entendu venir le tramway de la rue Duvillier.

— Il est sourd ! pouffa Nhu-Mai, avant de lui crier : *Chung tôi da dên, doi chung tôi* [1].

Placé sous la protection de Confucius, construit par le roi Lê Thai Tô, le Van Miêu était devenu le temple officiel du royaume des Lê puis, sous la dynastie des Nguyên,

---

1. Nous sommes arrivés, attends-nous !

celui de Tonkin. Quand Kien lui avait fait visiter et patiemment expliqué les particularités des cinq cours du bâtiment, ils s'étaient longuement arrêtés sous les vieux manguiers, devant les tortues de pierre portant des stèles sur lesquelles étaient inscrits les noms des lauréats de concours littéraires; ils avaient fait le tour du bassin où fleurissaient des nénuphars tenant lieu d'abri à des centaines de petites grenouilles; ils s'étaient assis sur la balustrade et avaient fait brûler des bâtonnets d'encens devant les statues de Confucius et de ses disciples. Léa avait aimé le calme du temple. Les tumultes du monde s'étaient arrêtés à la porte Dai Thanh. Appuyée à l'un des quarante piliers de bois laqué rouge, face à l'autel doré portant candélabres et brûle-parfum, auprès des grues de bronze posées sur des tortues, elle avait éprouvé un grand sentiment de paix.

Aujourd'hui, en compagnie de Nhu-Mai, elle ne ressentait plus qu'une vague angoisse. Assises sur la balustrade entourant le bassin, les deux jeunes femmes se regardaient avec amitié.

— Vous n'avez parlé de notre conversation à personne?

— Bien évidemment, non.

— Voulez-vous m'aider?

— À rejoindre le Viêt-minh?

— Le Viêt-minh, je ne sais pas, mais ceux qui combattent pour la libération de mon peuple, oui!

Avec quelle passion elle avait dit cela...

— Vous devriez vous adresser à Lien plutôt qu'à moi.

— Je n'ose pas. Lien m'a connue toute petite, elle est liée à mes parents; elle leur ferait part de mes intentions.

— Je ne pense pas. Je la connais mal, mais je la crois incapable de trahir.

— Peut-être avez-vous raison...

Nhu-Mai resta quelque temps songeuse, jetant dans l'eau de minuscules graviers.

— J'ai fait la connaissance d'un contrebassiste et d'un altiste de l'Opéra, qui sont caodaïstes. Ils vont rejoindre les combattants vietnamiens.

— Les caodaïstes?...

— Ce sont les adeptes du caodaïsme, une religion fon-
dée en 1926 par le prophète Ngo Van Chiêu : un mélange
de christianisme, de bouddhisme, d'islam, d'hindouisme et
de taoïsme... Pourquoi riez-vous?

— Arrête!... Oh, excusez-moi...

— Tu peux me tutoyer, si tu veux. Moi, je préfère!

— Moi aussi. Je voulais simplement te demander si tu
croyais en tout ça et si ce méli-mélo ne te paraissait pas
un peu confus. Il n'y manque plus que le judaïsme!

— Ne te moque pas! Mes amis musiciens y croient vraiment.

— Comme si l'humanité n'avait pas déjà assez de religions pour s'entre-déchirer!

— Pourquoi dis-tu cela?

— Parce que c'est au nom des religions qu'ont été
commis les plus grands crimes.

— Je ne sais pas, je ne connais rien à tout cela. Les caodaïstes communiquent avec les esprits, sont fidèles au
culte des ancêtres, pratiquent le jeûne, la chasteté. Ils
honorent de grandes figures comme Jeanne d'Arc, René
Descartes, Victor Hugo, mais aussi Shakespeare et
Lénine...

— Tu ne trouves pas que cela fait un curieux amal-
game?

— Tu refuses donc de m'aider...

— Je n'ai pas dit cela! Excuse-moi, mais tes caodaïstes
ne me paraissent pas très sérieux...

Nhu-Mai envoya un caillou qui atteignit une grenouille.
Le gentil batracien sauta dans l'eau avec un coassement.
La jeune violoniste se leva et marcha autour du bassin,
sourcils froncés, plongée dans de sombres réflexions. Léa
eut pitié d'elle :

— En quoi veux-tu que je t'aide? cria-t-elle.

Nhu-Mai revint en courant, le visage radieux.

— Il faut m'aider à sortir mes affaires de la maison.

— Quand?

— Ce soir. Après le thé, je dirai à Maman que je veux te
faire écouter la *Partita numéro 3* de Bach...

— Et après ?

— Tu me rejoindras à la gare à dix heures. Je t'attendrai avec mes amis. Je peux compter sur toi ?

De l'autre côté du bassin, entre les deux rangées de tortues, Léa crut voir bouger une forme.

— Ne restons pas là, dit-elle en se levant. Ce coin est trop désert.

— Je peux compter sur toi ? répéta Nhu-Mai.

— Oui, même si je pense que tu devrais réfléchir encore.

Nhu-Mai brûla des bâtonnets d'encens et s'inclina à de nombreuses reprises devant l'autel de Confucius.

Léa sortit et s'assit devant l'entrée du sanctuaire, près d'un arbuste taillé en forme de grue. Encore cette impression d'être observée... Pourtant, personne en vue. Enfin Nhu-Mai la rejoignit.

— Rentrons vite, nous allons être en retard pour le déjeuner !

Dehors, le cyclo-pousse patientait.

— Nous vous attendions pour passer à table, dit Lien en venant au-devant d'elles. Avez-vous fait une bonne promenade ?

— Tante Lien, c'est vrai que Mathilde va monter dans un avion ? s'écria Trac en déboulant dans la salle à manger, suivie de sa sœur.

— Oui, ma chérie, elle part pour la France avec ses parents.

— Moi aussi, je veux aller en France ! Je veux monter dans l'avion !

— Ce n'est pas possible, vos parents sont ici...

— C'est parce que c'est une Blanche qu'elle part ! Nous, on ne part pas parce qu'on est pas blanc ?

Une fugace expression de souffrance se peignit sur le beau visage de Lien.

— Ne dis pas de bêtises. Ici, nous sommes une même famille et nous nous aimons...

— Je n'aime pas Mathilde ! Elle a des yeux ronds et des cheveux couleur de lune. Maman non plus ne l'aime pas.

Lien s'accroupit devant l'enfant et releva son petit visage buté. On avait peine à imaginer la moindre parenté entre les trois enfants. Le casque noir et luisant des cheveux de Trac et de Nhi contrastait avec la blondeur de Mathilde dont la pâle carnation faisait paraître encore plus brun le teint des deux sœurs.

— C'est vrai que vous êtes différentes, et pourtant le même sang coule dans vos veines. Votre grand-père vous aimait tendrement toutes les trois ; ton attitude le rend triste. Moi aussi, je suis triste...

Les jolis yeux bridés s'emplirent de larmes.

— Pardonne-moi, tante Lien, je ne veux pas vous faire de peine, à grand-père ni à toi. Mais... j'aimerais tellement monter dans un avion, comme Mathilde !

— Je te promets que toi aussi, tu monteras bientôt dans un avion, fit-elle en embrassant la petite. Maintenant, va vite te laver les mains, nous allons déjeuner.

Le repas, quoique délicieux, fut morose, chacun étant trop absorbé dans ses pensées pour soutenir la conversation. Le cœur serré, Lien se disait qu'après le départ de son frère, elle allait se retrouver bien seule ; Léa se demandait ce qu'elle pourrait faire pour dissuader Nhu-Mai de s'enfuir ; Bernard se reprochait de n'avoir pas le courage de s'engager dans l'armée française pour combattre le communisme ; Geneviève espérait que le vol ne serait pas annulé et qu'une fois en France, elle se sentirait enfin en sécurité ; Mathilde était heureuse à l'idée de retrouver ses grands-parents français ; Trac rêvait de voyages en avion ; quant à Nhi, gourmande, elle s'empiffrait de mousse au chocolat que le *bep*[1] réussissait comme personne.

Après le déjeuner, chacun se retira dans sa chambre pour la sieste.

Il était près de cinq heures de l'après-midi quand Nhu-Mai et sa mère se présentèrent à la porte des Rivière. Mme Pham se plaignit successivement des conditions de vie à Hanoi, de ses responsabilités, de son mari qui n'était

1. Cuisinier.

pas à la hauteur, de sa fille qui lui donnait du souci, de ce Viêt-minh qui empoisonnait la vie des braves gens, de l'armée française qui ne faisait pas grand-chose pour le liquider... Lien écoutait poliment ce déluge de paroles ; Nhu-Mai, gênée, ne pipait mot.

— Votre belle-sœur a raison de retourner en France, mademoiselle Lien, vous devriez faire la même chose. Je ne comprends pas que l'on reste dans ce pays, si on peut faire autrement.

— Justement, chère madame, je ne peux pas faire autrement, répondit Lien de sa voix douce et pondérée. J'aime bien le pays de mon père, mais je ne me sens chez moi que dans celui de ma mère...

— Moi, depuis que j'ai vécu en France, ce pays-ci me semble totalement étranger.

— Maman ! Comment peux-tu dire cela ?

— Parfaitement, ma fille : étranger ! s'exclama-t-elle avec un air de défi.

— Je vous plains..., murmura Lien.

Un silence gêné plana sur l'assistance.

— Il va falloir que je vous quitte, j'ai tant de choses à faire, fit Mme Pham en se levant. Merci pour ce délicieux goûter.

— Maman, Mme Tavernier va venir avec nous, je lui ai promis de lui faire entendre la *Partita numéro 3*.

— Volontiers, cela te fera répéter. Vous excuserez notre modeste demeure...

Léa et Nhu-Mai se serrèrent dans un pousse, tandis que Mme Pham montait dans le sien.

Le long du Petit Lac se pressaient des familles endimanchées. Sur le bord du trottoir, des marchandes de soupe, de beignets et de fruits découpés servaient leur clientèle. De jolies filles en tuniques de couleur vive passaient, dignes, gantées, tenant d'une main une ombrelle, de l'autre dirigeant habilement leur bicyclette. Place de Négrier, un attroupement les ralentit à l'orée de la rue de la Soie. Un orateur, juché sur un tonneau, haranguait les passants.

— Que dit-il? demanda Léa.

— Que tous les Vietnamiens doivent rallier le combat pour la liberté.

— Les autres n'ont pas l'air très convaincus.

— Ils ont peur des mouchards et de la police française. Ces rassemblements en pleine rue sont interdits. Il faut beaucoup de courage pour y participer.

— Je peux te demander quelque chose?

— Bien sûr.

— Quand t'est venu ce désir de rejoindre les combattants?

— Très peu de temps après mon arrivée. Ma mère m'a emmenée faire des visites à des membres de la famille, à d'anciennes amies. Chez tous, il y avait eu des fils, des pères, des maris ou des frères tués ou emprisonnés par les Français en 45 et en 46. Tous n'étaient pas viêt-minh, mais tous croyaient en l'indépendance. Beaucoup de survivants ont alors rejoint le maquis. Un garçon qui avait perdu un bras au cours d'une attaque française a fini de m'ouvrir les yeux en me décrivant l'horreur des prisons et des bagnes où on enfermait les combattants et militants politiques depuis plus de cinquante ans. Ces souffrances m'ont fait prendre conscience de l'injustice. C'était inacceptable. À Lyon, mes parents et moi, nous nous sommes sentis solidaires, nous avons pris part à l'allégresse accompagnant les défilés des FFI et l'arrestation des collaborateurs. Nous avions trouvé juste la résistance à l'occupant. Pourquoi n'en est-il pas de même ici? Pourquoi a-t-il fallu que les libérateurs de Paris et de Strasbourg oublient leur idéal en venant ici?

Qu'aurait pu répondre Léa? Elle comprenait trop bien ce que lui disait Nhu-Mai. En classe, on lui avait menti en lui ressassant que ces colonies lointaines, c'était la France. On lui avait parlé de conquêtes, d'empire, d'indigènes arrachés à la sauvagerie, à l'ignorance, à la maladie et au paganisme grâce aux bienfaits de la civilisation occidentale. Lui avait-on assez vanté les exploits héroïques d'un Lyautey ou d'un Gallieni, le sacrifice d'un Père de Foucauld, l'abnégation des missionnaires et des religieuses ! À neuf ans, elle se voyait partant elle-même convertir les petits Africains ou les petits Chinois, et subissant le martyre plutôt que d'abjurer. Jamais elle n'avait remis en cause le bien-fondé de la colonisation, pour la bonne raison qu'elle n'y avait jamais réfléchi. Les quelques mois passés en Indochine lui avaient ouvert les yeux. « Pourquoi faut-il attendre d'être impliqué dans les choses pour commencer à les comprendre ? » se demanda-t-elle.

— J'habite près de la Citadelle, chez la mère de mon père. Nous sommes bientôt arrivées.

Le cyclo-pousse s'arrêta avenue du Maréchal-Foch, face aux remparts.

— *Trong môt tiêng nua tro lai tim ba dai lô Henri d'Orléans, truoc nguoi ban chim. May se doi o dây. May da hiêu ro chua ?*

— *Vâng, tôi hiêu rôi. Tôi se co mât o dây*[1].

Nhu-Mai ouvrit une porte étroite et emprunta le long couloir sombre tout en guidant Léa. Elles débouchèrent dans une cour au milieu de laquelle des femmes lavaient du linge à une fontaine.

— *Nhu Mai oi, me may da di vê rôi*[2], lança une grande femme aux dents laquées.

Tout autour de la cour, sur deux étages, s'ouvraient des loggias où séchait la lessive. L'une après l'autre, elles gravirent l'escalier où jouaient des enfants.

L'appartement de la famille Pham se composait de trois pièces. Par respect pour son art, on avait laissé à Nhu-Mai une chambre, qu'elle occupait seule, ce qui était une faveur rare. La grand-mère dormait dans la salle à manger-salon et s'occupait de la cuisine dans un réduit noirci de fumée. Mains jointes, Nhu-Mai salua l'aïeule, s'inclina devant l'autel des ancêtres et entraîna Léa dans sa chambre.

1. D'ici une heure, tu reviendras prendre madame, boulevard Henri-d'Orléans, devant le marchand d'oiseaux. Tu l'attendras là. Tu as bien compris ?
   Compris, je serai là.
2. Bonjour, Nhu-Mai, ta mère est déjà rentrée.

— Pendant que je joue, prends la valise qui est sur l'armoire.

— Elle pèse une tonne. Qu'as-tu mis dedans?

— Des livres, des partitions...

— Tu ferais mieux de les laisser ici...

— Tu crois?

— Oui. Tu ne dois emporter que l'essentiel : linge, médicaments, argent, quelques vêtements simples et confortables.

— Fais le tri, dit Nhu-Mai en sortant le violon de son étui.

Pendant quelques instants, rapide et précise, Léa choisit, plia, rangea, le dos tourné à Nhu-Mai, en apparence indifférente à la musique qui envahissait la pièce. Elle rabaissa le couvercle de la valise et se retourna lentement. Alors, elle reçut en plein cœur l'image de la violoniste absorbée dans l'exécution du si difficile morceau.

Combien de temps dura l'envoûtement?... Quand la musique cessa, elles restèrent face à face, incapables de rien dire. Un coup frappé à la porte les ramena à la réalité.

— *Nhu-Mai, troi sâp tôi roi, ba Tavernier phai vê nha ba*[1]...

— *Cam on me*[2]. Regarde, dit-elle à Léa en écartant une tenture, cette porte donne sur un autre escalier qui débouche boulevard Henri-d'Orléans, là où t'attend le pousse. Tu vas sortir par-devant et tu reviendras par-derrière prendre ma valise. Tu me retrouveras à la gare à dix heures.

Après avoir salué la grand-mère, la mère et le père de sa nouvelle amie, qu'elle embrassa affectueusement, Léa se retrouva face à la Citadelle. Elle prit une petite rue à droite. Dans l'avenue, le cyclo-pousse stationnait bien devant la boutique du marchand d'oiseaux. Léa repéra tout de suite l'escalier qu'elle gravit à tâtons, manquant de

1. Nhu-Mai, il va faire nuit, Mme Tavernier devrait rentrer.
2. Merci, Maman.

glisser sur les marches grasses et inégales. Devant une porte étaient posés la valise et le précieux violon.

« Je t'enverrai un pousse », avait dit Nhu-Mai.

Ce devait être celui qui était arrêté devant la maison des Rivière. Léa y monta, le conducteur démarra aussitôt et pédala à vive allure par les rues sombres. Les braseros de marchandes de soupe installés aux carrefours lançaient des lueurs intermittentes. Le boulevard Gambetta était désert. Serrant contre elle le violon, Léa n'était guère rassurée.

Devant la gare mal éclairée, des groupes de gens, blottis les uns contre les autres, sommeillaient, des cyclo-pousse patientaient, des soldats noirs faisaient les cent pas. Le hall était sinistre. Léa se félicita de s'être vêtue à la vietnamienne et d'avoir dissimulé ses cheveux sous une sorte de turban. Elle s'assit sur la valise, sans lâcher le violon, et attendit.

« Qu'est-ce que je fais ici? Si François me voyait... » Cette pensée l'attrista. Un train entra en gare. La pendule indiquait dix heures et demie.

— Ah, tu es là! J'avais peur que tu ne sois repartie. Maman n'en finissait pas de se coucher... Voici mes amis : Khoi et sa sœur Kiêu.

Comme ils étaient jeunes! Difficile d'imaginer ces grêles jeunes gens maniant le fusil ou le couteau.

— Le train va partir, dit Khoi, dépêchons-nous! Nhu-Mai nous a raconté ce que vous avez fait pour elle : soyez-en remerciée au nom de la révolution...

À entendre le ton emphatique qu'il avait employé, Léa faillit éclater de rire.

Sur le quai, les voyageurs encombrés de paquets, de paniers contenant volailles ou légumes, se bousculaient à qui mieux mieux pour monter à bord du train. Sans ménagements, Khoi repoussa un vieil homme qui risqua de tomber sur la voie. Bravant les convenances, Nhu-Mai se jeta dans les bras de Léa. Elles s'étreignirent avec émotion. Léa revit Sarah s'éloignant elle aussi sur un quai de gare, et en fut glacée de terreur.

— Ne tremble pas. Je te remercie pour tout. Jamais je ne t'oublierai...

— *Mau lên, Nhu-Mai oi*[1] !

La jeune fille se hissa dans le compartiment. Penchée à la portière, elle glissa quelque chose dans la main de Léa.

— Garde-le, cela te portera bonheur : je ne l'ai pas quitté depuis ma naissance.

La locomotive siffla, souffla, lança un panache de fumée noire puis s'ébranla, environnée de vapeur blanche.

Léa resta longuement à regarder s'en aller le train.

Un employé du chemin de fer lui dit quelque chose qu'elle ne comprit pas. Sans doute la priait-il de partir.

Devant la gare, elle ne retrouva pas le pousse. Désemparée, elle regarda tout autour d'elle.

— Venez par ici...

Sans même le voir, elle sut que Giau était dans les parages et se dirigea vers sa voix. Le monstre était tapi près d'une charrette.

— Il ne faut pas venir seule par ici, c'est très dangereux.

— Mon pousse est parti !

— Je sais, je vais vous en trouver un autre, mais auparavant, je dois vous parler. Baissez-vous, on ne doit pas nous voir. J'ai des nouvelles de votre mari...

Léa étouffa un cri.

— Taisez-vous ! Écoutez-moi... Il est prisonnier du Viêt-minh...

— Mais pourquoi ?

— Je l'ignore. Mon informateur pense qu'il n'est pas impossible de le faire évader. C'est une question d'argent.

— Combien ?

— Je n'en sais rien. Dès que je le saurai, je vous le dirai. Maintenant, rentrez chez vous. Tenez, voici votre pousse.

— Est-il en bonne santé ?

— Montez. Il a été blessé, mais rien de grave. Puis, à l'adresse du conducteur : *Di, may da biêt cho nao phai dua no di*[2].

1. Dépêche-toi, Nhu-Mai !
2. Va, tu sais où tu dois la conduire.

Le cœur battant à tout rompre, Léa arriva chez les Rivière. Dès l'entrée, elle sentit une certaine effervescence. Lien, les yeux rouges, les cheveux décoiffés, surgit au bruit de la porte qui se refermait.

— Où étiez-vous ? On vous cherche partout.

— J'étais sortie prendre l'air.

— Prendre l'air ? C'est follement imprudent !

— Que se passe-t-il ?

— Hai a vu François...

Ainsi, c'était vrai, on avait repéré sa trace !

— Vous n'allez pas vous évanouir ?

— Non, fit-elle en glissant à terre.

32

Grâce aux soins de Hai et à une nourriture un peu plus abondante, François et Thévenet recouvraient en partie leurs forces.

Contre toute attente, le légionnaire avait échappé à l'infection. Il ne pensait qu'à s'évader et harcelait son compagnon de captivité chaque fois que les deux hommes étaient en présence.

Le commissaire du peuple qui avait interrogé Tavernier à deux reprises lui avait laissé entendre qu'il avait obtenu du colonel l'envoi d'un émissaire auprès du président Hô Chi Minh. Il fallait attendre son retour pour décider du sort du prisonnier.

Maintenant qu'il était rétabli, Hai l'évitait avec soin. Conscient du danger, François respectait son attitude.

Les heures, les jours passaient avec une lenteur insupportable. Le matin, toujours accompagné d'un *tu vê*, un *con trai*[1] venait lui ôter le carcan qui lui emprisonnait les chevilles et lui donner une boule de riz enveloppée d'une feuille, un fruit parfois, plus rarement un bol de soupe. C'était sa seule pitance jusqu'au soir. Il avait obtenu de pouvoir aller se laver à la réserve d'eau, près de l'infirmerie, puis de s'isoler derrière un arbre pour se soulager, non sans que le soldat l'obligeât à lui parler pour s'assurer de sa présence. De retour à la paillote, c'était à nouveau

1. Jeune garçon.

339

l'attente. Il se distrayait en regardant par les fentes de la cloison de bambous l'activité du village. Activité des plus réduite, les habitants étant dispersés dans la jungle. Tôt le matin, c'était le passage des écoliers qui se rendaient en classe, aussi turbulents que tous les écoliers du monde, le défilé des femmes portant l'eau ou des plateaux de riz, puis le retour des *bô dôi* de leur expédition nocturne. Et tout redevenait calme jusqu'au soir.

Un matin, revenant de ses ablutions, François avait trouvé sur sa natte un exemplaire défraîchi des *Illumina-tions* d'Arthur Rimbaud dans l'édition de 1914 du Mercure de France. Qui lui avait offert ce réconfort? Pas Hai : il avait toujours détesté le poète. Qui, dans ce coin perdu, avait pu posséder les *Illuminations* ? Il feuilleta le livre. Un encadré au crayon rouge retint son attention et il lut les lignes intitulées *DÉMOCRATIE* :

Le drapeau va au paysage immonde, et notre patois étouffe le tambour.

Aux centres nous alimenterons la plus cynique prostitu-tion. Nous massacrerons les révoltes logiques.

Aux pays poivrés et détrempés! — au service des plus monstrueuses exploitations industrielles ou militaires.

Au revoir ici, n'importe où. Conscrits du bon vouloir, nous aurons la philosophie féroce; ignorants pour la science, roués pour le confort; la crevaison pour le monde qui va. C'est la vraie marche. En avant, route!

Était-ce à lui qu'était destiné ce passage? Le rouge du crayon avait pâli. Qu'importe, se dit François, le temps va me paraître moins long!

La nuit, le sommeil dérangé par les feulements rauques des tigres, la fuite des daims, la course des pangolins, les poursuites des macaques, il se remémorait certains pas-sages du livre. Puis songeait à Léa. Depuis qu'il la savait en Indochine, sa pensée se faisait obsédante. Le souvenir de leurs étreintes torturait son cœur et son corps. Ces vers

du même Rimbaud, appris autrefois, quand il était adolescent, lui revenaient par bribes. Dans quel poème
déjà ?...

> *Oh ! — qui boirais*
>
> *Ton goût de framboise et de fraise,*
> *Ô chair de fleur !*
> *Riant au vent vif qui te baise*
> *Comme un voleur...*
>
> *Ta poitrine sur ma poitrine...*
>
> *Tu viendras, tu viendras, j't'aime !*
> *Ce sera beau.*

Un jour, des avions survolèrent la forêt. Des branchages
suspendus aux ramures des arbres cernant la clairière
furent détachés et agencés de façon à former bientôt un
toit au-dessus de l'espace découvert. François n'avait pas
remarqué jusque-là l'ingénieux stratagème. D'en haut, les
pilotes ne pouvaient rien discerner. Plus que jamais, il
pensa à s'évader.

Le lendemain du passage des appareils, revenant de la
réserve d'eau, il aida une femme visiblement épuisée à
porter ses lourds récipients. Le soir même, un *tu vê* vint le
chercher pour donner un coup de main à la construction
d'une paillote. En échange, on lui accorda un bol de
soupe. Le lendemain, puis le surlendemain, il en alla de
même. Le quatrième jour, il croisa Hai.

— Dis que tu es malade et demande à être conduit à
l'infirmerie, chuchota Hai en passant.

À la nuit tombante, un Tavernier tordu de douleur fut
conduit auprès du médecin.

— *Co chuyên gi vây ?*

341

— *Nguoi tu bi dau bung.*
— *No da an gi?*
— *Tôi không biêt, bac si a.*
— *Duoc rôi, bây gio dê chung tôi yên*[1].
— Surtout, continue à jouer la comédie...
— J'ai mal, docteur!
— Le colonel n'a jamais fait envoyer d'émissaire, comme je le croyais. C'est un type vicieux que personne n'aime au camp. Il attend l'occasion de te tuer. Crie...
— Aaah!...
— À vol d'oiseau, nous sommes à une trentaine de kilomètres de Lang Son. Le 3e R.E.I. stationne par là. Crie!
— Arrêtez!...
— Tu dois pouvoir rejoindre Lang Son par le *song* Ky Cung. Il y a trois heures de marche jusqu'à la rivière. J'ai balisé le chemin qui y mène, comme au temps où on jouait à la chasse au trésor. Tu te souviens? Surtout, ne t'en écarte pas, il y a des pièges partout. Tu trouveras cachée par des branchages une barque-panier, j'y ai glissé quelques provisions. Fais attention aux rapides, ils sont dangereux. Tu devrais arriver là-bas avant l'aube. Prends bien soin d'effacer mes indices et les traces de ton propre passage.
— Merci, Hai. Mais je ne pars pas sans Thévenet.
— Je m'attendais à ta réponse... J'ai tout prévu, il part avec toi.
Trop touché pour proférer un mot, François regardait son ami avec une émotion qui parlait pour lui.
— Il sait où il doit te rejoindre, reprit Hai.
— Quand partons-nous?
— Tout à l'heure. Je vais appeler la sentinelle et lui demander d'aller chercher ma trousse à l'hôpital. Tu fuiras à ce moment-là.
— Mais toi, que feras-tu?
— Ne t'inquiète pas. J'espère seulement que Thévenet pourra marcher. Crie!

1. — Qu'y a-t-il?
— Le prisonnier a mal au ventre.
— Qu'a-t-il mangé?
— Je sais pas, docteur.
— Ça va, laisse-nous.

— Aaah!...

— *Linh canh, nguoi tu dau rât nâng, tôi phai chich thuoc cho no. Di lây cho tôi hôp cuu thuong o nha thuong. Mau lên[1]!* Tiens, voici des médicaments et de l'argent. Chausse ces sandales, prends ce coupe-coupe et cette montre. Maintenant, pars vite dans la direction de l'école. Quand tu verras ma sœur et mes filles, embrasse-les pour moi. Va, mon frère.

Le cœur serré, François s'éloigna. À une centaine de mètres du village, il retrouva Thévenet, son pied blessé enveloppé dans un morceau de toile cirée attaché au-dessus du genou. Pour marcher, il s'aidait d'un gros bâton.

— C'est un vrai copain que vous avez là, dit-il en guise de bonjour.

L'embarcation se trouvait à l'endroit indiqué. À plusieurs reprises, ils avaient failli s'égarer dans la jungle. Le briquet de Thévenet leur avait été utile pour retrouver la piste ou effacer leurs traces. Hai avait calculé juste : ils avaient mis trois heures.

De part et d'autre de la rivière, les falaises calcaires dressaient leur masse sombre dans le ciel où une lune brillante jouait à cache-cache avec des nuages aux formes étranges. Le courant, très fort, emporta la frêle nacelle que François, à l'aide d'une perche, avait bien du mal à guider. Peu à peu, cependant, les rapides se firent moins violents et ils voguèrent bientôt comme sur la surface d'un lac. Dans le lointain, sur la berge opposée, des feux signalaient une présence humaine : amie ou ennemie ? Pour François et Thévenet, l'une comme l'autre étaient dangereuses. Comment allaient-ils être accueillis, à Lang Son, en guenilles et sans papiers ?

Les rapides reprirent sous un ciel dégagé. Debout, luttant contre les flots bouillonnants, ils constituaient une cible idéale. Les falaises avaient fait place à une végétation dense mais de faible hauteur. Le courant se précipitant, ils

1. Sentinelle, le prisonnier est très malade, je dois lui faire une piqûre, va chercher ma trousse à l'hôpital, vite !

parvinrent à s'approcher de la rive et à hisser leur embarcation sur la berge. La portant au-dessus de leur tête, ils longèrent la rivière, trébuchant contre les racines. Le parfum des herbes foulées dominait celui de l'eau. Un grondement les arrêta. Ils tendirent l'oreille cherchant à identifier le bruit ; ils avaient probablement bien fait de gagner la terre ferme. Ils reprirent leur marche. Le grondement s'amplifia, jusqu'à devenir assourdissant. Sous la lune, le spectacle des chutes était féerique.

— Ton copain aurait pu nous prévenir, grommela Thévenet.

Ils s'accroupirent, la coque de la barque-panier faisant au-dessus d'eux comme un toit de paille tressée, et contemplèrent le ballet de l'eau cavalcadant parmi les rochers avec une impétueuse ardeur. Ils se levèrent et se remirent à marcher. Bientôt, ils purent reprendre leur navigation.

Le paysage avait changé. Finis la jungle, les calcaires abrupts, les eaux tumultueuses ; la montagne s'était écartée comme par enchantement, on entrait dans la cuvette de Lang Son. Pour François, ce nom évoquait les pages lues dans de vieux numéros de *l'Illustration*, décrivant les exploits de Francis Garnier, de l'amiral Courbet ou du général de Négrier. Henri Rivière, capitaine de vaisseau et homme de lettres, ami de Flaubert, de Dumas fils, était son héros préféré. Décapité par les Pavillons Noirs, sa tête et ses mains, placées dans une boîte de laque, avaient été enterrées sur la grand-route à quelques centimètres seulement de la surface du sol, afin d'être foulées par les pieds des passants, en signe de mépris. Plus tard, lors de son tout premier séjour en Indochine, Tavernier avait tenu à se rendre au pont de Papier, lieu du dernier combat du dramaturge. L'adolescent d'alors ne voyait dans l'entreprise coloniale qu'une manifestation de la grandeur de la France. Sa fréquentation des milieux annamites avait vite refroidi son enthousiasme. Sans être témoin de graves persécutions, il s'était insurgé à plusieurs reprises contre l'attitude mesquine et bornée de nombreux Français d'Indochine...

Quelque chose changea dans le ciel, l'aube n'était pas loin. Les premières bicoques des faubourgs de Lang Son apparurent, encore assoupies, noyées de brume; des chiens aboyèrent. Au détour d'une boucle du *song* Ky Cung, ils aperçurent des habitations serrées, ou ce qu'il en restait. François et Thévenet passèrent devant les ruines d'une pagode, de ce qui avait dû être une centrale électrique. Des fumées montaient çà et là, saluant la lueur blafarde venue d'au-delà des montagnes de Chine et qui annonçait l'aurore. Des coqs chantèrent. De nouveau, la rivière décrivit une large boucle. Tout d'un coup surgit un pont de chemin de fer métallique. Les deux hommes s'arrêtèrent juste au-dessous parmi des tas d'immondices accumulés entre les piles du pont. Ils descendirent et s'enfoncèrent dans la vase jusqu'aux genoux.

La sonnerie d'un clairon leur parvint, lointaine. Ils se hissèrent sur la berge, glissant sur les ordures et, chaussés de boue, marchèrent le long de la voie ferrée. Thévenet avait du mal à suivre. De chaque côté des rails, de nouvelles bâtisses avaient été édifiées sur les ruines. Ils remarquèrent un cinéma, un court de tennis défoncé, semé de détritus et envahi par les mauvaises herbes, un hôtel sordide, des gargotes d'où provenaient des odeurs de soupe, une pagode tenant encore debout par miracle, les vestiges de la gare. Sur le quai, l'habituel grouillement asiatique. Ils s'arrêtèrent, en quête d'un visage français. Ils pénétrèrent dans la gare pour voir s'il existait, par miracle, quelque train en partance pour Hanoi. Deux soldats se dirigeaient vers eux. François les interpella.

— Laissez-moi leur parler, dit le légionnaire. Caporal, je suis le lieutenant Thévenet, du 3ᵉ REI. Lui, c'est un civil, il s'appelle Tavernier. Conduis-nous chez la mère Casse-Croûte.

— Bien, mon lieutenant.

Dans le bistrot, la mère Casse-Croûte et ses aides distribuaient du thé, des bouteilles d'alcool de riz et de la soupe aux hommes de troupe. Presque sans respirer, Tavernier et Thévenet avalèrent deux bols de soupe avant d'échanger le moindre mot avec les soldats.

— C'est toujours le colonel Vicaire qui commande la zone? demanda Thévenet après un rot retentissant.

— Oui, il part avec nous pour Cao Bang.

— Cao Bang?... Alors, je viens avec vous!

— Qu'est-ce que vous foutez là, lieutenant?

Un officier plutôt petit, maigre et nerveux, venait d'entrer. Oubliant son pied blessé, Thévenet tenta de se lever puis s'affaissa lourdement sur sa chaise.

— Pardon, mon commandant, mais c'te putain de blessure...

— Bouge pas. Ça fait plaisir de te revoir, même amoché. Après l'attaque, on t'a cherché longtemps : disparu, l'animal... On a pensé que tu n'avais pas de pot de tomber vivant entre leurs mains, et puis te voilà. Et lui, qui c'est?

— Il a été fait prisonnier en même temps que moi, il était sur le convoi. On s'est évadés tous les deux. J'peux dire qu'il m'a sauvé la vie.

— Je suis le commandant Santoni, dit l'officier, dressé pour ne pas perdre un centimètre de sa taille. Merci, mon vieux. Le lieutenant a beau être une tête de lard et avoir un foutu caractère, on l'aime bien.

— Cela a été un plaisir pour moi, mon commandant, fit-il, ironique. Comment puis-je rejoindre Hanoi?

— Klauss, viens ici! hurla Santoni.

— Oui, mon commandant.

— Tu trafiques toujours avec le Chinois de la rue des Tailleurs?... Tu me réponds?...

— Plus ou moins, mon commandant.

— Très bien, tu vas conduire... Comment vous appelez-vous?

— Tavernier.

— Bon, tu vas l'accompagner chez ton Chinetoque, qu'il trouve une voiture pour le mener à Hanoi.

— Il voudra un laissez-passer, mon commandant.

— Ortega lui en fera un. Tavernier, j'ai été heureux de vous connaître.

Il sortit la tête haute, sans que François ait eu le temps de lui répondre.

346

— C'est un brave type, il t'a à la bonne. C'est pas n'importe qui, le commandant Santoni; toujours à la tête de ses hommes. Blessé plusieurs fois en Libye, il a été l'un des premiers à être parachuté au Tonkin. Il connaît le pays comme sa poche.

— Je suis pressé, tu me raconteras une autre fois les exploits du commandant...

— J'ai quelque chose à te dire, avant qu'tu partes. Sortons.

— Pourquoi pas ici?

— Discute pas.

Appuyé sur son bâton, sautillant sur son pied valide, il sortit du bistrot. Maintenant, le jour était levé. Thévenet s'assit sur un muret effondré. Tranquille, François attendit. Enfin, le légionnaire parla :

— J'ai eu un petit problème avant de quitter le village... La femme de ton copain m'espionnait. Chaque fois que le toubib venait te voir, elle le suivait en cachette. Un jour, ils se sont disputés, il l'a giflée mais elle ne s'est pas calmée. Je pense que, s'il t'a fait évader, c'est qu'il craignait qu'elle ne te dénonce. Le soir de notre départ, elle a surgi dans la case, soi-disant pour regarder mon pansement, puis elle est repartie. C'était l'heure où le *con be* venait m'attacher. Je savais par le toubib que s'il n'arrivait pas, c'était le signal. Dix minutes après le moment prévu, la nuit est tombée et j'ai abandonné la case. J'avais atteint la lisière du village quand je me suis rendu compte que j'étais suivi. Je me suis arrêté et j'ai attendu : c'était la femme...

François avait compris.

— J'ai pas eu le choix... elle allait crier... je l'ai vu dans ses yeux...

— Comment l'as-tu tuée?

D'un air penaud, il montra ses mains.

— J'aurais pu rien te dire... p'être que tu l'aurais jamais su. J'ai pas aimé faire ce que j'ai fait... mais c'était elle ou nous... Je suis désolé pour ton copain... j'ai pas d'sympathie pour toi, mais t'as été réglo... Je ne voulais pas te mentir.

Accablé, François se tut. Il pensait à Hai cherchant Phuong et la retrouvant morte. Jamais son ami ne lui pardonnerait. Comment pourrait-il nier sa participation à ce meurtre ?

Klauss venait vers eux.

— On va voir le Chinois quand vous voulez.

— Allons-y, fit Tavernier qui s'en fut sans un regard pour le lieutenant.

Deux jours plus tard, François roulait sur la RCI vers Hanoi à bord d'un « *pick-up* » en compagnie du fils de Tchao Han. À l'arrière du véhicule, une dizaine de ses congénères avaient pris place. La circulation était dense. Ils croisèrent un long convoi militaire, où braillaient de jeunes recrues. Ils durent attendre un certain temps à Phu Lang Thuong avant de prendre le bac qui franchissait le *song* Thuong. À Bac Ninh, ce fut pire ; le *song* Cau était si encombré qu'on aurait pu le traverser à pied sec en passant d'une embarcation à l'autre.

D'une humeur sombre, une cigarette aux lèvres, Tavernier marchait le long de la berge, attendant le moment de repartir. Son bonheur de voir enfin Léa était gâché à la pensée du chagrin de Hai. Il s'arrêta devant une gargote en plein air et demanda du thé.

Autour de lui, la foule s'écoulait, silencieuse, chargée de ballots de toutes sortes. On percevait chez ces gens un accablement résigné. Peu d'hommes dans la force de l'âge, surtout des femmes, des vieillards et des enfants. Quelques éclopés aussi, qui se débrouillaient comme ils pouvaient. Un bataillon de Sénégalais menait grand tapage ; des légionnaires attendaient, flegmatiques, en buvant de la bière. De loin, le chauffeur chinois lui fit signe qu'ils allaient bientôt embarquer. François se levait, quand il fut bousculé par un Annamite qui s'enfuit vers le fleuve.

Sous le choc, il chancela et tenta de se rattraper à un éventaire de fruits. Oranges, mangues et melons dégringolèrent. Tandis que le marchand s'empressait de récupérer son bien, François s'effondra le visage dans la fange. Un

Sénégalais avait remarqué la scène; il s'approcha, puis se précipita en criant :

— Mon lieutenant, mon lieutenant !

— Qu'as-tu à gueuler comme ça, Ahmed ?

— Là, mon lieutenant... Y'a un Blanc...

— Quoi, un Blanc ?

— Il a un couteau dans le dos, mon lieutenant.

— Tu pouvais pas le dire plus tôt, imbécile !

Le lieutenant arriva près de François. Une petite foule l'entourait, gesticulant, tandis que le fils de Tchao Han regardait d'un air stupide son passager.

— Appelle le major, lança le lieutenant. Vous le connaissez ? demanda-t-il au Chinois.

« Oui », fit l'autre de la tête.

— Quelqu'un a-t-il vu ce qui s'est passé ?... Évidemment, constata-t-il devant le mutisme des badauds. Ah, major, vous voilà ! Examinez-moi cet homme. Écartez-vous...

Avec précaution, le médecin souleva Tavernier et retira sa chemise.

— Ce n'est pas grave, il a eu de la chance, la lame a glissé le long de la côte, dit-il en retirant le poignard. Tenez, il revient à lui. Ne bougez pas ! Vous en serez quitte pour quelques jours de repos.

Il désinfecta la plaie, puis enveloppa la poitrine du blessé d'une large bande.

— Vous avez une idée ? interrogea le lieutenant.

— Pas la moindre. Avez-vous demandé ?...

— Ils n'ont rien vu, comme vous pouvez l'imaginer. Je vais faire mon rapport. Quel est votre nom ?

— Ce n'est pas nécessaire, lieutenant, vous perdrez votre temps et le mien. Merci...

— Mais...

— Excusez-moi, je suis pressé, je ne peux pas retarder davantage mon chauffeur. Puis-je avoir le couteau ?

— C'est une arme curieuse, remarqua le major en la lui tendant. Regardez ce manche sculpté dans du bois de fer et cette lame aux gravures bizarres... On dirait un couteau d'initiation... Je vous ai fait une piqûre antitétanique. Faites-vous examiner et, surtout, évitez les gros efforts.

349

— Promis. Merci, docteur, merci lieutenant.

Appuyé sur l'épaule du Chinois, François regagna le « *pick-up* » où il s'évanouit. Avant de sombrer, il avait eu le temps de dire : « Vite, dépêchons-nous. »

Il reprit connaissance sur le bac, qui, surchargé, progressait poussivement. De l'autre côté du *song* Cau, la confusion était totale. Il leur fallut deux heures pour s'extirper de la cohue. À l'intérieur de la cabine, malgré les vitres baissées, il régnait une chaleur épouvantable. Ils arrivèrent enfin face au fleuve Rouge. L'encombrement était tel, devant le fameux pont Paul-Doumer, que François décida de continuer à pied en dépit des exhortations du Chinois.

Le pont, qui servait à la fois au passage des trains, des véhicules automobiles, des vélos et des piétons, ressemblait à cette voie ouverte dans la mer Rouge par Moïse pour permettre aux Hébreux de se sauver. Comme chez les Juifs fuyant le Pharaon, il y avait dans la foule qui empruntait le pont le même désir d'être ailleurs, la même peur d'être précipitée dans les flots.

Les dents serrées, François s'acheminait, le front ruisselant sous un informe chapeau de brousse, sale, mal rasé, les vêtements tachés de sang et de boue. Il marchait depuis environ un kilomètre quand il s'aperçut que seuls des vélos et des piétons s'entrecroisaient. Là-bas, un gros camion immobilisé coupait la circulation.

Léa s'impatientait d'attendre chaque jour des nouvelles de François. Les dernières disaient qu'il était à Lang Son. Contre l'avis de Lien, elle avait décidé de s'y rendre. Elle avait pris place à bord d'un camion qui se rendait dans la grande ville du peuple thaï. Pour plus de commodité, elle avait revêtu le costume vietnamien et le grand chapeau en latanier, plaçant ses papiers et son argent à même la peau. Un petit baluchon composait son seul bagage.

Giau l'avait suivie et s'était glissé sous le camion à son insu. Au milieu du pont, le véhicule tomba en panne ; les voyageurs descendirent pour le pousser. Très vite, Léa renonça et s'avança sur le viaduc. Au milieu de la voie ferrée, il y avait moins de monde.

Elle allait, portée par la volonté de retrouver François, afin que cesse ce cauchemar.

Il continuait, sentant couler son sang le long de son dos, animé du seul désir de la revoir, de la serrer dans ses bras, de partir, d'oublier les souffrances et les morts de ce pays qu'il aimait mais pour lequel il ne pouvait plus rien.

Là-bas, une femme vietnamienne, isolée entre les rails, se rapprochait.

Venant en face, un homme butait sur les pierres du ballast et titubait d'une traverse à l'autre.

Un coup de vent emporta le chapeau de la femme, ses cheveux se dénouèrent...

L'homme s'arrête... la femme vient... elle court... Oh, comme elle va... l'homme s'élance... il tombe... se relève et repart... tous deux pénètrent dans une sorte de brume... ils ne voient que cette silhouette qui semble vouloir s'envoler vers le ciel... ils sont seuls au-dessus du fleuve Rouge... leurs mains s'effleurent, se touchent... ils tombent à genoux l'un en face de l'autre... leur cœur bat la chamade... leurs visages, éclairés de bonheur, ruissellent de larmes...

Remerciements

L'auteur tient à remercier pour leur collaboration, le plus souvent involontaire, les personnes et publications suivantes :

Joseph ALGARY; Archives d'histoire contemporaine; Archives du *Monde*; amiral Thierry d'ARGENLIEU; Vincent AURIOL; Édouard AXELRAD; Henri AZEAU; Henry BABIAUB; René BAIL; Raymond BARKAN; Jean-Luc BARRE; Jacques BÉAL; général BEAUFRE; Patrice de BEER; Erwan BERGOT; Jean BERTOLINO; Yves BRÉHERET; Jean-Jacques BEUCLER; général Marcel BIGEARD; Léon BLUM; Mag BODARD; Lucien BODARD; commandant Gilbert BODINIER; Robert BONNAFOUS; Gabriel BONNET; Paul BONNECARRÈRE; Georges BORNET; Georges BOUDAREL; Paul BOURDET; François BROCHE; Marc BRUYNINX; R.-P. Yves BUANNIC; BUI Lam; général Georges BUIS; Wilfred BURCHETT; Thomas CAPITAINE; Louis CAPUT; Georges CHAFFARD; Guy de CHAUMONT; Chantal CHAWAF; Georges CONDOMINAS; la Croix-Rouge française; Jacques DALLOZ; Charles DANEY; DANG Van Viêt; Jean-Paul DANNAUD; Adrien DANSARRE; Pierre DARCOURT; amiral Jean DECOUX; Jean-Claude DEMARIAUX; Hélie DENOIX DE SAINT-MARC; Roger DELPEY; Jacques DESPUECH; Eric et Gabrielle DEROO; Maja DESTREM; Philippe DEVILLERS; Jacques DINFREVILLE; Claude DULONG; DUONG Dinh Khuê; DOAN Trong Truyên; Roland DORGELÈS; Jacques DOURNES; Jacques DOYON; Georgette ELGEY; Isabelle ESHRAGHI; Jean d'ESME;

J.-N. Faure-Biguet; Pierre-Richard Feray; Pierre Ferrari;
Léo Figuères; Georges Fleury; général Jean-Julien Fonde;
François Fonvieille-Alquier; Charles Fourniau; Christiane
Fournier; Micheline Fourquet; Philippe Franchini; général
Charles de Gaulle; André Gaudel; Max Gaudron; Georges
Gautier; Claude Glayman; Fernand Gigon; Henri Gourdon;
Stéphane Grand-Chavin; général Yves Gras; médecin-
commandant Paul Grauwin; Maurice Gronier; Louis
Gros; Lydie Hammel; Philippe Héduy; Daniel Hemery;
Jean-Michel Hertrich; *Historia*; Hoang Thieu Son; Hoang
Quoc Viet; Hô Chi Minh; Ho Dac Diem; Roger Holeindre;
Jean Hougron; Georges Iovleff; Paul Isoart; Paul Jeandel;
Henri de Kerillis; Jean Lacouture; P.-B. Lafont; Christian
Laigret; Joseph Laniel; Roger Larroque; Jean Lartéguy;
maréchal Jean de Lattre; Jacques Le Bourgeois; Le Duan;
Georges Le Fèvre; Le Khan Chi; général Alain Le Ray; Le
Thi Nham Tuyet; Le Van Luong; Le Van Vien; maréchal
Philippe Leclerc; Colette Ledannois; J. Legrand; Henri
Lerner; Arnoud de Liedekerke; Peter Mac Donald; Tom
Mangold; colonel Marchand; Marcel Marsal; René Mary;
général Jacques Massu; Suzanne Massu; Claude Mauriac;
François Mauriac; José Mayan; Tibor Mende; Pierre Men-
dès France; André-François Mercier; Pierre Messmer;
Marc Meuleau; Charles Meyer; Pierre Miquel; François
Missoffe; François Mitterrand; Bernard Moinet; Vincent
Monteil; Jacques Mordal; René Moreau; Paul Mus;
Nguyen Co Thach; Nguyen Luong Bang; Nguyen Thanh
Vinh; Office universitaire de recherche socialiste; Phi-
lippe Quennouelle; Yvonne Pagniez; Christiane Pasquel-
Rageau; John Penycate; Pham Ngoc Thach; Pham Van
Dông; Pham Thanh Vinh; Roger Pic; Philippe de Pirez;
Jean-Pierre Pissardy; Jean Pouget; Jacques Raphaël-
Leygues; Raoul Ravon; René Rémond; Jean Renald; Jean
Rey; Madeleine Riffaud; Louis Roubaud; Pierre Rousset;
Jules Roy; Alain Ruscio; Stanislas Rullier; Roland
Sadoun; Saint-Aubert; Albert de Saint-Julien; Jean Sain-
teny; Philippe Sainteny; général Raoul Salan; Raymond
Salle; A. Sallet; Pierre Schoendoerffer; Pierre Sergent;

STANISLAS; Jacques SUANT; Pierre TAITTINGER; ANDRÉ TEU-LIÈRES; THU Trang-Gaspard; Oliver TODD; Hélène TOURNAIRE; TRAN Thi Thuc; S.E. TRINH Ngoc Thai; TRUONG Dinh Hoé; TRUONG My Hoa; TRUONG Nhu Tang; Roger VANDENBERGHE; VAN GEIRT; Jacques M. VERNET; général A. VÉZINET; P. VIEILLARD; Andrée VIOLLIS; général Vo NGUYEN Giap; VU CAN; Irwin M. WALL; Pierre WIAZEMSKY.

à tous mes fidèles amis duclubs, cette histoire de guerre et d'amour dans laquelle ils retrouveront les personnages de la Bicyclette Blanche jetés dans la tourmente indochinoise, toujours plus amoureux l'un de l'autre et traversant, grâce à leur amour les pires épreuves sans jamais perdre l'espoir d'une vie heureuse.

J'ai tenté dans ce livre de montrer les souffrances du peuple vietnamien et son courage jusqu'à la victoire finale. J'ai montré la France dans sa grandeur et ses défaites, en essayant d'être le plus objective et sincère que possible.

Je vous souhaite une bonne lecture et vous remercie de votre fidélité qui me touche et m'encourage.

Régine Deforges

FICHE D'IDENTITÉ

Régine Deforges est née un 15 août, à Montmorillon, dans le Poitou, où elle est élevée dans des institutions religieuses. Très tôt, les livres sont son univers d'élection. Elle devient tour à tour : libraire, relieur, éditeur, scénariste, réalisateur et écrivain. Elle ouvre plusieurs librairies tant à Paris qu'en province, et crée en 1968 sa propre maison d'édition : « l'Or du Temps », et devient, de ce fait, la première femme éditeur française. Le premier livre publié, *Irène*, attribué à Aragon, fut saisi 48 heures après sa mise en vente ; à partir de là, elle se bat pour la liberté d'expression sous toutes ses formes et publie une centaine d'ouvrages dont la plupart font l'objet d'interdictions diverses et, certains, de poursuites pour outrages aux bonnes mœurs. De nombreux procès et de lourdes amendes l'obligent à déposer son bilan.

En 1974, elle est contrainte de mettre en vente une partie de sa bibliothèque. Le catalogue de cette vente : *Les femmes avant 1900*, répertoriant mille ouvrages anciens consacrés à la littérature féminine et féministe.

En 1975, elle publie des entretiens avec l'auteur d'*Histoire d'O : O m'a dit*.

En 1976, elle remonte une maison d'édition qui porte son nom, dans laquelle elle publie des rééditions de romans des XVIIIe et XIXe siècles, des romans noirs et populaires, de la poésie, une collection de romans féminins, quelques érotiques et des pamphlets. Ces derniers lui

III

valent de tels déboires qu'elle est de nouveau obligée d'interrompre son activité d'éditeur en 1978.

En 1976 sort son premier roman : *Blanche et Lucie,* et en 1978 : *Le cahier volé.* En 1979, elle publie un recueil de nouvelles : *Lola et quelques autres.* En 1980, elle écrit et réalise son premier film : *Contes pervers,* grand succès commercial, mais film raté. La même année, elle publie, sous forme d'anthologie : *Les cent plus beaux cris de femmes* et ses *Contes pervers.* En 1981 sort : *La Révolte des nonnes - Poitiers 589,* premier volume intitulé : *Vanda ou l'enfant des loups.* En 1982, elle publie un roman : *Les Enfants de Blanche,* puis : *La Bicyclette bleue,* première partie d'un vaste roman se déroulant durant la dernière guerre mondiale, et un conte pour enfants illustré par ses soins : *Léa au pays des dragons.*

1983 verra la suite de *La Bicyclette bleue,* intitulée *101, avenue Henri-Martin,* et en 1985 la suite du roman : *Le Diable en rit encore.* Ces trois romans ont été vendus à plus de cinq millions d'exemplaires et traduits en 20 langues (dont une édition chinoise).

Avec ses droits d'auteur, Régine Deforges relance pour la troisième fois une maison d'édition : « Les Éditions Régine Deforges. » En 1986, elle publie un roman épisto-laire, *Pour l'amour de Marie Salat* ; plusieurs compagnies théâtrales le monteront pendant deux saisons. En 1987, elle crée, avec Geneviève Dormann, *Le Livre du point de croix,* suivi de quatre albums pratiques sur ce thème, et en coédition avec D.M.C., une douzaine de fascicules.

Régine Deforges est mère de trois enfants. Ses activités favorites sont la reliure et l'encadrement.

IV

En 1986, elle publie un livre illustré par elle-même, *L'Apocalypse selon saint Jean, racontée aux enfants*. Elle prépare un autre livre pour enfants : *Léa au pays des fantômes*.

Elle est membre du jury *Femina*. Elle suit assidûment les séances de travail de la *Société des gens de lettres*, dont elle est membre.

Dans ses projets, la suite de *La Révolte des nonnes*, *L'anneau d'Attila*, *Le Journal d'un éditeur* et, surtout, après *Noir Tango* où Régine Deforges a redonné vie aux personnages qui nous ont conquis dans sa trilogie *La Bicyclette bleue*, une suite très attendue (printemps 1994) de cette grande fresque romanesque.

Régine Deforges

(© *John Foley*)

Une passion pour le Viêt-nam

par Régine Deforges

Quand je me suis lancée, avec *La Bicyclette bleue*, dans la chronique de la vie d'une famille française durant la Deuxième Guerre mondiale, je ne pensais pas que ma passion pour l'histoire de France m'entraînerait jusqu'au Viêt-nam, que je deviendrais amoureuse de ce pays, que j'aurais envie, à travers un roman, de faire connaître ses courageux combats pour la liberté. Et pourtant! Déjà, en écrivant *La Bicyclette bleue*, j'avais pressenti que cela me conduirait en Argentine à la poursuite des criminels de guerre nazis, et ce fut *Noir Tango*, puis au Viêt-nam durant la guerre d'Indochine. Ce que je n'entrevoyais pas, c'est à quel point j'allais me passionner pour cette page de notre histoire, et la fin de cet empire que le général de Gaulle voulait restaurer pour la grandeur de la France. Ce qu'il ne savait pas ou ne voulait pas savoir — malgré les injonctions du général Leclerc : « Traitez, traitez à tout prix » —, c'est que cette guerre était celle de l'indépendance et que tout un peuple y participerait auprès des communistes.

C'est en découvrant les récits, les mémoires, les comptes rendus, les articles de presse, les entretiens, les discours propres à cette période que j'ai voulu rendre justice aux combattants de l'un et l'autre camp. Tous m'ont aidée, les Vietnamiens comme les Français. Les ennemis d'hier ont mis à ma disposition leurs souvenirs, les notes prises dans le feu de l'action, les photos de camarades morts au combat; ils m'ont expliqué ce qu'était la vie dans les postes, dans les maquis, ils m'ont dit leurs souffrances dans la boue des rizières, dans les trous où ils s'enterraient pour échapper aux bombes, leur colère et leur chagrin devant la mort des enfants, les mutilations, les trahisons...

Rue de la Soie n'est que le premier volet de l'histoire de cette époque vue à travers les yeux des deux héros de *La Bicyclette bleue*, Léa Delmas et François Tavernier. Au début du roman, ils se marient mais sont vite séparés. En effet, François Tavernier accepte du président de la République, Vincent Auriol, une mission secrète auprès du président vietnamien, Hô Chi Minh. Au terme d'une longue quête, il parviendra à le rencontrer, mais ce sera trop tard pour des paroles de paix. De son côté, Léa, en butte aux poursuites de criminels nazis, de retour d'Argentine, et sans nouvelles de son mari, entreprend de le rejoindre. Après bien des périls, elle le retrouvera, blessé et menacé par le Viêt-minh. Les aventures de ces deux personnages à travers l'Indochine en guerre me permettent de montrer le pays, ses habitants et leurs combats, ainsi que ceux menés par l'armée française, composée de jeunes volontaires, souvent venus des maquis, et d'autres, notamment dans la Légion, issus de la Milice, de l'armée allemande (à ce moment-là, la Légion compte plus de 75 % d'Allemands dans ses rangs). Très vite, parmi les recrues des maquis, certains contestent le bien-fondé de cette guerre; ils ne supportent pas d'être comparés aux occupants allemands, eux, les anciens résistants. Quelques-uns rejoindront les rangs du Viêt-minh, d'autres déserteront, mais tous seront marqués à jamais par cette « sale guerre » et garderont pour ce pays et ses habitants un amour et une estime qui durent aujourd'hui encore.

Dans cette tourmente, l'amour de Léa et de François leur donne la force d'affronter de grandes souffrances.

J'ai tenté, avec *Rue de la Soie*, d'être le plus objective possible. De mes voyages au Viêt-nam, j'ai tiré la conclusion que les peuples français et vietnamien espéraient renouer des liens d'amitié et de coopération. Je souhaite que ce livre, écrit avec amour, puisse les y aider.

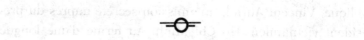

Aubin Imprimeur
LIGUGÉ, POITIERS

Achevé d'imprimer en novembre 1994
par Aubin Imprimeur à Ligugé
sur du papier Alizé Or de la papeterie de Vizille
et relié par la Nouvelle Reliure Industrielle (Auxerre)
pour le compte de France Loisirs
123, bd de Grenelle, 75015 Paris

Nº d'édition 26437 / Nº d'impression L 46238
Dépôt légal, novembre 1994
Imprimé en France